रपटीले राजपथ

रपटीले राजपथ

इंदिरा दाँगी

राजपाल

यह उपन्यास काल्पनिक घटनाओं पर आधारित है। किसी भी घटना, पात्र, पात्रों के नाम, स्थान या स्थिति से इसकी समानता एक संयोग मात्र मानी जाये।

—लेखिका

स्थापित 1912
100 वर्षों की श्रेष्ठ प्रकाशन परम्परा
राजपाल

₹ 265

ISBN : 9789386534194

प्रथम संस्करण : 2017

RAPTILEY RAJPATH (Novel) by Indira Dangi

मुद्रक : जी.एच. प्रिंट्स प्रा.लि., नयी दिल्ली

राजपाल एण्ड सन्ज़

1590, मदरसा रोड, कश्मीरी गेट, दिल्ली–110006

फोन : 011–23869812, 23865483, फैक्स : 011–23867791

website : www.rajpalpublishing.com

e-mail : sales@rajpalpublishing.com

www.facebook.com/rajpalandsons

...उस असफल को
जिसकी तमाम उम्र
साहित्य में ज़ाया हुई।

छल छल छल

छल! छल! छल!

भव्य अवशेषी बावड़ी के ऊपर चारों ओर से मेघ बरसते हैं। गोल घेरे की ऊँची, खंडित मेहराबों से पानी छलछलाता चला आ रहा है। निचली मंज़िल के एक टूटे झरोखे में बैठा एम. ए. प्रथम वर्ष का खूबसूरत नौजवान छात्र मातादीन मंत्रमुग्ध मन से आसमान को ताकता, भीगे माहौल की सौंधी गंध में डूबा है। कब से बैठा है, कब से भीग रहा है, होश नहीं; इस दृश्य को, इस अलौकिक-से सौन्दर्य को जैसे अपने भीतर भर लेना चाहता है। ...जैसे पी जाना चाहता है इन आसमानी बादलों का हर जल-कण!

कंधे पर श्यामला हथेली का सूखा-गर्म स्पर्श पाकर वो चौंका; पर पलटा नहीं। जानता है विद्या के सिवाय और कोई नहीं हो सकता उसके लिए इतना फ़िक्रमंद। उसकी हथेली को अपने हाथों में खींचते, केदारनाथ सिंह की कविता उसके होंठों पर आ गयी, *''उसका हाथ अपने हाथ में लेते हुए मैंने सोचा दुनिया को हाथ की तरह गर्म और सुन्दर होना चाहिए।''*

प्रतिक्रिया में विद्या हँस दी।

''यहाँ बैठे क्यों भीग रहे हो? मालूम होता है, बीमार पड़ जाने का शौक आज़माना चाहते हैं हमारे कवि महाशय!''

''कवि तो वैसे भी एक खास तरह के बीमार ही होते हैं; हरिवंशराय बच्चन से जो उनकी श्यामा कहती थी—सुफरिंग! खैर छोड़ो। ये बताओ, तुम्हें कैसे पता चला कि मैं यहाँ आया हूँ?''

''कॉलेज से आ रही हूँ। आज बारिश की वजह से कोई आया ही नहीं। सर क्लास में आये तो कुल जमा हम तीन स्टूडेन्ट्स थे; इसलिए उन्होंने क्लास ली ही नहीं। सुभाष से पूछा तुम्हारे बारे में तो उसने बताया कि तुम बड़ी बावड़ी जाने की बात कह रहे थे।''

''और तुम सुनते ही दौड़ी चली आयीं—पगली!'' मातादीन ने उसके चेहरे को लाड़ से चूम लिया।

''तो यह मुफ़्त का मौका जो मिल गया है, तुम्हारे साथ एकान्त बिताने का। इस

अनमोल मौके को यों ही छोड़ देती?'' विद्या की आँखों में पूरा का पूरा आसमान उतर आया जैसे। मातादीन को उसकी इस बात पर इतना प्यार आया कि उसने उसे बाँहों में भर लिया। पानी की फुहारें विद्या के तँबई चेहरे को धोने लगीं। एक क्षण वो आँखें मूँदे, मातादीन की बाँहों में सिमटी रही, पर अगले पल उसे अपने भीगने का ध्यान आया और वो उससे अलग हो गई। मुस्कुराई फिर मातादीन को बाँह पकड़कर उठाया उसने और कुछ पीछे को खींच लिया। विद्या के साथ प्राचीन-अभेद्य छत तले उसने खुद को आसमानी बादलों के खतरनाक प्यार से महफ़ूज़ ही नहीं, महरूम भी महसूस किया; वो फिर झरोखे में लौट आया।

''मुक्तिबोध के ब्रह्मराक्षस हो गये हो क्या, जो मग्न हुए जाते हो इस डरावनी बावड़ी को निहार-निहारकर?''

''मुक्तिबोध का ब्रह्मराक्षस!! हा हा हा, यार विद्या इतना मत रटा करो कोर्स कि ज़िन्दगी को उसी चश्मे से देखने लगो! मैं इतनी देर से यहाँ बैठा हूँ पर ज़रा देर को भी मेरे ध्यान में नहीं आया कि मैं किसी पुरानी बावड़ी का प्रेत ब्रह्मराक्षस हो गया हूँ अलबत्ता मैं तो आसमानों को देख कालिदास की 'बेत्रवती' की कल्पना कर रहा था।''

''अच्छा! सुनूँ तो ज़रा, कवि साहब की कल्पना!''

''तुम मज़ाक तो न उड़ाओगी?''

''नहीं!'' कहते-कहते वो फिर हँस दी।

''जाओ, नहीं सुनाता!''

मातादीन उसका हाथ छोड़ ऊपरी मंज़िल को जाती जर्जर-खतरनाक सीढ़ियों की ओर बढ़ चला।

''अरे, सुनाओ ना प्लीज़। अच्छा, अब नहीं हँसती—प्रॉमिस!''

वे दूसरी मंज़िल की राह होते हुए, बावड़ी की छत पर पहुँच गये। सफ़ेद बादलों से रिमझिम पानी महीन बूँदों में बरस रहा था। माहौल में धुंध और नमी थी। विद्या ने दोनों के ऊपर छाता खोल लिया। दूर, अस्पष्ट क्षितिज को कल्पना में डूबी आँखों से निहारता मातादीन कह रहा है,

''सोचो...सोचो कि चौड़े पाट का बेतवा नदी रपटे पर से बह रही है। श्वेत पड़ गये आकाश से ऐसी झींसी झिर लगी है कि माहौल धुँधली चादर में छिप गया मालूम पड़ता है। नदी इस बारीक बारिश को ओढ़े हुई-सी है। ...चंचल-उद्दाम प्रेमिका नदी को दुपट्टा ओढ़ाता ज़िम्मेदार प्रेमी बादल! आस-पास की चटख हरी प्रकृति किसी नवयुवती-सी लावण्यमयी हो उठी है जैसे नदी की सखी हो! पेड़, घास, धरती, पत्थर,

पगडंडियाँ, रास्ते, परिन्दे और हवा तक; प्रकृति का अंग-अंग झींसी बारिश को अपने में समो रहा है। नदी और प्रकृति दोनों ही मेघ में खो गई लगती हैं...जैसे दो सहेलियाँ एक ही युवक से प्रेम कर बैठी हों!''

अपनी कल्पना में खोया वो विद्या के छाते से निकलकर खुली बारिश में आ गया है और इस समय जैसे विद्या के नहीं बल्कि कालिदास के साथ है,

''मेघ से यक्ष कह रहा है कि बेत्रवती (बेतवा) की चंचल तरंगें विलासवती नायिका की तरह तुम्हें अवश्य आकर्षित करेंगी। जिस समय तुम इस बेत्रवती के स्वादु जल का पान करोगे उस समय निस्सन्देह भंग विलासदक्षा छायावती नायिका के अधरपान का सुख पाओगे। किन्तु मित्र उलझ न जाना। बेत्रवती के तट प्रांत पर तुम्हारा जो मंद-मंद गर्जन होगा, वह निस्सन्देह उस नदी की चंचल तरंगों में और भी चंचलता ला देगा!''

अपनी बात का असर देखने के लिए वो पलटकर विद्या का चेहरा देखता है, पर वहाँ कोई अतिरिक्त भावुकता नहीं पाता है। ...प्रेमी की मेघ जैसी काव्यमयता में प्रेमिका नदी की तरह बह नहीं सकी है; बल्कि किसी सुरक्षित पनाह, टापू की तरह व्यावहारिक बनी रही है।

मातादीन जिस तरह से उसे परखती आँखों से देख रहा था उसे देखकर वो गुनाहगार की तरह सफ़ाई देने लगी, ''अब दतिया में नदी तो है नहीं; और बावड़ी में खड़े होकर मुझे नदी याद नहीं आ रही, कल्पना में भी नहीं!''

बात सुनकर वो मुस्कुराया, ''तुम सच्चे अर्थों में मेरी पूरक हो—होरी की धनिया की तरह!''

उसके चेहरे पर ऐसी आत्ममुग्धता दिखने लगी जो श्रेष्ठ बात कह चुके वक्ता के चेहरे पर दिखती है। उसने आस-पास दूर तक देखा फिर पल में उसका चेहरा गम्भीर हो उठा, ''चलो, चलते हैं। यहाँ खड़े रहना सेफ़ नहीं है।''

''क्यों?''

''कहीं कोई हमें एक साथ न देख ले!'' वो उसकी कलाई थामे सीढ़ियाँ उतरने लगा।

''यहाँ कौन हमें देख रहा है? ऐसी बारिश में किसे पड़ी है शहर से बाहर इस बावड़ी में आकर हमारी शिनाख्त करने की?''

''बावड़ी शहर से बाहर सही, कॉलेज के तो पास है! कॉलेज में आज अगर क्लासेस नहीं लग रही हैं मतलब लड़के यहाँ-वहाँ आवारागर्दी करते फिरेंगे; और दतिया इतना छोटा शहर है! मैं तो फिर भी चलो, यहाँ का हूँ भी नहीं; पर तुम तो यहीं

की हो! तुम्हारे घर बात पहुँचते देर नहीं लगेगी।''

''तो क्या हुआ; तुम मुझसे शादी कर लेना!''

वो जिस बात पर खिल-खिल हँस पड़ी; वो मुस्कुरा भी न पाया,

''तुम ज़िन्दगी को कितना आसान समझती हो!''

''और तुम कितना मुश्किल!''

वे सीढ़ियाँ उतरकर दूसरी मंज़िल के एक कोने में, प्राचीन पत्थरों पर आ बैठे हैं।

''मुश्किल से क्या मतलब है तुम्हारा?''

''मतलब ये कि तुम अजीब हो! कल से झींसी लगी है। तुम्हारे गाँव से कॉलेज आठ-दस किलोमीटर है। आना-जाना मिलाकर हुआ बीस किलोमीटर! ऐसी किच-किच बारिश में कॉलेज आने की ज़रूरत ही क्या है? और चलो, कॉलेज आ भी गये थे तो उसके बाद यहाँ बावड़ी में आने का न्यौता तुम्हें किसने दिया था? अब उठो! और निकलो सीधे गाँव को! जाने कब से बैठे भीग रहे हो! एक रेनकोट भी नहीं खरीद सकते न तुम अपने लिए! ओअ...''

अंतिम वाक्य कह चुककर विद्या अचकचाकर चुप हो गई—यह क्या बात निकल गई मुँह से! न मातादीन की रेनकोट खरीद पाने की आर्थिक स्थिति है, न उसकी उपहार में दे पाने की!

''प्रकृति कवि की प्रथम प्रेमिका होती है; प्रिय-प्रियतमा के मिलन में कमबख्त रेनकोट का क्या काम! हा हा!''—वो हँसा; न जाने अपनी बात पर, न जाने अपने हालात पर!

''प्रथम प्रेमिका! प्रिय-प्रियतमा का मिलन!! यार तुम क्या भयंकर हिन्दी बोलते हो!''

''भयंकर?? अंग्रेज़ी चाहे कितनी भी क्लिष्ट बोली जाये, लोग कुछ नहीं कहेंगे बल्कि उन पर धाक ही जमेगी न समझ में आने वाले मीनिंग्स और स्पेलिंग्स की! लेकिन हिन्दी ज़रा शुद्ध बोलना शुरू कीजिये और लोग 'भयंकर! भयंकर!' कर उठते हैं। हम हिन्दी की उच्चतम कक्षा के छात्र हैं; फिर तुम तो जानती हो, मैं कवि बनना चाहता हूँ।''

''बनना नहीं चाहते; बन चुके हैं उस्ताद! आप बहुत बड़े वाले कवि बन चुके हैं!''

''नहीं! दतिया-ग्वालियर के चार-छह पत्र-पत्रिकाओं में कुछेक कविताओं के छप जाने से मैं कवि नहीं बन गया हूँ। मेन स्ट्रीम तक पहुँचने के लिए अभी बहुत लम्बा रास्ता तय...''

''मैं कविताएँ छपने-उपने की बात नहीं कर रही हूँ।''

''फिर ?''

''फिर ये मेरे बुद्धूराम कि जो लड़का ऐसे मौसम में, ऐसा एकान्त अवसर पाकर भी अपनी गर्लफ्रेंड से ऐसे बातें करे मानो मंच से किसी सभा को संबोधित कर रहा हो, वो सिवाय कवि के, कोई हो ही नहीं सकता!''

वो खिलखिलाकर हँस पड़ी; जैसे सब चौंककर उसे देखने लगे—बादल, बूँदें, बावड़ी और मातादीन भी!

''तुम्हें हँसी बहुत आती है ना!''—मातादीन ने आगे बढ़कर उसे अपनी बाँहों में भर लिया।

''अरे! तुम तो एकदम ही भीगे हो! छोड़ो मुझे और घर जाओ मातादीन।''

''एक शर्त पर छोड़ूँगा।''

''नहीं, छोड़ो पहले।''

''नहीं, पहले सुनो।''

''छोड़ो ना!'' वो कसमसाई फिर उन ताकतवर बाँहों की ऊष्मा महसूस करती हुई हारकर बोली, ''अच्छा ठीक है! फ़रमाओ अपनी शर्त।''

''तुम मुझे अब कभी मातादीन कहकर नहीं पुकारोगी; हमेशा विराट ही कहा करोगी।''

''विराट! पर वो तो तुम्हारा तखल्लुस है ना, सो भी आदिनाथ सर का रखा हुआ।''

''नहीं। अब वही मेरी असली पहचान है। तुम कहना शुरू करोगी तभी क्लास में बाकी सब भी कहेंगे।''

''लेकिन मैंने विराट से प्रेम नहीं किया है; मातादीन से किया है—मातादीन मिरौंगिया...मअ, मेरा मतलब मातादीन भदौरिया से।''

विराट ने मातादीन की प्रेमिका को अपनी बाँहों से मुक्त कर दिया।

''नाराज़ हो गये? सॉरी, वो मेरे मुँह से अचानक ही निकल गया!''

''नहीं। गलती तुम्हारी नहीं, मेरी है। मैंने ही अपना सब सच तुम्हारे सामने उगल दिया कि मेरा असली सरनेम भदौरिया नहीं बल्कि मिरौंगिया है मतलब तुम्हारी तरह—शिड्डू! पर वो मैंने सिर्फ़ इसलिए किया था ताकि तुम्हें तुम्हारी जातिगत हीनता से बाहर निकाल सकूँ, तुमसे मित्रता कर सकूँ; और तुमने तो रट ही लिया यार!''

अब तक बारिश रुक चुकी थी। कहीं जाकर सो रहा सूरज, श्वेत बादलों के रेशमी पर्दों को पार कर ताज़ा दम होकर काम पर लौट आया था। वे बावड़ी से बाहर निकल आये थे।

''पर मेरी समझ में नहीं आता, तुम अपनी जाति छिपाते क्यों हो? मैंने तो नहीं छिपाई कभी।''—उसके चेहरे पर उजली धूप चमक उठी।

''नहीं छिपाई तो क्या हासिल हुआ तुम्हें? एक भी सहेली बना पायीं तुम क्लास में? कॉलेज में? लड़कियों वाली साइड में सबसे पीछे की बैंच पर बैठी दिखती हो हर दिन; और तुम्हारी लाइन में सिवाय तुम्हारे कोई नहीं होता—तुमसे अगली एक लाईन भी खाली छोड़कर बैठती हैं लड़कियाँ!''

''पर रिज़ल्ट जब आता है, सब मुझसे पीछे रह जाते हैं— लड़के भी! लड़कियाँ भी!''

''तुम्हारी यही बात मुझे अच्छी लगती है विद्या। वो जो कविता सुनाया करती हो तुम त्रिलोचन की,

पृथ्वी आकाश
जहाँ कहीं
तुम्हें जाना हो
बढ़ो
बढ़ो''

वे दोनों अपनी-अपनी साइकिलों तक आ गये।

''अब बातें करना छोड़ो और अपने घर की राह लो। न जाने कब से भीगे हो; बीमार न पड़ जाना कहीं!''

''नहीं, अभी तो धूप निकल आई है। अभी तनिक में कपड़े सूख जायेंगे; पर मैं चलता हूँ। तुम भी जाओ। सड़क पर चहलपहल बढ़ गई दिखती है, किसी ने पहचान लिया तो... ?''

''तो तुम मुझसे शादी कर लेना।''

''तुम हमेशा शादी की बात क्यों करती हो?''

वे अपनी-अपनी साइकिलों के हैंडल थामे साथ-साथ चलने लगे, मुख्य सड़क से कुछ दूर की इस पगडंडी पर।

''यों ही। तुम्हें चिढ़ाने के लिए। तुम सुनकर डर जाते हो तो मुझे हँसी आती है,'' वो थोड़ा-सा हँसी।

''नहीं, ये हँसी नहीं, डर है तुम्हारा।''

''डर?''

''हाँ, मैं सोचता हूँ क्यों सब लड़कियाँ अपने प्यार को शादी की मंज़िल तक

पहुँचाना ही चाहती हैं?''

''क्योंकि जिसे प्यार करते हैं, उसे ज़िन्दगी भर के लिए पा लेना ज़रूर बहुत बड़ी खुशनसीबी होती होगी।''

''कितनी अजीब बात है ना कि लड़कियाँ प्यार भी चाहती हैं, व्यवस्था भी!''

''और लड़के क्या चाहते हैं—लिव इन?''

विद्या ने बंद छाते से उसके कंधे पर 'धप्प' मारी। फिर दोनों हँस पड़े। मातादीन ने अगले पल पलकें झपकाकर उसे देखा—उसके दमकते तँबई चेहरे पर प्रज्ञा का तेज महसूस होता है जैसे ताँबे की सरस्वती प्रतिमा हो कोई।

उद्दाम नदी, झींसी बारिशों के धुँधले दुपट्टे और ज़िम्मेदार प्रेमी बादल की विराटता की कल्पनाएँ करते-करते ऊबे मातादीन को वास्तविक जीवन का ये सच्चा सौन्दर्य बड़ा भला लगा।

''आज घर जाकर तुम पर एक कविता लिखूँगा।''

''तो जल्दी घर जाओ और कल कॉलेज कविता के साथ ही आना।''

''नहीं, अभी तो मैं आदिनाथ सर के घर जा रहा हूँ।''

''पागल हो गये हो क्या? इतने भीगे हुए हो और सर का घर यहाँ से पाँच किलोमीटर दूर है सो भी तुम्हारे गाँव के रास्ते के बिलकुल अपोज़िट डायरेक्शन में। वहाँ से फिर गाँव जाओगे; यों कुल कितने किलोमीटर साइकिल चलानी पड़ेगी, पता है??''

''नहीं पता। बस, यह पता है कि मुझे सर के घर जाना है—अभी!''

मातादीन चला गया और विद्या उस कच्ची राह की धूप में अकेली खड़ी सोचती रह गई है, ''क्या प्यार सिर्फ़ मेरे हिस्से आया है, उसके हिस्से प्यार जैसी कोई प्रतिक्रिया भर?''

उसे अपनी पिंडलियों के लहू की रफ़्तार डूबती महसूस हुई, हथेलियों में जैसे रिरकन हो उठी। ऐसे हाल में साइकिल कैसे चला पायेगी लड़की; वह पगडंडी किनारे पड़े एक सजावटी अवशेष पत्थर पर निढाल बैठ गई है। आशंकाओं के सागर में डूबता-उतराता मन याद कर रहा है, अभी दिन ही कितने हुए हैं इस प्रेम कहानी को शुरू हुए!

पूरा ग्रेजुएशन उसने खुद को एकाकी महसूसते हुए किया कॉलेज में; मतलब बिना किसी सखी-सहेली, परिचित-सहपाठी के। साधारण शक्ल-सूरत, गहरी साँवली रंगत, सस्ता सलवार कुर्ता और अपनी अनंत चुप के साथ क्लास में, कॉलेज में सब गिनतियों में वो अदृश्य हो गई होती, अगर हर साल प्रथम श्रेणी में प्रथम स्थान न पा रही होती—विद्या रैदास!

साँवली लड़की आसमान में भटकते यायावर बादलों को टकटकी बाँधकर देख रही है।

मातादीन से उसका परिचय है ही कितने दिन पुराना! स्नातक तो वो होमसाइंस विषय से थी—फिर मन बदला, किसी ने हिन्दी को ज़्यादा रोज़गारमूलक बता दिया और उसने एम.ए. हिन्दी में दाखिला ले लिया। पहले ही महीने तो मातादीन ने खुद आकर जान पहचान कायम की।

खाली पीरियड में क्लास लगभग खाली थी। वो टेबल पर किताबें फैलाये रजिस्टर में नोट्स बना रही थी।

''हैलो।''

एक खूबसूरत नौजवान पास आकर बैठ गया था। विद्या ने एक उड़ती नज़र डाली और एक उदासीन 'हैलो' कह फिर रजिस्टर पर झुक गई; पर दिल ने भीतर-ही-भीतर कितने सवाल कर डाले थे अपने आप से—

—यह तो वही लड़का है जो इस क्लास के पहले ही दिन से उसका ध्यान अपनी तरफ़ खींचता रहा है। रह-रहकर उठती रहती है उसकी ओर नज़र; तो क्या वो जान गया कि वो उसे चुपके-चुपके देखा करती है?

—क्या यह नहीं जानता कि विद्या जाति की रैदास है? शेड्यूल कास्ट—शिड्डू!! अछूत!! क्या विद्या की पीठ पर उछलते पत्थरों में से एक भी नहीं देख पाया है यह अब तक?

—यह क्या बात करने आया है?

मन में उठते सवालों के बवंडर का मुँह कसके बंद कर लिया उसने। होंठ कुछ भिंच गये। चप्पलों में पैरों की अँगुलियाँ कुछ सख्त होकर सिमट गयीं। ऊपर से हर संभव तौर पर सहज और व्यस्त दिखने की कोशिशें कर रही है वो।

''मेरा नाम मातादीन है।'' लड़के ने परिचय बढ़ाने वाले ढंग से कहा।

''मातादीन भदौरिया! आपका नाम सुना है मैंने।''—उसके स्वर में नये परिचय के लिए स्वागत नहीं था।

''किससे?''

''सर से ...अटेंडेंस में।''

''ओह! और आप विद्या हैं ना? मैंने भी आपका नाम सुना है, सिर्फ़ सर से नहीं, सब सरों से!''

वो मुस्कुरा रहा था; और अपने भीतर-ही-भीतर विद्या का दिल मोम हो चला था।

"विद्या रैदास!" अपना पूरा नाम उसे बताते-बताते उसकी आवाज़ फट गई जैसे।

"आप अपने सरनेम पर इतना ज़ोर क्यों देती हैं?"—उसने बैंच पर कोहनी टिकाकर हथेली पर चेहरा टिका लिया; ज़ाहिर था वो लम्बी बातचीत करने के मूड में आया है।

"आप नहीं देते?"

विद्या ने सिर उठाकर उसे नज़र भर देखना चाहा; और देखती ही रह गई—कितना हैंडसम लड़का!!

"देना चाहिए?"—वो अदा से मुस्कुराया।

"अगर आप भी मुझे तंग ही करना चाहते हैं तो मुझे आपसे बात करने में कोई इंटरेस्ट नहीं है।"

वो किताबें समेटकर उन्हें अपने—हाथ के सिले, घरेलू- कपड़े के थैले में रखने लगी।

"ओ! आप तो बुरा मान गयीं! मैं तो बस यह कह रहा था कि आप..."

पर उसकी सफ़ाई सुनने के लिए वो वहाँ खड़ी नहीं रही। क्लास से बाहर चल दी। वो उसके पीछे-पीछे चला आया है।

"देखिए! अगर आप मुझे परेशान करेंगे तो मैं प्रिंसिपल सर से आपकी शिकायत कर आऊँगी।"

"आप हमेशा ही ऐसा करती हैं क्या? "

"कैसा?"

ऊपर से विद्या नाराज़ दिख रही थी लेकिन भीतर-ही-भीतर उसकी तबीयत पर एक रोमांच तारी होने लगा था। कॉलेज में उसका यह चौथा साल है। कहाँ तो आज तक किसी लड़की तक ने उसे तवज्जह नहीं दी; और कहाँ आज ये इतना खूबसूरत नौजवान उसके साथ चल रहा है! अच्छा किया जो उसने एम.ए. हिन्दी में दाखिला ले लिया। वो अन्दर से खुश हो गई; बाहर से खुश न दिखने की कोशिशों के बावजूद।

"ऐसा कि बिना लोगों की पूरी बात सुने, खुद ही तय कर लिया करती हैं कि वे आपसे क्या कहने जा रहे हैं?"

"आप मुझसे चाहते क्या हैं?" उसने चाल तेज़ कर दी; पर कॉलेज से बाहर की ओर नहीं बल्कि कैम्पस के घास-मैदान की ओर!

"आपसे मित्रता करना चाहता हूँ।"

"क्यों?"—उसकी रगों में बहता रक्त पलभर को थम गया जैसे।

"आप इतनी इंटेलीजेंट हैं। आपने टॉप किया है। आपकी संग-सोहबत में रहूँगा तो मैं भी चार अक्षर सीख जाऊँगा। और फिर, आपकी मुस्कुराहट में तो क्या गज़ब का आकर्षण है! फकत आपकी मुस्कुराहट पाते रहने के लिए भी ज़रूर आपका दोस्त बना जा सकता है।"

वो पलभर को ठिठकी रह गई; समूची देह नम पड़ गई हो जैसे। जीवन में इतना महत्त्व-सम्मान आज पहली बार दिया है किसी ने; पर दुनियादारी के आग-अनुभवों में परिपक्व हुई लड़की यों एकदम अपने कछुआ-खोल से बाहर कैसे आ जाती, "क्या आप नहीं जानते, मैं रैदास हूँ—शेड्यूल कॉस्ट!"

"रैदास? आप रैदास होने का अर्थ भी जानती हैं या यों ही सरनेम लगाये फिरती हैं अपने नाम में? रैदास विश्व के महान संत थे। साक्षात् ज्ञान! साक्षात् सरलता! पानी में घुला चंदन! इतने महान संत के नाम को अपने नाम के आगे लगाती हैं तो उसे अपना गर्व समझिए—गाली नहीं!"

वो मंत्रमुग्ध-सी सुनती चली चल रही है उसके साथ। ऐसी बातें उससे पहले किसी ने नहीं कीं—कभी भी नहीं! ...बौद्धिकता किसे नहीं जीत लेती!

"मैं भी शेड्यूल कॉस्ट हूँ—भदौरिया नहीं, असल में मिरौंगिया। यहाँ कोई नहीं जानता सिवाय मेरे दोस्त सुभाष रायकवार के, जो गाँव से मेरे साथ यहाँ पढ़ने आता है। दरअसल मेरे बाबूजी ने जब मेरा नाम स्कूल में लिखाया तभी..."

समय जैसे 'अज्ञेय' की कविता हो गया था; वे दोनों हरी घास के मैदान में बैठे बतियाते रहे थे।

अब उनमें गहरी मित्रता हो गई थी; सिर्फ़ मित्रता या कुछ और भी, साफ़-साफ़ कुछ समझ नहीं आया...पर एक-दो हफ़्ते बाद ही विद्या ने पाया कि वो खुद को उस अति आकर्षक नौजवान की गर्लफ्रेंड कह रही है।

'पता नहीं प्यार उसे मुझसे हुआ है या मुझे उससे?' विद्या ने बावड़ी की ओर देखते हुए सोचा। कवि की अदृश्य-कल्पित वेगवती नदी जैसे पूरे माहौल को अपने में बहाने लगी। ...यायावर प्रेमी-मेघ को लुभाती चिरयौवना नदी के काल्पनिक घुँघरू छनके, छल! छल! छल!

विद्या ने सिर झटका; क्या फ़िज़ूल कल्पनाएँ करते हैं ये कवि भी! अपने भीतर से आती ध्वनि को बिना बूझे ही वो उठकर चली गई।

दूर बावड़ी के परनालों-मेहराबों से रिसती कवि की कल्पना-नदी जैसे दोहरा रही है, छल! छल! छल!

ये लड़की कवयित्री नहीं बन पायेगी

मातादीन की रैग्ज़ीन चप्पल साइकिल के पैडल पर ज़ोर लगा रही है। दिमाग में आदिनाथ सर हैं; अर्जुन के गुरु-सारथी-ईश्वर कृष्ण के जैसे आदिनाथ सर। वो अपना अहोभाग्य समझता है इसे कि साहित्य की इतनी बड़ी विभूति इस शहर में बसती है। उसके अपने प्रोफ़ेसर हैं वे! हिन्दी साहित्य की मेनस्ट्रीम की किंगमेकर-केटेगरी के साहित्यकार। कविता, कहानी, उपन्यास, संस्मरण, यात्रा वृतांत, रिपोर्ताज़, रेखाचित्र, समीक्षा-उमीक्षा—कमबख्त कौन विधा है जिसे सर ने न रपेटा हो? आलोचक के तौर पर स्थापित कितने बड़े नामवर!! सर के ड्रॉइंगरूम, सीढ़ियों, कमरों में बड़ी-बड़ी तस्वीरें सजी हैं ...किसी में वे अज्ञेय के पैर छू रहे हैं, ...किसी में 'नागार्जुन' का आशीर्वाद ले रहे हैं, ...कोई हरिवंशराय बच्चन के चरणों में बैठ कर खिंचवाई है, ...कोई फ़ोटो अमरकांत के बराबर खड़े होकर खिंची है ...तो कहीं ज्ञानरंजन के ऐन पीछे खड़े मुस्कुरा रहे हैं। जब आदिनाथ सर बड़े-बड़े साहित्यकारों के नाम दोस्तों-उस्तादों के तौर पर लेते हैं तो उसकी दृष्टि में वे सुमेरू पर्वत की तरह अपना कद बढ़ाते जाते हैं—और और और ऊँचाई! सूरज के रथ को रोक देने वाली शक्ति! फिर जब वो पूरी तरह से चौंधिया चुका होता है उस काल्पनिक ऊँचाई को मुँह उठाये ताकता; सर अचानक ही अपने किसी अगस्त्य ऋषि गुरु, किसी साहित्यिक उस्ताद का नाम लेकर एकदम मानो बिछ जाते हैं,

"सालोंसाल साहित्य घोंटते रहने पर भी वो बात, जीवन का वो मर्म हम नहीं जान सकते जो गुरुजी यों ही बातों-बातों में बता देते थे अचानक ही किसी रोज़! और मैं पाता था कि इतनी किताबें लिखकर भी, इतने सम्मान-उम्मान पाकर भी मैं जीवन भर उनके पाँवों की धूल ही रहूँगा!"

और काल्पनिक सुमेरू ऊँचाइयों से धूल में आ गिरता मातादीन। नहीं! नहीं! मातादीन नहीं—विराट! आदिनाथ सर कहते हैं,

"तखल्लुस का अपना एक महत्त्व होता है; कभी-कभी तो बड़ा भारी! अब बताओ सिवाय साहित्य के विद्यार्थियों के, कितने पाठक होंगे जिन्हें अज्ञेय के साथ 'सच्चिदानंद हीरानंद वात्स्यायन' नाम याद होगा? 'निराला', 'नागार्जुन' जैसे बड़े-से-बड़े कवियों ने अपने उपनाम रखे हैं और उनके साहित्य के साथ-साथ उनके इन उपनामों को भी पाठकों ने अपार प्यार दिया है। हरिवंशराय जी ने तो अपने 'बच्चन' को अपनी जाति, अपना कुल ही बना लिया। ...अब से मैं तुम्हें मातादीन कभी न कहूँगा सिवाय

क्लास के। साहित्य में तुम नवजात क्रॉफ़्ट हो सो तुम्हें मैं अपने आशीर्वाद के साथ नाम देता हूँ—विराट। जैसे 'निराला', जैसे 'नागार्जुन', जैसे 'अज्ञेय' ...वैसे होगा विराट।''

विराट! विराट! विराट!

अपने गाँव के दोस्तों, बूढ़े-जवान परिचितों को बताता रहा वो। दद्दा-बाई को बार-बार सुनाता रहा,

''सर कहते हैं जैसे 'निराला', जैसे 'नागार्जुन', जैसे 'अज्ञेय'...वैसे होगा विराट!''

पर मिट्टी के औंधे तवे जैसी कल्लिया तले धुआँ भरे चूल्हे से फूँक-फूँक जूझ रही बाई ने तो बात बिलकुल ही नहीं सुनी; अलबत्ता रिटायर्ड लाइनमैन दद्दा (जो अपने सयानेपन के कारण इस अछूत बस्ती में ही नहीं, चार गाँवों की अछूत बस्तियों में नामवर हैं रत्तू लाइनमैन के नाम से) ने अपने सदैव वाले सयानेपन से कहा,

''भोत पढ़े-लिखे आदमी हैं तुमाये आदिनाथ मास्साब! पहले उनका सब ज्ञान अपनी गाँठ में बाँध लो फिर खुश होना किसी बढ़ाई पे।''

लेकिन बाकी गाँववाले इतने हितैशी न थे—

''मौड़ा न जाने का-का बकै है?—लड़का न जाने क्या-क्या बकता है?''

''आये, मुलक पढ़ गओ है। अब जाकी बातें हमाये पल्ले न पड़ें—अरे, बहुत शिक्षित हो गया है। अब इसकी बातें हमारे पल्ले नहीं पड़ेंगी।''

''कम पढ़े तो हर से गये, मुलक पढ़े तो घर से गये। देखना, रत्तू का मौड़ा भी चलो जायेगा कछू दिन में। पढ़ाई-लिखाई वो खुरपी है जो जंगल के पौधा को गमला-पार्क में पहुँचा देती है।''

''हओ! जा रस्ता पे आगे जाके कोई पीछे न देख पाया कभी न मताई-बाप को, न गाँव-रिश्तेदारी को।''

बहुत बूढ़े बिजौरा बब्बा धँसी, मिचमिचाई आँखों से शहर को जाती सड़क देखते हुए कहते हैं ...उनका प्रौढ़ बेटा किसी महानगर में सरकारी कर्मी है। सालोंसाल न बेटे का परिवार यहाँ आ पाता है, न ही अति वृद्ध, लगभग विकलांग पिता को बुला पाता है। वे यहाँ के लिए अवांछनीय, ये वहाँ के लिए असहनीय! किसी बूढ़े प्रेत की तरह बिजौरा बब्बा अपनी पाँच एकड़ ज़मीन और बखरी के बीच भटकते रहते हैं। ...न बेटा आता है, न मौत!

रत्तू लाइनमैन भी जानता है कि बिजौरा बब्बा जैसा ही उसका कल है तो भी वो अपने इकलौते बेटे को हरसंभव तौर पर अपने इस जीवन से मुक्त कर देना चाहता है ...इस उपनाम से, जो मिरौंगिया है। ...गाँव के इस मुहल्ले से जिसका नाम चमरौरा है।

...इस वंश-रक्त-कुल से जो मैला ढोती रही सदियों और अब भी ढो रही है हिकारत, गाली, लात ऊँची जात वालों की। ...इस सब से काटकर फेंक देना चाहता है वो अपने बेटे का जीवन!

और रत्तू लाइनमैन की चुनी राह पर ये आगे बढ़ता जा रहा है मातादीन मिरौंगिया उर्फ़ मातादीन भदौरिया 'विराट'। साइकिल के पैडलों पर ज़ोर मारता हुआ दिल-दिमाग में दूर-दूर तक आदिनाथ सर छाये हुए हैं ...कृष्ण के विराट रूप से भौचक रह गये अर्जुन की-सी दशा रहती है इन दिनों उसकी—

—सर कितने बड़े विद्वान हैं!

—सर चाहें तो किसे साहित्यकार नहीं बना सकते! वे तो वो महान शिल्पी हैं जो पत्थर को तराश दें तो मंदिर की प्रतिमा हो जाये! पाँच मिनिट बात कर लें तो सामने वाला चारों खाने चित! वो कितनी कोशिशें करता है—हर दिन का हर पल जैसे एक अभ्यास है; पर सर के पास जो लफ़्ज हैं, लहज़ा है, जो ऊँचाई है वो पाने में उसे शायद उम्र लग जाये!

—सर का घर कितना अच्छा लगता है! स्टडी और बैठक की काँचदार अलमारियों में किताबें कैसी चमचमाती रहती हैं! कितने पुरस्कार! कितने मानपत्र! कितनी तस्वीरें! उपलब्धियों से सजा-सँवरा सर का घर उसे किसी दूसरे लोक में होने का भ्रम कराता है; लेकिन इस स्वर्ग में होकर भी वो अपनी दुनियावी जातिगत हीनता का शिकार हो ही जाता है ...सर की बेटी आराध्या उसे अलग कप में चाय देने आती है!!

अपनेआप में बेहद शर्मिन्दा सर सफ़ाई देने लगते हैं,

"मैं तो हर्गिज़ यकीन नहीं करता जाति-पाँति में; पर ये अरू की माँ भी ना! क्या करूँ मैं इस औरत का?? अनपढ़ जो है; पत्थर औरत! तुम बुरा न माना करो बेटा। और क्या फ़र्क पड़ता है, कप कोई भी हो, चाय तो अलग नहीं है ना! यों चाय के स्तर पर तो तुम मेरे समान हुए अरू की माँ के लिए भी!"

सर की इन्हीं बातों का तो वो भक्त है। बहरहाल, अब वो चाय-नाश्ता, पानी तक के हर प्रस्ताव को विनम्र झूठ के रैपरों में लपेटकर लौटा देता है—

—अभी खाना खाकर ही आया हूँ घर से ।

—चाय तो मैंने पीनी ही छोड़ दी है—हाँ, बिलकुल सच में।

—पानी तो मैं हमेशा साथ ही रखता हूँ। साइकिल के कैरियर से बोतल बँधी है। आप चाहें तो देख सकते हैं। भीतर आने से पहले ही पीकर आया हूँ।

...यों शिष्य और गुरु दोनों बच जाते हैं, अपने-अपने भीतरी आइनों के सामने

पड़ जाने से।

तो भी, अलग कप-गिलासों वाले सब भेदभावों के बावजूद मातादीन को आराध्या अच्छी लगती है :

—किसी मंदिर के देव-परिवार की छोटी संगमरमरी प्रतिमा के जैसी, कितनी गोरी है उसकी त्वचा! उसके होंठ कैसे नर्म, गुलाबी हैं! उसकी आँखें कितनी बड़ी और काली हैं! उसके बाल कैसे लम्बे और चमकदार हैं! उसके डिम्पल वाले गाल! उसके चेहरे की वो जानलेवा लुनाई-भोलेपन का भाव! उसके अंग-अंग में ही लावण्य नहीं है बल्कि उसके देखने में, बोलने में, उपस्थित भर होने में भी गज़ब की कशिश है! ...हाह! पर घोषित तौर पर विद्या रैदास का प्रेमी विराट जानता है कि अलभ्य अरू की नज़र में वो मातादीन मिरौंगिया ही रहेगा, फिर चाहे वो कितना ही नामी साहित्यकार क्यों न बन जाये!

...सफलता सबसे बड़ा बदला होती है!!

वो आराध्या के सामने साबित होगा एक दिन—उसके पिता से भी बड़ा साहित्यकार!

उसने साइकिल आदिनाथ सर के घर के बाहर आ रोकी है। आहिस्ता से बाउन्ड्री का लौह-द्वार खोला। वो जानता है आराध्या अपनी माँ के साथ हफ़्ते भर के लिए ननिहाल गई है। सर घर पर अकेले हैं। कुछ ये लालच भी उसे इस बरसाती मौसम में भीगे कपड़ों सहित खींच लाया है। एकान्त में सर को अपनी कविताएँ ऊँची आवाज़ में सुना सकता है। उनके टोकने, दोष निकालने और उच्चारण की अशुद्धियाँ गिनाने पर आज उसे ये डर नहीं रहेगा कि बैठकखाने के पार आराध्या के कमरे तक सब सुनाई पड़ रहा होगा।

शटर अधखुला है। दरवाज़ा पूरा खुला मिला। विराट ने एक ओर अपनी चप्पलें उतारीं और खुले बैठकखाने में आ गया।

सेंटर टेबल पर एक प्लेट में नमकीन, क्रीम बिस्कुट और काली चाय से खाली दो कप रखे हैं। सर जब खुद चाय बनाकर लाते हैं अपने किसी परिचित के लिए तो वे हमेशा काली चाय को ही प्राथमिकता देते हैं—पानी, नींबू, चायपत्ती, तुलसी, चीनी का सुस्वादु काढ़ा—सर को बहुत पसन्द है!

उसने एक क्रीम बिस्कुट उठाकर मुँह में डाल लिया। आस-पास कोई दिख नहीं रहा। सर कहाँ गये अपने आगंतुक के साथ? वो इधर-उधर दो-चार कदम चलकर तलाशता है। कहीं कोई नहीं! सर घर खुला छोड़कर कहीं चले गये क्या? मगर किसके साथ? तो क्या वो इस वक्त यहाँ अकेला है? झिझकता हुआ वो आराध्या के कमरे

में चला आया है। सिंगल बेड पर मुलायम कॉटन की चादर है। खिड़कियों पर लम्बे-लैसदार रेशमी पर्दों की दोहरी परतें हैं। सिरहाने कीमती बार्बी डॉल और टच लैम्प सजा है। बार्बी डॉल को कई एक पलों तक अपलक निहारता रहा; पर लाख चाहकर भी, आगे हाथ बढ़ाकर उसे छूने का हौसला नहीं जुटा पाया। पढ़ाई की टेबल-कुर्सी पर भी महँगी सजावट है : कीमती टेबल लैम्प, पेन-पॉट और हाथी दाँत से नक्काशीदार फ़ोटो फ्रेम में आराध्या की, फ़िल्मी हीरोइनों जैसी फ़ोटो! उसका दिल चाहा, इस कमरे की हर एक चीज़ चुरा ले! इस बिस्तर पर ज़रा देर लेट ले, जिस पर अरू की गहरी नींदभरी रातें बीता करती हैं—न जाने कैसे नाइट सूट, कैसी नाइटी, कैसे शॉर्ट कपड़ों में?? उसकी कल्पना में पारदर्शी नाइटी में आराध्या सामने सोई है, ठीक वैसे पोज़ में जैसे सुभाष ने उस अंग्रेज़ी मैग्ज़ीन में दिखाया था उसे।

विराट ने एक गहरी साँस ली। कमरे में रची स्थायी खुशबूदार हवा उसके भीतर उतर गई। उसे सर के आ जाने का डर है वर्ना एक चीज़ तो ज़रूर ही चुराना चाहता है इस कमरे से—अरू की ये बड़ी कीमती बार्बी डॉल जिसे छूने का मन कर रहा है बार-बार; लेकिन एक बार भी उसने छुआ नहीं है—अछूती बार्बी डॉल और अछूत मातादीन मिरौंगिया! अब वो यहाँ से लौट जाना चाहता है; पर दिल है कि बाहर की ओर उसे मुड़ने नहीं देता। कुछ-न-कुछ लूट ले जाना चाहता है इस अछूती बार्बी वाले कमरे से; और कुछ न कर सके तो इतना तो ज़रूर करना चाहता है कि उस बाथरूम में घुसकर मुँह ही धो आये जहाँ वो उसकी जान हर दिन नहाती होगी।

दिल को समेटता-सचेत करता विराट पलटा और इस-उस कमरे में सर को तलाशने लगा। सर आखिर गये कहाँ? तीनों बाथरूमों के दरवाज़े भी तो खुले हैं। वो बैठकखाने में लौटा कि तभी सीढ़ियों के पार, ऊपरी मंज़िल के कमरे से कुछ गिरने-टूटने की तेज़ आवाज़ आई है। वो तेज़ी से सीढ़ियाँ चढ़ा। सर के पढ़ने का खास कमरा। यहाँ सर जब होते हैं, किसी की क्या मजाल कि ये दरवाज़ा खटखटा दे!

"वे लिख रहे हैं!" का अनुशासन-आतंक आराध्या और उसकी माँ तक के चेहरे पर उसने देखा है। चाय-पानी या जिस भी ज़रूरत के लिए पुकारा जाता है, वहीं पहुँचा दी जाती है—बेआवाज़!

"जब मैं लेखन में डूबा हुआ होता हूँ तब मैं कोई और ही हो जाता हूँ। इस मामूली आदिनाथ की सतह से ऊँचा उठा हुआ कोई आदमी!"

सुननेवाले उनके सृजन-अनुशासन को जान 'वाह! वाह!' कर उठते हैं। ...किसी एलीट महात्मा के ध्यान-कक्ष जैसा ये स्टडी-रूम! और इस महान कमरे से इतनी तेज़

और अजीब आवाज़ें? अधभिड़ा दरवाज़ा झटके से खोल दिया विराट ने। सामने जो दृश्य था, उस पर विश्वास कर पाना, उसके लिए असंभव था—अपनी सम्पूर्ण चेतना के बावजूद!

कमरे का कीमती सजावटी सामान बिखरा हुआ था और सामने काउच पर सर ने एक लड़की-शरीर को दबोच रखा था जिसकी पीठ इस ओर थी—लगभग अनावृत्त!! लड़की छटपटा रही थी। खुद को छुड़ाने के लिए नाखूनों-दाँतों तक का इस्तेमाल कर रही थी और आदिनाथ का चेहरा एक भूखे हिंसक पशु का बन गया था।

अचकचाये, गँवई विराट के मुँह से ऊँचा स्वर निकल गया, "सर, क्या आप बलात्कार कर रहे हैं?"

क्षण के निमिष में दृश्य बदल गया। आदिनाथ के चेहरे पर उभरा भूखा-हिंसक पशु तुरन्त भीतर बिला गया और वे फिर वही हमेशा वाले प्रकाण्ड विद्वान हो गये—नामी किंगमेकर साहित्यिक हस्ती!

अलग हुई लड़की ने अपना फटा कुर्ता कंधों पर चढ़ाया और अनावृत्त, खरोंचों भरे, रक्त सने स्तनों को अपने मोटे दुपट्टे से तुरन्त ढाँप लिया।

"प्राची तुम???"

विराट भौचक रह गया। सामने अपनी दुर्दशा को ढाँपती, रुँआसी प्राची थी जो अगले ही मिनिट वहाँ से भाग गई, कालीन पर पड़ी अपनी किताबें बटोरकर; अलबत्ता उसकी कविताओं के बिखरे-फटे पन्ने यहीं छूट गये थे।

विराट का दिमाग तेज़-तेज़ चकराने लगा जैसे आँधी में पड़कर पवनचक्की ने बेकाबू रफ़्तार पा ली हो।

प्राची : उसकी अपनी सहपाठिन! शहर की उभरती हुई कवयित्री!

विराट को इधर कुछ समय से उससे ईर्ष्या हो चली थी। यों तो सर उसे ही अपना सबसे प्रिय शिष्य मानते-जताते हैं, क्लास में भी, साहित्य में भी; लेकिन सच ये था कि वे प्राची पर दीवानावार मेहरबान थे। सर अपने इसी स्टडी-रूम में उसकी कविताएँ सुनते थे, सुधारने के सुझाव भी देते थे। अफ़वाह ये भी थी कि प्राची अपनी कच्ची-अधकचरी कविताएँ सर के स्टडी-रूम में जाकर टेबल पर छोड़ आया करती है। सर उन कविताओं को दोबारा लिखते हैं। टाइप कराकर नामी पत्र-पत्रिकाओं में भेज देते हैं सो भी सिफारिशी चिट्ठी के साथ! इस तरह मेहनत असल में आदिनाथ सर की है, नाम प्राची का हो रहा है! जब विराट ने ये चर्चायें सुनीं तो उसे कतई-कतई यकीन नहीं हुआ था। अरे! प्राची से जलनेवाले दूसरे युवा साहित्यकारों, खासकर साहित्यकाराओं

की उड़ाई अफ़वाह मात्र है ये—कुढ़ने, भुनने वालियों की कुत्सित कल्पना भर! पीछे रह जाने वालों की भड़ास-मिथ्याभिमान! लेकिन इस एक दृश्य ने जैसे उसे लोगों के हर एक प्रश्न का उत्तर दे दिया,

—क्यों आदिनाथ सर पिछले महीने उसे अपने साथ दिल्ली ले गये थे एक बड़े कवि-सम्मेलन में?

—क्यों सर ने अपने दो लेखों और एक भाषण में प्राची को साहित्य-आकाश का भावी उज्ज्वल नक्षत्र बताया था?

...भावी नक्षत्र! ...रक्त सने स्तन!!

वो अब तक स्तब्ध खड़ा था जबकि आदिनाथ सर अब तक सँभल चुके थे और घटना का सामान्यीकरण कर उठे थे,

"मौके पर यह लड़की बड़ी कायर निकली! इसे पहले से पता था कि मैं अकेला हूँ और फ़ोन कर अपने सूने घर में मिलने बुला रहा हूँ तो मेरी अपेक्षाएँ क्या होंगी। ये नई-नई कवयित्रियाँ समझती क्या हैं कि साहित्य की दुनिया के शिखर पुरुष मूर्ख होते हैं? ये अपनी रसीली चितवनों, मीठी बातों और गहरे मेकअप-तंग कपड़ों की चकाचौंध मात्र से जीत लेंगी किंगमेकर समीक्षकों-सम्पादकों को?? साहित्यकार बनने के लिए पूरा एक जीवन होम करना पड़ता है—पूरा एक जीवन!! अपनेआप को तपस्वी में बदलना पड़ता है; और जो बिना तपस्या वरदान चाहता है, उसे उस वरदान का मूल्य चुकाना पड़ता है—तपस्या से कई सौ गुना ज़्यादा!"

आदिनाथ ताव में बोलते जा रहे थे और अपनी खरोचों, लकीर-लकीर घावों पर एन्टीसेप्टिक लगाये जा रहे थे,

"ये मूर्ख लड़की क्या समझे बैठी थी कि इसकी उन मामूली कविताओं पर फिदा होकर मैं इसे दिल्ली ले गया था? क्यों मैंने अपने समीक्षा-लेखों में इसका ज़िक्र किया जबकि ऐसी औसत प्रतिभाओं को दस साल लग जाते हैं समीक्षकों का ध्यान पाने में? क्यों मैंने अपना काम छोड़कर इसकी कविताएँ सुधारीं, जबकि अपने सबसे ज़्यादा प्रतिभाशाली स्टूडेंट विराट का मैंने अब तक कोई फ़ेवर नहीं किया?"

सर ने उसके सिर पर स्नेह से हाथ फेरा। मातादीन एक निमिष में प्राची वाला पूरा वाकया भूल गया; उसने आकाश से होती देववाणी की तरह ये वाक्यांश सुना—सबसे प्रतिभाशाली विराट!!

आदिनाथ कमरे को पुनः व्यवस्थित करने लगे। विराट के दिल ने अपना ही गढ़ा एक वाक्यांश व्यंजना में दोहराया—किसी एलीट महात्मा के ध्यान-कक्ष

जैसा ये स्टडी-रूम!

"इस घटना का भूल कर भी कहीं ज़िक्र न कर बैठना। समझे?? ये लड़की तो मूर्ख थी। कायर भी थी। वैसे भी इसमें कोई साहित्यिक प्रतिभा नहीं थी। मैंने इसकी कविताएँ न सुधारी होतीं, सम्पादकों को फ़ोन न किये होते और प्रेषित कविताओं पर सिफारिशी टिप्पणियाँ न लिखी होतीं तो इसकी कविताएँ मेनस्ट्रीम की पत्रिकाओं में छपने लायक तो क्या थीं, लोकल अखबारों के काबिल भी न थीं! उसकी जो पहचान बन रही थी साहित्य की दुनिया में उसके पीछे मेरी मेहनत थी। ...पर अब तुम इसे 'समाप्त' समझो। इसकी बिसात ही क्या है? मैं चाहूँ तो ये जीवन भर सिर पटके, तो भी किसी बड़ी साहित्यिक पत्रिका में न छप पाये! हाँ, किसी किंगमेकर सम्पादक के साथ अंतरंग हो जाये तो बात और है!"

एकाएक उनका आक्रोश अफ़सोस में बदल गया, "तो मैं ही क्या बुरा था? मैं इसे मेनस्ट्रीम का एक सितारा नाम बना सकता था। कालजयी तो साहित्यकार सिर्फ़ अपने साहित्य के बूते ही होता है, वो जो हरिवंशराय बच्चन लिखते हैं कि यहाँ आदमी उठता है तो अपनी रचनाओं से और गिरता है तो अपनी रचनाओं से! तो भी हम साहित्यकार होने के अलावा इन्सान भी तो हैं और इन्सान के तौर पर इन्सान का बहुत कुछ बनाया-बिगाड़ा जा सकता है। मैं इसको इतना तो स्थापित कर ही देता कि ये आगे खुद राह पा लेती; और अपनी कोशिशों के बूते बनी रहती आजीवन बी-सी ग्रेड टाइप एक कवयित्री। छिटपुट अवार्ड मिलते रहते और स्थानीय साहित्यिक संस्थाएँ अपने कार्यक्रमों में अतिथियों को पुष्प गुच्छ भेंट करने के लिए मंच पर बुलाती रहतीं। परिवार, रिश्तेदार सब अपनी इस पहचानदार को गृहिणी के स्तर से ऊँचा कुछ समझते रहते। इसकी मामूली ज़िन्दगी थोड़ी तो बेहतर हो ही सकती थी अगर ये... खैर जाने दो। इन्सान के तौर पर भले वो मुझे पसन्द थी, क्राफ़्ट के तौर पर मेरी नज़र में वो शून्य के आस-पास ही थी।"

सहज हो चले आदिनाथ की आवाज़ में अब एक अनुभवी उस्ताद बोल उठा,

"प्रतिभा, अध्ययन, अभ्यास—एक क्राफ़्ट इन्हीं तीन मूल तत्वों से बनता है और इनमें भी आचार्यों ने प्रतिभा को सबसे ऊपर रखा है। और तुम्हारे पास प्रतिभा है बेटे। अगर तुम सस्ती लोकप्रियता में न पड़े और साहित्यिक ग्लैमर से अपने को बचा सके तो इतना आगे जाओगे कि किसी दिन मुझे तुम्हारा गुरु होने पर गर्व होगा।"

विराट सम्मोहित-सा सुन रहा है। सर कह रहे हैं, "तुम्हारी कविताओं में एक अलग तरह का सौन्दर्य है लेकिन तुम्हें अभी खुद को सालों तक माँजना है, तराशना

है। अगर साहित्य को तपस्या समझते रहे तो हिन्दी साहित्य के आकाश का चमकता सितारा बनते तुम्हें मैं अपनी आँखों से देखूँगा।''

''सर, बस आपका आशीर्वाद रहे; अभी तो मुझे सालों आपसे सीखना है,'' विराट के स्वर में हद विनम्रता है।

उस्ताद ने बुकशैल्फ़ का दरवाज़ा घुमाया। पीछे बनी गुप्त अलमारी में तमाम तरह की शराब-बोतलें नज़र आने लगीं। एक बोतल का ढक्कन खोल नीट पीते हुए बोले,

''साहित्यकार के असली उस्ताद सिर्फ़ दो ही होते हैं—एक वो खुद, दूसरा—जीवन! तुमने गोर्की की *माई यूनिवर्सिटीज़* पढ़ी है?''

अगले दिन मातादीन 'विराट' ने ध्यान दिया कि प्राची कॉलेज नहीं आई—उसके अगले दिन भी नहीं! ...उस हफ़्ते भर भी नहीं! फिर एक दिन वो अपने छोटे भाई के साथ आई थी और अपनी टी.सी. ले गई थी। कॉलेज के लम्बे कॉरीडोर में उसे वो सामने से लौटती दिखी थी। एकदम ही सामने पड़ जाने से अब कतराकर गुज़र जाना मुमकिन नहीं था। उसके पास आकर प्राची एक पल को रुकी। उसकी आँखों में कुछ ऐसा भाव था, कुछ ऐसी पराजित निरीहता जो किसी बड़े हादसे से गुज़र चुके पीड़ितों के चेहरे पर हुआ करती है।

''कविता लिखना न छोड़ना प्राची,'' उसे यों देख उसका दिल भर आया।

''वो तो छूट गई मातादीन! ...छूट गई!!''

अपने भाई की उपस्थिति से सजग, अपनी भर आईं आँखों को भरसक काबू करती वो तेज़ कदमों से आगे बढ़ गई।

धूल भरे लम्बे गलियारे में दूर, और दूर, धुंधली होती चली जा रही उस आकृति को देखता मातादीन 'विराट' जैसे दूर जाती अपनी अनेक अतीत-क्षुद्रताओं को देख रहा है :

—सर की फ़ेवरेट स्टूडेण्ट प्राची...हुँह!

—इतनी जल्दी साहित्य की मेन स्ट्रीम पत्रिकाओं में इसकी कविताएँ कैसे छपने लगी हैं? साली, ज़रूर अपने लड़की होने का फ़ायदा उठाती होगी!

—सर मुझसे तो हर कविता पर कहते हैं, अभी अपनी कविताओं को और माँजो। और माँजो। और इस प्राची की हर कविता की तारीफ़ ही करते हैं!

—सर प्राची को दिल्ली कवि-सम्मेलन में ले जा रहे हैं; मुझे नहीं?? आखिर इस प्राची की बच्ची ने सर को पटाया कैसे? लिखती तो ऐसा कुछ खास नहीं!

—लो! अब तो सर अपने लेखों में भी इसकी तारीफ़ करने लगे!

—प्राची! प्राची!! प्राची!!!

विराट की सबसे बड़ी साहित्यिक शत्रु हो गई थी प्राची। वो ओझल हुई जा रही है धूल भरे गलियारे में, एक धूल-सी आम ज़िन्दगी की ओर बढ़ती हुई।

उसे तो खुश होना चाहिए; पर वो उदास होकर रह गया।

हाह, अब चला जाये। सर को अपनी नई कविता दिखाई जाये। बोझिल मन से वो चल पड़ा; फिर अचानक ही राहत से मुस्कुराया,

''शुक्र है कि मेरी विद्या को कविता करने का शौक नहीं है!''

बरगद-सी प्रेमिका

एम. ए. का चौथा सेमिस्टर—आखिरी इम्तहान आने को है। विद्या हमेशा की तरह दो पोलों के बीच आती-जाती कॉर्क—चिड़िया। एक ओर का रैकेट पढ़ाई, दूसरी ओर का विराट। उनके प्रेम-प्रसंग से यों अब सब वाकिफ़ हैं। अति के आकर्षक नौजवान मातादीन 'विराट' और सामान्य से भी कमतर रंग-रूप वाली विद्या की जोड़ी अब लोगों में बहुत उत्सुकता नहीं जगाती सिवाय कॉलेज की उन कुछ लड़कियों के जो विराट की बढ़ती कवि-प्रसिद्धि से आकर्षित-अभिभूत हैं और उसकी जाति के बारे में उड़ती अफ़वाहों को सिरे से खारिज करती हुईं, इसका दोषी भी विद्या के साथ को मानती हैं। एम.ए. अंतिम वर्ष का क्लासरूम सुन्दर लड़कियों की गपशप से चहका हुआ है :

''समझ नहीं आता इस किताबों की दीमक टाइप लड़की पर विराट का दिल आ कैसे गया? उसके साथ वो ऐसी लगती है जैसे किसी खूबसूरत चेहरे को बुरी नज़र से बचाने के लिए काजल का डठूला (टीका) लगा दिया हो!''

'काजल नहीं वो तो कारौंच है कारौंच—कारौंच का डठूला है वो उतने हैंडसम कवि के व्यक्तित्व पर।''

''अरे, तुम इन साहित्यकारों को जानती नहीं हो; ये अपनी ऊलजलूल हरकतों के लिए प्रसिद्ध होते हैं जैसे रेणु को लड़कियों की तरह लम्बे-लम्बे बाल रखने की ख़ब्त चढ़ गई थी और शरतचन्द्र आवारा कुत्तों को भोजन कराने के शौकीन थे। एक बार तो उन्होंने क्या किया कि जिस अमीर मेजबान के यहाँ खाने पर गये थे, वहाँ का खाना उठाकर आवारा कुत्तों को खिला दिया था। कितने साहित्यकारों के कितने किस्से हैं ऐसे!''

''जिनमें सबसे ताज़ा ये कि कवि विराट ने एक कारौंच-डठूला गर्लफ्रेंड पाल ली है!''

''हा-हा-हा-हा-हा-हा-हा-हा-हा''

क्लासरूम लड़कियों की खिलखिलाहट से गूँज उठा है और खिड़की के बाहर खड़ी विद्या ने अपने कपड़े के थैले को सीने से भींच लिया है; पर आँसुओं को तो नहीं भींचा जा सकता ना! तो वो लौट चली, बिना कॉलेज अटेण्ड किये ही।

कॉरीडोर पार कर सीढ़ियाँ उतरने लगी तो सामने से विराट और सुभाष आते दिखे।

''तुम वापस क्यों जा रही हो; आज क्लास नहीं है क्या?''

उसके सहज प्रश्न का बड़ा असहज उत्तर दिया उसने, ''तुम अपने काम से काम रखो विराट!''

''विद्या, तुम्हारी प्रॉब्लम क्या है?''

विद्या को यह प्रश्न सुनकर लगा, विराट नहीं वे लड़कियाँ उससे पूछ रही हैं—तुम्हारी प्रॉब्लम क्या है?? हा-हा-हा

''क्यों प्यार करते हो मुझसे?'' उसका उत्तेजित स्वर ऊँचा हो उठा था।

''ऐसे क्यों पूछ रही हो? और कुछ होश भी है कि कहाँ खड़े होकर ये बात कर रही हो? चलो, पहले क्लास अटेण्ड करते हैं फिर कैंटीन में चलकर बात करेंगे। तुम जानती तो हो, पहला पीरियड आदिनाथ सर का है।''

''और जो तुम कभी मिस नहीं करते! है ना?''

गुस्से में उसका साँवला चेहरा सुर्ख अंगारे-सा हो गया,

''और क्या-क्या मिस नहीं करते कवि विराट; छोटे-बड़े सब साहित्यिक अवसर?? अपने उस्ताद की चिरौरी ताकि वो तुम्हें कवि सम्मेलनों में गाने, पत्रिकाओं में छपने और समीक्षाओं में नाम टाँके जाने का मौका दिलाते रहें? और क्या है जो तुमने मिस नहीं किया—प्रेम?? वो भी एक ऐसी लड़की से जो तुम्हारे साथ कतई-कतई नहीं जँचती! क्यों विराट? क्यों? सिर्फ़ इसीलिए ना ताकि तुम और और ज़्यादा हैंडसम साबित हो सको लड़कियों की नज़रों में? सहानुभूति और आकर्षण के और अधिक सुपात्र?''

''ये तुम्हारा अपना फ्रस्ट्रेशन है जिससे मेरा कोई लेना-देना नहीं है!''—उसका चेहरा धूप में तपती चट्टान-सा हो गया और वो हाथ से विद्या को परे धकेलकर आगे की सीढ़ियाँ चढ़ गया।

विद्या अपनी डबडबाई आँखें दुपट्टे के छोर से पोंछने लगी। सीढ़ियों, छत, कैम्पस

में इधर-उधर से गुज़रते स्टूडेन्ट्स रुककर, उसे गौर से देखने लगे। विराट तो सीढ़ियाँ चढ़कर जा चुका था लेकिन सुभाष अब तक चुपचाप यहीं खड़ा था, विद्या के पास। उसने दबी आवाज़ में मामला सँभालने वाले ढंग से कहा,

"ये आज तुम्हें क्या हो गया है विद्या? तुम्हारी इंटेलीजेंसी, मैच्योरिटी और कॉमन सेंस की तो सब मिसालें देते हैं और तुम अपनेआप को यों तमाशा भी बना सकती हो, मैं कभी सोच भी नहीं सकता था! अभी चलो यहाँ से।"

वो चुपचाप सीढ़ियाँ उतरने लगी; वो साथ चल रहा है।

"सुभाष तुम मेरे साथ मत आओ; मैं घर जा रही हूँ।"

"चलो, मैं तुम्हें घर तक छोड़ दूँ। आजकल तो तुम्हारी साइकिल भी रिपेयरिंग के लिए डली है।"

"नहीं, मैं चली जाऊँगी," वो सीढ़ियाँ उतरकर कैम्पस में आ गई।

"सो मैं जानता हूँ मिस जीनियस कि तुम सिवाय विराट के, किसी और लड़के को अपने साथ चलने के काबिल नहीं समझतीं।"

"तुम भी ना सुभाष; अपनी तरह के एक ही हो!"—अचानक वो मुस्कुरा दी।

"और तुम भी!"

पीछे, दूसरी मंज़िल पर बनी क्लास के सामने कॉरीडोर में खड़ा विराट उन दोनों को कैंटीन के रास्ते पर जाते हुए देख रहा है। उसका बहुत मन है उन दोनों को ज्वाइन करने का लेकिन कॉरीडोर में सामने से आदिनाथ सर चले आ रहे हैं। वो क्लास के अन्दर चला आया, पर उसके ध्यान में पूरे वक्त यही बात रही कि विद्या और सुभाष ज़रूर उसी की बात कर रहे होंगे।

अब वे दोनों कैंटीन में थे। सुभाष विद्या के बिना कहे ही उसकी मनपसन्द ऑरेंज फ़्लेवर्ड कोल्ड ड्रिंक ले आया, दो बोतलें। विद्या को अपनी पसन्द को यों तवज्जह मिलना अच्छा लगा है ये उसका चेहरा बता रहा है जो फूल की तरह खिल उठा है। विद्या को बेहतर मूड में देख सुभाष को तसल्ली महसूस हुई।

"आज ज़रूर किसी ने विराट को लेकर तुमसे कुछ कहा है ना?"

"तुमने कैसे जाना?"

"तुम्हारे चेहरे से।" विद्या के मनपसन्द ड्रिंक का घूँट भरते सुभाष ने गहरे अपनेपन से कहा।

"काश विराट भी तुम्हारी तरह..." ड्रिंक को होंठों तक लाते-लाते अचानक उसे जैसे एक नई बात याद आई,

''सुभाष!''

''हूंअ।''

''क्या मैं गुस्से में कुछ ज़्यादा ही बोल गई? विराट तो बहुत नाराज़ हो गया होगा ना? ज़रा गुस्सा होने पर तो अबोला बाँध लेता है; फिर आज तो पता नहीं मेरे मुँह से क्या-क्या निकल गया!!''

''निकला तो वही जो सच था सिवाय आखिरी बात के।''

''ऐसा सिर्फ़ तुम्हें लगता है।''

''लगता नहीं है, ऐसा है। मिस जीनियस, तुम तो पैदा ही टॉप करने के लिए हुई हो। एम.ए. का जब रिज़ल्ट निकलेगा तो तुम कॉलेज ही नहीं यूनिवर्सिटी में भी टॉप करोगी। अब भई, गोल्ड मेडलिस्ट प्रेमिका कौन नहीं चाहता! तुम्हारे जैसी कोई छोटी बहन नहीं है तुम्हारी?''

''सुभाष तुम भी ना!'' वो शर्म से मुस्कुराई।

ऐसे ही मुस्कुराती रहो, ऐसे ही खुश रहो मिस जीनियस!—सुभाष ने दिल में कहा; प्रत्यक्ष में मुस्कुराया भर।

''तुम उसे मना लोगे ना सुभाष? पहले तुम उसे मेरी तरफ़ से सॉरी बोल देना; बाद में, मिलूँगी मैं उससे।''—हमेशा की तरह कहा विद्या ने।

''मैं कोशिश करूँगा। तुम टेंशन मत लो।''—हमेशा की तरह विद्या की परेशानी में वो आगे आ गया ...मुसीबतज़दा लड़की को अपने पीछे छिपा, बड़े-से-बड़े खतरे के सामने खड़े हो जाने वाले किसी लोकनायक नौजवान की तरह!

बहरहाल, विराट को मनाने की ज़रूरत ही नहीं पड़ी। पूरा वाकया जान वो ठहाका लगाकर हँसा। तब वे दोनों अपनी-अपनी साइकिलों से गाँव लौट रहे थे।

''तू हँस क्यों रहा है?''

''क्लास की सब सुन्दर लड़कियाँ मेरी प्रेमिका बनने को मरी जा रही हैं, ये हँसने की नहीं तो क्या रोने की बात है? दरअसल वे सब मेरी फ़ैन्स हैं—कवि विराट की फ़ैन्स! तुझे पता है, बड़े कवियों को लड़कियों की कभी कमी नहीं होती। अमीर और सुन्दर स्त्रियाँ तो उनके लिए बिछ-बिछ जाती हैं।'' वो जैसे कहीं खो गया।

''ऐ हीरो! इन हीरोइनों से तू दूर ही रह! तेरे लिए विद्या ही बेस्ट है।''

''विद्या में वाइफ़ मटेरियल बहुत है। पढ़ने-लिखने में इतनी होशियार है तो ज़रूर किसी अच्छी सरकारी नौकरी के इम्तहान में निकल ही जायेगी। बच्चे और गृहस्थी भी अच्छी तरह सँभालेगी और नौकरी कर आर्थिक आधार भी मज़बूत रखेगी। फिर

प्यार भी वो मुझसे इतना ज़्यादा करती है कि मुझे अपनी प्रेमिका कम, दीवानी ज़्यादा लगती है। एक कवि के लिए ऐसी घरेलू प्लस कमाऊ प्लस मुहब्बत करने वाली बीवी बहुत बड़ी सहूलियत होती है।''

''सहूलियत ? विद्या तेरे लिए सहूलियत भर है ? ? तो फिर तू प्यार किससे करता है—आराध्या से ?''

''नहीं यार। उसके लिए मैं जो फ़ील करता हूँ वो आकर्षण बहुत कुछ वैसा है जैसा हम फ़िल्मी हीरोइन्स के लिए महसूसते हैं। वे हमें अच्छी लगती हैं। उनकी तस्वीरें हम अपने तकिये के नीचे रखकर सोते हैं। अपनी कल्पनाओं में उनसे प्यार-फ़ोरप्ले और कभी तो सेक्स तक कर लेते हैं ...लेकिन हम कभी उन्हें हासिल करने की नहीं सोचते। दरअसल, करना ही नहीं चाहते।''

''तो फिर क्या तूने कभी किसी से प्यार किया ही नहीं ?''

विराट ने साइकिल रोक दी, सुभाष ने भी। अब वे एक पतली नदी के ऊपर बने बाँस के फट्टा-पुल को पार कर रहे थे। दो बाँसों पर कदम साधते, कंधे पर एक हाथ से साइकिल रखे, दूसरे हाथ से रस्से को पकड़कर सन्तुलन साधते वे दोनों पुल पार करने लगे। यों गाँव राधापुर जाने के लिए एक दूसरा रास्ता भी है लेकिन उससे चार किलोमीटर का फेरा ज़्यादा लग जाता है सो ग्रामीण यहीं से गुज़रते हैं अमूमन। कोई और दिन होता तो दोनों लड़के पी.डब्ल्यू.डी. वालों से लेकर राज्य के मुख्यमंत्री तक को कोस रहे होते; जिन्हें इतने सालों में इतनी दरख्वास्तें लिखी हैं इधर के ग्रामीणों ने कि अगर सिर्फ़ वे दरख्वास्तें ही इस पतली नदी में डाल दी जायें तो ये पुर जाये। आज लेकिन बात और है; लड़के प्यार पर चर्चा कर रहे हैं।

''मेरी कल्पना और है सुभाष।''

''क्या ?''

''पहले तू बता। तू भी तो कवि है। तू प्यार के बारे में क्या सोचता है ? स्कूल के दिनों में तो तेरा वो, चपरासी की लड़की रज्जो से बड़ा तगड़ा अफ़ेयर था!''

''तेरा भी तो था चक्कीवाले की बेटी से। अब अपने तीन बच्चों के साथ आती है तो तेरी तरफ़ भूलकर भी नहीं ताकती। कहाँ तो उन दिनों आधी-आधी रात को वो अपनी छत से तेरे आँगन में पत्थर में बँधे प्रेमपत्र फेंकती थी। याद है एक प्रेमपत्र तो खपरैल छत से ढुलकता हुआ आँगन में सो रहे तेरे दद्दा के सिर पर गिरा था!''

दोनों हँसे।

''अबे, ये शुरुआती अफ़ेयर प्यार नहीं होते; प्यार का अभ्यास भर होते हैं। अच्छा,

तू बता तेरी नज़र में प्यार क्या है?"

"प्यार?"—सुभाष को एकाएक विद्या याद आ गई और उसका सन्तुलन बिगड़ते-बिगड़ते बचा।

"प्यार क्या यार, किसी भी ठीकठाक लड़की से शादी कर लूँगा जिसमें वाइफ़ मटेरियल बहुत हो!"

"तू कैसा कवि है बे? मैं प्यार की बात कर रहा हूँ और तू शादी की बात कर रहा है??"

"देख भई, अपन तेरी तरह अति महत्वाकांक्षी तो हैं नहीं। कवि तो मैं बस शौकिया हूँ। कविता एक दिलचस्पी भर है ज़िन्दगी में; पैशन नहीं है—तेरी तरह! पी.जी. पूरा होने को है। अब पी-एच.डी. करूँगा। साथ में नेट की परीक्षा दूँगा। फिर कहीं पढ़ाने के रोज़गार से लग जाऊँगा। माँ-बाप की पसन्द वाली, बिरादरी की किसी पढ़ी-लिखी लड़की से शादी कर सैटल हो जाऊँगा। ...और कविताएँ भी लिखता-पढ़ता रहूँगा शौकिया तौर पर। समझ ले कि ज़िन्दगी की एकरसता, ऊब से पलायन भर है मेरे लिए कविता।"

सुभाष पुल पार कर गया। विराट खड़ा रह गया, एक हाथ से साइकिल, दूसरे से रस्सा थामे। बाँस के इकहरे पुल पर उसके कदम डगमग-डगमग हैं।

"क्या हुआ? तू रुक क्यों गया? मुझे पता है तू मेरे जैसा नहीं है। तेरी एक ही प्रेमिका है और वो है कविता!"

"ना! कविता नहीं—सफलता! सो भी साहित्य की दुनिया वाली! एक दिन मैं अन्तरराष्ट्रीय लेखक के तौर पर खूब नाम कमाऊँगा इस दुनिया में। और अपनी इस सफलता-यात्रा में, मैं एक साथी चाहता हूँ। "

"और वो विद्या नहीं है ना?"

"न! वो तो कोई ऐसी लड़की होगी जो मुझसे कहीं ज़्यादा काबिल क्राफ़्ट होगी। कहीं ज़्यादा चमकीली योग्यता! जिसकी प्रतिभा से मैं चौंधिया जाऊँ, हतप्रभ रह जाऊँ! ऐसी प्रेमिका चाहता हूँ मैं जो न मेरे पीछे चले न साथ, बल्कि मुझसे आगे हो। इतनी आगे कि उसके साथ कदम मिलाकर चल पाने के लिए मुझे पीछे से दौड़ना पड़े! क्या तू ऐसा प्यार नहीं चाहता अपनी ज़िन्दगी में जिसके साथ तरक्की कर सके तू? खूब-खूब तरक्की?"

छिछले जंगल में वे पीपल के सामने से गुज़र रहे हैं। बूढ़े पीपल के चारों ओर पूजन सामग्री के सूखे फूल, अधजली अगरबत्तियाँ, नारियल के खोल और दोने बिखरे

हैं। चौड़े पसार वाले तने पर पूजा-परिक्रमा के धागे बँधे हैं—नये पुराने, चमकीले से लेकर जर्जर तक!

सुभाष के चेहरे से लग रहा है कि यकीनन उसके ज़ेहन में कोई चेहरा है,

"पता नहीं प्यार मेरे लिए क्या है? मैं तो सोचता हूँ प्यार इस पूजा के पीपल की तरह होता है जहाँ हम अपनी आस्था, डर, विश्वास, सपने और मनोकामनाएँ चढ़ा सकते हैं और वो उन्हें सँभाले रहे, जब तक मुमकिन हो!"

"लेकिन मेरे लिए प्यार उस बरगद की तरह है; इतना सहूलियतमंद कि चाहे जिस शाखा से चढ़ जाओ, चाहे जिस से उतर जाओ और इतना विस्तार जो आपको चुनौती दे समानांतर विकास की!"

उसने जंगल में दूर खड़े बरगद को हसरत से नज़र भर निहारा और अपनी साइकिल कच्ची राह पर आगे बढ़ा दी। उसके साथ बढ़ने से पहले सुभाष ने रुककर एक नज़र दोनों ओर के दरख्तों पर डाली। कुमकुम, अक्षत, मौली से सजा-सँवरा विनम्र पीपल विद्या की याद दिलाता है। दूर के उस बरगद की विराटता को देख एक आतंक-सा छाता है दिलो-दिमाग पर। वो सोच रहा है—बरगद की सफलता कितनी विराट है लेकिन कितनी निजी!! कोई दूसरा वृक्ष इसके तले कहाँ विकास पा सकेगा??

कच्ची है कली गुलनार की

आदिनाथ स्टडी में बैठे हैं, एक किताब पर झुके हुए। विराट ने बड़ी झिझक के साथ दरवाज़े पर हल्की दस्तक दी। उड़ती नज़र से उसे देख, वे फिर पुस्तक में उतर गये।

"आओ विराट। बैठो।"

वो आया और सर की कुर्सी के पास ज़मीन पर बैठ गया।

"अब मेरे सामने भूमि पर न बैठा करो। आओ यहाँ बैठो मेरे साथ।"

"नहीं सर, मैं यहीं..."

"तुम्हारी श्रद्धा मैं समझता हूँ; पर अब से तुम्हें मेरे बराबर बैठना होगा। दिल्ली में कोई साहित्यकार अपने किसी सीनियर या उस्ताद का चाहे कितना भी प्रिय क्यों न हो, बैठता बराबरी पर है। वहाँ चलने के लिए अभी से कुछ अभ्यास करना होगा। समझे कि नहीं?"

"दिल्ली??"

"हाँ, नहीं तो और कब तक यहाँ की छोटी-छोटी गोष्ठियों में काव्यपाठ करते

रहोगे? तुम जैसे प्रतिभाशाली कवि को दिल्ली तो कभी-न-कभी जाना ही था कविता पढ़ने; और देखता हूँ वो समय आ गया है।'' सर मुस्कुराये।

''क्या कोई आमंत्रण है मेरे नाम का?'' उसके भीतर जैसे एक अदृश्य थरथराहट होने लगी।

''है तो सही। और अगले हफ़्ते हम दोनों दिल्ली जा रहे हैं। मेज़ के दराज में से रुपये ले जाओ और उन्नीस तारीख का रिज़र्वेशन करवा लाओ। एक अखिल भारतीय कवि सम्मेलन है। मैं अध्यक्षता कर रहा हूँ। तुम्हारा नाम मैंने उन्हें पहले ही नोट करवा दिया था। फ़ोटो भी पोस्ट से भेज दी थी। अब तक तो आमंत्रण पत्रों, बैनरों, होर्डिंग्स सब पर तुम्हारी तस्वीर छप भी चुकी होगी दूसरे कवियों की तस्वीरों के साथ। आने-जाने का सेकेण्ड क्लास का किराया और रुकने को बढ़िया होटल मिलेगा; अलावा इसके, पारिश्रमिक तो पाओगे ही। अपनी सबसे अच्छी कविताएँ तैयार कर लो। और हाँ, अपने लिए दो जोड़ी कपड़े भी सिलवा लो। एक जोड़ी नये जूते तो ज़रूर ही ले लो।''

फिर क्षण भर कुछ सोचकर बोले, ''दराज में से दो हज़ार रुपये और निकाल लो।''

विराट मौन रहा। आदिनाथ ने शिष्य के मौन को पढ़ लिया।

''तुम पर कोई एहसान नहीं कर रहा हूँ। तुम्हें वहाँ पारिश्रमिक मिले तो मेरा उधार चुका देना।''

''इतना पारिश्रमिक मिलता है??''

विराट के चौंकने पर आदिनाथ ने ज़ोर का ठहाका लगाया, ''इतना ही नहीं, इससे कहीं ज़्यादा! बड़े कवि दस हज़ार-पन्द्रह हज़ार से कम में निमंत्रण पत्र को छूते तक नहीं! आने-जाने का ट्रेन के ए.सी. डिब्बे का या प्लेन का किराया अलग। अच्छा होटल अलग। शराब-कबाब और शहर-पर्यटन अलग! साथ ही ये भी जोड़ लो कि तीन-तीन दिनों तक टिके रहते हैं होटल में! अपने सब ज़रूरी काम निबटायेंगे उस शहर में, सब परिचितों को मिलने बुलायेंगे, खिलायेंगे-पिलायेंगे और होटल बिल आयोजकों के खाते-नामे! कुछ तो इतने बड़े वाले होते हैं कि परिवार साथ लेकर चलते हैं। एक बार एक मानी हुई कवयित्री अपने साथ अपना पूरा परिवार लेती आयी थीं कवि सम्मेलन में। पति-बच्चे, मय सास-ससुर के। जब मंच पर कविता पढ़ने खड़ी हुईं तो सिर पर साड़ी का पल्ला था! कवि-सम्मेलन न हुआ, दो दिन-तीन रातों वाला फ्री पर्यटन ऑफ़र हो गया! और एक बार का तो क्या ज़ोरदार किस्सा है—एक कवि साहब थ्री-स्टार होटल के कमरे में पैग चढ़ाकर ऐसा सोये कि आयोजक जगा-जगाकर थक गये और उनकी नींद तब टूटी जब उधर कवि सम्मेलन समापन की ओर अग्रसर था!''

"विश्वास नहीं होता सर, ऐसे लोग भी हैं साहित्य में!"

"ऐसे भी नहीं, ऐसे ही! आम आदमी की बुद्धि से देखोगे-सोचोगे तो यहाँ बुद्धू बहुत दिखेंगे; साहित्यकार की बुद्धि से जानना चाहोगे तो बुद्ध बहुत दिखेंगे! जीनियसों की इस दुनिया का आम आदमी वाले दृष्टिकोण से मूल्यांकन कभी न करना वर्ना बाहरी भले-बुरे में ही उलझे रहोगे। ...फूल की देह नहीं, उसकी खुशबू होता है क्राफ़्ट। तुम तो इतने आम किस्से सुनकर ही भौचक हो; निराला जी का वो किस्सा नहीं सुना मतलब तुमने कि एक बार एक सम्मेलन में रात के समय वे अर्द्धनिद्रा में चिल्लाने लग गये थे कि मेरे लिए वेश्या लाओ।"

"हैं!!"

उसे साहित्यिक दुनिया के बारे में जानना-सुनना बहुत पसन्द है—जैसे दूर किसी आकाशगंगा के सितारालोक का चमचमाता जीवन! वो सितारालोक जिसके सपने बरसों से देखता आया है, बंद नहीं जागी आँखों से!

उधर सुभाष और विद्या कोर्स के पाठ्य को ही जैसे ओढ़-बिछा रहे हैं दिन-रात। दो महीनों का वक्त भर बचा है, एम.ए. के चौथे सेमिस्टर के पर्चे शुरू होने में। ऊँची अकादमिक डिग्री का आखिरी इम्तहान ...और विराट अपने साहित्यिक जीवन के पहले इम्तहान के लिए खुद को तैयार करने में डूबा है।

कपड़े सिल गये। मोजे तो अन्दर फटे भी चल जायेंगे अलबत्ता जूते उसे नये खरीदने ही पड़े हैं और एक सस्ती, चमचमाती कलाई घड़ी भी। ये तो रहीं बाहरी तैयारियाँ; वे कविताएँ जो मंच पर सुनानी हैं, उन्हें विराट ने इस कदर रट लिया है कि नुक्ते-हलन्त, अल्प-पूर्ण विराम, हाइफ़न तक को उच्चारण से पकड़ा जा सकता है। जितनी कविताएँ सुनायेगा, उसकी तीन गुनी कविताएँ रट ली हैं। सुना है कवि सम्मेलनों में अच्छी कविताएँ सुनाने वाले कवि को श्रोता बार-बार मंच पर बुलाने के लिए शोर मचाते हैं। और फिर कहीं कोई कविता भूल न जाये। देखकर पढ़ने में वो प्रस्तुतीकरण कहाँ जो बिना देखे गाकर सुनाने में है। जितना ज़्यादा सोचता है उस मंच के बारे में, उतना ज़्यादा नर्वस हुआ जाता है, उतना ज़्यादा तैयारियों में उलझा है। इस मामले में सुभाष ने उससे हल्की झड़पनुमा बहस कर डाली; और पहली बार विराट को उसकी बात अपने निजी जीवन में दखलअन्दाज़ी लगी। दिल-ही-दिल में बुरा मान गया वो। आम आदमियों की तरह सोचता है सुभाष या फिर क्या पता, अन्दर-ही-अन्दर जलता हो उससे! तभी तो उसे उल्टी पट्टी पढ़ाने चला था कि कवि सम्मेलनों का क्या है, लगे ही रहते हैं; पहले पढ़ाई पूरी कर! पी.जी. डिग्री में कम परसेन्टेज रहेंगे तो पी-एच.

डी. से वंचित रह जायेगा। मनहूस बात मुँह से निकालता है साला! मुझे पढ़ाई का डर दिखाकर इस सुनहरे अवसर से चुका देना चाहता है; क्योंकि इस तरह का कोई बड़ा मौका उसे तो मिलने से रहा! तिस पर कहता क्या है कि इसमें आदिनाथ सर का निजी स्वार्थ निहित है! वे दिल्ली तो तुझे अपने साथ जीहुज़ूरी के लिए ले जा रहे हैं।... और विद्या भी उसका साथ देने लगी! मुझे किसी की ज़रूरत नहीं है। जब मैं प्रसिद्ध कवि बन जाऊँगा तो यही सुभाष और यही विद्या मेरे ऑटोग्राफ़ के लिए तरसेंगे!

यों जब दिल्ली जाने वाली ट्रेन में चढ़ा, विराट को लगा विद्या और सुभाष पीछे छूट गये हैं!

रास्ते भर सर उसे साहित्य के, साहित्यकारों के शानदार और दिलचस्प किस्से सुनाते रहे :

—एक बार दिनकर जी और नेहरू जी पूर्णिया (बिहार) में एक जनसभा के मंच पर चढ़ रहे थे। प्रोटोकॉल के कारण नेहरू जी आगे चल रहे थे, 'दिनकर' जी उनके पीछे। तभी नेहरू जी मंच पर चढ़ते हुए कुछ लड़खड़ाये तो पीछे से 'दिनकर' जी ने उन्हें सँभाल लिया। नेहरू जी ने कहा, " 'दिनकर' जी, आप न सँभालते तो मैं गिर ही जाता!"

'दिनकर' जी ने कहा, "पंडित जी, जब राजनीति लड़खड़ाती है तो उसे साहित्य ही सँभालता है!"

—काशी में एक बार आचार्य रामचन्द्र शुक्ल और लाला भगवानदीन दुकान पर शरबत पीने गये। बिक्री दर में वृद्धि की मंशा से एक खूबसूरत स्त्री दुकान सँभाल रही थी। शरबत पीने के बाद लाला भगवानदीन ने दाम पूछे तो स्त्री ने दस आने बताये। लाला भड़ककर बोले, "तीन आने का शरबत दस आने में??" शुक्ल जी ने अपनी चिर परिचित गम्भीर मुद्रा में कहा, "लालाजी दस आने दे दीजिये; इसमें शरबत और दीदार दोनों की कीमत शामिल है!"

—अंग्रेज़ी उपन्यासकार मिस मेरी कुरेली से पत्रकारों ने पूछा कि आपने शादी क्यों नहीं की; तो उन्होंने उत्तर दिया कि मुझे शादी करने की क्या ज़रूरत है; मेरे पास तीन पालतू जानवर हैं, उन्हें देखकर ही मैं खुश रहती हूँ क्योंकि उनमें वो गुण हैं जो एक पति में मिलते हैं। एक कुत्ता है जो हर सुबह गुर्राता है। एक तोता है जो हर शाम झूठी कसमें खाता है और एक काली बिल्ली है जो हर रात देर से घर आती है।

—'फ़ैज़' की एक गज़ल है—गुलों में रंग भरे, वादे नौबहार चले। चले भी आओ कि गुलशन का कारोबार चले। एक कार्यक्रम में 'फ़ैज़' से फ़िराक़ गोरखपुरी

मिले तो बोले, " 'फ़ैज़', तुम्हारी गज़ल लोगों के बड़े काम आ रही है!" 'फ़ैज़' ने खुश होकर पूछा, "कैसे?" तो फ़िराक़ साहब बोले, " लाहौर में एक तवायफ़ है जिसका नाम गुलशन है। उसने अपने कोठे के आगे बोर्ड पर तुम्हारी गज़ल लिख रखी है—चले भी आओ कि गुलशन का कारोबार चले।" यह सुनकर 'फ़ैज़' झेंप गये।

...और सर की हर बात-वाकये पर हामियाँ भरता, वाह! वाह! करता वो सफ़र भर सर की सेवा-सहूलियत में एक टाँग पर खड़ा रहा।

अलसुबह स्टेशन पर आयोजक लेने आये। विराट का दिल उछल गया; सर ने उसका परिचय देने के लिए जैसे शब्द नहीं मोती चुन रखे थे,

"...और इनसे मिलिए। कवि मातादीन भदौरिया 'विराट'—हिन्दी कविता का भविष्य!"

फिर महँगे होटल का वो कमरा। अब तक ऐसे होटल, ऐसे कमरे मातादीन ने टेलीविज़न पर ही देखे थे—सो भी पड़ोसी के टेलीविज़न पर। चमरौरा बस्ती से कुछ आगे खेतों की ओर के सूनेपन में बसे उसके घर में तो बिजली कनेक्शन तक न था। ...यहाँ अचानक जैसे सब चीज़ें टी.वी. से निकलकर सच हो गई थीं! यहाँ उसे अपने वेजीटेरियन होने पर सख्त अफ़सोस हुआ—सब महँगे आइटम मेन्यू के तो नॉनवेज के हैं। बाकी दूसरे कमरों के कवि लोग तो खूब मज़े उड़ा रहे होंगे! तो विराट किससे पीछे रहने वाला है! कितने नये-नये नाम हैं सब्ज़ियों के; पाँच-आठ मँगवा लीं उसने। नहीं! रोटी एक भी नहीं!—मनोहर श्याम जोशी क्या लिखते हैं, हिन्दुस्तान में तो अमीर आदमी भी सब्ज़ी से छुला-छुलाकर रोटी खाता है। नहीं! विराट आज राजा है! वैसे भी कवि आम आदमी से तो दो अँगुल ऊपर होता ही है और सर तो कहते हैं वो हिन्दी कविता का भविष्य है! नशा-सा होने लगा उसे। मेन्यू में से इतनी चीज़ें ऑर्डर कर दीं, कुछ खायीं, कुछ चखकर छोड़नी पड़ीं। शाम तक उसकी ये हालत थी कि खा-खाकर पेट दुखने लगा।

शाम को आदिनाथ सर ने उसे अपने कमरे में बुलाया और प्यार से झिड़का,

"क्या सुबह से अपने कमरे में दुबके हुए हो? इस होटल में देश के टॉप कवि ठहरे हैं। जाओ, उनसे राब्ता कायम करो।"

"पर सर मैं बिना आपके कैसे... ?"

"ठीक है! ठीक है! चलो तुम्हें सबसे मिलवाता हूँ।" चाँदी की मूठ वाली छड़ी सँभालते आदिनाथ सर उठ खड़े हुए। लॉन में वे निकले तो उसे एहसास हुआ, उसके उस्ताद साहित्य में क्या रसूख रखते हैं! बड़े-से-बड़े कवि लोग जिनकी रचनाएँ व्रो पत्रों

में, पत्रिकाओं में, यहाँ तक कि स्कूली-कॉलेजी कोर्सों में भी पढ़ता रहा था, वे आदिनाथ सर से गले मिल रहे थे, बाँहों में भरकर बतिया रहे थे। कभी सर उसका परिचय करवा देते, कभी उससे कविता की चार पंक्तियाँ सुनवा देते, कभी उसे बिलकुल ही भूल जाते। उसे लगा वो सर के साथ उस बच्चे की तरह है जिसके अभिभावक मेहमानों के सामने कहते हैं, "बेटा, अंकल को नमस्ते करो।" दिलपसन्द माहौल होने के बाद भी विराट एक तरह से ऊब चला था। शाम उतरने लगी थी। भव्य आयोजन स्थल पर सब नामी, सब सजे-सँवरे चेहरे एक-दूसरे से परम आत्मीयता से मिल रहे थे। विराट ने ध्यान दिया, एक-दूसरे से गले मिलते साहित्यकारों में से तकरीबन हरेक के पास एक अदृश्य नाप यंत्र है जिससे मुस्कुराहट की लम्बाई, आवाज़ की पिच, वार्तालाप में अपने एक-एक वाक्य का वज़न और एक-दूसरे का साहित्यिक कद भी नापा हुआ है! जैसे हर व्यक्तित्व यहाँ एक पारदर्शी प्लास्टिक के पर्दे में कैद है, एक-दूसरे के साथ तो नज़र आ रहे हैं, पर अपने-अपने में बंद। असहज कर देने वाले इस एलीट माहौल में उसे विद्या की याद आने लगी। ...वो साथ होती है, तो उसे किसी बात की फ़िक्र नहीं रहती—अपने आप की भी नहीं!

"विराट इधर आओ।"

आदिनाथ सर ने पुकारा तो विद्या का खयाल दिमाग से झटककर वो उधर को चल पड़ा। सर के सामने जो बुज़ुर्गवार खड़े थे, उन्हें कौन नहीं जानता—पद्मश्री लक्ष्मीप्रसाद! *नई ज़मीन* पत्रिका—जिसका कभी ये स्तर था कि उसमें छपना मेन-स्ट्रीम में जगह पा जाना होता था—के चौदह साल तक सम्पादक रहे, बहुचर्चित समीक्षक, कवि, लेखक, कहानीकार।

"खड़े क्या देख रहे हो, लक्ष्मीप्रसाद जी के पैर छूकर आशीर्वाद लो।"

मुँह बाये खड़े अभिभूत विराट से आदिनाथ ने कहा। उसने आगे बढ़कर चरण स्पर्श किये। अपनी उपस्थिति का बड़ा भारी असर युवक के चेहरे पर पड़ चुके अचूक पारखी बुज़ुर्गवार ने उदारता से आशीर्वाद दिया,

"खुश रहो! खुश रहो! हिन्दी क़विता को विश्व में रोशन करो।"

बुज़ुर्गवार के बाज़ू में एक निहायत कमसिन, गज़ब की खूबसूरत लड़की खड़ी है। वो सिने-तारिकाओं की तरह स्टाइलिश और पुरकशिश है। आस-पास के सब प्रौढ़-युवा-बुज़ुर्ग रचनाकार कभी कनखियों से, तो कभी सीधे-सीधे उसे ताक रहे हैं।

"ये पाखी हैं। इधर हाल ही में कविता लिखना शुरू किया है। आज पहली बार मंच से कविता पाठ करेंगी सो भी अपनी पहली-दूसरी कविता।"

"*वागर्थ* के ताज़ा अंक में जो इनकी कविताएँ आयीं क्या वे ही; 'चैत की लाल टहनी' कॉलम में जो छपी हैं?"

आदिनाथ ने पूछा तो मारे प्रसन्नता के लड़की का बंद कली-सा चेहरा एकाएक खिल उठा,

"आपने मेरी कविताएँ पढ़ी हैं?? मैंने तो सोचा भी नहीं था कि मेरी पहली-दूसरी ही कविता पर साहित्य के इतने बड़े लोगों की नज़र पड़ेगी!"

आदिनाथ और लक्ष्मीप्रसाद एक साथ मुस्कुराये। आदिनाथ लड़की-कवयित्री के चेहरे पर नज़र जमाते हुए अपनी विद्वता को भरसक प्रभावी बनाते हुए बोलने लगे,

"पहले के ज़माने में साहित्य तपस्या के तुल्य था; सालोंसाल लेखक लिखने-छपने के संघर्ष में बिता देते थे, तब कहीं जाकर उस्ताद-समीक्षकों की नज़र में चढ़ते थे; पर अब समय और है। एक-एक रचना पर खेल होता है। बड़ी ग्लैमरस हो गई है हमारी ये दुनिया भी। अब पहली ही रचना अपने रचनाकार को उस्तादों से लेकर अवाम तक की नज़र में ला सकती है बशर्ते रचनाकार में, लेखक में वो आग हो जिसे क्राफ़्ट कहते हैं। अज्ञेय ने कहा है, मृत्तिका से आप किस प्रकार की प्रतिमा बनाते हैं इससे भी पहले प्रश्न ये है कि आपके पास वो मृत्तिका है भी या नहीं। मूर्ति का निर्माण किया जा सकता है, मिट्टी का नहीं। उसी मिट्टी से अच्छी प्रतिमा भी स्थापित की जा सकती है, बुरी भी; पर जहाँ मिट्टी ही न हो, वहाँ कितने ही प्रचार से, कितनी भी शिक्षा से, कितने भी जाज्वल्यमान बलिदान से मूर्ति नहीं बनाई जा सकती!"

अज्ञेय की उक्ति ने एक पल को चारों के बीच मौन ला खड़ा किया। फिर लड़की ने बड़ी मासूम झिझक के साथ पूछा,

"तो सर, मेरी कविता पढ़कर आपको क्या लगता है, मुझमें वो आग, वो मिट्टी है?"

"देखिए, ऐसा है मोहतरमा कि..."

आदिनाथ ने स्वयं को व्यक्त करने की मुद्रा बनाई ही थी कि लड़की-कवयित्री के उस्ताद ने उस्तादी फिर अपने हाथ में ले ली,

"समय! सिर्फ़ समय ही इसका निर्णय दे सकता है न सिर्फ़ तुम्हारे बल्कि किसी भी साहित्यकार या कलाकार की योग्यता के प्रश्न पर। कला और उससे भी ऊपर साहित्य, दो साल-चार साल का खेल नहीं, जीवन भर की साधना है! सैकड़ों कहानियों और दर्जन भर उपन्यासों के बाद कहीं जाकर प्रेमचन्द *गोदान* रच सके थे। *कामायनी* जयशंकर प्रसाद के जीवन भर के सृजन-अभ्यास के बाद आई महान रचना थी। 'स्वान

सांग' देने के लिए जीवन देना पड़ता है!''

''बड़े-बड़े दर्शनों से डराइये न बेचारी को! ऐसा है पाखी जी, यदि आप अपनी शुरुआती योग्यता जानना चाहती हैं तो वो तो आज श्रोताओं के चेहरे ही बता देंगे!''—आदिनाथ की नज़र अब तक उस कमसिन चेहरे पर गहरी जमी हुई थी।

''श्रोताओं की न कहिये सर; लोग कविता देखेंगे ज़्यादा सुनेंगे कम!''

विराट की बात पर सब मुस्कुराये; पाखी शर्मा गई।

''चलो बेटा, तुम्हारा परिचय और लोगों से भी करवा दूँ। वो देखो मशहूर उपन्यासकार शेखर खड़े हैं। मेरे बड़े पुराने मित्र हैं। पाँव छूना उनके।''

लक्ष्मीप्रसाद उस ओर को चल दिये; कुछ पीछे पाखी, किसी स्कूली छात्रा के जैसी आज्ञाकारी देहभाषा में चलती हुई चली गई। विराट ने ध्यान दिया कि स्थूल, थके-थके-से लक्ष्मीप्रसाद के हाथ में जो लकड़ी की नक्काशीदार छड़ी है जिसकी मूठ चाँदी की है, बिलकुल वैसी ही छड़ी उसके चुस्त, फिट आदिनाथ सर के हाथ में भी रहती है यानि आदिनाथ सर, लक्ष्मीप्रसाद सर के बड़े पुराने और बड़े अंतरंग मित्र होंगे, तभी!!—विराट अपने मन में निष्कर्ष पर पहुँचता है—तभी वे अपनी कोरी शिष्या को आदिनाथ सर की छाया से बचा ले गये। अभी वे थोड़ी दूर ही गये होंगे और विराट को ऐसा लगा जैसे लक्ष्मीप्रसाद सर ने अपने थकित मगर सयाने स्वर में बुदबुदाया हो,

''लफंगे!''

आदिनाथ के चेहरे का रंग गहरा हो गया।

''सर, लक्ष्मीप्रसाद सर ने आपको आपकी बात पूरी नहीं करने दी!''

''जलता है! जलता है अहमक मुझसे! जानता है ना कि मेरी विद्वता के आगे उसकी बुद्धि पानी भरती है; कहीं वो लड़की मुझसे प्रभावित न हो जाये, मेरी शिष्या न बन जाये इसीलिए हटा लिया उसे मेरे सामने से! पर इससे होता क्या है? इस लड़की जैसी कई सौ रूपसियाँ साहित्य में आती-जाती रहती हैं और जो यहाँ टिकने का माद्दा अपने में पैदा कर लेती हैं वे ऐसे लक्ष्मीप्रसादों के पिंजरों की चिड़ियाएँ बनकर नहीं रहतीं!''

''पर सर, लक्ष्मीप्रसाद सर तो उसके दादाजी की उमर के हैं। मुझे लगता है वे सिर्फ़ मार्गदर्शक होंगे उसके।''

''मार्गदर्शक-वार्गदर्शक कुछ नहीं, गॉड फ़ादर कहलाने का लोभ है कुल!''

''यहाँ सबका कोई-न-कोई गॉड फ़ादर ज़रूर होता है क्या?'' विराट ने दूर खड़ी पाखी को निहारते हुए कहा। लक्ष्मीप्रसाद सर के संकेत पर जो इस समय, एक मशहूर बुज़ुर्ग लेखक और लेखिका के बारी-बारी से चरण स्पर्श कर रही है।

''कोई भी फ़ील्ड हो कॅरियर की, काम तो आदमी को अपना सीखना ही पड़ता है ना! वो जो मैं कहता रहता हूँ कि संस्कृत आचार्यों की तीन शर्तें—प्रतिभा, अध्ययन, अभ्यास; इन शर्तों के अलावा कई आचार्यों ने प्रतिभा को तराशने वाले गुरु या अग्रज कवियों के सान्निध्य का महत्त्व भी स्वीकारा है। अगर किसी पत्थर को तराशकर कोई कलाकृति बना दी जाये तो कलाकृति के सौन्दर्य का श्रेय सिर्फ़ पत्थर को नहीं दिया जाना चाहिए, उसे तराशनेवाले ने भी अपना बहुत कुछ उस कलाकृति को दिया है—उम्र, योग्यता, अनुभव और स्नेह! जिस-जिस ने यहाँ महान गॉड फ़ादर पाये, वो ज़रूर कुछ-न-कुछ बन गया।''

आदिनाथ की दृष्टि भी उसी ओर जमी है जिधर विराट की है। लक्ष्मीप्रसाद अब अपनी एक बुजुर्ग उपन्यासकार मित्र से पाखी के बारे में कुछ कहते दिख रहे हैं। उपन्यासकार शेखर भी बहुत ध्यान से उनकी बातें सुनते दिख रहे हैं। वृद्ध लेखिका ने अत्यन्त स्नेह से लड़की के सिर पर हाथ फेरा है। आदिनाथ ने इस दृश्य को ताकते कुछ रश्क से कहा,

''बस काबिलियत और हो, तो ये लड़की बड़ी जल्दी स्थापित कर लेगी अपना नाम साहित्य में क्योंकि इसे बड़ा ऊँचा प्लेटफ़ार्म मिल गया है। कोई उस्ताद साहित्यकार जब किसी नई प्रतिभा को अपना शिष्य स्वीकारता है तो उसे आगे बढ़ाने में अपने जीवन भर का ज्ञान, अनुभव और संबंधों को झोंक देता है। इसमें उसका लोभ कुछ और नहीं, मात्र इतना होता है कि लोग याद रखें कि फलाँ मशहूर राइटर को साहित्य में लाने का श्रेय फलाँ उस्ताद राइटर को जाता है। मंचीय अवॉर्डों के परे ये एक ऐसा सम्मान है असली ज़िन्दगी का जिसे हर बड़ा राइटर अपनी जीवन-संध्या में ज़रूर पाना चाहता है।''

''जैसे कि मेरे गॉड फ़ादर आप हैं। मैं यहाँ जो कुछ भी बन पाऊँगा सो सब आप ही का आशीर्वाद होगा।''

शिष्य की श्रद्धा से आदिनाथ का चेहरा दमकने लगा। प्रशंसा की झेंप में बात बदलते हुए बोले,

''अमूमन् तो यहाँ हर चर्चित लेखक का कोई-न-कोई गॉड फ़ादर रहा ही है। 'हरिऔध' और मैथिलीशरण गुप्त को *सरस्वती* के सम्पादक महावीर प्रसाद द्विवेदी ने माँजा-निखारा। सुभद्राकुमारी चौहान को जबलपुर के केशवचंद पाठक ने आगे बढ़ाया। नामवर सिंह और केदारनाथ सिंह दोनों हजारीप्रसाद द्विवेदी के शिष्य रहे हैं। मंजूर एहतेशाम की काबिलियत सबसे पहले शानी ने पहचानी और मैत्रेयी पुष्पा राजेन्द्र

यादव के खेमे का सितारा नाम हैं।''

''राजेन्द्र यादव की बुशशर्ट पर टँका एक और बड़ा सितारा नाम तो स्नोवा बार्नो भी हो सकती थी!''—किसी ने पीछे से आदिनाथ के कंधे पर हाथ रखते हुए कहा।

''ब्रजमोहन तुम?? तुम यहाँ हो और मुझे पता भी नहीं??''

आदिनाथ अपने पुराने मित्र-सम्पादक के गले लग गये।

''क्या पट्टी पढ़ा रहे थे बच्चे को?''

''बस यों ही। साहित्य की निजी दुनिया के बारे में कुछ...ये नया बच्चा है। कविता करता है। कॉलेज में मेरा छात्र भी है।''

दोनों मित्रों में एक-दूसरे के हालचाल, स्वास्थ्य वगैरह की सामान्य बातें होने लगीं; पर विराट की दृष्टि अब तक पाखी पर थी और दिमाग उस नये सुने नाम पर। उसने ब्रजमोहन का ध्यान अपनी तरफ़ खींचा,

''सर स्नोवा बार्नो कौन है?''

''क्या बात करते हो; तुमने अब तक स्नोवा बार्नो वाला वाकया नहीं सुना?? तुम्हारे उस्ताद तो साहित्यिक आचारों, विचारों और समाचारों से इतना अपडेटेड रहते हैं कि किस लेखक का किस लेखिका से अफ़ेयर शुरू हुआ है, कौन अवार्ड अगले साल किसे मिलेगा, किस लालफीताशाह लेखक ने किस अकादमी में प्रमुख पोस्टिंग जुगाड़ ली है जैसी तमाम अफ़वाहों के सच-झूठ की पुष्टि हम इन्हें फ़ोन लगाकर ही करते हैं। हा-हा-हा!''

ब्रजमोहन के ऊँचे ठहाके का साथ देने के लिए आदिनाथ भी कुछ हँस लिये, पर खुलकर नहीं। ब्रजमोहन कुछ और न कह जाये उनके शिष्य के सामने, आदिनाथ ने तुरन्त बातों का रुख स्नोवा बार्नो के किस्से की तरफ़ मोड़ दिया,

''तुम नये हो यहाँ विराट इसलिए तुमने न सुना होगा। कभी यह मामला बड़ा चर्चित रहा था। प्रेमचंद की वो कहानी तो पढ़ी होगी तुमने जिसमें एक सम्पादक अज्ञात कवयित्री के प्रेम में पड़कर उसकी कमतर रचनाएँ भी खूब-खूब छापने लग जाता है, पर अन्त में जब वो सामने आती है तो उसका विकट रूप देख सम्पादक साहब भाग खड़े होते हैं?''

''जी सर, पढ़ी है।''—विराट ने यों ही कह दिया गोकि उसने कहानी पढ़ी नहीं थी। बहुत पढ़ना न उसका बूता है न कोशिश।

''बस, उस कहानी में जो अज्ञात साहित्यकार स्त्री है, उसकी जगह अज्ञात पुरुष कर दो और मिलने को न मिलना कर दो तो हिन्दी के दो-तीन सम्पादकों और स्नोवा

बार्ने की कहानी बन जायेगी।''

विराट के चेहरे पर ऐसा भाव आया कि वो बात को समझने में उलझ गया है। ब्रजमोहन ने आदिनाथ के कंधे पर फिर एक धप्प लगाई,

''अरे यार, नया लौंडा है, इससे साहित्यिक पैंतरेबाज़ की तरह क्यों बतियाते हो? मैं बताता हूँ। हुआ ऐसा था कि अपना ये जो दो-तीन कुख्यात नारीवादी डॉन सम्पादक भाई लोग हैं ना जो लेखिकाओं को स्त्री-कम-लेखिका बनाने के लिए बड़े बदनाम हैं। हा-हा-हा!''

बात कहते-कहते ब्रजमोहन हँसने लगे। फिर अपनी रसना से आप ही आनंदित होते हुए आगे बोले,

''मेरा मतलब है कि मेन स्ट्रीम की इन दो-तीन सबसे बड़ी पत्रिकाओं से जुड़ने से पहले लेखिका सिर्फ़ लेखिका होती है; पर बाद में स्त्री-ज़्यादा-लेखिका-कम हो जाती है जिसे मैं स्त्री-कम-लेखिका कहता हूँ। दरअसल अपने यहाँ की लेखिकाओं को ये डॉन सम्पादक स्त्रीवादी लेखन की ऐसी पट्टी पढ़ाते हैं, और दार्शनिकों-विचारकों की ऐसी-ऐसी करारी उक्तियाँ उन्हें सुनाते हैं कि उनसे जुड़ी लेखिकाओं को लगने लगता है कि मर्दों ने सदियों से स्त्रियों का सिर्फ़ और सिर्फ़ शोषण ही किया है। मैं तुम्हें एक उदाहरण देकर समझाता हूँ। एक बार मेरे ही सामने एक डॉन सम्पादक एक नई उम्र की लेखिका को प्रसिद्ध उक्ति सुना रहे थे कि इतिहास पेन से नहीं पेनिस से लिखा गया है। ...और अब जबकि स्त्रियों के हाथ में भी पेन की ताकत है तो उसका पेन सम्पूर्ण स्त्री जाति का प्रतिनिधित्व करे, ऐसा उसे लिखना चाहिए। और स्त्री के हक की लड़ाई देह-विमर्श से शुरू होकर देह-विमर्श पर ही खत्म होती है! अब ऐसी बहसों-विमर्शों से क्या होता है कि भोलीभाली और अति महत्वाकांक्षिणी युवा लेखिकाएँ बहक जाती हैं और वे 'अपनी देह, अपना हक' का नारा बुलन्द करने के चक्कर में अपने लेखन को साहित्य की सीमाओं से बहुत आगे ले जाकर 'पोर्न लिट्रेचर' के चरम शिखरों तक पहुँचा देती हैं। न उन्हें भारतीय समाज की संरचना का खयाल रहता है न इस बात का होश कि वे किस संस्कृति का प्रतिनिधित्व करती हैं। माहवारी, योनि और कई मर्दों के साथ एक साथ सेक्स की कामना जैसे विषयों पर वे कहानियाँ लिखते-लिखते ये भूल जाती हैं कि साहित्य चिकित्सा-विज्ञान वाली पोस्टमार्टम रिपोर्ट नहीं होता है। खैर, ऐसा लेखन उन्हें रातोरात ख्याति तो दिला देता है; पर रातोरात चुका भी देता है क्योंकि समाज की मुख्य धारा से कटा लेखन बहुत दूर और देर तक टिकता नहीं है। हाँ, इस तरह की लेखिकाएँ आगे उम्र भर लिखती ज़रूर रहती हैं लेकिन असलियत

में उनके पास अब कुछ बचा नहीं होता है साहित्य को देने को। डॉन सम्पादकों को अलबत्ता इससे कोई खास फ़र्क नहीं पड़ता कि अब तक उन्होंने यों कितने क्राफ़्टों की हत्या की है। तमगे की तरह उनकी बूढ़ी शर्टों पर टँक जाने को यहाँ युवा-प्रौढ़ लेखिकाओं की पूरी एक भीड़ हमेशा क्यू में रहती है। खैर, मैं तुम्हें स्नोवा बार्ने का किस्सा सुना रहा था। दरअसल स्नोवा बार्ने नाम की कोई लेखिका या लड़की कभी थी ही नहीं! इस नाम की आड़ लेने वाला कोई औसत प्रतिभावान लेखक रहा होगा। और किसी तरह अपनी जगह न बना सका साहित्य में तो उसने सम्पादकों की सबसे कमज़ोर नस पर अँगुलियाँ जमा दीं। स्नोवा बार्ने के फ़र्जी नाम से कहानियाँ भेजने लगा। पते की जगह सिर्फ़ पोस्ट बॉक्स नंबर होता था और तस्वीर वो किसी यूरोपियन जवान लड़की की भेजता था। कहानियाँ होती थीं एकदम खुलीं; सीधे-सीधे सेक्स के किस्से! सम्पादक, आलोचक, लेखक, ब्लॉगर, पाठक—कौन इस नाम पर फिदा नहीं था उन दिनों! यहाँ तक कि उस अज्ञात सुन्दरी लेखिका के नाम पुरस्कारों की घोषणाएँ तक हो गयीं। कुछ भाई लोग तो इस कदर दीवाने हुए जा रहे थे कि पोस्ट बॉक्स पते को खंगालने के लिए पहाड़ों तक में भटक आये; पर धीरे-धीरे ये सच सामने आया कि पूरा मामला ही फ्रॉड था।''

''फिर क्या हुआ? सम्पादकों की प्रतिक्रिया क्या रही?''

''कुछ दिनों गप्पें चलीं सम्पादकीय कार्यालयों में। जिन-जिन ने उसकी कहानियाँ छापी थीं, वे एक-दूसरे के नाम पर हँसे और खुद के बारे में भूल गये कि उन्होंने भी तो कितनी लम्बी-लम्बी चिट्ठियाँ लिखी थीं स्नोवा बार्ने को, अपने सम्पादकीयों में उसके उज्ज्वल भविष्य की कामनाएँ की थीं और कहानियों की प्रशंसा में गीत गाये थे। एक समीक्षक ने तो कभी यह तक कह डाला था कि जिस तरह हिन्दी में प्रयोगवाद के अगुआ 'अज्ञेय' थे, ठीक वैसे ही नये आगत 'सेक्सवाद' की अगुआ स्नोवा बार्ने होगी। बाद में, इस पूरे प्रकरण के झूठा पड़ जाने पर वे समीक्षक साहब 'सेक्सवाद' की अगुआ एक दूसरी लेखिका को बताने लगे। धीरे-धीरे हिन्दी जगत इस वाकये को भूल गया क्योंकि यहाँ कोई-न-कोई रूमर हमेशा ही हवा को ताज़ा बनाये रखती है। वैसे बेटा, तुम सम्पादकों की प्रतिक्रियाओं में रुचि न ही लेना ज़्यादा; अगर वाकई गम्भीर कवि बनना चाहते हो तो!''

''क्यों सर? ''— विराट की नज़र दूर खड़ी पाखी पर से हटी नहीं थी जिसे प्रसिद्ध लेखिका कुछ सुना रही थीं। ब्रजमोहन की अँगुली भी उन्हीं प्रसिद्ध की ओर उठी, ''उन्हें देख रहे हो—मशहूर स्त्री-कम-लेखिका को!''

"जी सर, उन्हें कौन नहीं जानता!"

"उन्हें तो सब जानते हैं; पर यहाँ तक पहुँचने के लिए उनके रचे असली-नकली प्रेम कम ही लोग जानते हैं!"

"जी??"—विराट के चेहरे पर हद दिलचस्पी दिखने लगी।

"जी! उन लेखिका महोदया के बिलकुल युवा दिनों का वाकया है। यहाँ साहित्य में बेटे, राइटर तीस-पैंतीस की उमर तक तो नवयुवा-शुरुआती कहा ही जाता है, पैंतालीस-पचास तक युवा कहलाता है। तो अपने शुरुआती-नवयुवा दिनों में, इन मशहूर साहित्यकारा ने मेनस्ट्रीम की सबसे प्रमुख पत्रिका में अपनी कहानी छपवाने के एवज़ में सम्पादक का ये प्रस्ताव स्वीकार कर लिया कि वे कुछ घंटों का दिगम्बर एकान्त उनके साथ बितायेंगी।"

"फिर?"

"फिर क्या! बाद में ये खुद ही अपने दोस्तों को बताती फिर रही थीं कि फलाँ सम्पादक सिर्फ़ सम्पादकीय पन्नों पर ही पुरुष है! हा-हा-हा!"

ब्रजमोहन के ऊँचे ठहाके में जब विराट भी शामिल हो गया तो आदिनाथ ने अपने बहकते पट्ठे की लगाम वापस खींच ली,

"सम्मेलन शुरू होने में घंटा-डेढ़ घंटा ही बाकी है। तुम्हारे लिए आज का प्रस्तुतीकरण बड़ा महत्त्वपूर्ण है। जाओ कमरे में जाकर और अभ्यास कर लो।"

विराट जाना तो नहीं चाहता था; पाखी कितनी खूबसूरत है—हिरन की अबोध बच्ची के जैसी! उसने दिल-ही-दिल आराध्या और विद्या से उसकी तुलना की; और...

वो बिलकुल भूल गया कि आराध्या और विद्या नाम की किन्हीं लड़कियों को जानता भी है, जब मंच से पाखी ने अपनी कविता का सस्वर पाठ किया,

कच्ची है कली गुलनार ऽ
कलियों से भँवरों का प्यार ऽ

सैंकड़ों की सभा ने करतल की ऊँची गूँज के साथ इन पंक्तियों का स्वागत किया...और नवेली के लिए एक नये द्वार पर फूल बिछ गये—साहित्य का महान राजपथ सामने है!

कविता पढ़कर पाखी जब बैठी तो विराट को अपनी ओर मुँह बाये निहारते पाया। इस अशिष्टता पर वो शिष्टता से मुस्कुराई तो विराट कुछ चैतन्य हुआ; पर पूरे होशो-हवास में अब भी न लौटा था शायद। माइक पर अपनी कविताएँ सुनाते हुए उसने इतनी दफ़ा पलटकर पाखी की ओर देखा कि श्रोताओं ने चुटकियाँ लेना शुरू कर दिया,

"हमें सुना रहे हो कि उन्हें सुना रहे हो??"

"हा-हा-हा! हा-हा-हा! हा-हा-हा!"

"कच्ची है कली गुलनार ऽ!"

"हा-हा-हा! हा-हा-हा!"

लौटने से पहले विराट ने उसका पता चाहा था; और पाखी ने उसे *वागर्थ* की वो प्रति थमा दी थी जिसमें उसकी पहली-दूसरी कविताएँ थीं।

लौटती रेल में आदिनाथ सर क्या कुछ सुनाते रहे, उसने क्या-क्या किया, सफ़र कैसा बीता, उसे कतई ध्यान न था। पत्रिका में छपी तस्वीर के साथ छपी पहली कविता 'कच्ची है कली गुलनार' तो वो मंच पर ही जैसे याद कर चुका था। दूसरी कविता को भी अब उसने जैसे अपने भीतर उतार लिया था—रक्त में घुली रंगत की तरह!

वह पागल था शायद
वह कवि था शायद
उकेरता रहा अबूझ भावनाएँ
कल्पनाएँ और कलम लेकर।
वह प्रेमी था शायद
गढ़ता रहा अधूरी प्रतिमाएँ
तराश कर पत्थर के दिलों को।
वह नासमझ बच्चा था शायद
चिढ़ता रहा हम समझदारों
की दुनिया से।
वह दीवाना था शायद
पूजता रहा एक बेवफ़ा को
माँगता रहा इबादतों में चाँद।
वह देवता था शायद
मिटाता रहा मेरी गलतियाँ तमाम
छिपाता रहा मेरे दिये घाव।
वह पागल था शायद
करता रहा इन्तज़ार
मेरे लौट आने क़ा।।

अब वो हर पंक्ति में बसी पाखी को जानने-समझने की कोशिश कर रहा है।

तो मैडम किसी से प्यार करती थीं और अब तक उसे भूल नहीं सकी हैं! पर लिख देना तो मुक्त हो जाना होता है एक तरह से; कुछ और कविताओं में निकल जायेगा तो दिल रीत जायेगा उस ध्वस्त इमारत प्यार के मलबे से। विराट ने अपनी और पाखी की कल्पना उन दृश्यों में की जिनमें वो विद्या के साथ अंतरंग हुआ है अबतक। ...ओह! दतिया स्टेशन आ गया; उतरा जाये। पाखी का खयाल उसकी कविताओं सहित *वागर्थ* में सिमट गया और वो व्यावहारिक धरातल पर उतर आया।

इस हम्माम में...

विराट दिल्ली के कवि-सम्मेलन में कविता क्या पढ़ आया, शहर के साहित्यिक मंचों पर उसके लिए एक कुर्सी की जगह खुद-ब-खुद खाली हो गई। शहर की सबसे प्रतिष्ठित—एक राष्ट्रीय साहित्यिक तरक्कीदार नेतागिरी संस्था की शाखा इकाई- संस्था में तुरन्त ही उसे उपाध्यक्ष बना दिया गया। अध्यक्ष उस शाखा संस्था के वे बुज़ुर्गवार साहित्यकार हैं जो दशकों से अध्यक्ष हैं। अब तक तो इनके सनातन विरोधियों में भी विश्वास जम चुका है कि मृत्यु ही उन्हें इस कुर्सी से या इस कुर्सी को उनसे मुक्त करा पायेगी। संस्था में सिर्फ़ उपाध्यक्ष बदला करते हैं और यही उसकी कुल प्रगतिशीलता या जनवादिता है क्योंकि सचिव पद पर प्रौढ़ कवि बंसीधर पिछले बाईस सालों से आरूढ़ हैं और चूँकि वे कोषाध्यक्ष का भी कुल कार्य-दायित्व अपने कंधों पर लिये हुए थे; और बिलकुल संभव है कि उनके कब्ज़े की इन दो कुर्सियों को उनसे मुक्त कराने की ज़िम्मेदारी भी अन्ततः मृत्यु ही उठाये। ...तो, ऐसे अध्यक्ष और सचिव-कम-कोषाध्यक्ष ने विराट को तुरत-फुरत में शाखा-संस्था का उपाध्यक्ष बना दिया और तीसरे ही दिन उसका कविता पाठ भी करा डाला! अखबारों में फ़ोटो भी छपी और समाचार भी सुन्दर ढंग से छपा। कार्यक्रम में श्रोता तो सिर्फ़ चौबीस ही थे; पर तस्वीर चूँकि सिर्फ़ कविता पढ़ते कवि की छपी थी, अखबार के संवाददाता ने श्रोताओं का आँकड़ा सैकड़ा पार का लिखा—और इस पर सहज यकीन भी कर लिया अखबार पढ़नेवालों ने!

पहले कभी शाखा-संस्था के कार्यक्रमों का अखबारिया कवरेज बिलकुल अच्छा नहीं था। *आचरण, स्वदेश* और *सांध्य प्रकाश* जैसे छोटे अखबारों के संवाददाता भी बड़ी मानमनौती के बाद भी किसी-किसी ही साहित्यिक कार्यक्रम का कवरेज करने आते थे और कविता-कहानी पाठों की तस्वीरें अपने अखबारों में शहर के किसी बदहाल दृश्य—मसलन सड़क पर फैले कूड़े को चरते सुअर, अस्पताल के बाहर हो गये प्रसव,

नाले के पानी से उगती सब्ज़ियों या बस स्टैंड पर फैली गंदगी—की फ़ोटो के नीचे या अगल-बगल लगा देते थे। लेकिन जब से हिन्दी के (भूत)पूर्व कवि और वर्तमान समीक्षक आदिनाथ यहाँ आ सैटल हुए हैं; माहौल बदल गया है। अब *दैनिक भास्कर, नई दुनिया, नवभारत* से लेकर सांध्य फलाँ-सांध्य ढिमका तक के रिपोर्टर-फ़ोटोग्राफ़र सब स्थानीय साहित्यिक गतिविधियों-आयोजनों का कवरेज करने को तत्पर रहते हैं और अपने प्रस्तुतीकरण में कार्यक्रमों को इतनी गरिमा प्रदान करते हैं कि कुल बीस-पच्चीस श्रोताओं की फ़ोटो न खींचकर कविता-कहानी पाठ करते साहित्यकार का क्लोज़अप फ़ोटो खींच ले जाते हैं। इस महान परिवर्तन-लाभ के लिए पूरी शाखा-संस्था (यानी प्रौढ़ सचिव-कम-कोषाध्यक्ष और महाबुज़ुर्ग अध्यक्ष) और बाकी नई बनी छिटपुट साहित्यिक संस्थाएँ, सौ-पचास प्रतियों वाली लघु पत्रिकाएँ इत्यादि यानी इस कस्बाई शहर का पूरा साहित्य जगत आदिनाथ के प्रति कृतज्ञ है क्योंकि अव्वल तो आदिनाथ किसी स्थानीय संस्था में कोई पद ग्रहण न करेंगे—इस बाबत की घोषणा वे बाकायदा मंच से कर चुके हैं। अब किसी संस्था के पदाधिकारी को उनसे कोई आतंक, द्वेष, खतरा तो है नहीं सो स्थानीय तीनों साहित्यिक संस्थाओं के कार्यक्रमों में सभापति वे एक तरह से स्थायी ही हैं। स्थानीय साहित्यिक दिलों और दलों में उनके सच्चे आदर की दूसरी वजह यह है कि ये आदिनाथ गुरु का ही दिया मंत्र था कि सभी स्थानीय अखबारी रिपोर्ट्स-फ़ोटोग्राफ़र्स को बतौर साहित्यकार, कार्यक्रमों में आमंत्रित किया जाये और उनसे कविताएँ-लेख-कहानीनुमा कुछ भी लिखा हुआ माँग-माँगकर आखिरकार उन्हें साहित्यकार बना ही डाला जाये! स्थानीय लघु साहित्यिक पत्रिकाओं में या संस्थाओं की स्मारिकाओं में ये रचनाएँ छापी जायें और यों स्थानीय मीडिया को कॉलर से खींचकर साहित्यिक जमात में शामिल कर लिया जाये; तब तो साले हमारे कार्यक्रमों की रिपोर्टिंग करेंगे—करेंगे कि तनिक और! ...फिर तो यह मंत्र इतना अधिक स्वीकार्य हो गया कि जो रिपोर्टर कविता के नाम पर घटिया तुकबंदी तक न कर पाते थे, वे अपने नाम से चुटकुले दे दिया करते या फिर चार-छह महापुरुषों के विचार-सूक्तियाँ कहीं से टीपटॉप कर थमा देते और लघु पत्रिकाओं के सम्पादक तारीफ़, मुस्कुराहट, प्रशंसा और अगले कार्यक्रम के आमंत्रण, अच्छी रिपोर्टिंग के आग्रह के साथ उन रचनाओं को शिरोधार्य कर लेते। आदिनाथ के मंत्र ने साहित्य के एक और आयाम में 'गिव एंड टेक' लाभ वाला असर किया था। अखबारी फ़ोटोग्राफ़र्स कूड़ा-कंटेनरों में घुसे पन्नी बीनने वाले काले-मैले, अधनंगे बच्चों की फ़ोटो या सड़क किनारे कुत्तों के बीच चिथड़ों में सोये पड़े किसी पागल भिखारी की तस्वीर या किसी पुलिस थाने के टूटे हुए

साइनबोर्ड, सूनी पुलिस चौकी की फ़ोटो जैसा कुछ खींच-खाँचकर देने लगे और सब स्थानीय साहित्यिक पत्रिकाओं-स्मारिकाओं में साहित्य और कला के नाम पर ये सब ज़रूर-ज़रूर छपने लगा। स्थानीय साहित्यिक प्रकाशनों को इससे सबसे बड़ा लाभ तो ये रहा कि अब उनकी 'कंटेण्ट' की किल्लत वाली परमानेंट समस्या दूर हो गई और अपनी पत्रिकाओं के आवरण पृष्ठ के लिए उनके कम्प्यूटर ऑपरेटरों-ऑफ़सेट वालों को इंटरनेट से तस्वीरें चुराने की ज़रूरत नहीं रही। पत्रकारों-फ़ोटोग्राफ़रों की भी 'कम वेतन-ज़्यादा काम' वाली तनाव भरी ज़िन्दगियों में साहित्य एक बेहतर डायवर्ज़न बनकर रच-बस गया। जैनेन्द्र कुमार की उक्ति 'साहित्य जीवन का उठा हुआ रूप है।' उनके जीवन में चरितार्थ हो उठी। अब वे सिर्फ़ मामूली, शोषित, असन्तुष्ट और आर्थिक रूप से बहुत असुरक्षित श्रमजीवी पत्रकार न थे; 'साहित्यकारनुमा' कुछ ऊँचे भी उठ गये थे अपने-अपने दिलों में। उनके चलने-फिरने, बात करने और यहाँ तक कि देखने, खड़े होने के ढंग में भी साहित्यपन जैसा कुछ आ गया था। शहर के सबसे प्रमुख चौराहे की 'साहित्य संसार पान पैलेस' गुमटी पर उनका आना-जाना शुरू हो गया था।

इस पान की गुमटी पर सब स्थानीय साहित्यिक पत्रिकाओं, स्मारिकाओं की दो-दो प्रतियाँ बिकने को रखी रहती थीं; गोकि उनमें से एक की भी एक भी प्रति शायद ही कभी बिकी हो क्योंकि स्थानीय साहित्यिक सम्पादक अंक वैसे ही मुफ़्त बाँटते-फिरते थे; अलबत्ता पान गुमटी वाला स्थानीय साहित्य और साथ ही वे कुछ किताबें जो उसने कहीं ठेले पर बिकती किताबों में से खरीदी थीं, (जिनमें प्रेमचंद के पॉकेट एडीशन उपन्यास सस्ती छपाईदार खराब क्वालिटी कागज़ी पन्नों पर थे और रवीन्द्रनाथ टैगोर की *गीतांजलि* इतनी फटी हालत में थी कि समझ न आता कि किस कविता का शुरू कहाँ है, अन्त कहाँ) को अपनी दुकान के एक रैक में सजाकर खुद को दूसरे पनवड़ियों से कुछ ऊँचा समझता था। बिक्री भी उसकी इससे कुछ बढ़ी ही थी क्योंकि तमाम साहित्यकार और साहित्यकारनुमा पत्रकार शाम के समय—भले ही थोड़ी देर के लिए ही सही—यहाँ पान खाने आते थे और सब लोकल साहित्यिक समाचारों से अपडेट होकर जाते थे। यहाँ तक कि साहित्यिक कार्यक्रमों के फ़ोटोस्टेट पर्चे आमंत्रण पत्र भी 'साहित्य-संसार पान पैलेस' पर ही बँटने के लिए छोड़े जाते थे। उसकी गुमटी के बड़े मुनाफे और ऊँचेपन से ईर्ष्या-द्वेष रखने वाले एक दूसरे पनवड़िये ने भी अपनी गुमटी पर प्रेमचंद, मंटो, धर्मवीर भारती, शरत्चन्द्र और रेणु की कुछ सेकेण्ड हैंड, फटी-पुरानी क्लासिक कृतियाँ सजा ली हैं और अपनी गुमटी का नाम रख लिया है 'महादेवी वर्मा पान भण्डार'। उसकी गुमटी में एक बड़ी पुरानी-बड़ी घिसी, श्वेत-श्याम फ़ोटो टँगी

है जिसमें बहुत सारे स्कूली बच्चों के बीच कुर्सी डाले बैठे प्रिंसिपल, स्टाफ़ के ऐन बीचोबीच कुर्सी पर एक भद्र महिला की फ़ोटो है जिसे बहुत देर तक घूरते रहने के बाद भी साफ़-साफ़ यह समझ नहीं आता है कि वे महादेवी वर्मा ही होंगी! उस फ़ोटो में भूमि पर बैठे स्कूली बच्चों में एक मरियल बच्चे के चेहरे पर गोल घेरा बनाया गया है लाल स्केच से। पानवाला गर्व के साथ बताता है कि वो उसके पिताजी हैं! और महादेवी वर्मा उसके पिताजी के स्कूल के एक कार्यक्रम में मुख्य अतिथि बनकर आई थीं। दुकान उसकी भी अब दूसरी दुकानों से कुछ ज़्यादा चलने लगी है। इधर 'साहित्य संसार पान पैलेस' वाला एक नई बात कहने लगा है कि उसके दादाजी पान लगाने के अलावा शायरी का हुनर भी रखते थे; और वो उनके नाम की कल्पित, झूठी-सच्ची उपलब्धियाँ गिनाते हुए अपनी कॉपी खोलकर ऐसी शायरियाँ, तुकबंदियाँ सुनाने लगा था जो रेलवे स्टेशन पर बिकने वाली घटिया किताबों वाली शायरी से बहुत मिलती-जुलती थीं। इन दोनों गुमटियों के पास वाली कभी पुरानी-जर्जर रही गुमठी जिसे सँभालने वाले बूढ़े पनवड़िये की जगह अब उसका बेटा बैठने लगा है (जो हिन्दी में एम.ए. कर रहा है।) ने अपनी गुमटी का नया नाम रखा है 'समानांतर साहित्य'। उसकी दुकान के बारे में कॉलेज के लौंडों में प्रसिद्ध हो चला है कि वहाँ दिल्ली की हिन्दी लेखिकाओं के ऐसे-ऐसे उपन्यास और कहानी संग्रह उपलब्ध हैं जिन्हें तब भी ज़रूर पढ़ा जा सकता है जब आधी रात को नींद न आ रही हो। 'समानांतर साहित्य' वाला किताबें दिखावे के लिए नहीं रखता बल्कि बेचता भी है। इस तरह वो इस कस्बाई शहर का पहला साहित्यिक बुक-सेलर भी है, पनवड़िया होने के अलावा। यह बात और है कि 'साहित्य संसार पान पैलेस' वाले ने एक बार चिढ़कर उसकी शिकायत कोतवाली में कर दी थी। इंस्पेक्टर साहब आये भी थे लेकिन बजाय जाँच करने और किताबें ज़ब्त करने के, वे बड़ी देर तक उपन्यासों, कहानी संग्रहों के पीछे छपी हिन्दी की ग्लैमरस हीरोइन टाइप फ़ोटो वाली लेखिकाओं के परिचय पढ़ते रहे थे और उनके पते, ईमेल पते, मोबाइल नंबर नोट करते रहे थे। जब वे जाने लगे, 'समानांतर साहित्य' गुमटी वाले ने उन्हें स्पेशल रसीला पान खिलाया था और साथ ही चार पान पैक कर उनके हुजूर में पेश कर दिये थे। दरोगा जी ने—पान और साहित्य के रस में डूबते-उतराते— एक अच्छी फ़ोटोदार लेखिका की किताब *जब तन को छुआ तुमने* उठा ली थी और पनवड़िये के कंधे पर आश्वस्त करते रक्षक का हाथ रखते हुए कहा था,

"मुझे तो पता ही नहीं था कि हमारी भाषा में ऐसा भी साहित्य है। अब जब भी तुम्हारी दुकान पर किताबों की नई खेप आया करे, चार-छह किताबें कोतवाली

में ज़रूर दे जाया करो। टी. आई. साहब को बड़ी दिलचस्पी है इधर के नये साहित्य में। अच्छा ये बताओ, इस लेखिका का फ़ोन नंबर है क्या तुम्हारे पास? किताब पर हरामज़ादे प्रकाशक ने छापा नहीं है!''

इस तरह शहर के पनवाड़ियों से लेकर पत्रकारों-प्रेस फ़ोटोग्राफ़रों तक, साहित्य से जुड़कर सब साहित्यपन का दर्प पा गये थे। दूसरी तरफ़ कस्बे के वास्तविक साहित्यजीवियों को भी बहुत नफा हुआ था। अव्वल तो ये कि साहित्यकार गोष्ठियों-पाठों-सभाओं में श्रोताओं की संख्या पन्द्रह से बढ़कर पच्चीस हो गई थी; दूसरा ये कि सब कार्यक्रमों को अखबारिया कवरेज मिलने लगा था। ...और शहर पर इसका दीर्घकालीन प्रभाव-परिणाम यह रहा था कि अखबारों में आये दिन साहित्यिक हलचलों को पढ़-पढ़कर लोगों को लगने लगा था कि इतने साहित्यिक कार्यक्रम हो रहे हैं मतलब गँवई कस्बा अब शहर बन चला है। शिक्षा का स्तर ज़रूर ऊँचा उठ गया है, तभी तो कस्बे में कवि पैदा हो रहे हैं—और बहुत हो रहे हैं! इस बात पर विशेषकर वे दफ़्तरी बाबू गर्व करने लगे जो अब तक कस्बे में 'मच्छर ज़्यादा पैदा हो रहे हैं!', 'कुत्ते ज़्यादा बिया रहे हैं!' 'सुअर इतने कहाँ से आते हैं शहर में!' का रोना रोते रहते थे। ...यों उस एक मंत्र ने शहर को साहित्यिक तमीज़ सिखा दी; जिसके लिए विराट के दिली अंधेरे में कोई कहता था—यहाँ तो कुएँ में ही भांग पड़ गई है!

अब शाखा-संस्था का उपाध्यक्ष हो गया है विराट। इस कस्बे में इस संस्था में इस पद पर होने का यह अर्थ निकलता है कि अब अध्यक्ष और सचिव-कम-कोषाध्यक्ष ने कार्यक्रम आयोजित करने का आदि से अन्त तक का अर्थात् आमंत्रण पत्र बाँटने, कार्यक्रम स्थल साफ़ करवाने, कुर्सियाँ रखवाने, मंच सजाने और बाद में चाय के जूठे प्लास्टिक कप उठवाने तक का भार उसके कंधों पर डाल दिया। एक सस्ता सेलफ़ोन भी शाखा-संस्था की तरफ़ से उसे दे दिया गया था जो उसकी नज़र में भले ही एक सम्मान-सा था लेकिन विद्या ने कहा था कि यह गले की घंटी है। एक मामूली फ़ोन देकर वे तुम्हें बँधुआ मज़दूर बनाये ले रहे हैं। विराट ने पलटकर कुछ कहा तो नहीं था लेकिन उसकी जलती नज़र देखकर विद्या खुद ही कैंटीन से उठकर चली गई थी।

तीन संस्थाएँ थीं, दो लघु पत्रिकाएँ। सबने बारी-बारी से दिल्ली-रिटर्न कवि विराट के कविता-पाठ आयोजित किये; फिर शाखा-संस्था के छुट्टे-पुट्टे आयोजनों का भी ऐसा गुरुतर आयोजन भार उस पर डाला जा चुका था कि एम.ए. के अपने पहले पर्चे के दो दिन पहले भी वो साहित्यिक कार्यक्रम के आमंत्रण पत्र घर-घर बाँटने जा रहा था, कुर्सियाँ लगवा रहा था, माइक वाले को सचिव-कम-कोषाध्यक्ष साहब से पूरा

पेमेण्ट दिलवाने की हुज्जत कर रहा था।

उन दिनों सुभाष और विद्या, यहाँ तक कि आदिनाथ सर तक उसके लिए दूसरी दुनियावाले हो गये थे जैसे। औपचारिकता की तरह उसने एम.ए. अंतिम सेमिस्टर के पर्चे दिये और आखिरी पर्चा देकर बाहर निकला ही था और सेलफ़ोन स्विच ऑन किया ही था कि शहर के एक प्रौढ़ रचनाकार का कॉल आ गया—रचनाकार महेश मालवीय जो कि हर उस साहित्यिक कार्यक्रम में सभापति बनाये जाते हैं जिसमें आदिनाथ किसी कारणवश नहीं जा पाते। उन्होंने उसे कस्बे के सबसे महँगे होटल में मिलने को बुलाया है इसी वक्त। विराट समझ गया कि लंच का प्रस्ताव है। वो जानता है कि बात आदिनाथ सर तक ज़रूर पहुँचेगी—और क्योंकि महेश मालवीय उन्हें फूटी आँख नहीं सुहाता—वे बुरा भी ज़रूर मान जायेंगे। लेकिन एक तो उसे भूख बहुत तेज़ लग रही थी; दूसरे, परीक्षाओं से, पढ़ाई से अपनी मुक्ति को वो सेलिब्रेट करना चाहता था सो भी मुफ़्त का मौका मिल रहा है और तीसरे, अब वो आदिनाथ सर के प्रति श्रद्धा रखता था, अंधश्रद्धा नहीं। ...सफलता अपने साधक का पुनर्सृजन करती है; दिल-दिमाग, रेशा-रेशा बदल डालती है!

अब विराट महेश मालवीय के सामने होटल के शानदार केबिन में था। शराब के अलावा मटन की पेशकश को भी इनकार के बाद जो शाकाहारी भोजन उसे परोसा गया था वो भी इतना लज़ीज़ था कि मातादीन मिरौंगिया 'विराट' अपने कवि-व्यक्तित्व को भूलकर किसी गरीब बच्चे की तरह खाने पर टूट पड़ा। महेश मालवीय मुस्कुराकर उसे देख रहे हैं और कह रहे हैं,

"जिस संस्था में अब तुम उपाध्यक्ष बने हो ना, जो आज बड़ी उपलब्धि वाला पद माना जाता है; उस पद पर मैं पूरे बारह साल रहा हूँ, वो भी बिलकुल तब जब वो खुली ही थी दतिया में। उस शाखा-संस्था ने दतिया में जो इतनी प्रतिष्ठा पाई है, उसकी नींव का पत्थर हूँ मैं! क्लर्क की मामूली नौकरी में भी मैंने आतिथ्य किये हैं उन साहित्यकारों के जो बाहर से आते थे। तब तो संस्था के पास इतना फंड भी नहीं होता था कि अतिथि साहित्यकारों को लॉज में रुकाया जा सके। मेरी पत्नी ने आधी-आधी रात तक गर्म रोटियाँ सेंककर दी हैं उस संस्था के बाहरी मेहमानों को। खुद ज़मीन पर सोकर मैंने उन्हें अपनी खाट दी। मेरे बच्चे नौकरों की तरह उनके हुक्म बजाने के लिए हाथ बाँधे खड़े रहा करते थे। अपने बच्चे की तरह मैंने उस शिशु संस्था को पूरे बारह सालों तक पाला-पोसा, अपना समय, स्नेह और खून-पसीने की कमाई सब कुछ उसकी तरक्की के नाम करता रहा। ...फिर जब वो शाखा-संस्था अच्छी तरह

स्थापित-प्रतिष्ठित हो चुकी यहाँ; उन्होंने उपाध्यक्ष का पद किसी दूसरे को दे दिया।''

विराट के हाथ का कौर हाथ में रुक गया; महेश मालवीय ने शराब का घूँट भरते हुए कहा,

''खाओ तुम। रुको नहीं। अतीत के लिए कौन रुकता है!''

मालवीय का गला रुँध गया। उन्होंने दूसरी ओर मुँह फेर अपनी आँखें पोंछीं, फिर पूरा पैग एक ही बार में गटक गये। अगला पैग बनाते हुए आगे बोले,

''पता है विराट, एक बार मैंने राजधानी के सम्मेलन में कविता पढ़ी थी। तब तो लड़का ही था; तुमसे भी कम उमर का रहा होऊँगा। वहीं से फ़ोन आया था मेरे नाम का! और तुम यकीन नहीं मानोगे विराट कि जब मैं रेलवे स्टेशन पर उतरा तो सात आदमी मुझे लेने को खड़े थे—पूरे सात आदमी! और फिर तो जो कार्यक्रम हुआ... यूनिवर्सिटी के कैम्पस में आठ सौ-हज़ार से कम की भीड़ न रही होगी यूथ की ...और कितनी लड़कियों ने तो मेरे ऑटोग्राफ़ लिये थे! आज सोचता हूँ तो समझ आता है कि अगर इसी कस्बे में रहने की 'होम सिकनेस' में न पड़ता, अगर माता-पिता और पत्नी ने मुझे यहीं रहने को मजबूर न किया होता ...तो आज तुम जैसे नये कवि-लड़के मेरे ऑटोग्राफ़ ले रहे होते!''

विराट का चेहरा अब कुछ-कुछ अपने साहित्यिक बाने में लौटने लगा। उसने गम्भीर क्राफ़्ट-नज़र से सामने वाले को देखा; सब साहित्यिक कार्यक्रमों में गरिमामयी गांभीर्य ओढ़े रहने वाले शहर के परम सम्माननीय प्रौढ़ साहित्यकार को वो इस समय एक पराजित, बूढ़े आदमी के तौर पर देख रहा है।

''सर, आपके ऑटोग्राफ़ तो मुझे आज भी लेने चाहिए; आपका पूरा जीवन साहित्य को समर्पित रहा है।''

''ये कही तुमने सही बात! जीवन की कितनी समझ है तुम्हें! तुम बहुत यश कमाओगे साहित्य में। मेरी वैल्यू कोई नहीं जान पाया आज तक सिवाय तुम्हारे; न मेरी पत्नी, न बच्चे, न साहित्यकार यहाँ के! तुम्हें पता है? ओहो, मैं भी क्या पूछ रहा हूँ! हो-हो-हो, तुम्हें भला कैसे पता होगा—तुम तो नये लड़के हो यहाँ की साहित्यिक राजनीति में! और फिर तुम्हें लाया भी आदिनाथ है! एक राज़ की बात बताऊँ, किसी से कहोगे तो नहीं ना??''—मालवीय ने चेहरा उसके पास को करते हुए फुसफुसाकर पूछा।

''ये बात सिर्फ़ मेरे और आपके बीच रहेगी!'' विराट ने उनके हाथ पर हाथ रख उन्हें आश्वस्त किया।

पैग खत्म कर अब नीट के झन्नाटेदार एक-एक घूँट को भरते हुए मालवीय का

दिल बोलने लगा, "जब तक आदिनाथ यहाँ नहीं आया था, हर एक सभा का सभापति मुझे ही बनाया जाता था; तो क्या हुआ? तो क्या हुआ, वो तो अब भी बनाया जाता है! आई एम नॉट फ़िनिश्ड! है ना विराट? महेश मालवीय इज़ नॉट फ़िनिश्ड!

दुनिया ना जीत पाओ तो हारो न ख़ुद को भी
थोड़ी बहुत तो ज़हन में नाराज़गी रहेऽ
थोड़ी बहुत तो ज़हन में नाराज़गी रहेऽ
बदला न अपनेआप को जो थे वही रहेऽ
मिलते रहे सभी से मगर अजनबी रहेऽ"

मालवीय ऊँचे सुर में गज़ल गाते जाते थे, रोते जाते थे और नीट का कसैला घूँट भरते जाते थे। अपने शहर के एक सम्माननीय साहित्यकार को इस रूप में और देख पाना विराट के लिए असहनीय हो चला। वह खाना छोड़कर चुपचाप उठ आया। मालवीय खाली बोतल की बगल में बेसुध हो लुढ़क गये थे।

...साहित्य की ठगनी अप्सरा-दुनिया पीकर भूल चुकी है एक और मामूली जीवन का समस्त सौन्दर्य!

होटल से बाहर निकला तो विराट का मन वितृष्णा से भरा हुआ था। बाहर आने की जल्दी में उसने पानी तक न पिया था। सामने एक हैंडपंप था; उसने वहाँ जाकर पानी पिया। चेहरे पर ठंडे पानी के छींटे मारे। मालवीय का चेहरा आँखों में से हर्गिज़ न हट रहा था। साइकिल उठाई और आदिनाथ सर के घर की राह ली।

रास्ते भर वह मालवीय के साहित्यिक हश्र से अपना ध्यान हटाने के लिए आदिनाथ सर के बारे में सोचता रहा। अब वो पोस्ट ग्रेजुएट हुआ जाता है। पास तो आज हो ही गया; रिज़ल्ट का आना तो एक औपचारिकता भर होती है। सर बड़े प्रसन्न होंगे उसके लिए। क्या पता उसकी ही राह देखते मिलें। उसके सर बहुत बड़े आदमी हैं साहित्य के। अब से वो उनकी और भी ज़्यादा इज़्ज़त करेगा! वो मन-ही-मन तय करता हुआ आदिनाथ के घर पहुँच गया।

साइकिल उसने बाउण्ड्री से टिका दी। आराध्या बगीचे में थी। पीतल के झूले के नीचे, अपनी हद से आगे बढ़ गई घास-दूब को वो कैंची से कतर रही थी। विराट उसे निहारने के लिए कुछ पल ठिठका। अरू ने एक उड़ती नज़र डाली। दया दिखाते चेहरे से बंकिम मुस्कुराई। फिर वापस अपने काम में जुट गई; घास को उसकी तय सीमा में सीमित करने वाली निर्मम कैंची चलने लगी। विराट को बड़े अजीब लगे उसके चेहरे के भाव; क्या बात हुई है?? वो गैलरी की तरफ़ बढ़ गया। अरू की आँखें वैसे तो

सदा ही उसे उसकी औकात जताती रहती हैं लेकिन आज उनमें एक विशिष्ट विजय का सूक्ष्म भाव था—जैसे दूध में आ गिरी मक्खी को छिटकने के बाद हम राहत, दया और हिंसा से उसे देख मुस्कुराते हैं।

ड्राॅइंगरूम के कीमती पायदान से पहले चप्पलें उतारते कुछ चौंका—ये चार जोड़ी जूते-सैंडिलें किनके हैं? और ये इतने पहचाने-से क्यों मालूम पड़ते हैं? अपनी सस्ती चप्पलें उसने कुछ पीछे, धूल में सिमटी-सी उतारीं ...जाति से नहीं, कीमत से अछूत चप्पलें!

वह स्टडी की सीढ़ियाँ चढ़ने लगा। सर की तरफ़ जाते, आज पहली दफ़ा वो प्रफुल्लित नहीं, सहज नहीं। ...और चढ़ती सीढ़ियों पर बिलकुल लड़खड़ा गया जैसे वह—सामने, सर को घेरे उसके चार, अति कुलीन सहपाठी बैठे हैं—अमर उपाध्याय, विनीता गुप्ता, राहुल श्रीवास्तव और अद्‌भुत शर्मा।

इस समय, सर के सामने की टेबल पर उपहार के चार चमकीले डिब्बे रखे हैं। उसी टेबल पर चाय की पाँच खाली प्यालियाँ हैं और सर की किसी बात पर चार चेहरे भरपूर प्रस्तुतीकरण के साथ उनका साथ देते हँस रहे हैं। दरवाज़े पर उसे देखते ही महफ़िल में सनाका खिंच गया। उसके देखते-ही-देखते वे चारों उठ खड़े हुए।

"अच्छा सर, अब अनुमति दीजिये।"

आधा दरवाज़ा रोके खड़े मातादीन मिरौंगिया की बगल से वे एक-एक कर इस सावधानी से निकलने लगे कि कहीं उसकी छाया से भी उनके शरीरों का स्पर्श न हो जाये।

—तुम कैसे वामन पांडे, हम कैसे शूद्र!

दिल में विराट ने कबीर की ज़ुबान में उन कुलीनों को गाली दी। अब अपने ठेठपन में बड़ा सहज-सा होकर वह सर के सामने आ बैठा है। टेबल पर कुछ पन्ने बिखरे पड़े हैं। नीली स्याही में लिखी कविताएँ हैं। हरी स्याही में सुधारों के नोट्स हैं। हरी स्याही वाली सर की राइटिंग तो वह सपने में भी पहचान सकता है—और नीली स्याही में पन्ने की कोर पर नाम दर्ज है—अद्‌भुत शर्मा।

उसे पन्नों की तरफ़ शिकन भरी आँखों से देखते, सर ने सब पन्ने और गिफ़्ट आधे पल में समेट लिये और अलमारी खोलकर, बंद कर दिये। पर हरी स्याहीदार वे हर्फ़ जो हमेशा उसके लिए प्रकृति-माँ का-सा दुलार, सुख हुआ करते थे, अब जैसे उसकी रग-रग में बेचैनी पैदा कर रहे थे। उसका खून जैसे हरा पड़ गया था!—जड़ हरीतिमा!

सर ने सहलाती-सी आवाज़ में कहना शुरू किया, "मेरे बीसियों शिष्य रहे हैं साहित्य में। आज के कितने ही प्रौढ़-स्थापित नाम हिन्दी को मेरी देन हैं। तुम्हें कभी

किसी से ईर्ष्या नहीं होनी चाहिए। तुम पहचान पा चुके हो। स्थानीय साहित्यिक कार्यक्रमों में तो खासी माँग रहने लगी है तुम्हारी। अब मुझे अपने दरवाज़े पर आये दूसरे शिष्यों पर ध्यान देने दो। अद्‌भुत और विनीता दोनों प्रतिभाशाली हैं पर उन्हें खुद को और माँजना होगा। साहित्य दो दिन का खेल नहीं, जीवन भर की तपस्या है। इस सत्य से उनका परिचय होना अभी बाकी है। वैसे तुम सरीखे प्रतिभाशाली नहीं हैं वे। तुम्हारी कविताओं में एक अजब-गज़ब सौन्दर्य है। अगर तुम खुद को जीवन भर तराशते रहोगे तो तुम्हें अन्तर्राष्ट्रीय साहित्यकार बनने से कोई नहीं रोक सकता!"

उसे लगा, सर ने ये बातें सिर्फ़ उसका दिल रखने के लिए कही हैं। दिल्ली सम्मेलन में सर ने उसे मशहूर सम्पादक ब्रजमोहन का फ़ोन नंबर लेने का मौका ही नहीं दिया था, न ही उस्ताद-साहित्यकार लक्ष्मीप्रसाद का ...और आज उसे बहलाऊ, डराऊ बातें सुना रहे हैं! तो सब सुना हुआ सच है?? सर अगले महीने बनारस जिस साहित्यिक कार्यक्रम में जा रहे हैं, अद्‌भुत शर्मा साथ जा रहा है। इन्हें अपनी चमचागिरी के लिए हमेशा नये-नये साहित्यिक रंगरूट चाहिए। ऐसे रंगरूट जो इनके खेमे में संख्या बनकर पड़े रहें! इनकी कोई महत्त्वपूर्ण रचना आये ज़माना गुज़र गया, तो अब साहित्य की दुनिया में अपना नाम ज़िन्दा रखने के लिए 'गॉड फ़ादर-गॉड फ़ादर' खेल रहे हैं! असली साहित्यकार होते तो इन प्रपंचों की ज़रूरत न पड़ती इस बुढ़ापे में इन्हें!

जिस मोहभंग की स्थिति में विराट यहाँ आया था, वो और ज़्यादा मारक हो उठी इस वक्त! ऊपर से उसने खुद को भरसक संयत रखा है। सर उसके अनमनेपन को भाँप चुके हैं। विषय बदलना होगा वर्ना बातचीत कठिन होगी। अब वे नये होकर बोले,

"तो, एम.ए. तो हो चुका; रिज़ल्ट भी आ ही जायेगा महीने-डेढ़ महीने में। पास तो तुम हो ही जाओगे, ऐसा मेरा विश्वास है। अब आगे क्या करने का सोचा है? पी.एच.डी. का एंट्रेंस टेस्ट महीने भर बाद होगा। एम.ए. के चौथे सेमिस्टर का रिज़ल्ट न भी खुला, तो भी उसका इम्तिहान देकर तुम इस टेस्ट में बैठने को एलिजिबल हो चुके हो। फिर इतना यश तो कमा ही चुके हो कि सरलता से चुन लिये जाओगे। मेरे ही गाइडेंस में शोध कर लेना।"

"नहीं सर। मेरा मन नहीं है।"

"मुझे गाइड बनाने का?" आदिनाथ ने ऐसी आवाज़ में प्रश्न किया जैसे वे शिष्य के चेहरे के पार उसके मन से रूबरू हों।

"नहीं! नहीं! दरअसल मैं कह रहा था कि पी.एच.डी. करने का मेरा मन नहीं है।"

वो एकदम से बहुत झेंप गया और इसी हिलोर में उसके मन में, अपने सर के

लिए बीता सम्मान फिर लौट आया, "आपसे मेरी आर्थिक स्थिति छिपी नहीं है। तुरन्त ही किसी नौकरी में लग जाना चाहता हूँ।"

"किस तरह की नौकरी करना चाहते हो?" सर ने आवाज़ में बड़प्पन की ध्वनि-नाद भरते हुए पूछा।

"कुछ साफ़-साफ़ सोचा नहीं; बस कोई ऐसा काम हो जो मुझे इस साहित्यिक बेगारी से तो दूर कर दे लेकिन साहित्य से नहीं।"

"हा-हा-हा— " आदिनाथ उसके सच पर बड़ी ईमानदारी से हँस दिए,

"तो मन भर गया तुम्हारा इस कस्बे के साहित्यपन से?? अच्छा है! बहुत अच्छा है! जीवन में सदा इतनी ही साफ़ नज़र से खुद को देखते रहोगे और तुच्छ लालचों में नहीं फँसोगे तो असली कवि बने रहोगे।"

विराट की दीनता भरी बातों से आदिनाथ के भीतर की वो नाराज़गी खत्म हो गई जो इधर की उसकी साहित्यिक सक्रियता—खासकर उनके विरोधियों के प्रति प्रकट उसके सम्मान भाव—के कारण उनके मन में गाँठ बनकर पड़ी थी।

गुरु-शिष्य पुराने स्नेह-सम्मान के वशीभूत हो गये। सदैव वाले उसी अभिभावकपन से आदिनाथ बोले, "तब पत्रकारिता करो। स्थानीय सब पत्रों के संवाददाता, यहाँ तक कि फ़ोटोग्राफ़र तक कवि या कहानीकार हैं।"

"नहीं सर। मैं यहाँ जॉब नहीं करना चाहता।"

"हूं। महत्वाकांक्षी हो, यह अच्छी बात है। तो दिल्ली जाना चाहते हो?" आदिनाथ ने सिद्ध-महंत की तरह पूछा।

"दिल्ली?? मैं दिल्ली जाना चाहता हूँ यह खयाल कैसे आया आपको? "

"क्योंकि हिन्दी पट्टी का हर महत्वाकांक्षी साहित्यकार दिल्ली ही जाना चाहता है। दिल्ली में खेल ही कुछ ऐसा है कि मामूली प्रतिभावाले लेखक भी वहाँ रहकर बहुत उपलब्धियाँ पा जाते हैं। साधारण कहानियाँ लिखने वाले कहानीकार, मामूली तुकबंदियाँ करने वाले कवि और व्याकरण से लेकर क्लासिक साहित्य तक के ज्ञान से अनपढ़ समीक्षक भी वहाँ पहुँचकर असाधारण हैसियत हासिल कर लेता है बशर्ते उसे दिल्लीवाले खेल खेलने आ जायें। अवाड्र्स, विदेश यात्राएँ, प्लेन टिकटों वाले सेमिनार, मीडिया में चर्चा और बड़े प्रकाशक—क्या कुछ नहीं है वहाँ जो साहित्य के नाम पर जुगाड़ा न जा सके! मेरा तो परिवार इसी कस्बे में बसना चाहता था क्योंकि यहाँ से मेरा पुश्तैनी गाँव पास है और पत्नी का मायका भी इधर ही की तरफ़ है; उसी की ज़िद पर मैंने रिटायरमेंट से पहले अपनी लास्ट पोस्टिंग यहाँ करवा ली और उसी की ज़िद पर यह

मकान भी बनवा लिया; वर्ना मेरे कितने मित्रों ने कितना-कितना कहा था मुझसे कि मैं रिटायरमेंट से पहले ही दिल्ली में, किश्तों पर कोई फ़्लैट खरीद लूँ और बाद में वहीं बस जाऊँ। जयपुर लिट्रेचर फ़ेस्टिवल हो या विश्व हिन्दी सम्मेलन का बुलावा—दिल्ली में रहने वाले बी ग्रेड, सी ग्रेड रचनाकार भी अपने लिए ये सब सरलता से जुटा लेते हैं!''

विराट को लगा, सर के चेहरे पर एक सूक्ष्म झलक कहीं मालवीय की भी है। ...कितनी महत्वाकांक्षाएँ! कितनी कुंठाएँ! उसका मन फिर वितृष्णा से भर उठा—इनमें से कोई भी महान साहित्य रचने को अपनी कामना क्यों नहीं बताता??

''नहीं सर। दिल्ली बहुत दूर पड़ेगी। मेरे माता-पिता को भी मेरी ज़रूरत है। आस-पास ही किसी शहर में आप मुझे किसी अखबार में काम दिलवा सकें अगर, तो बड़ा उपकार होगा मुझ पर आपका।''

''तो यहीं नौकरी करने से भला क्या गुरेज है? यहाँ के साहित्यिक जगत में अच्छा-खासा नाम कमा चुके हो। इतनी-सी प्रसिद्धि के लिए भी तरसते हैं यहाँ के बीसियों कवि और एक तुम हो कि अपनी स्थानीय लोकप्रियता की कोई कदर-कीमत ही नहीं है तुम्हें! जान सकता हूँ क्यों?''

''मेरा दिल निकल गया है।''

''किससे?''

''इस कस्बे के साहित्यिक-जगत से! यहाँ के साहित्यिक चोंचलों से! स्थानीय साहित्यश्री लोगों के कार्यक्रमों-उपलब्धियों-महत्त्वों; सब कुछ से!!''

''सुनूँ तो भला क्या बात हुई है?''—वे कुर्सी खींचकर विराट के सामने बैठ गये।

''सर... !''—विराट अपनी बात कहते-कहते पिछले दिनों की घटना में खो गया :

उसकी शाखा-संस्था ने कस्बे के वयोवृद्ध कवि सियाशरण पांडे का अमृत महोत्सव आयोजित किया था। उसके इम्तहान चल रहे थे तब; लेकिन वयोवृद्ध कवि ने जब उसके सामने हाथ जोड़कर उसे बेटा कहा, तो मारे शर्मिन्दगी के, उसने कार्यक्रम की व्यवस्थाएँ सँभालने के लिए हामी भर दी। उसके बाद, सुभाष और विद्या के लाख समझाने-नाराज़ हो जाने के बावजूद अगले पर्चे से पहले वाले, हफ़्ते भर के गैप में से पूरे पाँच दिन उसने इस आयोजन के नाम कर दिये। भूत की तरह दिन-रात लगा रहा। कार्यक्रम के सफल सम्पन्न हो जाने का सबसे ज़्यादा सन्तोष शायद उसे ही था। वयोवृद्ध ने अपने आभार भाषण में उसका नाम यों लिया था,

''कवि विराट में, मैं खुद को देखता हूँ। उसी की उमर में, मैं भी पहली दफ़ा दिल्ली में आयोजित अखिल भारतीय कवि सम्मेलन में कविता पढ़कर आया था। और

मेरे उस्ताद थे मशहूर साहित्यकार श्री... ''

वो गद्गद हो गया था; सारी थकान जाती रही थी। कार्यक्रम के बाद टैंटवालों का सामान उठवा रहा था कि पर्दे के उस पार खड़े सचिव-कम-कोषाध्यक्ष और दूसरी संस्था के प्रमुख की बातचीत कानों में पड़ी, ''क्यों साहब, सुना है आपने तो पूरे पैंतीस हज़ार गिनकर लिये हैं?''

''ये सब झूठी अफ़वाहें हैं। आपसे किसने कहा?''

''दाई से पेट छिपाया जा सकता है भला? अरे, हम तो फिर पुराने मित्र हैं। अब भले ही तुम हमें सच्चे दिल से मित्र न मानते हो लेकिन हमने तो हमेशा तुम्हारा साथ दिया है। कहो दिया है कि नहीं? अब न बताना चाहो तो ये तुम्हारी पॉलिटिक्स है!''

''न! न! ऐसा कुछ नहीं है। उल्टे, खर्च हो गये हमारे पचीसेक हज़ार। ये मुख्य अतिथि साहब, आप क्या समझते हैं साहित्य-सेवा के लिए यहाँ पधारे हैं या कि सचमुच ही अमृत महोत्सव में आना इनका निजी लोभ था? इस बी ग्रेड साहित्यकार ने ए श्रेणी का किराया लिया है हमसे। अभी दो-एक रोज़ और टिकेंगे। आस-पास के सब दर्शनीय स्थल घुमाने पड़ेंगे। जीप किराये से की है तीन दिन के लिए। फिर होटल का बिल भी कुछ कम नहीं बैठने वाला है। महाशय मुर्गे उड़ा रहे हैं। शराब में अंग्रेज़ी की अद्धी से नीचे बात नहीं करते।''

''तो भी बहुत बचा लेंगे आप!''

''कहाँ लगे हो यार! स्मारिका में ही इतना खर्च हो गया; बाहर से जो लेख आये हैं, सबका पेमेन्ट दिया है। दिल्ली से आये एक पेज के तो हमने तीन हज़ार चुकाये! वर्ना सियाशरण पांडे कोई ऐसा महान साहित्यिक नाम तो है नहीं। कस्बे-देहात के साहित्यिक नाम के फ़ेवर में लिखवाने के लिए कितना खर्च करना पड़ता है सो क्या आप जानते नहीं हैं; दो अमृत-महोत्सव तो आपकी संस्था भी आयोजित करवा चुकी है। मैं न तो अध्यक्ष की तरह सिर्फ़ कुर्सी पर बैठा रहता हूँ और न उपाध्यक्ष की तरह कुर्सियाँ लगवाता-हटवाता रहता हूँ। असल काम तो मेरे ही मत्थे है! एक-एक आदमी का हिसाब चुकता करना पड़ता है। टेंट-केटरिंग वाला, कार्डवाला, जीप वाला, होटल वाला; और इनमें से कोई साला सौ रुपया भी कम करने को तैयार नहीं होता। किसी की चिरौरी करता हूँ, किसी को आगे काम देने के लालच से फुसलाता हूँ तो किसी को झिड़कना भी पड़ता है। ऐसे एक-एक कार्यक्रम में पाँच-पाँच किलो वज़न घटता है मेरा। लेकिन इतना सिरदर्द न मोल लूँ तो संस्था के खाते में पच्चीस की बजाय चालीस का आँकड़ा दर्ज हो जाये खर्च के हिसाब में।''

"अजी छोड़िये भी! काहे के पच्चीस और काहे के चालीस। स्मारिका में लाख से कम रुपया नहीं पीटा है तुम लोगों ने विज्ञापनों से! बैक कवर के लिए पांडे दद्दा के अफ़सर दामाद ने दो-दो सरकारी विज्ञापन दिलवाये इस स्मारिका को। और गुरु, दूसरे राज्य का सरकारी विज्ञापन, सुनते हैं पांडे दद्दा के साढ़ू भाई नेता ने दिलवाया है। हमने खुद अपने कानों से दद्दा को ये सब कहते सुना है। कुछ भी कहो यार, तुमने खूब मूड़ा बुड्ढे को!"

"हमने बुड्ढे को मूड़ा कि बुड्ढे ने हमें मूड़ा! पचास हज़ार से ऊपर में स्मारिका छपी है। दतिया के इतिहास में ऐसी स्मारिका कभी किसी की न छपी होगी। और बुढ़ऊ ने कितनी तो प्रतियाँ ली हैं हमसे, आप सुनेंगे तो गश खा जायेंगे। तिस पर भी बूढ़े को बड़बोलेपन के मारे चैन नहीं। इतने भव्य आयोजन में कितनी मेहनत लगी हमारी, उसका क्या कोई मोल नहीं? कितना पैसा पानी की तरह बहा सो हम ही जानते हैं। बस ये समझिये कि पांडे दद्दा ने जहाँ दो दिये वहाँ तीन खर्च करवा लिये। अब हिसाब ये है कि उल्टा हमें उनसे पाँच-आठ हज़ार और वसूलने हैं!"

बात कह चुककर सचिव-कम-कोषाध्यक्ष ने अपनी जीभ काटी, "गलत बात मुँह से निकल गई! किसी से कुछ कहियेगा नहीं। आप तो पुराने मित्र हैं।"

"आपके अध्यक्ष महोदय अपने छोटे भाई का जो हमारी संस्था से अमृत-महोत्सव करवाना चाहते हैं, उनसे कह दीजियेगा कि हम पूरे चालीस हज़ार लेंगे—छदाम कम नहीं! स्मारिका का हिसाब-किताब इससे अलग रहेगा। अलबत्ता कार्यक्रम आपके कार्यक्रम से दूना भव्य करके दिखा देंगे। अप्रवासी भारतीय साहित्यकार से स्मारिका के लिए लेख चाहें तो वो इन्तज़ाम भी हो सकता है पर उसका चार्ज अलग रहेगा।"—सामने वाला असल मुद्दे पर आ गया।

"तो फिर मुख्य अतिथि भी साहित्य का कोई नामी हस्ताक्षर होना चाहिए।"

इस मोलभाव को विराट और ज़्यादा न सुन सका और वहाँ से हट गया।

विराट आदिनाथ से कह रहा है,

"सर, मैं सियाशरण पांडे नहीं बनना चाहता। मैं अपना भविष्य इस शहर में नहीं देखता हूँ।"

"पर यहाँ तुम प्रतिष्ठा पा चुके हो?"

"प्रतिष्ठा कितनों के बीच? साहित्यिक कार्यक्रमों में श्रोता कुल कितने आते हैं—पन्द्रह? पच्चीस? तीस? सो भी चेयररेस के खेल जैसा हाल है रचनापाठों और साहित्यिक गोष्ठियों का। एक कार्यक्रम में जो मंच पर आसीन हैं अगले में वे श्रोताओं

में होते हैं और पिछली बार के श्रोता इस बार मंचासीन!"

कुछ क्षण मौन की हथेली पर रहा माहौल। विराट अपनी व्यथित-व्यग्र साँसें सँभालता रहा; आदिनाथ सिगरेट के कश खींचते हुए बेचैन-से टहलते रहे।

"एम.ए. का रिज़ल्ट आने में कुछ वक्त लगेगा। तब तक इन्तज़ार करो क्योंकि बिना पी.जी. बड़े अखबारों में ढंग की नौकरी मिलती नहीं है। तब तक यहीं कोई छोटा-मोटा काम कर अपना खर्च चला लो।"

"तब, आप किसी लोकल अखबार में बोल दीजिये मेरे लिए।"

"नहीं भई। तुम्हें यहाँ काम दिलवा भी दिया तो तुम्हें एक-डेढ़ महीने बाद जाना ही है। मैं जान गया हूँ कि यहाँ के साहित्यिक जगत में तुम अपनी महत्वाकांक्षाओं का भविष्य नहीं पाते हो इसलिए अब यहाँ हर्गिज़ न थमोगे। मैं तुम्हारे लिए इतना कर सकता हूँ कि अपने किसी मित्र सम्पादक के नाम सिफारिशी चिट्ठी दे दूँगा। कहो, ग्वालियर में नौकरी करना चाहोगे?"

"ग्वालियर??"

वह दो पल को सोचता है; फिर सहज हो जाता है,

"ज़रूर सर! लेकिन तब तक मैं क्या करूँगा? अब तक तो पढ़ाई की आड़ थी; अब बेकार नहीं बैठ सकता। कल ही से, बल्कि आज ही से मैं कोई रोज़गार चाहता हूँ।"

"तुम देख लो अपना। रिज़ल्ट आ जाये तो मुझसे आकर मिलना। मैं सिफारिश की चिट्ठी लिख दूँगा और फ़ोन तो अपने सम्पादक मित्र को आज ही कर दूँगा। बड़े अखबार के लिए जॉब की बड़ी मारामारी रहती है। पत्रकारिता यूनिवर्सिटी के लड़के-लड़कियों को भी वहाँ मुश्किल से मौका मिलता है। तुम तो एक साधारण एम.ए. भर करके जा रहे हो। खैर, जो बन पड़ेगा, अपने सबसे प्रिय शिष्य के लिए मैं ज़रूर करूँगा।"

एहसान, ऊब और हाथ झटक लेने वाले अन्दाज़-आवाज़ में सर ने अपनी बात पूरी की। सिगरेट के अंतिम जलते टुकड़े को एश-ट्रे में सुलगता ही छोड़ दिया और अलमारी में सहेजे वे ही कागज़ उठा लिये—अद्‌भुत शर्मा और विनीता गुप्ता!

सुलगते-राख दिल के साथ विराट उठा और बिना औपचारिक विदा लिये ही बाहर निकल गया। कमरे में ख़त्म होती सिगरेट का अंतिम धुआँ और आदिनाथ बचे रहे, नीली-हरी स्याहियों के शब्दजाल में उलझे हुए।

बाहर बाउन्ड्री में आराध्या अब भी घास को उसकी हद में कतर रही थी—जैसे किसी बहुत काबिल परिन्दे को ऊँचा उड़ने से रोकने के लिए उसके पर कतर देना मजबूरी हो उसके कम काबिल मालिक की। विराट के दिल ने अपने आप को सब कुछ

से मुक्त महसूस किया जैसे पिंजरे से बाहर आ चुका परिन्दा हो कोई। सर के इस घर में अब न जाने कब आना हो। पलभर को उसके भीतर से किसी ने पलटकर बात करनी चाही अपनी अरू से। अपनी एकतरफ़ा मोहब्बत से। ...एक अंतिम विदा? नहीं। विराट के कदम उस ओर बढ़ने की बजाय बाहर के रास्ते पर थे। उसने साइकिल उठाई और अपनी राह ली। ...पीछे से उसे जाते देखती आराध्या का मन न जाने क्यों बुझ गया??

विराट वहाँ से चला तो, पर अभी राधापुर की ओर नहीं। अभी एक बड़ा ज़रूरी काम और बाकी रह गया है इस शहर से। उसकी साइकिल शाखा-संस्था के सचिव-कम-कोषाध्यक्ष के घर की ओर थी। घर के बाहर तक आती आवाज़ों से ही वो जान गया कि भीतर वे ही हैं, सचिव-कम-कोषाध्यक्ष साहब और दूसरी संस्था के प्रमुख साहब। उनकी हँसी दूर तक जा रही है। विराट का दिल चीखने को हुआ। ...अपने-अपने ड्रॉइंगरूमों-स्टूडियो में साहित्यिक दुरभि संधियाँ रचते हैं यहाँ के ये साले सब-के-सब बी ग्रेड, सी ग्रेड राइटर्स!—वो एक दिन इतना बड़ा राइटर बनेगा कि ये साले सब उसका ऑटोग्राफ़ लेने के लिए तरसेंगे और उसके पास इनकी तरफ़ नज़र उठाकर देखने की भी फ़ुर्सत न होगी।

सचिव-कम-कोषाध्यक्ष साहब हमेशा की तरह बड़े अपनत्व से मिले। उसके लिए चाय मँगवाई गई। नाश्ता तो पहले से ही टेबल पर सजा था। औपचारिक-बनावटी मीठी बातों के बीच उसने वहीं से एक कोरा पन्ना उठाकर अपना इस्तीफ़ा लिखकर दे दिया; और उनका दिया वही सस्ता सेलफ़ोन जेब से निकालकर इस्तीफ़े के ऊपर रख दिया। सचिव-कम-कोषाध्यक्ष साहब पल भर को सन्न रह गये; पर अगले ही क्षण, उन्होंने वो सेलफ़ोन उठाकर अपनी जेब में रख लिया और इस्तीफ़े के कागज़ की तह बनाते वे अपनी चिर-परिचित शैली में मुस्कुराये—पान रंगे होंठों का मीठा लालपन कुछ और चमकीला हो उठा—रक्त की तरह चमकीला!

"भाईसाहब, आप गवाह हैं कि कवि विराट अपनी स्वेच्छा से इस्तीफ़ा दे चुके हैं वर्ना हम तो ज़रूर यह चाहते थे कि ये संस्था के उपाध्यक्ष पद पर रहते—चाहते तो आजीवन!"

"पर विराट, तुम इतने महत्त्वपूर्ण पद से यों अचानक रिज़ाइन क्यों कर रहे हो?"

दूसरी संस्था के प्रमुख ने प्रश्न किया और उत्तर विराट से पहले सचिव-कम-कोषाध्यक्ष ने टिका दिया,

"अरे भाईसाहब, ये हमारा और आपका ज़माना तो रहा नहीं जब अपनी जड़ों के मोह में यहीं कोई नौकरी या काम-धंधा देख लेते थे और अपने घर-कस्बे के

साहित्यपने पर ही सन्तोष का जीवन गुज़ार देते थे। आज के महत्वाकांक्षी लेखक-लड़के ससुरे नोबेल और ज्ञानपीठ से कम के सपने नहीं पालते! पढ़-लिख गये हैं बाबू साहेब; अब ज़रूर किसी बड़े शहर का रुख करेंगे जहाँ नौकरी के साथ-साथ साहित्य के अवसर भी बड़े हों। क्यों यार विराट, मैं सही अन्दाज़ा लगा रहा हूँ ना? क्या दिल्ली ही नहीं जा रहे हो? ''

''दिल्ली तो नहीं, पर देखिये क्या हो पाता है?''

सचिव-कम-कोषाध्यक्ष ने ताली पीट ली,

''मैंने कहा था ना भाईसाहब! बाल धूप में सफ़ेद नहीं किये हैं। विराट की प्रतिभा को मैं पहले ही पहचान गया था और सबसे कहता भी यही था कि इस प्रतिभाशाली लड़के को न यह शहर रोक पायेगा न आदिनाथ! यह लड़का तो बस अपनी पढ़ाई पूरी होने तक 'साहित्य-साहित्य' खेल रहा है इस छोटी जगह में। ...यहाँ रहना तो अपनी प्रतिभा का गला आप घोंट देना है!''

दोनों श्रोताओं का ध्यान गया; सचिव-कम-कोषाध्यक्ष की आवाज़ में एक सच्ची पीड़ा ध्वनित हुई है—छोटी जगह न छोड़ पाने की पीड़ा! बड़ा साहित्यकार न बन पाने का सच्चा कष्ट! विराट ने पल भर को उस चेहरे को बहुत गौर से देखा; वे एक हारे हुए विदूषक के जैसे दिख रहे थे। ...और विदूषक होना आत्मा से लेकर आत्मसम्मान तक के लिए एक गाली है!

विदा लेने की मुद्रा में विराट उठ खड़ा हुआ।

''तो चलता हूँ सर!''

''मैं बस एक मिनिट में आया।'' सचिव-कम-कोषाध्यक्ष लपककर भीतर चले गये।

दूसरी संस्था के प्रमुख ने उससे हाथ मिलाते हुए कहा,

''अगर जाने का विचार स्थगित हो जाये या फिर कभी लौट आओ वापस तो हमारी संस्था में सदैव तुम्हारा स्वागत है। उपाध्यक्ष का पद जब चाहो आकर ले लेना। तुम जैसे हीरे को पाकर कौन संस्था न चमक उठेगी!''

वे और भी कुछ कहते, पर तब तक सचिव-कम-कोषाध्यक्ष साहब भीतर से लौट आये थे। उनके हाथ में एक स्मृति-चिह्न शील्ड थी। विराट एक क्षण को स्तब्ध रह गया। यह तो उसके बनवाये उन स्मृति-चिह्नों में से ही एक है जो शाखा-संस्था के कार्यक्रमों में बाहरी साहित्यकारों को विदा-बेला में दिये जाते हैं।

फीका-सा मुस्कुराते हुए उसने विदाई-चिह्न स्वीकार कर लिया।

यायावर को कौन बाँध सका है

सचिव-कम-कोषाध्यक्ष के घर से बाहर निकलकर उसने स्मृति-चिह्न साइकिल के कैरियर में दबा दिया। शाम घिर आई थी और अँधेरा हो जाने से पहले उसे गाँव पहुँचना होगा। अपनी तीव्रतम रफ़्तार में उसकी साइकिल भागी चली जा रही थी; और आँखों में रफ़्तार जितना ही तीव्र आवेग था आँसुओं का :

—इस शाखा-संस्था के कार्यक्रमों में उसने किस कदर जी-तोड़ मेहनत की, यहाँ तक कि अमृत-महोत्सव के लिए अपनी इतनी महत्त्वपूर्ण परीक्षाओं के बीच में भी काम किया और इस सबके बदले में मिला क्या उसे? वे तो जैसे उसके इस्तीफ़े के ही इन्तज़ार में थे! इस तरह विदा होकर आया है वहाँ से जैसे दूध में से मक्खी को निकाल फेंका गया हो!

—आदिनाथ सर को पिता से भी बढ़कर माना उसने हमेशा; पर वे?? उनके लिए प्राची, ...विराट, ...अद्‌भुत, ...विनीता सब सिर्फ़ संख्याएँ हैं—सिर्फ़ संख्याएँ!

—आराध्या की आँखों में उसके लिए सिर्फ़ हिकारत है!

—नहीं! उसे न मालवीय होना है न सियाशरण पांडे। विराट हिन्दी साहित्य का सबसे बड़ा सेलिब्रिटी नाम बनेगा—सबसे बड़ा सेलिब्रिटी!!

दूर से ही गाँव की इक्की-दुक्की बत्तियाँ नज़र आने लगीं। मंदिर से आते आरती के समवेत स्वर घंटे की लयबद्धता से मिलकर माहौल की अंधेरी नीरवता को संस्कारित करते से जान पड़ते हैं। घर पहुँचते-पहुँचते उसने खुद को सँभाल लिया। दद्दा नीम के नीचे पड़ी झोला खाट में अधलेटे चिलम पी रहे थे। घर के भीतर से आती मलिया दीये की रोशनी में उसे अपने घर-बाहर की स्थिति रुग्ण, काँपती-सी जान पड़ी और दद्दा बहुत अशक्त, बहुत बूढ़े। बाईं ओर कुछ उधर को, धूल में परबायरी बैठीं बर्तनों को सूखी राख से घिस-घिसकर एक ओर रखती जा रही थीं। चबूतरे के बगल में, छप्पर में बँधे बकरी के नये बच्चे बीच-बीच में आवाज़ करते हैं। बूढ़ी बकरी नये स्वरों के शोर से उदासीन, थकी नींद सो रही है।

"इत्ती देर कहाँ कर दी? आज तुम्हारी आखिरी परीच्छा थी ना एमऐ की तो हम तुमाये साथ ही बियाई करने को बैठे रहे। अबै ही रोटी खा ली तुम्हारो रस्ता देखते-देखते। लेकिन तुमाई बाई अबै भी भूखी बैठी हैं तुमाये लाने।"

"बाई, रोटी लगा दो।"—उसने माँ को आवाज़ दी और पिता की खाट के पास पड़ी, पीढ़ी पर आ बैठा।

''कैसी सूरत हो रही है जे तुम्हारी? कहाँ हते? सुभाष को गाँव लौटे पहर बीत गया।''

पिता के प्रश्नों का बड़ा ही असम्बद्ध उत्तर दिया पढ़े-लिखे युवक ने,

''दद्दा, हम बड़े शहर जायेंगे नौकरी करने जब हमारा एम.ए. का रिज़ल्ट आ जायेगा।''

''सो तो हम जानते हैं बेटा।''—पिता ने सीने से उठती लम्बी साँस को चिलम के कश में छिपा लिया।

''पर रिज़ल्ट आने में कछू दिन लगेंगे। और तब तक भी हम बेकार-बेरोज़गार बने नहीं बैठे रहेंगे घर के दरवाज़े पे।''

चिलम पीते पिता के होंठ ठिठक गये। पानी का लोटा लाती माँ के पाँव। अभिभावकों ने देखा, बेटा चरम तनाव में है।

माँ ने खाना परोसा। वो चुप है। कौर तोड़ते उसकी आँखें छलछला उठती हैं। माँ ने सिर पर हाथ फेरा,

''बात का हुई लल्ला? किसी ने कछू कह दिया?''

''बाई, तुम देखना एक दिन हम बहुत नामी लेखक बनेंगे। वे सब साले आगे-पीछे फिरेंगे हमाये!''

वो आँसू पोंछता जाता था और रोटी तोड़ता जाता था,

''लेकिन सबसे पहले अपने भीतर के घमंड को तोड़ना होगा। हम तनिक यश में ही बहक गये थे दद्दा। अब सबसे पहले हम खुद को अपनी असलियत दिखाना चाहते हैं। कल से ही हम रोज़गार में लग जायेंगे।''

पिता उसके आँसुओं से अस्थिर नहीं हुए। नये सिरे से चिलम भरते हुए बोले,

''तुम का करोगे? एक दिन में कौन रोज़गार मिल जायेगा तुमाये काबिल?''

''सबसे पहले मैं आपका बेटा हूँ—वही मेरी असली पहचान है। जो काम आप करते हैं, वही मैं करूँगा लेकिन कुछ बेहतर तरीके से। कल हम दलाल की गाड़ी में फ़सल नहीं डालेंगे।''—उसने कच्चे कोठे में भरी प्याज की ताज़ा फ़सल की ओर देखकर कहा।

''तो बेटा, फिर इसे बेचेंगे कैसे? तुमाये दद्दा तो गठिया के कारण चलाफिरी कर नहीं सकें। इनकी इत्ती बढ़िया लगी-लगाई नौकरी छूट गई जई बीमारी के मायें; तब ही तो औने-पौने दामों अपनी मेहनत यहीं बेच देत हैं।''

''मैं हर दिन डेढ़-दो बोरा प्याज ले जाकर मंडी में बेच आया करूँगा। अभी

पाँच-छह बोरा ही तो फ़सल है कुल। बाकी खेत से जैसे-जैसे निकलती जायेगी, बेचते रहेंगे।''

पिता ने ऐसा चेहरा बनाया जैसे कह रहे हों कि पढ़े-लिखे लड़के व्यावहारिकता कुछ कम समझते हैं,

''पर साधन का है बेटा, वही दलाल की मेटाडोर ना? और कछू दूसरा साधन करो तो भी किराया देना ही पड़े। उत्ता ही नफ़ा निकाल पाओगे। जाने दो, दलाल कम-से-कम द्वारे पे तो दाम दे जात है।''

''पर वे दाम तो लागत भी नहीं होते। मैं साइकिल पे प्याज ले जाऊँगा। चार पैसे बचेंगे तो मेरे शहर जाने की तैयारी हो जायेगी। दो जोड़ी कपड़े सिलाने पड़ेंगे, नई अटैची खरीदनी पड़ेगी, जूता भी लेना होगा और जेब में भी तो चार पैसे होने चाहिए घर से निकलते समय।''

''सो तो ठीक है लेकिन तुम इत्ता पढ़े-लिखे; फिर दतिया में तुमाये चार जानने वाले भी तो हैं। ये काम तुम्हें शोभा न देगा!''

''इसे मेरा प्रायश्चित भी समझ लीजिये दद्दा । नये शहर में नई शुरुआत से पहले अपने भीतर का सब कलुष धोकर जाना चाहता हूँ।''

और अगली सुबह पौ फटने से पहले ही वो काम पर लग गया। किसी ज़माने का टूटा, ज़ंग खाया तराजू और बाँट ढूँढ निकाला। डेढ़ बोरा प्याज साइकिल पर टाँगी और निकल पड़ा। मण्डी में उसे प्याज थोक में देने की बजाय फुटकर में देना फायदेमंद लगा सो प्याज के दोनों बोरे भूमि पर बिछाकर दुकान लगाकर बैठ गया मण्डी के ऐन बाहर, व्यस्त सड़क के किनारे। दूसरों से दो रुपया कम दे रहा था तिस पर उसका शिक्षित-सुसंस्कृत दिखना भी लोगों को कम आकर्षित नहीं कर रहा था। प्याज हाथोंहाथ बिकने लगी। ग्राहकों की भीड़ के बीच वह अति-व्यस्त हो गया। भीड़ छँटने पर उसने देखा अब तीन-चार किलो ही प्याज बची है। उसके चेहरे पर सफलता की थकान भरी सुन्दर मुस्कान खिल उठी।

''परिश्रमी आदमी जीवन भर ऐसे ही मुस्कुराता रहता है!''

बुजुर्ग की आवाज़ से वह चौंका। सामने वयोवृद्ध सियाशरण पांडे खड़े मुस्कुरा रहे थे। लिहाज़ में उसने आगे बढ़कर उनके पैर छू लिये।

''खूब तरक्की करो! खूब यशस्वी बनो! आज तुम्हें यहाँ देखकर, बता नहीं सकता हूँ कि मैं कितना गद्गद हो उठा हूँ। वाह कवि विराट! तुम्हें अपने नाम, अपने कवि रूप का लेशमात्र भी घमंड नहीं!''

वो मुस्कुराया भर,

"कुछ प्याज लेते जाइये मेरी ओर से; घर की ही है।"

वह उनके हाथ से झोला ले उसमें प्याज भरने लगा।

"तुम तो सबेरे से यहीं होओगे। तब आज का अखबार पढ़ने का अवकाश न रहा होगा।"

"क्या कोई खास खबर है आज के अखबार में?"

"अद्भुत शर्मा को तुम्हारी जगह उपाध्यक्ष बनाया गया है। साथ ही यह भी छपा है खबर में संस्था के हवाले से कि पुराने उपाध्यक्ष ने अपनी निजी व्यस्तताओं के चलते इस्तीफ़ा दिया। वैसे मुझे तो कल रात ही खबर लग गई थी जब अद्भुत को नियुक्ति पत्र और मीडिया को विज्ञप्ति जारी की जा रही थी। मालवीय ने फ़ोन पर बताया था।"

विराट स्तब्ध रह गया; क्या सब कुछ पहले से ही तय था??

सियाशरण ने उसका कंधा थपथपाकर दिलासा दिया,

"जो होता है, अच्छे के लिए होता है। तुमने तो अपने जीवन के कुछ ही महीने नष्ट किये इस सब में; सोचो अगर जीवन के कई साल उनकी सेवा करने के बाद ये हासिल होता तो? भूल जाओ यहाँ की इस तुच्छ साहित्यिक राजनीति को और जीवन में आगे बढ़ो बेटे।"

ज़ब्त करता, मुस्कुराने की कोशिश करता विराट प्याज फिर भरने लगा झोले में,

"लीजिये सर।"

उन्होंने पर्स निकालने के लिए जेब में हाथ डाला तो विराट ने दोनों हाथों से उनका बुज़ुर्ग हाथ थाम लिया,

"न सर। आपसे दाम नहीं लूँगा।"

स्नेहासिक्त बुज़ुर्गवार ने स्नेह भरा हाथ उसके सिर पर फेरते हुए उसकी शर्ट की जेब में जबरन कुछ रख दिया और झोला उठाकर चले गये। ...विराट ने देखा, वह हज़ार का नोट था!

सुबह के दो-चार घंटों में ही पूरी प्याज बिक चुकी है। लौटते में विराट बड़ा खुश था और घर जाने से पहले विद्या के घर की ओर चल पड़ा। रास्ते से उसने पेठा खरीदा। यह पहला ही अवसर है इतने सालों में जब वो विद्या के घर जा रहा है। उसके अन्दर प्रेम, डर और उत्साह के मिले-जुले रंगों का इन्द्रधनुष बन-मिट रहा है।

दतिया के बाहरी इलाके, रजवाड़ा-श्मशान के पास शहर भर के कूड़े के भी बाद आता है यह गरीब-अछूत मुहल्ला जैसे किसी गाँव का चमरौरा—चमार मुहल्ला।

कुटियानुमा पक्के कमरों के इकतल्ले-दुतल्ले मकानों की कतारों की भूल-भुलैया में एक बंद गली में वो पहुँच गया है। सामने मड़ैयानुमा दो पक्के कमरे रंगीन चूने से पुते हुए। गली में पाटों की संकरी सड़क है जिसके दोनों तरफ़ नाली बह रही हैं। छोटे, अधनंगे बच्चे और कुत्ते गली में आवारा घूम रहे हैं। एक घर की छत के खपरैल डले कमरे से कुकर की सीटी की आवाज़ आ रही है। एक घर के बाहर फटी तौलिया बाँधे एक लड़का अपनी साइकिल धो रहा है। बावजूद धूप के, पूरी गली से उठती सीलन और कूड़े की बदबू हवा में ऊँची भरी है। पूछते-पाछते यहाँ तक बमुश्किल पहुँचा है। साँकल खड़काने की ज़रूरत नहीं पड़ी; लकड़ी का पुराना, निचला दरवाज़ा छूते ही चरमराकर खुल गया। सामने धुँधले कमरे में, चटाई पर सिलाई मशीन की रफ़्तार-आवाज़ पर झुका व्यस्त चेहरा।

''विद्या!''

उसने प्यार से पुकारा। वो जैसे अपनी वास्तविकता से स्वप्न में चली गई,

''तुम?? तुम!! ओ तुम! क्या सच में??''

''अब तुम-तुम ही करती रहोगी या अन्दर आने को भी कहोगी?''

उसने मुस्कुराकर कहा तो विद्या उसके आकर्षक रूप-पाश में बँधी मीरा होकर बोली,

''तुम्हारे ही बारे में सोच रही थी ...सोचती ही रहती हूँ हरदम।''

प्रत्युत्तर में दिलकश नौजवान फिर मुस्कुराया और खुद ही भीतर आकर चटाई पर बैठ गया।

''अरे, ऊपर कुर्सी पर बैठो ना। मैं पानी लेकर आती हूँ।''

वो भीतर को जाने लगी तो विराट ने उसकी कलाई थाम ली,

''पानी नहीं पीना है। बैठो तुम, यहाँ मेरे पास।''

''यों हाथ न पकड़ो, कोई आ जायेगा।''

''कोई नहीं आयेगा। आओ तुम।''

''तुम जब भी मिलते हो, फ़िज़ीकल होने लगते हो। नहीं विराट, मुझे ये सब कतई...।''

वह कहती ही जा रही थी कि विराट ने उसे अपनी बाँहों में खींच लिया। वो उसे चटाई पर लिटा लेना चाहता था जबकि वो उसे धक्का देकर परे कर देना चाहती थी; और इससे पहले कि वे या तो अलग ही हो पाते या लेट ही पाते, जर्जर दरवाज़ा धड़ाम से खुल गया!

सामने जो युवती थी उसे देख लवलेश मात्र में विद्या थर-थर काँप गई। विराट हटकर एक ओर हो गया। वो युवती विद्या के एकदम सामने आकर बोली,

"देखने आई थी, ब्लाउज़ सिल चुका कि नहीं; पर यहाँ देखती हूँ कि तुम बड़ी बिज़ी हो! कोई बात नहीं, मैं ब्लाउज़ शाम को ले जाऊँगी। लगी रहो ननद रानी!"

वो गहरे अर्थों में मुस्कुराती चली गई। विराट को दुर्घटना की गम्भीरता अब समझ में आई,

"यह तुम्हारी भाभी थीं?"

"हअ, हाँआँ!" विद्या को काटो तो खून नहीं।

विराट का दिमाग घूम गया; कितना कुछ बताती रही है विद्या इनके बारे में ...आधे मकान-हिस्से में न्यारे रहने वाले उसके भाई-भाभी ...उसकी मंथरा भाभी!

"अब?"—विराट को अपनी असंयमता पर सख्त अफ़सोस होने लगा।

"अब क्या? पूरे मुहल्ले में, नाते-रिश्तेदारों में वे यह बात फैला देंगी और हम दोनों बहनों और हमारी विधवा माँ की ज़िन्दगी पहले से और भी ज़्यादा नर्क हो जायेगी।"

विद्या जैसे आधे होश, आधी बेहोशी में बोल रही थी।

"आई एम सॉरी। आई एम रियली सॉरी जान! मेरी वज़ह से तुम्हें अब..." विराट ने उस फ़िल्मी संवाद को हूबहू नकल-अन्दाज़ में कहा जिसे वो बड़ा पसन्द करता था ...नायक के प्यार में तबाह हो जाने वाली नायिका वाली फ़िल्म का संवाद!

"अभी तुम निकलो यहाँ से तुरन्त! इससे पहले कि वह अभी ही कोई तमाशा खड़ा कर दें मुहल्लेवालों के सामने।" विद्या ने खुद को पलभर में सँभाल लिया ...फ़िल्मी नहीं, वास्तविक दुनिया की नायिका!

"मैं...अ...मैं समझ नहीं पा रहा हूँ कि क्या कहूँ। विद्या क्या सच में कोई बहुत बड़ा अनर्थ घट गया है?"

"सब अनर्थों में कुछ अर्थ छिपे होते हैं। अगर मेरी माँ ने मुझे आज ही धक्के मारकर सड़क पर निकाल दिया तो तुम मुझसे आज-के-आज शादी कर लेना।"

भय की उस महादशा में भी वो मुस्कुराई। विराट को लगा, उससे बेहतर जीवनसंगिनी उसे मिल ही नहीं सकती। बहरहाल, माहौल भाँपता वो बड़ी फुर्ती के साथ, उस मुहल्ले से निकल आया।

इस घटना से, और खासकर विद्या से मजबूरी में विवाह करने की संभावना मात्र से मातादीन इतना घबरा गया था कि उसने पूरा ध्यान अपने काम पर लगा लिया। एक पुरानी, खस्ता हाल लोडिंग ऑटो उसने किराये पर ले ली जिससे वो अपने खेत की

और गाँव के अन्य खेतों की सब्ज़ी-फ़सलें खरीदकर मंडी में लाने लगा। मंडी के बाहर या किसी चौराहे के किनारे बोरे बिछाकर सब्ज़ी बेचता, फुटकर सब्ज़ी विक्रेताओं को बेचता और मौका ठीक समझता तो कॉलोनियों में जाकर थोक दामों में सब्ज़ी बेचता। ज़्यादा-से-ज़्यादा मुनाफ़ा कैसे हो—यही उसके हर एक क्षण का मकसद होता। मुँह अँधेरे वो गाँव से निकलता तो साँझ ढले ही लौटता। और लौटने के बाद भी घर न ठहरता। बियाई-भोजन के बाद निकल जाता इस-उस किसान के घर, माल खरीदने; जिसके लिए वो खूब-खूब मोलभाव करता। सब्ज़ी बेचने के इस काम में जैसे उसने अपने आप को छुपा लिया था और अब उसकी आत्मा तक उसे न पा सकती थी। उस दिन वाली घटना का ज़िक्र उसने न तो सुभाष और न ही किसी और से किया था। सब व्यस्तताओं के बीच भी विद्या का खयाल रह-रहकर आता; हर बार वो अपने आप को इधर-उधर उलझा लेता किसी मुनाफ़ेदार सोच या काम में।

डेढ़ महीने बाद एम.ए. का रिज़ल्ट खुला। सुभाष प्रथम श्रेणी में उत्तीर्ण हुआ था। विद्या ने—जैसा कि सबको सहज अनुमान था—अपने संकाय में यूनिवर्सिटी को टॉप किया था। मातादीन द्वितीय श्रेणी में पास हुआ था।

रिज़ल्ट देखने के बाद वह सीधा आदिनाथ सर के घर की ओर चला—नहीं, साइकिल से नहीं बल्कि उस सैकेण्ड हैंड स्कूटर से जो उसने पिछले दिनों की कमाई से खरीदा था, और दूसरे ज़रूरी सामान की तरह—शहर जाने के लिए।

आराध्या उसे देख मुस्कुराई तो नहीं, पर उसके चेहरे की रंगत में एक सूक्ष्म प्रसन्नता आ घुली। विराट ने देखा कि इतने दिनों तक उसके यहाँ न आने से अरू को फ़र्क पड़ा था!

सर बहुत स्नेह से मिले। बोले,

"अब तक मैं तुम्हारी काव्य प्रतिभा का ही कायल था, अब तुम्हारी चारित्रिक दृढ़ता का भी प्रशंसक हो गया हूँ। इतने दिनों तुम आये नहीं लेकिन तुम्हारी खबरें आती रहीं। साहित्य-जगत में होने का यही तो मज़ा है। साहित्यकार कुछ भी करे, या कुछ भी न करे—अपने समकालीनों की आँखों में सदा खटकता है। सबसे पहले यह एहसास हमारे समकालीन ही हमें दिलाते हैं कि हम खास हो गये हैं! विराट मंडी में ठेला लगाता है! विराट कॉलोनी में फेरी लगाकर सब्ज़ी बेच रहा था! विराट अपने एक ग्राहक से दो रुपये के मोलभाव वाली बहस कर रहा था! तुम्हारे बारे में कितने लोग कितनी बातें बताते और मैं हर एक से यही कहता कि सीखिये मेरे शिष्य से; बड़ा साहित्यकार बनने के लिए कितनी तपस्या करनी पड़ती है! वो फेरी लगाकर सब्ज़ी

नहीं बेच रहा बल्कि अपने आप को फ़िल्टर कर रहा है ताकि नये शहर में अपनी यात्रा सौ फ़ीसदी सच के साथ शुरू कर सके।''

वे उसके सिर पर हाथ फेरते हुए बोले,

''जाने की तैयारी कर लो। ग्वालियर के *दैनिक उदय* में तुम्हारे लिए बात कर चुका हूँ। कुछ दिनों तक वे तुम्हारा काम देखेंगे, तब तक वेतन कुछ कम मिलेगा फिर यदि परमानेंट हुए तो पन्द्रह हज़ार रुपये महीना पाओगे।''

सर की बात सुनकर उसकी खुशी का कोई ठिकाना न रहा।

अब ग्वालियर जाना है। जाने से पहले किन-किन से मिलना है—पहला नाम याद आता है विद्या का।

वे मिले। वहीं, बड़ी बावड़ी के खंडहर कमरों के सन्नाटे-सघन एकान्त में।

विराट के मन में एक डर है। विद्या कहीं उस दिन की घटना के बाद वाली अपनी रामकहानी लेकर न बैठ जाये और उसकी 'नया जॉब, नया शहर, नई ज़िन्दगी' वाली कोरी खुशी कपूर बन उड़ न जाये। मिलते ही विराट ने उसे अपनी बाँहों में भींच लिया और उसके पूरे बदन को तीव्र उत्तेजना के साथ चूमने लगा।

''क्या बात है विराट; तुम ऐसे क्यों कर रहे हो? ''— उसने उसे खुद से परे हटा दिया।

कहीं यह मन की बात भाँप तो नहीं गई? ऊपर से संयत बने रहकर विराट ने पूछा, ''कैसे कर रहा हूँ?''

''ऐसे जैसे आगे कभी मैं तुम्हें मिलने ही वाली न होऊँ; जितना मुमकिन हो आज ही लूट लो!''

इतना कहकर वो खिलखिलाकर हँस दी। मातादीन को लगा, बावड़ी, आसमान, हवा, जंगल सब हँस पड़े हैं।

''जितना तुम मुझे समझती हो उतना तो मेरी माँ भी नहीं समझ सकीं कभी। तुम कितनी अच्छी हो विद्या। तुम्हारे पास आकर मैं खुद को कितना रिलैक्स्ड पाता हूँ।'' वह उसकी गोद में सिर रखकर लेट गया। आक्रामक उत्तेजना की जगह एक सहज-सी उदासी ने ले ली।

''बात क्या है? उदास क्यों हो गये?''

उत्तर में उसने आँखें मूँद लीं और चेहरा विद्या की गोद में छिपा लिया,

''मैं यह कस्बा-गाँव छोड़कर जा रहा हूँ—शायद हमेशा के लिए!''

''ग्वालियर जा रहे हो ना?''

"तुम जानती हो??"—वो चौंककर उठ बैठा; इस लड़की में कितनी गहराई है! कितनी गरिमा!

"हाँ। विनीता ने बताया।"

"कब?"

"कल। मैं पी-एच.डी. के एंट्रेंस एग्ज़ाम के लिए गई थी, वो भी वहाँ आई थी।"

"तुमने पी-एच.डी. का एंट्रेंस एग्ज़ाम दिया है? और मुझे बताया भी नहीं?"

"तुम जीवन में हो ही कब विराट कि अपना कोई सुख-दुख तुमसे बाँटा जा सके।" वो उखड़ते फ़र्श की धूल में बेमकसद अँगुलियाँ फिराने लगी।

"उस दिन फिर मेरे आने के बाद क्या हुआ था?" उसने उसके माथे पर बिखर आये बालों को सँवारते हुए पूछा।

और विद्या का सब साहस जाता रहा। वो उसके सीने में चेहरा छिपाकर रोने लगी,

"भाभी ने हम लोगों को बहुत बेइज़्ज़त किया—बहुत ज़्यादा! जैसे ही माँ घर लौटीं, भाभी अपने कमरे की छत से चिल्ला-चिल्लाकर पूरे मुहल्ले को सुनाते हुए उनसे कहने लगीं कि थोड़ी देर पहले विद्या किसी मर्द के साथ हमबिस्तर थी और उन्होंने अपनी आँखों से यह सब देखा है! ...और भाईसाहब तो छुरी लेकर मुझे मारने ही आ गये थे! अगर हम पहले से ही उनसे न्यारे होकर अपने हिस्से की कोठरी में न रह रहे होते तो भाभी तो ज़रूर ही मुझे झाड़ू मार-मारकर घर से बाहर निकाल देने वाली थीं। ...माँ तो उस दिन कुएँ में कूदने जा रही थीं! बड़ा नंगा तमाशा हुआ उस दिन हमारे घर की इज़्ज़त का!"

"और ये सब सहने को तुम अकेली थीं!! मैं बुरा हूँ! बहुत-बहुत बुरा!! तुम मुझसे क्यों इतना प्यार करती हो?"

उसने फिर उसकी गोद में सिर रख लिया। वह चुपचाप उसके बालों में अँगुलियाँ फिराती रही। कुछ देर तक बावड़ी में इधर-उधर होते परिन्दों की बेचैन आवाज़ें ही उनके बीच बोलती रहीं।

"विराट, मुझसे शादी कर लो।"—विद्या ने उसका हाथ कसकर पकड़ते हुए कहा।

"क्यों? घर में हालात क्या इतने बिगड़ गये हैं?"

"हालात क्या होते हैं विराट? मैं पोस्ट ग्रेजुएशन कर चुकी हूँ। अब मेरी शादी हो जानी चाहिए। माँ यही चाहती हैं।"

"तो उनसे कह दो, अभी तुम शादी नहीं करना चाहतीं।"

"क्यों? क्यों कह दूँ?"

"तो तुम शादी करना चाहती हो?"

"और इसमें बुराई ही क्या है? मेरे परिवार ने मुझे इतना पढ़ने-लिखने का मौका दिया तो अब मेरा कर्तव्य है उनके प्रति कि उन्हें अपनी ज़िम्मेदारी से मुक्त करूँ। और फिर जितना अपमान माँ ने पिछले दिनों सहा है मेरे कारण..." कहते-कहते उसका गला रुँध गया।

"मैं अभी शादी नहीं कर सकता।" विराट वहाँ से उठकर मुँडेर पर आ बैठा और बावड़ी की सीधी गहराई की ओर देखकर तुरन्त वहाँ से हट गया। इस गहराई में सीधा देखने से न जाने क्यों उसे आज डर लगा।

"क्यों नहीं कर सकते तुम मुझसे शादी?" विद्या ने उसके दोनों बाजू पकड़कर सवाल किया—छिली हुई आवाज़ में, छली हुई-सी आवाज़ में।

"यह किस तरह का बचकाना बर्ताव है विद्या?" उसने विद्या के हाथ झटक दिये। झरोखे की टूटी मेहराब से हथेली टिकाकर वो दूर तक फैले जंगल की ओर देखने लगा। धूप में तपते जंगल से जैसे एक अदृश्य धुआँ उठता-सा दिख रहा है। विराट कह रहा है,

"तुम जानती हो, मैं अभी अपने पैरों पर नहीं खड़ा हूँ। सब्ज़ी बेचकर मैं अपनी गृहस्थी नहीं चलाना चाहता। और फिर तुम्हें भी तो अभी पी-एच.डी. करनी है। अब तक का तुम्हारा पूरा जीवन पढ़ाई को समर्पित रहा है। तुम नाम से ही नहीं, अपने काम से भी साक्षात् विद्या हो। और अब जब तुम्हारी जीवन भर की तपस्या सफल होने को है, तुम्हारी पढ़ाई पूरी होकर किसी बढ़िया वेतन वाली नौकरी के मुकाम तक पहुँचने को है तो ये यूनिवर्सिटी टॉपर पढ़ाई बीच में छोड़-छाड़कर शादी करके बच्चे पैदा करने के काम में जुट जाना चाहती है??" उसने मुस्कुराकर विद्या को अपनी बाँहों में भर लिया।

विद्या उससे छिटककर अलग हो गई,

"मुझे मेरी पढ़ाई के बारे में न बताओ; तुम्हारे दिल में क्या है, वो कहो!"

"तो मेरे दिल में वही है, जो मेरी जुबान पर है। ये शादी करने का सही समय नहीं है; तुम हम दोनों की स्थिति के बारे में सोचकर देखो।"

"नहीं विराट। तुम सोचकर देखो मेरे परिवारवालों के बारे में, उनकी स्थिति के बारे में? इतना सब कुछ हो जाने के बाद...! और फिर वैसे भी अपनी बिरादरी में लड़कियों को नाममात्र को पढ़ाते हैं। अब जो लोग अपनी बेटियों को हायर सेकेण्डरी या ग्रेजुएशन करवाने लगे हैं, उनका मकसद सिर्फ़ पढ़ा-लिखा दामाद ढूँढना है ताकि दहेज कम देना पड़े। ऐसे सामाजिक माहौल में भी, मेरी विधवा माँ ने मुझे पोस्ट

ग्रेजुएशन करवाया और इतनी बड़ी बदनामी के बावजूद मेरी पढ़ाई रोकी नहीं है। सिर्फ़ उनके साहस के बल पर ही मैं पी-एच.डी. कर रही हूँ वर्ना तुम जिस विद्या को उस हालत में अकेली छोड़ आये थे, उसका मन तो आत्महत्या कर लेने को कर रहा था!''

विद्या ने दुपट्टे के छोर से अपने आँसू पोंछते हुए बात को उसके मुकाम तक पहुँचाया,

''...अब उनकी इच्छा का सम्मान न करूँ तो यह मेरी कृतघ्नता नहीं, अमानवीयता होगी—और तुम्हारी भी!''

''मुझे अपने मामले में न घसीटो! अपनी ये सो कॉल्ड मानवीयता निभाने के लिए जिससे चाहो, शादी कर लो। मुझे अभी अपना कॅरियर बनाना है।''

वो जाने की मुद्रा में अपने कपड़ों से फ़र्श की धूल झाड़ने लगा तो विद्या को एकदम ज़ोर से रोना आ गया।

''तुम मेरे साथ ऐसा नहीं कर सकते! कितना कुछ हमने एक-दूसरे से बाँटा है; भावनाओं से लेकर शरीर तक! अब तुम मुझे यों झटककर आगे नहीं बढ़ सकते! मैं अभी इसी बावड़ी में कूदकर इस शरीर को खत्म कर दूँगी और साथ में तुम्हें भी अपने साथ घसीट ले जाऊँगी!''—वो अपने आप में नहीं थी जैसे।

''विद्या! विद्या होश में आओ!''

विराट ने उसे गले लगा लिया और विद्या अपने अनियंत्रित होशो-हवास में बिलख-बिलखकर रोने लगी। जब वो थोड़ी देर तक रो चुकी और कुछ सँभली-सी लगने लगी; विराट ने उसके आँसू पोंछते हुए कहा,

''बिलकुल पगली हो तुम! अरे, मैं शादी से मना थोड़े ही कर रहा था। बस, थोड़ा समय चाहता था ताकि तुम्हारी पढ़ाई पूरी हो सके और मैं भी किसी ढंग के रोज़गार से लग सकूँ। लेकिन अगर तुम अभी ही शादी करना चाहती हो तो ठीक है, मैं आज ही दद्दा से बात करूँगा।''

''तुम झूठ तो नहीं बोल रहे?''

''तुम्हें मुझ पर भरोसा नहीं?'' विराट ने उसका चेहरा अपनी दोनों हथेलियों में भरकर पूछा ...इन्हीं अदाओं पर तो विद्या जान देती है!

''मुझे तुम पर भरोसा है—बहुत भरोसा है! तुम मुझे कभी धोखा नहीं दे सकते।''—अपने शब्दों से उसने जैसे अपने आप को यकीन दिलाना चाहा और फिर अपने ही शब्दों पर यकीन न कर पाना महसूस करते हुए घबराकर, विराट के सीने में चेहरा छिपा लिया।

बहरहाल, मातादीन ने उसका भरोसा पूरी तरह से नहीं तोड़ा और उसी शाम अपने दद्दा से बात की। दद्दा नीम तले बैठे सीकों से सूप-डलियाँ बना रहे थे। मातादीन उनके पास बैठकर एक अधूरे पड़े सूप को रंगने लगा।

''हमसे कछू काम है का लल्ला?''

'' कैसे जाना कि हमें काम ही है? ''

''तुम भोत पढ़-लिख गये हो, पर अबै बाप नहीं बने हो सो नहीं समझ पाओगे कि हम कैसे जान जाते हैं तुम्हारे मन की बात। अच्छा, बताओ तो, का बात है? ग्वालियर जावे की तैयारी में कछू कमी पड़ रही है? कछू रुपईया-पईया की?''

''नहीं। वो तो हो गया सब। ''

''का बात है बेटा?'' पिता ने अपने लाड़ले के सिर पर हाथ फेरा तो बेटे की हिम्मत बँधी।

''दद्दा, वो विद्या जो हमाये साथ पढ़ती थी ना! जिसके भाई की शादी में डेढ़ बरस पहले हम सब जने गये थे, वोओ...''—उसने कटोरी में भरे महावर रंग में रुई लगी कूची डुबोकर सूप पर सजावटी लकीर खींचते हुए कहा।

''हम सब जानते हैं; तुमाई बाई ने बताया तो था ऐसा-वैसा कछू।''

दद्दा हो-हो कर हँसने लगे। मातादीन का चेहरा महावर की तरह सुर्ख हो उठा। थोड़ी देर वो चुप रहा; फिर हरे रंग से सूप पर अगली लकीर खींचते हुए बोला,

''दद्दा, वो हमसे ब्याह करना चाहती है।''

''और तुम का चाहते हो?''

''पता नहीं दद्दा! साफ़-साफ़ कुछ समझ नहीं पड़ता कि हम क्या चाहते हैं! एक मन कहता है कि वो इत्ती पढ़ी-लिखी लड़की, एम.ए. की यूनिवर्सिटी टॉपर, पी-एच. डी. करने वाली है; फिर उसकी कास्ट को रिज़र्वेशन भी तो है। सरकारी नौकरी तो कहीं गई नहीं उसकी! हमें उससे ब्याह कर लेना चाहिए।''

इतना कहकर मातादीन चुप हो गया। चेहरे पर ऐसे असन्तोष का भाव था जैसे अपनी ही कही बात उसे पसन्द न आई हो।

''और दूसरा मन का कहता है?''

''दूसरा मन कहता है कि हम ग्वालियर चले जायें। कुछ बन जायें ज़िन्दगी में, ब्याह-फियाह तो बाद में भी हो जाय़ेगा। दोनों मन बराबर से बोलते हैं दद्दा। समझ में कुछ नहीं आता।''

''बराबर बोलनेवालों में भी काऊ एक का वज़न जियादा होत है। तुम्हारा कौन

मन आखिर तक बोलत है बेटा?'' दद्दा अपनी मिचमिचाई आँखों से मातादीन के हावभाव को पढ़ने लगे कि बेटे की देहभाषा दरअसल उसके किस मन की ओर है ...जीवन की पाठशाला में सीखी पढ़ाई!

''अभी कोई बोझ नहीं लेना चाहते हम खुद पे गृहस्थी का; लेकिन एक डर है दूसरी तरफ़।''

''डर?''

''हाँ, डर। ऐसी काबिल-कमाऊ लड़की बिरादरी में दूसरी मिलेगी नहीं। कहीं हाथ से न निकल जाये क्योंकि उसके घरवाले तुरन्त शादी करने का दबाव बना रहे हैं उस पर।''

''जनम, मरण और वरण; जे तीन काम ऊपरवाले के हाथ से होते हैं मानुष के जीवन में। अगर वो ही मौड़ी तुम्हारे भाग्य में लिखी है तो तुम बेफिकरे होके ग्वालियर को प्रस्थान करो। और अगर वो हाथ से निकल भी जायेगी तो कोई और जियादा अच्छी मौड़ी ही आयेगी—कोउ बामन-बनिया की मौड़ी! और पढ़ी-लिखी तो आज के समय में हर लड़की होत ही है। नौकरी करके रुपइया कमाने वालीं भी भोत मिल जायेंगी। तुम फिकर में न पड़ो लल्ला। इत्ते साल पढ़ाई के वास्ते तपस्या-सी करी है। जैसे तनिक-से पौधा को बरसों-बरस खाद-पानी से सींच के बड़ा बनाओ। अब बौर लगने के समय झिंझोड़ो न रूख का; नहीं तो पूरी मेहनत—सब तपस्या धूल में मिल जे है।''

मातादीन चुपचाप सुन रहा है। दद्दा निरक्षर हैं, वो उच्च शिक्षित; पर आज भी जीवन की पाठशाला में वे उसके मास्टर हैं। वे उसके मन के ब्लैक बोर्ड पर जो लिख देते हैं, वो हूबहू उतार लेता है ज़िन्दगी की कॉपी में।

''गुमसुम काये हो गये? अरे, वो कहीं न जायेगी। इत्ती पढ़ी-लिखी मौड़ियाँ अपने घरवालों की बात कम ही माने हैं। फिर तुमाये जैसा गोरा-चिट्टा, फिलम के हीरो जैसा वर मिलेगा कहाँ वा चपटी-कल्ली को? तुम्हें ग्वालियर में बामन-बनिया की कोउ मौड़ी न मिले तो साल-दो साल में लौट के बई विद्या से ब्याह कर लियो।''—दद्दा हँस दिये। तम्बाखू से खती उनकी दंतपंक्ति पर अनुभव की स्याह मुस्कुराहट थी।

''दद्दा, तुम्हें बामन-बनियों से इत्ता मोह क्यों है?''

''जे हमाये हाथ की अँगुलियाँ देख रहे हो? '' दद्दा ने अपने दाहिने हाथ की दो अँगुलियाँ आगे कर दीं जो टेढ़ी थीं और उनके नाखून कुचले हुए थे।

''जे अँगुलियाँ तब टूटी थीं जब गाँव के ठाकुरन ने हमें इत्ता मारा था कि अपनी समझ में तो वे हमें मारकर फेंक गये थे। जे हमारी दाहिनी आँख के ऊपर जो टाँकों

के निशान हैं, जे तब चिर गई थी खाल; जब बनिये ने हमें पीटा था और जे हमाई पीठ में जो मूँदी चोटें हैं जो बरसात भर दुखत हैं, जे चोटें हमें पंडित गुसाईं के मौड़ा के जूतन-बेल्ट की पिटाई से आई थीं। हम जीवन भर पिटे हैं बेटा—जीवन भर! '' दद्दा ने कंधे पर पड़ी छन्नी-तौलिया से अपने आँसू पोंछे,

''और कसूर भी कौन बड़े? कभी जे कि राह जाती ऊँची जात की मौड़ी को आँख उठाके देखने की हिम्मत कैसे करी, कभी जे कि नई साइकिल का घमंड दिखा रओ था, और कभी जे कि अपने मौड़ा का नाम पाठशाला में लिखाया तो जात भंगी काये नहीं लिखवाई!''

दद्दा रोने लगे। मातादीन ने आगे बढ़कर उनके आँसू पोंछे। पिता के चेहरे का रुद्रण एकाएक सूख गया,

''तो बेटा, जे बामन-बनियन ने जीवन भर हमें जुतियाया है, यदि हमाई अगली नस्ल में आधा खून उन्हीं का आन मिले तो सब हिसाब बराबर हो जाये।''

''लल्ला, तुमाये दद्दा तो एकदम ही सठिया गये हैं। इन्हीं के कारण, चमरौरा में भी हमाई बखरी इत्ती परबायरी है, एक तरहे से हम गाँव बाहर हैं। गाँव में इनको जाना सबकी आँखें चढ़ा देत है। वनवास-सा जीवन बना लओ अपने ही हाथन इन ने अपनो। अबै भी चैन नहीं। जे बातें जो जे करते हैं, यदि गाँव के ऊँची जात वालन ने सुनीं तो इन्हें काट के जंगल में गाड़ आयेंगे!''—बाई खड़ी होकर बोलने लगीं जो अब तक अपने घरेलू कामों में उलझी थीं और वे दोनों समझ रहे थे कि वे इतनी दूर हैं कि उनकी बातें नहीं सुन पा रही हैं। बाई ने कमर में खुर्सा पल्ला छोरते हुए कहा,

''तुम बेटा, न जा सठियाये डुकरा के फेर में रहो न वा विद्या के! तुम ग्वालियर जाओ। जीवन में आगे बढ़ो। जो आगे लिखो होय भाग्य में, वा को पावे के लाने आगे तो जाना ही पड़त है!''

तो भविष्य है ग्वालियर।

लेकिन विद्या ... ???

और क्या सूरत थी; मातादीन ने विद्या से मिले बिना ही ग्वालियर निकल जाने का निर्णय कर लिया। घर से निकला तो दद्दा ने आशीर्वाद दिया,

''हम तो जा चमरौरा से बाहर कभऊ न निकल पाये, तुम जा रये हो तो लग रओ है कि हम ही जा रये हैं दुनिया में अपने बब्बा का नाम रोशन करने।''

सुभाष स्टेशन तक छोड़ने के लिए साथ आया है। लेकिन स्टेशन जाने से पहले आदिनाथ सर के घर जाना ज़रूरी था ही। वे दोनों वहाँ पहुँचे विराट के उसी नये सेकेण्ड

हैंड स्कूटर से। मकसद तो सर से आशीर्वाद लेना ही था लेकिन जब बाहर गार्डन में ही आराध्या ने बताया कि वे ऊपर स्टडी-रूम में हैं; विनीता भी साथ है और उन्होंने किसी को भी ऊपर भेजने से सख्त मना किया है, तो उसने आराध्या से सिर्फ़ इतना ही कहा,

"सर से कहना, मैं जाने से पहले आया था। ...अब जा रहा हूँ अरू।"

"कहाँ?"—उसने पीछे से आवाज़ देकर पूछा था। क्या वो जानती नहीं थी या वो भूल गई थी ...या फिर विदा की इस बेला में दो पल का साथ और चाहती थी?

"यहाँ से आगे।" बिना पीछे देखे वो चल दिया।

स्टेशन पर रेल के रुकते ही वो जनरल बोगी में चढ़ गया। सुभाष ने विदा लेते समय पूछा था,

"विद्या मिले तो क्या कहूँ?"

"मैं नहीं जानता। मैं..." आगे कुछ कह पाने का समय नहीं था। रेल विराट को लेकर आगे बढ़ गई। असन्तोष भरे चेहरे से सुभाष उससे दूर और दूर, होता अन्ततः अपने दतिया के साथ पीछे छूट गया।

रेल नई राह पर उसे लिये दौड़ी जाती है। सफ़र भर मज़दूरों, गरीब यात्रियों, साधु, भिखारी, फेरीवालों के बीच बमुश्किल बैठने की जगह में फँसा वो अपने दिल में हज़ार बार यही दोहरा रहा है, वो कस्बा छोटा था, वो साहित्यिक माहौल छोटा था, आदिनाथ सर भी छोटे थे,

—बड़ा तो वो शहर है जो उसे पुकार रहा है...

हर शहर में वही कस्बा है

महानगर!

ग्वालियर... जैसे किसी बादशाह का बिखरा महल! जैसे किसी दीवाने शहज़ादे ने अपनी माशूका के लिए एक बाग सँवारा हो! चौड़ी-चौड़ी, सिल्की-सी स्याह सड़कें हैं जैसे स्लेट पट्टी काटकर बनाई गई हों। ऊँचे-ऊँचे पुराने दरख्तों से तमाम मौसमों में पीले, बैगनी, लाल सुर्ख फूल झड़ा करते हैं जैसे शहर में फूल नहीं, फूलों के बीच शहर महकता है—किसी बुके में लगे कार्ड की तरह! ...जयविलास महल की चाँदी की रेल कितनी-कितनी अद्‌भुत है! ...सूर्य मंदिर का महीन स्थापत्य देखो तो मुँह खुला का खुला रह जाये। किला अपने विराट पथरीले सौन्दर्य में दिल पर हावी होने लगता है। ...वीरान गूजरी महल में अपूर्व सुन्दरी मृगनयनी की आत्मा खंभों के पीछे

छिप-छिप जाती है और घुँघरू झनकाते, ओढ़नी को सुर्ख होंठों में दाबे भाग जाती है जैसे ही कोई युवक-पर्यटक उधर को ध्यान देता है! ...तेली का मंदिर, ...सास-बहू का मंदिर, ...बाड़ा, ...छतरियाँ—इतिहास की खुशबू में महकती महानगरी कई-कई घंटों, कई-कई दिनों तक निहारते रहने पर भी अपने सम्मोहन से बरी नहीं करती! ...शहर का कुल प्रभाव ऐसा जैसे किसी जादूगर ने मोहनजोदड़ो के सुन्दर अतीत शहर में आज के किसी महानगर को ला बसाया हो!

जैसा कि बाहर से आने वालों के साथ होता ही है विराट भी शुरू-शुरू के दिनों, शहर के रौनकमंद नज़ारों में भूला रहा। न कोई दोस्त था न परिचित। निहारने को खूबसूरत ग्वालियर था और करने को अखबार का सरल-सा काम था। उसने दिल ग्वालियर के हवाले किया, दिमाग नौकरी के सुपुर्द। कुछ आदिनाथ का शिष्य होने का फल था, कुछ उसकी ख्याति का असर, कुछ योग्यता, परिश्रम, ईमानदारी कि जल्द ही वह फ़ीचर डेस्क में उपसम्पादक हो गया। पद के अनुरूप काम भी उसका दिलपसन्द निकला—स्थानीय साहित्यकारों के साक्षात्कार, कविताएँ-कहानियाँ, लेख वगैरह लेना। उसे जो सूची दी गई, उसमें से उसने अव्वल वे नाम टिक कर लिये जिनसे उसका व्यक्तिगत लाभ-प्रगति-उन्नति वगैरह सब संभव हो सकता था।

—और पहला साक्षात्कार लेना है अपेक्षा पाठक का।

अब दिल्ली में सैटल हो चुके एक पूर्व सम्पादक साहब उनके पिताजी हैं; साहित्य के अति अति प्रख्यात शंकराचार्य। जिनके मठ के गुर्गों तक के नाम कौड़ियों अवार्ड-दर्जनों विदेश यात्राएँ दर्ज हैं। खुद अपेक्षा पाठक ने इतनी विदेश यात्राएँ की हैं जितनी रचनाएँ न रची होंगी। इतने अवार्ड-रिवार्ड जुगाड़े हैं जितनी कहानियाँ न लिखी होंगी। शुरुआत उन्होंने कविता से की थी क्योंकि उस समय की मेन स्ट्रीम में कविता की विधा ही सबसे ऊपर थी, बाद में जब कहानी-अकहानी आंदोलनों ने ज़ोर पकड़ा तो वे कहानीकार हो गयीं। उपन्यास पर एक नामी पुरस्कार पाना था सो उपन्यास भी लिख डाला और आलोचकों की खातिर-तवज्जह देख आलोचक भी बन गयीं। नाटक लिखकर ही इंटरनेशनल बना जा सकता है, ये खब्त भी कभी उन पर सवार हुई थी। बहरहाल, नाटक तो उन्होंने नहीं लिखा लेकिन अपने पुश्तैनी पांडित्य-पंडिताई बामनपन का प्रदर्शन करते हुए उन्होंने संस्कृत के दो-चार नाटकों का हिन्दी अनुवाद ज़रूर कर डाला था। इधर कुछ समय से वे फिर कहानीकार हो गई हैं क्योंकि मेन स्ट्रीम में फिर कहानी विधा उफान पर है। तो, ऐसी अति की स्थापित साहित्यकारा अपेक्षा पाठक के विशाल बँगले के अहाते में भरपूर नाश्ते के बीच साक्षात्कार शुरू होता है :

"देखिये विराट जी, आप तो युवा पीढ़ी के चर्चित कवि हैं। इतने काबिल हैं। आपको भला क्या समझाना? अरे! काजू तो आपने लिये ही नहीं! लीजिए ना प्लीज़! हाँ, तो मैं कह रही थी कि मैं आपको अपना बायोडाटा दिये देती हूँ। भाषा तो क्या कमाल की है आपके पास! पढ़ा है मैंने आपको; आपकी कविताएँ तो देखी ही हैं, लेखों पर भी ध्यान गया है मेरा। बस, उसी लैंग्वेज़ में मेरी ओर से अपने प्रश्नों के उत्तर बना लीजियेगा।"—वे कहती जा रही थीं, साथ-ही-साथ नौकर को बीच-बीच में आदेशित करती जा रही थीं, "फ्रिज में से चॉकलेट आइसक्रीम लेकर आओ। ...कोल्ड कॉफ़ी पिलाओ। ...जो गिफ़्ट रखा है विराट साहब का, वो उठाकर लाओ।"

और यों बड़ा महँगा नाश्ता दम भर खाते-खाते अघा गये विराट साहब के एक हाथ में वज़नी गिफ़्ट का चमकीला डिब्बा था और दूसरे में अपेक्षा जी का पाँच-छह पन्नों वाला उपलब्धिनामा। इंटरव्यू के नाम पर और कुछ न उसके हाथ लगा था। यों उसने इक्का-दुक्का तीखे सवालात कर अपनी बुद्धिमत्ता सिद्ध करनी ज़रूर चाही थी मसलन—

—यदि आप रामजनम भार्गव की बेटी न होतीं तो भी क्या साहित्यिक मेन स्ट्रीम में जगह बना पातीं?

—आपकी कौन-कौन-सी रचनाएँ हैं जिन्हें आप मानती हैं कि वे पढ़ी जानी चाहिए? पाठक क्यों पढ़े आपको? क्या लिखा है ऐसा आपने जो आपके बाद बचा रहेगा?

—आप पर आरोप लगते रहे हैं कि आपका अपना एक गुट है जिसमें शामिल सब साहित्यकार-आलोचक अपने साक्षात्कारों-लेखों-वक्तव्यों में एक-दूसरे की ही प्रशंसा किया करते हैं और अन्य खेमों के लेखक-लेखिकाओं की उपेक्षा-आलोचना?

—अफ़वाह है कि आप अवाड्र्स मैनेज करती हैं?

—क्या आप प्रायोजित आलोचनाएँ लिखवाती हैं?

लेकिन ये प्रश्न नाश्ते-गिफ़्ट से पहले पूछे गये थे और उत्तर ऐसे अ-साहित्यिक मिले थे जो लिखने लायक ठीक वाक्य तक न थे। इस साक्षात्कार में बस, उसे अपेक्षा जी के ये अंतिम विदा-वचन अक्षरशः याद रहे बाकी वो सब भूल गया, "आप इंटरव्यू बना लें तो एक कॉपी मुझे भी दे दें। आपके अखबार में तो जब आयेगा तब आयेगा। मैं *समकालीन साहित्य* में छपवा दूँगी। एक ई-पत्रिका को भी भेज दूँगी। बाद में अलग-अलग समाचार पत्र-पत्रिकाओं में, मैं अपनी सहूलियत से भेजती रहूँगी। बस, यों समझ लीजिये विराट साहब कि इतनी जगहों पर अब तक आपकी रचनाएँ भी न छपी होंगी जितनी जगहों पर ये साक्षात्कार छपेगा। और हमारे कैमरे से जो तस्वीरें अभी

खींची गई हैं उनकी क्वालिटी इतनी उम्दा रहेगी कि सब जगह इतनी बढ़िया तस्वीर छपेगी आपकी कि आपकी पाठिकाओं की संख्या में रातोरात इजाफ़ा हो जायेगा!'' वे अपनी ही बात पर खूब ज़ोर से हँस पड़ीं। विराट झेंप गया,

''वो तो ठीक है मैम, लेकिन साहित्य में जो नियम चलता है कि एक बार छपा इंटरव्यू दोबारा नहीं छप...''

''अरे! अलग-अलग पाठक वर्ग है ना सब का! तुम्हारे स्थानीय अखबार के तो पाठक होंगे ही कितने, मेन स्ट्रीम की मैगज़ीन में छपी रचनाएँ बस दोबारा फिर मेन स्ट्रीम की किसी मैगज़ीन में नहीं छपनी चाहिए, इधर-उधर भले छपवा लो दो-चार जगह कौन पूछता है! तुम चाहो तो इस इंटरव्यू को अलग-अलग राज्यों की हिन्दी साहित्य अकादमियों की मैगज़ीनों में भेज सकते हो। मैं तो कहूँगी ज़रूर भेजो और हर पत्रिका से पारिश्रमिक पाओ। राज्यों की अकादमियों की पत्रिकाओं के पते लेखक अपने पास रखते ही इसलिए हैं; वर्ना उनके पाठक तो तुम्हारे स्थानीय अखबार के मुकाबिल औने-पौने भी न ठहरते होंगे। इंटरव्यू की तस्वीरों के अलावा, अपनी कुछ अच्छी, स्टूडियो वाली तस्वीरें भी मैं तुम्हें ईमेल कर दूँगी; हर जगह नई भेजना।''

अपने सेकेण्ड हैंड स्कूटर पर लौटते विराट का मन झालर के बल्बों की तरह जल-बुझ रहा था—पल को जगमग, पल को गुमसुम! एक खुशी जैसे मिट्टी भर टोकरी की तरह उसके सिर पर आ रखी थी—उपलब्धि लेकिन दुखती हुई! अपनी गहराइयों में उसका सच्चा मन पछता उठा था। नाहक बहक गया गिफ़्ट-नाश्ते में! साक्षात्कार तो क्या खाक हुआ, अब पहले अपने कमरे पर जाऊँ और एक झूठा साक्षात्कार लिखूँ!

तीन घंटे लगकर उसने साक्षात्कार बनाया, सजाया भी क्योंकि नाश्ता अब तक पचा न था; लेकिन प्रशंसा की हर पंक्ति जैसे देवी सरस्वती को अर्पित मैला फूल लग रही थी उसे अपने भीतर। उसने अपना बेहतरीन लिखा। जब शानदार साक्षात्कार लिखा जा चुका—दिल उसका एक अदृश्य घाव से कराह उठा जैसे। वो बूढ़ी-बदसूरत औरत जो दूसरे लेखकों का हक मारती रही है जीवन भर! जो दरअसल लेखिका है ही नहीं! ...आइन्दा ऐसी भूल न करूँगा! ये पहला और आखिरी गलत काम किया मैंने!

अपने छिले मन को सहलाते विराट को सहसा याद आया, गिफ़्ट तो खोला ही नहीं अब तक! साक्षात्कार लिखते, हाथ में सस्ती स्याही का रंग लग गया था। उसी नीले-सने हाथ से उसने चमचमाते रैपर को खोला। शराब की सुन्दर बोतल थी। इससे पहले उसने कभी किसी भी तरह की शराब की बोतल को हाथ में लेकर नहीं देखा था—जिसके घर में, परवरिश में, जीवन में रुपये का सिक्का-सिक्का महत्त्व पाता आया

हो, वो भला शराब की कीमत-काबिलियत क्या समझता? उसने सोचा, 'दो-तीन सौ रुपयों में ये बोतल बिक जाये तो एक नई बुश्शर्ट खरीद ले।' हर महीने के वेतन का कुछ हिस्सा वो गाँव मनीऑर्डर कर देता है। कुछ रुपये वो बैंक में जमा करता है ताकि एक नई मोटरसाइकिल खरीदने लायक रकम खड़ी हो जाये साल भर में। बाकी, कमरे का किराया, वैष्णव भोजनालय में दो-जून भोजन का भुगतान, पुराने स्कूटर का पेट्रोल, चाय, गृहस्थी-ज़रूरतों का सामान भी कितना महँगा है यहाँ—हर खर्च पर दिमाग में झिक-झिक, घिस-घिस चलती रहती है बचत की। ऐसे में दो-तीन सौ न सही, सौ रुपये भी अगर मिल जायें तो वो खुश हो जायेगा।

बोतल उसने अपने एक मित्र पत्रकार के बॉस सम्पादक को बेच दी और कीमत 'जो आप ठीक समझें सर।' ...उसका दिमाग भक्क से उड़ गया जब उसकी हथेली पर ढाई हज़ार रुपये रखे गये। शराब की असली कीमत शायद साढ़े तीन-चार हज़ार रही होगी। अब उसने लिखा हुआ साक्षात्कार दोबारा लिखा, तिबारा लिखा—दो दिनों तक उसने हर्फ़-हर्फ़ पर लगकर काम किया और जब वो साक्षात्कार अखबार के रविवारीय पृष्ठ पर छपा; अपने कुल प्रस्तुतीकरण में इतना शानदार बन पड़ा था कि स्थानीय सब साहित्यकारों ने सम्पादक को फ़ोन लगा-लगाकर विराट का सेलफ़ोन नंबर लिया। ...ये बिलकुल नया सेलफ़ोन विराट ने अपेक्षा पाठक की उपहारी शराब को बेचकर मिले रुपयों से खरीदा था।

अब उसके ऊपरी मन में कोई अपराध-बोध न रहा था और आगे उसकी इतनी 'डिमांड' सृजित हो गई साक्षात्कार लेने के मामले में कि उसकी अधूरी कविताएँ अधूरी ही पड़ी रहीं और वो आगे महीने भर तक सिर्फ़ और सिर्फ़ साक्षात्कार ही लिखता रहा—इन तीन साक्षात्कारों में से एक वाले ने तो मुख्य सम्पादक वाया फ़ीचर सम्पादक से सिफारिश लगवाई थी, दूसरे ने आदिनाथ से सम्पादक को फ़ोन करवाया था और तीसरी थी—एक बेहद खूबसूरत लड़की कवयित्री जिसका साहित्यिक ज्ञान इतना अल्प था कि वह मेन स्ट्रीम की पत्रिकाओं के नाम तक न जानती थी!

इन साक्षात्कारों के प्रकाशित हो जाने के बाद, अगला बुलावा आया है शहर के एक और मशहूर साहित्यकार कवि मूर्धन्य चौरसिया का। वे और स्थानीय साहित्य-जगत भी, अब तक यह जान चुका था कि मातादीन के साथ लगा 'भदौरिया' असल में 'मिरौंगिया' है। पिछले दिनों अद्‌भुत शर्मा का ग्वालियर आना हुआ था कविता पाठ के एक कार्यक्रम में। उस कार्यक्रम का आयोजन मूर्धन्य जी की संस्था ने तो नहीं किया था लेकिन वे वहाँ उतने ही अधिकार से हर क्षण उपस्थित रहे थे जितने अधिकार से

दतिया में शाखा-संस्था के कार्यक्रमों में दूसरी संस्था के प्रमुख महोदय रहा करते थे। विराट पर मूर्धन्य जी ने पुख्ता होमवर्क कर रखा है और बजाय गिफ़्ट-नाश्ते के, खेल यहाँ अपनत्व का था। पारिवारिक माहौल में सम्पन्न हुआ ये साक्षात्कार। प्रश्न विराट की बजाय मूर्धन्य जी कर उठे, सो भी ऐसे मार्मिक जो सीधे दिल के आर-पार हो जायें :

"ब्राह्मण और कायस्थ!! बस, ये ही दो जातियाँ हैं जिन्होंने कब्ज़ा जमा रखा है हर महत्त्वपूर्ण क्षेत्र में। मैं पूछता हूँ क्यों ? क्यों प्रशासन, पत्रकारिता और साहित्य से लेकर शिक्षा, स्वास्थ्य और राजनीति तक, सब प्रभावशाली क्षेत्रों में ये ही दो जातियाँ डरा देने वाली संख्या में हैं ? न तुम्हें कोई ब्राह्मण वेल्डिंग करता दिखेगा, न कोई कायस्थ मलबा-खरंजा ढोता नज़र आयेगा। पढ़े-लिखे हम भी हैं, पढ़े-लिखे वे भी हैं फिर बताओ भला, सब महत्त्वपूर्ण क्षेत्रों में उनका ही दबदबा क्यों है ?"

"क्यों ?" पूछता हुआ विराट बहने लगा अपनेपन के इस प्रचंड प्रवाह में,

"हम जीवन भर पिटे हैं बेटा—जीवन भर!"

...उसे लगा जैसे सामने मूर्धन्य जी नहीं, शब्द बदलकर उसके अपने दद्दा आ खड़े हुए हैं!

"जब नेहरू प्रधानमंत्री थे, आई.ए.एस. क्यों तकरीबन सब-के-सब ब्राह्मणों में से आये ? ...और आज भी! आज भी ब्राह्मण अगर बाबू भी होगा तो उस अनजान आदमी का काम सबसे पहले करके देगा जो सरनेम से ब्राह्मण होगा। लाला का काम लाला सबसे पहले करके देता है। ऐन इसी बात पर कवि धूमिल ने एक महान कविता रची है; हर दलित लेखक को ज़रूर उसे पढ़ ही लेना चाहिए; क्योंकि सच यही है कि ब्राह्मणों और कायस्थों में गज़ब की एकता है। यहाँ तक कि वे समय के साथ इतना बदले हैं कि आपस में शादी-ब्याह का भी बंधन नहीं रखा है। जबकि हम जाति, उपजाति, उप उपजाति और उससे भी गहरे जाकर गोत्र तक का बंधन मानते हैं शादी-ब्याह में। इस तरह हमारे लिए बच्चों का शादी-ब्याह आज भी एक बोझ-उलझन-परेशानी है जबकि उनके लिए ये भी तरक्की का एक ज़रिया है। यह भी एक उदाहरण है इस बात का कि वे हर मामले में मौकापरस्त हैं, हम उल्लू के पट्ठे! और रही बात ठाकुरों की तो उन्हें किसी एकता की ज़रूरत नहीं। उनका राजा-रजवाड़ापन ही उनके बहुत काम आ जाता है। मरते हैं हम-तुम जैसे पिछड़े-अनुसूचित जाति के लोग! तुमने पिछले दिनों अपेक्षा का इंटरव्यू किया। मैं तो एक सरसरी नज़र में ही समझ गया था कि पूरा इंटरव्यू इस लड़के ने खुद ही लिखा है। ऐसे प्रज्ञा भरे विचार, ऐसी सुन्दर शब्दावली और ऐसी-ऐसी महान बातें साहित्य के बारे में उस अपेक्षा के बूते की कहाँ ? अपेक्षा

पाठक को तो मैं साहित्यकार ही नहीं मानता! अब पढ़ा-लिखा इन्सान कुछ तो लिख ही लेगा कहानी-उहूनी के नाम पर! पर हर कुछ लिखा गया, साहित्य तो नहीं होता! और तुमसे बेहतर यह बात भला कौन जानेगा; तुम तो खुद ही इतने नामी कवि हो! तुम्हीं कहो, वे अवार्ड्स और वे विदेश यात्राएँ जो अपेक्षा पाठकों या रामजनम भार्गवों के हिस्से आती हैं, क्या उनके सच्चे हकदार तुम और मैं ही नहीं हैं?''

अब ऐसे गाढ़े अपनत्व और ऐसे अखण्ड भाषण का यह असर तो होना ही था—मूर्धन्य चौरसिया का भी शानदार साक्षात्कार छपा जिसे उन्होंने इंटरनेटी पत्रिकाओं में ही नहीं लगवाया बल्कि फ़ेसबुक, गूगल प्लस, ट्विटर, व्हाट्सएप जैसी लगभग समस्त सोशल नेटवर्किंग साइट्स पर अखबार के ई-संस्करण की लिंक भी पोस्ट की। अखबार की कतरन स्कैन कर फ़ोटो भी इंटरनेट पर डाली सो अलग। अब जब सब तरफ़ से विराट को फिर बधाइयाँ मिलने लगीं तो उसका दिल सोचता ही रह गया कि अपेक्षा पाठक और मूर्धन्य चौरसिया में मूलत: कोई फ़र्क है भी या नहीं?? बहरहाल, दिल चाहे जो कह रहा हो, ऊपरी तौर पर खुश होने को उसके हाथ फिर उपलब्धियों से भरे थे—मूर्धन्य चौरसिया की साहित्यिक संस्था 'विश्व दलित लेखक महासभा' ने अगले ही महीने विराट का कविता पाठ आयोजित कर डाला था जिसमें श्रोता तो वाकई इतने कम थे कि विराट को दतियावी साहित्यिक आयोजन याद आ गये; मगर हाँ, मीडिया कवरेज इतना ज़बर्दस्त था कि प्रिंट मीडिया के छोटे-बड़े सब अखबारों से लेकर इलेक्ट्रॉनिक मीडिया के सब स्थानीय-प्रादेशिक टी.वी. चैनलों और सरकारी दूरदर्शन केन्द्र ग्वालियर ने भी उसके कार्यक्रम को कवर किया था। गाँव तक में, सबने उसके कविता पाठ को देखा था और दद्दा-बाई फ़ोन पर ये बताते हुए फूले नहीं समा रहे थे कि सब उन्हें बधाई देने घर आ रहे हैं कि उनका लड़का शहर जाते ही इतना बड़ा आदमी बन गया है कि टी.वी. पर आने लगा है! विश्व दलित लेखक महासभा की इन्सानी नहीं, मीडियायी ताकत का वो लोहा मान गया। लेकिन मेहरबानियाँ यहीं नहीं रुकी थीं नकली इंटरव्यू लिखने वाले विराट पर; मूर्धन्य चौरसिया की साहित्यिक पत्रिका *दलित साहित्य* में उसकी पुरानी कविताएँ नये फ़ोटो के साथ इतने सम्मान के साथ प्रकाशित की गयी थीं कि ऊपर न सिर्फ़ प्रशंसात्मक सम्पादकीय टीप थी बल्कि अन्य कई सीनियर दलित लेखकों के प्रशंसा भरे वचन भी थे विराट के कवि-व्यक्तित्व के लिए ...उन लेखकों के जिन्हें विराट जानता नहीं था!

कुछ नया वो पिछले कई महीनों से लिख नहीं पा रहा था। छपा हुआ-पाठ किया हुआ पुराना सृजन ही फिर-फिर प्रिन्ट निकालकर वो देने लग जाता, जब भी कोई

छुटभैया सम्पादक उससे कविताएँ माँगता। अलावा इसके, उसने एक रजिस्टर बना लिया था जिसमें देश की तमाम सरकारी, गैर-सरकारी साहित्यिक पत्रिकाओं के पते लिख लिये थे। उन सबकों वह हर महीने अपनी कविताएँ भेजा करता। अपने अखबार के दफ़्तर के कम्प्यूटर-स्टेशनरी का भरपूर दुरुपयोग करते हुए वह अपनी किसी एक कविता के दस प्रिन्ट निकालकर दस अलग-अलग राज्यों की हिन्दी पत्रिकाओं-पत्रों के पते पर पोस्ट कर देता। कभी एक ही कविता शीर्षक बदल-बदलकर पोस्ट करता, कभी कविता की किल्लत लगती तो वहीं ऑफ़िस के ही कम्प्यूटर पर मिनिटों में कुछ लिख डालता और तुरन्त उसका प्रिंट आउट निकालकर अलग-अलग पतों पर पोस्ट कर देता। कभी ये भी करने लगा वो कि उसकी पुरानी किताबों में से—दतिया के मामूली-गुमनाम कवियों के जो काव्य संकलन थे, जो उन्होंने उसे सस्नेह भेंट किये थे और जिन्हें न जाने क्यों वह अब तक सँभालकर रखे था—कविताएँ निकालता, शब्दों के कुछ हेर-फेर करता और अपने नाम से भेज देता। वो अप्रवासी भारतीयों द्वारा चलाई जा रही साहित्यिक पत्रिकाओं में भी कविताएँ ज़रूर भेजता था। इस तरह हर महीने वह अपनी समझ से पर्याप्त कमाने लगा था साहित्य से। यह काम भी उसे अपने पुराने धंधे सब्ज़ी की दलाली-आढ़त जैसा ही लगने लगा था जिसमें हर क्षण उसका पूरा फ़ोकस ज़्यादा-से-ज़्यादा मुनाफ़े पर रहता था। अपने ऑफ़िस के समय में कुछ घंटे हर दिन वो इसी मकसद को हल करने में लगाता कि मुनाफ़ेदार पत्र-पत्रिकाओं को छपने के लिए भेजी जाये—कविता या कवितानुमा कुछ भी!

अखबार की नौकरी के अलावा, उसका पूरा वक्त साहित्यिक कार्यक्रमों में ही बीतने लगा। दतियावी सचिव-कम-कोषाध्यक्ष, अध्यक्ष साहित्यकारों ने और कार्यक्रमों ने उसे ज़िन्दगी जीने की कला में इतना तो मैच्योर बना ही दिया था कि यहाँ की किसी भी साहित्यिक संस्था के किसी भी पद या सदस्यता के फेर में वह नहीं पड़ा, यहाँ तक कि विश्व दलित लेखक महासभा से भी उसने एक शिष्ट दूरी बनाये रखना ज़रूरी समझा। ...लेकिन इसका वह क्या करता कि सब स्थानीय साहित्यकार उसकी 'साक्षात्कार गढ़न कला' पर फिदा थे! उसके भीतर से हर बार एक आवाज़ आती, यह महत्त्व झूठा है! यह तवज्जह नकली है! रातों में जैसे कोई उसे पुकारता। मन की गहराइयों में क्षत-विक्षत पड़ी उसकी अधूरी कविताएँ उसे आवाज़ें देतीं। सृजन की पीड़ा उसका आह्वान करती। वह सुनकर भी अनसुना कर देता और इधर-उधर की सरलता, नकल, पुराने को नया करने जैसे कमाऊ कामों में अपने समय को उलझा लेता, ...भीतर कोई प्रतीक्षा करता ही रह जाता! खुद उसकी नज़र में, उसकी ज़िन्दगी

यों सफलता और असफलता दो नावों पर सवार थी एक ही वक्त में!

विराट को ग्वालियर में रहते-रहते साल बीत गया। इस बीच वह कभी-कभी गाँव गया लेकिन न दतिया में रुका न किसी से मिला। एक बार दद्दा-बाई को भी वह ग्वालियर लाया था और बावजूद इसके कि उसने उन्हें सब पर्यटन-स्थल घुमाये थे, और अच्छे होटलों में खाना खिलाया था; वे तीन-चार दिनों में ही ऊब गये और दतिया जाती बस में बैठकर वापस चले गये। विराट नियमित तौर पर गाँव मनीऑर्डर करता रहता है और साथ ही एक-एक पैसा भी बचाता रहता है अपने रोज़मर्रा के खर्चों में से ताकि भविष्य में ग्वालियर में ही एक फ़्लैट खरीदकर सैटल हो सके। उसके दिल में है कि वह सुन्दर, शहरी, कमाऊ एवं साहित्यिक अभिरुचि वाली लड़की सुनंदा से शादी करे जो कि उसकी सहकर्मी है। सुनंदा से उसकी औपचारिक-सी मित्रता है। वह उसे हर नज़र से अपने लिए फ़ायदेमंद दिखाई देती है लेकिन उसने कभी उसे प्रपोज़ नहीं किया है क्योंकि सुनंदा का अफ़ेयर एक अन्य सहकर्मी से चल रहा है। विराट कभी-कभार सोचता है, उसकी सहकर्मी उसकी इस नई चमचमाती मोटरसाइकिल पर उसके साथ साहित्यिक कार्यक्रमों में जाती हुई कितनी जँचेगी!

लालफीताशाही साहित्य और अखबारी कॉलम

मुख्य सम्पादक के कक्ष से आदेश आया था। आज वह साक्षात्कार लेने जा रहा है आमोद प्रभाकर का। पीडब्ल्यूडी विभाग में आला अफ़सर साहब हैं। इस कदर गद्दर-पके साहित्यकार हैं कि मेन स्ट्रीम की सब पत्रिकाओं के सब सम्पादकों से याराना है। अवार्ड-रिवार्ड इनके बायोडाटा में भी कम नहीं। सम्मान लेना जानते हैं तो देना भी जानते हैं। पत्नी के सम्पादन में एक लघु साहित्यिक पत्रिका *यत्न* चलाते हैं जो हिन्दी के सब प्रमुखों के पतों पर तो मुफ़्त में कोरियर करते हैं; पर सुना, सरकारी सहायता, खरीदी और विज्ञापनों से सालाना लाखों के वारे-न्यारे करा देती है उनकी वही छोटी-सी, पत्नी-नामित साहित्यिक पत्रिका। लेकिन न उनका आला पद और न ही वो तुच्छ पत्रिका; साहित्य में उनकी मशहूरियत की असली वजह है वो सालाना जलसा जो वे अपनी पत्रिका के नाम पर करते हैं। इस वार्षिक आयोजन का निमंत्रण देश भर के साहित्यिक-प्रमुख ज़रूर-ज़रूर स्वीकारते हैं। आमोद साहब आने-जाने का प्लेन टिकट वाला किराया देते हैं। पर्यटन विभाग के उम्दा होटल में ठहराते हैं और छककर शराब पिलाते हैं—देशी कच्ची महुआ और ठर्रा से लेकर महँगी यूरोपीय जिन, बकार्डी,

बीयर, रम और भी न जाने कौन-कौन नाम, रंग, नशे और खुशबुओं वाली मदिराएँ जिन्हें अपने देशी-दारूबाज़ बुद्धिजीवियों ने जीवन में आँखों देखा न कानों सुना! इस मुफ़्त की भव्यता की तह यह है कि उनका साला पर्यटन विभाग में ऊँचा अफ़सर है और ममेरा भाई आबकारी में उच्च अधिकारी। वे दोनों भी साहित्य-वाहित्य जैसा कुछ लिख-लिखा लेते हैं। कभी कुछ और नहीं बन पड़ता तो सरकारी यात्राओं को संस्मरण बना देते हैं या विदेशी लेखकों पर लेख-टिप्पणी तो ज़रूर ही लिख डालते हैं, विभागीय फ़ाइल पर लिखी गई टीपनुमा भाषा में। लेकिन उनका लिखा अक्षर क्या, नुक्ता, हलन्त, चन्द्रबिन्दु तक सम्माननीय! ये सब-का-सब विभागीय टीप जैसा लालफीता साहित्य *यत्न* में ससम्मान जगह पाता। ममेरे अफ़सर भाईसाहब का तो एक लोकल कवयित्री से अफ़ेयर भी रहा कुछ महीने। लेखक होने के सब नज़रे-प्रमाण, साधन-सहूलियतें इन लोगों के हाथ का मैल हैं! इनके बारे में यह मशहूर है कि ये जितना लेते हैं उसका दुगना-चौगुना रिटर्न गिफ़्ट करते हैं; सो मेन स्ट्रीम का कौन मुआ सम्पादक है जिसकी इतनी मजाल कि इस अफ़सर-तिगड्डे में से किसी एक की भी पहुँची रचना न छापे! आमोद साहब की पत्रिका हर साल एक पुरस्कार दिया करती है—'यत्न रत्न'! लाख रुपये की नकद राशि वाले सम्मान के बदले में हिन्दी के किस सम्पादक से क्या हासिल नहीं किया जा सकता! लेकिन शराब-होटल की मुफ़्त सहूलियत भले सब साहित्य-प्रमुखों पर लुटाते रहें; अवार्ड देते वक्त आमोद साहब पक्के मुनीम हो जाते हैं। सरकारी किताब खपाई वाले इंचार्ज आई.ए.एस. सर, विज्ञापन वाले प्रमुख सर से लेकर आयोजन के लिए राज्य संस्कृति मंत्रालय द्वारा मदद-ग्रांट वाले उच्च सचिव स्तर अफ़सर—वे सब जो साहित्य के नाम पर *यत्न* में ही कुछ छपवा-अपवा कर साहित्यकार हो गये हैं—ही ये सम्मान हर साल पाते हैं। बीच-बीच में किसी नामी साहित्यकार को भी ये अवार्ड दे दिया जाता है ताकि अवार्ड की प्रतिष्ठा कायम रहे। विराट ने एक काव्य संध्या में अपने परिचितों को बताया कि कल वो आमोद प्रभाकर का इंटरव्यू करने जा रहा है तो उन्हीं की जुबानी ये सब हाल उसने जाना। ये सब सुना तो उसे शिद्दत से याद आये वे दतिया के रिपोर्टर-फ़ोटोग्राफ़र जिनके चुटकुलों से लेकर सुअर-घरों तक के फ़ोटो वहाँ की पत्रिकाओं में साहित्य के नाम पर छप जाया करते थे। बदले में असली साहित्य उनके ट्रेडल प्रेस अखबारों में कम-से-कम उतनी जगह तो पा ही जाता जितनी जापानी तेल, स्तन-पौरुषवर्द्धक दवाओं, गुप्त रोगों के इलाज और वशीकरण करने वाले बाबाओं के विज्ञापन पाते हैं। ...जयमाला के लेन-देन का खेल साहित्य की रगों में जा घुली एक लाइलाज बीमारी है। ऐसी बीमारी जो गिड़गिड़ाता भिखारी बनाकर

छोड़ती है एक-से-एक उम्दा क्राफ़्ट को!

आमोद प्रभाकर के केबिन में दो कवि बैठे मिले। विराट पहचानता है। मेहंदी रंगे बालों वाले ये अधेड़ सज्जन स्थानीय तौर पर प्रतिष्ठित कवि विद्युत श्रीवास्तव हैं। दूसरे ये, गद्दर खरबूज़े जैसी काया वाले भारी नामवर कवि-कथाकार-उपन्यासकार और आलोचक राधेश्याम गुप्ता 'दाऊ' हैं। टेबल पर स्टील के तीन गिलास सजे थे तीनों महानुभावों के सामने। दरवाज़े से अभिवादन करते-आते ही वह जान गया। सरकारी संस्थान का ए.सी. दफ़्तर शराब के भभके से सराबोर था। तेज़ इत्र और तेज़ शराब की गंध का कुछ ऐसा मिला-जुला माहौल था उस महत्त्वपूर्ण सरकारी दफ़्तर में कि एक पल को सब पढ़ी-लिखी-सुनी बातें विराट को रूपक में दिखने लगीं—मिस्र के राजाओं की भव्य कब्रगाहें-ममियाँ ...अपने सब महत्त्वपूर्णपन के बावजूद सड़ी लाशें!

वो एक ओर बिछे सोफ़े पर आ बैठा है। उन तीनों का ध्यान अब इधर ही है,

"अरे भई विराट, वहाँ क्यों जा बैठे? आओ, हमें ज्वाइन करो।"

"नहीं सर। मैं बस..." वो गलती कर चुके बच्चे की तरह शर्मिन्दा हो उठा मानो शराबनोशी करते वो पकड़ा गया हो किसी व्यस्त कामकाजी सरकारी संस्थान में।

"अरे आओ यार! हमें भी अपने साथ बैठने-उठने लायक समझो!"

"सर, अब आप मुझे शर्मिन्दा कर रहे हैं।"

वो झेंपता हुआ आ बैठा। आमोद प्रभाकर ने पीछे से बोतल उठाई और एक गिलास में उड़ेलने को हुए।

"नहीं! नहीं! मैं नहीं पीता।"

उसने ध्यान दिया कि बोतल काफ़ी कुछ मिलती-जुलती वैसी ही है जैसी अपेक्षा पाठक से उसने उपहार में पाई थी। दिल हँसा उसका भीतर-ही-भीतर; व्यक्तिगत जीवन में राजाओं जैसे सम्पन्न ये लोग क्राफ़्ट के मामले में भिक्षुकों जैसे शून्य हैं। ...और ये मूर्ख राजा लोग अपनी भौतिक सम्पत्ति से अपनी साहित्यिक दरिद्रता मिटाना चाहते हैं!

औपचारिक परिचय-प्रशंसा का लेन-देन हो चुका। अब उस हल्के सुरूरी माहौल में उसने साक्षात्कार लेना शुरू किया,

"सर, आप साहित्य में 'वाद' से कितना सहमत हैं?"

"देख भई विराट!"—शराब का एक और भरपूर घूँट भरते हुए साहित्यकार अधिकारी साहब अपनी असली त्वचा में से बोले, "सबसे ऊपर है साहित्यवाद! हा-हा-हा!"

अन्य उपस्थित दोनों साहित्यकार जो कुछ कम नशे में थे, उनके नशे कुछ और

कम होने लगे एक पत्रकार की उपस्थिति महसूस कर। आमोद साहब को इसकी कोई सुध न थी लेकिन; शराब उनकी कमज़ोरी है ...साहित्य भी!

''पिछले पन्द्रह सालों में हिन्दी में जो कवि-कहानीकार हुए हैं, उनमें से आप किन्हें-किन्हें पसन्द करते हैं?''

''मैं सब सुन्दर और युवती लेखिकाओं को पसन्द करता हूँ।''—होंठों तक चू आई लार को उल्टी हथेली से पोंछते आमोद साहब ने अब की घूँट में गिलास की पूरी शराब निगल ली।

''आमोद, ज़रा हिसाब से उत्तर दो, सब छपेगा।'' राधेश्याम गुप्ता ने अपने चिर-परिचित दाऊपन वाली वज़नदार आवाज़ से कहा।

''ओ, तो मैं कौन छिनाल कह रहा हूँ किसी लेखिका को; और जो कह गये वे तो साहित्य में सेलिब्रिटी हो गये—इंटरव्यू लेने वाले भी, और इंटरव्यू देने वाले भी!''

''सर, आप इस 'यौन गाली प्रकरण' पर क्या राय रखते हैं?''—विराट ने तुरन्त बात लपक ली और सनसनीखेज़ जैसा कुछ मिल जाने की उत्तेजक खुशी उसके नये पत्रकार चेहरे पर रोशन हो उठी।

''ये भी एक काबिलियत है सा'ब! मैं तो सलाम करता हूँ गाली देनेवाले, गाली छापनेवाले और गाली खानेवाले को भी। साहित्य में इतना नीचे गिरना सब के बूते की बात नहीं!''

''क्यों सर?''

''बड़े अहमक हो यार! कहाँ सोये पड़े थे उन दिनों? कितना तमाशा हुआ था! गाली देनेवाले मठाधीश और गाली छापनेवाले मठाधीश के खिलाफ़ क्या भयंकर अभियान चला था! पूरी साहित्यिक दुनिया दो फाड़ हो गई थी। आधे लेखक उन्हें पानी पी-पीकर कोस रहे थे और बाकी आधों ने पानी पी-पीकर उन्हें बचाया था; और इतनी भारी नौटंकी का अन्त क्या हुआ? एक टॉक शो की टेबल पर वही गाली देनेवाला और वही गाली खानेवाली, दोनों अगल-बगल में बैठे मुस्कुराते नज़र आये! दोनों ने कितनी व्यापक दया, घृणा, समर्थन, विरोध और संक्षेप में कहूँ तो लोकप्रियता को लूटा। मालामाल हो गये भाई लोग!''

ओल्ड न्यूज़ नो न्यूज़! बासी सनसनी मामले को परे कर पत्रकार लड़के ने अब की साहित्य की एक कुछ कम पुरानी खबर पर प्रश्न कर लिया,

''सर, पिछले दिनों *तत्सम* पत्रिका के सम्पादक की मृत्यु हुई है। भले ही वे उम्र के तकरीबन नब्बे वसंत देख चुके थे फिर भी साहित्यिक दुनिया में लोग उनकी

मौत के लिए एक युवा लेखिका को दोषी ठहरा रहे हैं। आप इस पूरे मामले को किस रोशनी में देखते हैं?''

''वो ठरकी बुड्ढा! वो महान सम्पादक! उसको मेरा नमस्ते!—होंठों के बाहर तक फिर आ गई लार को अब की रूमाल से साफ़ करते साहित्यिक-चर्चित ने दोनों हाथ जोड़ने की मुद्रा बना ली।

''उस महान आत्मा के जीवित रहते के कामों पर बोलने लगूँ और तुम लिखो तो इंटरव्यू की जगह किताब लिख डालोगे जैसी उस लेखिका ने लिखी थी। खैर, जो भी था, काम कुछ तो महान कर ही गया वो सम्पादक। कम-से-कम ये तो किया कि बहुत-बहुत सारी गृहिणियों को लेखिका बना गया। इसे कहते हैं साहित्य का सामान्यीकरण! हा-हा-हा।''

''और सर उनका मृत्यु-प्रकरण?''

उत्तर दिया 'दाऊ' ने,

''न! मृत्यु और प्रकरण, दोनों शब्दों को न जोड़ो यार। वो तो *तत्सम* के किसी कर्मचारी ने उस लेखिका को वीडियो रिकॉर्ड कर लेने के नाम पर झूठा ब्लैकमेल किया था और लपेटे में सम्माननीय का नाम भी आ गया। पुलिस का *तत्सम* के दफ़्तर में आना जिस दिन हुआ, इत्तेफाक से उसके कुछ ही दिनों बाद उनकी स्वाभाविक मृत्यु हो गई। अलबत्ता यह भी सही है कि उन्हें सच में उस लड़की से लगाव हो गया था। और लड़की थी अति महत्वाकांक्षी। अपना पुराना कैम्प और अपने गॉड फ़ादर को छोड़ वो *तत्सम* से जुड़ी ही इसलिए थी कि रातोरात सितारा हो जाये। साहित्य की दुनिया में कोई रातोरात सितारा नहीं होता; हो ही नहीं सकता! सितारा होने के लिए उम्र भर जलना पड़ता है। लेखक का असली जीवन तो उसकी मृत्यु के बाद शुरू होता है।''

विराट इस बात से बड़ा प्रभावित हुआ और आमोद प्रभाकर को भूलकर मानो दाऊ का इंटरव्यू करने लगा,

''सर, आजकल जो विवाद बड़ा चर्चित है, वही *नई बात* के सम्पादक ने जो चालीस पार की लेखिकाओं पर बड़ा ही विचारोत्तेजक सम्पादकीय लिखा है; इस बारे में आपको क्या कहना है?''

दाऊ अपना पैग खत्म कर खड़े हो गये। माहौल-मामला उनकी गरिमामयी उपस्थिति के विपरीत जा रहा है—आपत्ति का ऐसा भाव उनके चेहरे पर था!

''तो चलता हूँ आमोद।''

''चलिए, मैं आपको बाहर तक छोड़े आता हूँ।''—रिवॉल्विंग कुर्सी पर सुस्ताने

की मुद्रा में टिके आमोद साहब ने पलकें बड़ी तसल्ली से झपकाते हुए कहा।

''नहीं। मैं चला जाऊँगा। तुम मेरी उस इच्छा का मान रखोगे, ऐसा मैं विश्वास रखता हूँ।''

वे चले गये। और उनके साथ माहौल का झीना-सा अदब भी जाता रहा। अब आमोद साहब कवि विद्युत से मुखातिब हैं,

''पता है बूढ़ा कहाँ गया है?''

''कवि और कहाँ जा सकता है सिवाय अपनी कविता के!''

''हा-हा-हा!''

''हा-हा-हा!''

कमरा उपहास की हिलोर में बहने लगा जैसे।

''यहाँ किसकी बात चल रही है सर? क्या कोई प्रेमिका है उनकी?''—विराट को लगा जैसे आज तो दिलचस्प कहानियों की पूरी किताब हाथ लग गई है।

''तुम पत्रकार बनकर न पूछो यार। साहित्यकार बनकर पूछोगे तो बतायेंगे ज़रूर। देखो, इसे छाप न देना।''—आमोद ने खाली बोतल टेबल के नीचे सरकाते हुए गम्भीरता से कहा।

कवि विद्युत ने सिगरेट सुलगाई,

''चिंता न कीजिये। नहीं छापेगा। ...'यत्न रत्न' की उम्मीद आपसे कौन नहीं रखता!''

'यत्न रत्न'!—चमकीले अवार्ड का नाम पल को विराट के दिल ने दोहराया।

''नहीं छापूँगा सर। ये कुछ नहीं छापूँगा। वैसे भी मैं तो कवि पहले हूँ; पत्रकार बाद में।''

दोनों प्रौढ़ अर्थपूर्ण मुस्कुराहटों में परस्पर देखकर मुस्कुराये। कवि विद्युत ने सिगरेट का पैकेट आमोद साहब को पेश किया। उन्होंने पहले ब्राण्ड पर गौर फरमाया—उतने नशे की हालत में भी—फिर एक उठा ली। और नये कश का मज़ा लेते हुए विराट को देखने लगे,

''तुम इतने समय से ग्वालियर में ही हो और 'दाऊ' की कविता के बारे में नहीं सुना? अभी कच्चे साहित्यकार मालूम पड़ते हो; न सिगरेट जानते हो, न शराब न लेखिकाएँ! हा-हा-हा!''

कवि विद्युत और आमोद हँसने लगे; उसे आधे पल को पाखी याद आ गई ...'कच्ची है कली गुलनार ऽ'

सिगरेट के कश को दम भर भीतर खींचते हुए आमोद सुनाने लगे, "कवयित्री कमला सितोलिया का नाम तो तुमने सुना ही होगा?"

"हाँ हाँ सर! वो पर तो काफ़ी यंग ...?"—उसके अचम्भे की हद न रही।

"अबे, वो तो झूठी यंग है बे!"

विराट का मौन अचम्भे से भरा प्रश्न था।

"नहीं समझे? मेरा मतलब यह कि जन्म का साल उसका कहीं तुम प्रकाशित नहीं पाओगे। हीरोइनों की तरह जन्म-तारीख भर लिखी रहती है परिचय में। और सैकड़ों फ़ोटोज़ हैं जो उसने चढ़ती जवानी के दिनों में मेकअप कर-करके खिंचवा छोड़ी थीं मोबाइल कैमरों वाले फ़ोटो स्टूडियो में। उनका सही इस्तेमाल अब वो ढलती जवानी में कर रही है। माने बच्चे, वो बढ़ती हुई लौ नहीं है बल्कि बुझने से पहले अंतिम तौर पर लपलपाती तेज़ लौ है।"

"यानी वे वैसी नहीं हैं जैसी छवि बन गई है पाठकों में उनकी?"

"यही तो ट्रिक है उस चतुर नार की। उसने अब तक इतनी कविताएँ न लिखी होंगी जितनी फ़ोटोज़ खिंचवाई हैं जीवन में। एक बार तो उसका सद्यःस्नाता रूप का फ़ोटो छपा था, बालों में टॉवल लपेटे हुए। एक बार बिस्तर पर अधलेटी। एक बार समन्दर की रेत में साड़ी घुटनों तक ऊँची किये। अब बताओ यार, ऐसी तस्वीरों सहित हो तो कविता के नाम पर कुछ भी तुकबन्दी हो, सम्पादक छापेंगे खूब और मनचले पाठक पढ़ेंगे भी खूब!"

"क्या पढ़ेंगे कविता या फ़ोटो?"—विद्युत की बात पर तीनों चुहल से हँस लिये।

ये विराट का दिलपसन्द माहौल है; पर साक्षात्कार वाला अपना शुभ-लाभ काम वो इस माहौल में भी भूला नहीं है।

"सर, आप इस प्रवृत्ति के बारे में कुछ कहना चाहेंगे?"

"हैं? कौन प्रवृत्ति?"—आमोद साहब ने फिर उल्टी हथेली से अपनी चू आई लार पोंछी।

"यही कि कई लेखिकाएँ हैं जो अपनी वास्तविक उम्र छिपाती हैं। पुराने-खूबसूरत फ़ोटोज़ सालों-साल चलाती हैं रचनाओं के साथ?"

"सवाल तुम्हारा सतही है। जिस प्रवृत्ति की तुम बात कर रहे हो, वह एक बहुत बड़ी बीमारी के एक मामूली लक्षण पर बात करने जैसा है।"—विद्युत ने धुएँ के छल्ले बनाते हुए बीच में टोका उसे।

"लिख लो जो उत्तर ये दें; नाम मेरा लिख देना," आमोद प्रभाकर ने नशे की

धुत्त गहराइयों में उतरते हुए कहा जबकि विराट प्रौढ़ कवि से एक नया साहित्य-दर्शन जान रहा है।

ऐश-ट्रे में राख झाड़ते प्रौढ़ के स्वर में विषय की गुरु-गम्भीरता आ घुली,

''यह भी एक शॉर्टकट है साहित्य में जगह बनाने का जैसे कि और भी कई शॉर्टकट्स हैं। कई लेखक लड़के भी ऐसा करते हैं कि स्थापित लेखिकाओं के प्रेमी, छोटे भाई या कुछ नहीं तो प्रशंसक का रिश्ता बना लेते हैं और अपनी साहित्यिक राह सरल बना लेते हैं। इसी तरह कुछ लड़की-लेखिकाएँ ये करती हैं—खासकर वे जो प्रतिभाहीन होती हैं—कि वे किसी नामी लेखक, प्रकाशक या सम्पादक से अफ़ेयर कर लेती हैं। लड़की को लेखिका के तौर पर शुरुआती पहचान बिना किसी संघर्ष के, बड़ी सरलता से मिल जाती है और उस नामी को एक युवांगी का साथ। मुहब्बत जैसा असल में कहीं कुछ नहीं! साफ़-साफ़ गिव एंड टेक का गेम। ऐसे मामलों में अमूमन लड़कियाँ ही रिश्ता तोड़कर आगे बढ़ जाती हैं, शुरुआती पहचान पा लेने के बाद।''

कमरे में पल को सन्नाटा छा गया। सिर्फ़ गिलासों में शराब उड़ेले जाने की आवाज़ आती रही। आमोद प्रभाकर तीन गिलासों में बकार्डी की नई बोतल उतार रहे थे। विद्युत सूनी दीवार की ओर ताकते आगे बोले,

''क्योंकि तब तक वे बहुत-से सम्पादकों, प्रकाशकों और अवार्ड देनेवालों की परिचिता हो चुकी होती हैं। उनके वे सब नये रूप-लोलुप मित्र उनके उस नामी-प्रेमी को दीवार-सी अड़चन पाते हैं और अति महत्वाकांक्षिणी लड़की-लेखिका अड़चन से परे हटकर साहित्य के राजपथ पर अपने नये दोस्तों के हम कदम चल पड़ती है।''

''पर सर, क्या इस तरह साहित्यकार बना जा सकता है?''

''नहीं, बिलकुल नहीं। इससे सिर्फ़ शुरुआती संघर्ष से ज़रूर बचा जा सकता है। लेकिन यों सरलता से जो पहचान मिल जाती है, वो अक्सर, बाद में सरलता से मिट भी जाती है। तब भी मैं इस प्रवृत्ति को उतना घृणित नहीं मानता जितना पोर्न लिखकर यहाँ जगह बनाने वाले लेखक-लेखिकाओं की सोच को मानता हूँ।''

''पोर्न??'' विराट जैसे अपनी सीट से उछल पड़ा। उसे लगा, वो अब तक इस दुनिया को जानता ही नहीं है।

''हाँ, मेरा तात्पर्य है पोर्न के स्पर्श। कहानी में, उपन्यास में, बीच-बीच में ऐसे वाक्यों को विस्तार से लिखना जो दरअसल पाठक की उच्च कलात्मक भूख को नहीं बल्कि उसकी आदिम पशु-क्षुधा को तृप्त करें। ये आजकल का सबसे प्रचलित शॉर्टकट है। कुछ नये लेखक-लेखिकाएँ इसे खूब अपना रहे हैं—पर ये साहित्य नहीं, बल्कि

एक छलना है पाठकों के साथ भी और अपने आप के साथ भी!''

''लेकिन इस छलना से फ़ायदा तो बहुत होता है ऐसे लेखक-लेखिकाओं को जिन्होंने अपनी शुरुआती पहचान किसी नामी से प्रेम-प्रसंग की योग्यता पर पाई होती है। ...वे लड़कियाँ तो रातोरात सितारा हो गई हैं साहित्य में।'' आमोद प्रभाकर ने कवि विद्युत की ओर इस तरह देखकर कहा जैसे किसी खास की याद दिला रहे हों।

''पर ऐसी तारिकाएँ आखिर कब तक चमकती हैं मेरे भाई—जितनी देर माचिस की तीली जलती है, उतनी देर की उनकी साहित्य में चमक होती है; क्योंकि असली साहित्य की कसौटियाँ बहुत ऊँची हैं।''

अपने भरे गिलास से ताज़ा घूँट भरते आमोद ने इस बात पर ताली पीट दी,

''वाह! वाह! क्या बात कह गये यार! असली साहित्य की कसौटियाँ बहुत ऊँची हैं। विराट जी, ये पंक्तियाँ नोट की जायें। हमारे साक्षात्कार को शीर्षक यही दीजियेगा—असली साहित्य की कसौटियाँ बहुत ऊँची हैं!''

साक्षात्कार सम्पन्न हुआ। उसने डायरी-पेन को परे किया और अब अपनी खास दिलचस्पी वाले सिरे पर लौट आया,

''आमोद सर, आप कमला सितोलिया के बारे में कुछ बता रहे थे?''

यह प्रश्न करते समय उसकी आवाज़ धीमी और झिझक भरी थी जैसे कोई ऐसा प्रश्न कर रहा है जिसके लिए भीतर से मनाहियाँ ध्वनित हो रही हों।

''एक पैग लोगे हमारे साथ, तब बतायेंगे दोस्त!''

''नहीं सर। मैं सच में नहीं ले पाऊँगा।''

उसने विनम्रता से हाथ जोड़ दिये। गिलास उसके सामने भरा पड़ा था। महँगी, झन्नाटेदार खुशबू रची विदेशी शराब में उसे कोई रुचि नहीं। उसके लिए असली नशा ये बातें थीं—नेपथ्य के श्लील-अश्लील किस्से।

आमोद साहब सुना रहे हैं,

''पैंतालीस से तो ऊपर की ही होगी कमला सितोलिया लेकिन बाखुदा दिखती पैंतीस से कम की ही है। उसकी जिल्द में अब भी चमक बाकी है।''

''चमक तो यार...'' विद्युत ने सिगरेट ऐश-ट्रे में बुझाते हुए कहा, ''आजकल ब्यूटीपार्लरों में रुपया फेंकने से आती है। फिर ऑलिव ऑयल और ड्राइ फ्रूट्स से नीचे तो वो कुछ खाती नहीं है। सरकारी इंजीनियर ठहरी। वेतन ही उसका पैंसठ-सत्तर हज़ार है। आगे नाथ न पीछे पगहा। किसके लिए क्या छोड़ जाना है सो शरीर-सुख पर ही सब उड़ाना है—या तो अपने पर या 'दाऊ' पर। अभी अन्दर आने में, ऑफ़िस

के बाहर तुमने एक नई चमचमाती लम्बी कार खड़ी देखी होगी; वो 'दाऊ' को उनकी प्रेमिका का ही उपहार है।''

विराट को 'दाऊ' से ईर्ष्या हुई।

''लेकिन सर, 'दाऊ' का तो अपना परिवार है। पत्नी है!''

''सब हैं! लेकिन भइया, मुफ़्त की शराब काज़ी को भी हलाल होती है। अब किसी को उसका नसीब दोनों हाथों में लड्डू दे तो सिवाय जलने के और पीठ-पीछे बुराई करने के और किया ही क्या जा सकता है!''

इतना कहकर अपनी बात पर आप ही हँसने लगे आमोद।

''सर, आत्मकथा *अन्या से अनन्या तक* जैसा कोई मामला लगता है जिसमें एक खूबसूरत जवान लेखिका स्वेच्छा से एक अधेड़ शादीशुदा डॉक्टर की 'रखैल' बन जाती है।''

विद्युत जी मुस्कुरा दिये, न जाने बात पर, न जाने विराट पर,

''तुम्हें यार, उस पूरी आत्मकथा में से बस यही याद रहा? वो संघर्ष याद नहीं रहा जिसने एक अन्या को अनन्या बना दिया? लगता है आत्मकथाएँ लोग पढ़ते ही इसलिए हैं कि लेखक की कोई सहवास-कथा हाथ लगे! खैर, अगर तुम खुद एक लेखक हो तो कम-से-कम इतनी तो इज़्ज़त दो उस क्राफ़्ट को कि 'कीप' न कहो। प्रेमिका कह दो। बहुत हुआ 'रेणु' से भाषा उधार लेकर कह लो—उपपत्नी! साहित्य में हो तो कुछ तो ऊँचे हों तुम्हारे अल्फ़ाज़ आम पाठकों से ।''

''उपपत्नी??'' वो मुस्कुराया, ''लेकिन सर, कमला जी ने 'दाऊ' में क्या देखा होगा?''

''साहित्यकार! साहित्यकार देखा होगा उसने; हर साहित्यकार को एक साथी की ज़रूरत होती है जो उसकी दुनिया का, उसकी दिमागी ज़मीन का हो। जिसके साथ वो अपनी उपलब्धियाँ-अनुपलब्धियाँ, हार-जीत, कुंठाएँ सब कुछ बाँट सके। ये ज़रूरत न उसका परिवार पूरी कर सकता है, न आम दोस्त। ये तो उसी के जैसा कोई पूरी कर सकता है। बहुत-से जोड़े साहित्य में यों भी बन जाते हैं और उनमें उम्र भर निभ भी जाती है; लेकिन मैं इसे भी प्यार नहीं मानता। ये एक दिमागी ज़रूरत है जो प्यार का भरम पैदा करती है। फिर वो प्रवृत्ति भी कभी इस भूख में आ मिलती है जिसके बूते प्रतिभाहीन लड़कियाँ शुरुआती पहचान पाना चाहती हैं। कमला को जितने अवार्ड्स मिले हैं, देश-विदेश की यात्राएँ, मेन स्ट्रीम की पत्रिकाओं में छपना, तारीफ़ें—सब 'दाऊ' की मेहनत है। जब देखो तब, उसी के यहाँ तो पड़े रहते हैं।''

"पर सर उनकी उम्र में तो काफ़ी फ़र्क लगता है?"

"कम-से-कम बीस साल! कमला के परिवार को सख्त आपत्ति है इस रिश्ते पर। बड़े प्रतिष्ठित लोग हैं वे ग्वालियर के। कमला की बड़ी बहन प्रिंसीपल हैं लड़कियों के कॉलेज की। पिताजी उच्च अधिकारी थे। कमला खुद सरकारी इंजीनियर है। 'दाऊ' से संबंध कायम होने के बाद, उससे उसका घर-परिवार, समाज-प्रतिष्ठा सब छूट गया। अब वो शहर से तकरीबन बाहर, खरीदे एक डुपलेक्स में रहती है। 'दाऊ' भी एक तरह से वहीं रहते हैं। उनके कपड़े-लत्ते आधे अपने बीवी-बच्चों वाले घर में मिलेंगे, आधे कमला के घर में। सुना है, पढ़ने-लिखने का काम सिर्फ़ कमला वाले घर में ही करते हैं। उनके सब अवार्ड्स और किताबें भी वहीं रखी हैं।"

"तो क्या 'दाऊ' के ही कारण कमला जी ने न शादी की, न बच्चे?"—इस अन्दाज़ भरे प्रश्न के साथ ही विराट के दिल में ऐसा भयंकर गुस्सा उठा 'दाऊ' के लिए कि मिल जायें तो गला दबा दे!

"नहीं! दरअसल वो विधवा थी। हाँ मगर, 'दाऊ' से इतने गहरे संबंध न बन गये होते तो ज़रूर ही दूसरी बार उसका घर बस सकता था। बच्चे हो सकते थे। सरकारी नौकरी का रुतबा तो उसके पास है ही। इस दकियानूसी समाज में वो एक इज़्ज़त की ज़िन्दगी पा सकती थी; लेकिन उसने चुन लिया दद्दा का संग-साथ! ...साहित्यकाराएँ जो ये समझती हैं कि बड़े लेखकों से प्रेम-संबंध बनाकर यहाँ रातोरात तारिका का दर्जा पा लेंगी, वे ये भूल जाती हैं कि हिन्दुस्तान में स्त्री के लिए चरित्र एक जानलेवा कसौटी है। स्त्री की सब सफलताओं से ऊपर यहाँ उसका व्यक्तिगत जीवन है! मन्नू भंडारी तब भी एक सकारात्मक मिसाल हैं। इस मामले में कमला सितोलिया को नकारात्मक आख्यायिका कह लो," विद्युत ने अफ़सोस जताती आवाज़ में कहा।

"नकारात्मक होने का मुनाफा..." आमोद साहब ने फिर अपनी लार पोंछी, "खूब बटोरा है उसने। दद्दा हर देशी-विदेशी यात्रा में उसे साथ ही तो लिये फिरते हैं।"

"ट्रॉफी की तरह!"— विद्युत ने जोड़ा।

"सैफ-करीना की जोड़ी समझ लो गुरु!" आमोद ने रस लेती आवाज़ में चर्चा आगे बढ़ाई।

"लेकिन सर, मेरी समझ में नहीं आता, 'करीनाएँ' 'सैफ़ों' को चुन कैसे लेती हैं आखिर?" विराट से अपना दिली अफ़सोस सहन नहीं हो रहा अब।

विद्युत को उसके अफ़सोस पर हँसी आ गई। किसी तरह ज़ब्त की। फिर चेहरे पर अर्थपूर्ण व्यंग्य ले आये,

''जैसे मन्नू भंडारी ने राजेन्द्र यादव को चुना था। अलबत्ता वे शायद नहीं जानती थीं कि वे अपने आप में इतनी प्रतिभाशालिनी हैं कि बिना किसी राजेन्द्र यादव के भी, वे बड़ी लेखिका बनेंगी ही। वैसे भी, तुम्हें मैं एक बात बताऊँ विराट, इसे गाँठ बाँध लो, साहित्यिक जीवन में पाथेय की तरह ये तुम्हारे काम आयेगी।''

पल को विद्युत मौन हुए, अपनी बात का वज़न बढ़ाने के मकसद से। फिर बोले,

''बच्चन ने अपनी जीवनी में कहा है—साहित्य में न कोई किसी को उठा सकता है, न गिरा सकता है; यहाँ आदमी उठता अपनी रचनाओं से है और गिरता भी अपनी रचनाओं से ही है।''

खतम सिगरेट की राख को ऐश-ट्रे में छोड़ते हुए कवि ने आगे कहा,

''दोनों प्रवृत्तियों में मूलभूत तौर पर कोई अन्तर नहीं; वे नये लेखक जो आगे बढ़ने के लिए इस फ़ील्ड के सीनियर्स के सामने शराब परोसते हैं या चाटुकारिता भरे लेख लिखते हैं और वे लेखिकाएँ जो अपनी देह को सफलता के टूल्स की तरह इस्तेमाल करती हैं। दोनों ही अपनी-अपनी तरह से अपनी मनुष्यता का अपमान करते हैं। प्रेम-प्रसंग मार्ग से आने वाली ये लेखिकाएँ या वे नये लेखक जो अपने बीज में से उगना शुरू करते ही खेमेबाज़ी में लिप्त हो जाते हैं ताकि रातोरात हथिया सकें अवार्ड-रिवार्ड, यात्राएँ-महत्त्व, प्रायोजित प्रशंसाएँ; ये लोग जुगाड़-तुगाड़ में अपना पूरा जीवन यहाँ खर्च कर जाते हैं लेकिन इतनी ज़रा-सी, इस साहित्यिक दुनिया की ये मूलभूत शर्त कभी इन्हें समझ नहीं आती कि साहित्य में असली काबिलियत है—साहित्य! भौतिक सहूलियतों-सुविधाओं को बारात में लुट रहे सिक्कों की तरह कोई कितना भी लूट ले लेकिन सबसे ज़्यादा महत्त्व बारात में उसका है जो दूल्हा है—माने असली साहित्यकार। जिसका सृजन काल के पंजों से बच सकेगा, वही यहाँ अमरत्व पायेगा। बाकी, 'कमलाओं' जैसे सैंकड़ों-हज़ारों नाम यहाँ के आकाश के जन्मते-मिटते तारे-तारिकाएँ हैं। ये लोग भले जीवन भर साहित्य के नाम पर ऐश करते रहें, पर ये रंगे सियार कभी असली साहित्यकारों की गिनती में शामिल नहीं हो पाते।''

विराट को ऐसे लोगों की सोहबत, ऐसी साहित्यिक चर्चाएँ बड़ी पसन्द हैं। उसने कवि विद्युत और आमोद प्रभाकर से घनिष्ठता बढ़ाने का प्रण किया मन-ही-मन। ...काश कि विराट इस परिचय में आगे न बढ़ता!

आमोद प्रभाकर जो अब लगभग झूमने लगे हैं नशे में; उसे अपने आप में गुम देख मुस्कुराने लगे,

''क्यों भई, तुम्हारी कोई प्रेमिका नहीं है?''

वो सँभलकर मुस्कुराया, ''अभी तक तो नहीं।''

''तभी तुम शराब नहीं पीते। अंग्रेज़ी में वो कहते हैं ना, वेयर देयर इज़ ए रोज़, देयर इज़ ए थॉर्न।''

तभी चपरासी ने दरवाज़े तक आकर कहा,

''साहब, आपको डायरेक्टर साहब ने तलब किया है। कहा है, साथ लेकर आना।''

''हैं?? हैं??'' आमोद प्रभाकर हड़बड़ा गये। उल्टे हाथ से लार पोंछते, शर्ट दुरस्त करते, खूब परफ़्यूम स्प्रे कर वे डायरेक्टर के कमरे की तरफ़ यों फुर्ती में भागे जैसे मालिक की बुलाहट पर कोई पालतू दौड़ता चला गया हो।

कमरे में कवि विद्युत और विराट अकेले रह गये।

''तुम्हारी साक्षात्कार कला की बड़ी तारीफ़ सुनी है। कुछ समीक्षा-उमीक्षा भी लिखते हो कि नहीं?''

''नहीं सर। अब तक तो नहीं लिखी। मेरी अपनी ही कविताएँ महीनों से अधूरी पड़ी हैं। फ़ुर्सत ही नहीं मिल पाती।''

''कवि को अपनी कविता के लिए फ़ुर्सत न हो, ये तो कमाल की बात सुन रहा हूँ। कहाँ व्यस्त रहते हो नौकरी के बाद?''

''यों ही, इधर-उधर। इतने तो साहित्यिक कार्यक्रम होते हैं यहाँ! कितनी तो साहित्यिक संस्थाएँ हैं यहाँ। अब किसको न कह दूँ? सो सबके कार्यक्रमों में सूरत दिखा आता हूँ। यों कुछ जान गोष्ठियों-समारोहों में निकल जाती है, कुछ प्राण वे सम्पादक ले लेते हैं जो कहते हैं अगले प्रेम विशेषांक के लिए आपसे कविताएँ चाहिए ही विराट जी। अब तो सिर्फ़ ऑन डिमांड ही नया कुछ लिख पा रहा हूँ वर्ना पूरा खाली वक्त पुरानी कविताओं को यहाँ-वहाँ भेजने में ही निकल जाता है। इतने फ़ोन आने लगे हैं छोटे-बड़े सम्पादकों के। बस समझिये कि साँस लेने की फ़ुर्सत नहीं है इधर।''

''तब तो तुम बहुत जल्द खत्म हो जाओगे कवि!''

पल को वह सन्न रह गया। इस तरह की बात अब तक उससे यहाँ किसी ने नहीं कही थी; पर अपने भीतर उसे लगा, बात कड़वी दवा की तरह हितकारी है।

''सर, आप अलग हैं दूसरों से। मैं यहाँ ग्वालियर में, इतने साहित्यकारों से मिलता रहा हूँ; पर इस तरह, अपने सच्चे हित की सलाह किसी मुँह से नहीं सुनी।''

कवि विद्युत पर शराब के साथ तारीफ़ का नशा भी तारी होने लगा। बोले,

''वे क्यों करने लगे तुम्हारे हित की बातें? तुम उनके घर का अनाज-आटा थोड़े ही पिसाते हो! रही मेरी बात, तो खरा बोलता हूँ इसीलिए फटेहाल हूँ। वो कहावत है

ना, 'साँची बात सटोले कयैं, सबके मन से उतरे जायें!' तो मैं तो इसी सच बोलने के कारण परेशान रहता हूँ भइया। स्कूल मास्टर की नौकरी सच पूछो तो पालतू जानवर वाली नौकरी है हिन्दुस्तान में। मास्टरों को बच्चे पढ़ाने का काम कम और क्लर्की-चपरासीगिरी का काम ज़्यादा करना पड़ता है। कभी वोटर कार्ड बनाने की ज़िम्मेदारी कभी आधार कार्ड, कभी मलेरिया के लिए मच्छरों का सर्वे कर रहे हैं कभी जनसंख्या गणना में गली-गली की धूल फाँक रहे हैं। और स्कूलों में जो हाल है, न पूछो। एक मास्टर मध्याह्न भोजन योजना के लिए मंडी में झोला टाँगे टमाटर-आलू के दामों में उलझा है तो दूसरा कटोरियाँ-थालियाँ गिन-गिनकर रख रहा है। इंस्पेक्शन करने आते हैं तो अधिकारी ये समझते हैं कि हमारे पास जादू की छड़ी है जिसे घुमाते ही हम बच्चों को 'गैलिलियो' बना सकते हैं। अपने बच्चों को तो पब्लिक स्कूलों में पढ़ाते हैं और हमारे सामने ज्ञान बघारते हैं कि हम बच्चों को स्कूल में ऐसे संस्कार दें कि वे महात्मा गाँधी या अल्बर्ट आइंस्टाइन से कम कुछ न बनें। जब अधिकारी हमें राष्ट्र-निर्माता कहते हैं तो लगता है गाली दे रहे हैं। अपने राष्ट्र निर्माताओं को पगार कितनी देती है सरकार? ...मास्टरी में तो भइया, अपने बाल-बच्चों को सम्मान से पालना बड़ा कठिन है। वो जो नागार्जुन की कविता है ना एक :

घुन-खाए शहतीरों पर की बाराखड़ी विधाता बाँचे
कटी भीत है, छत चूती है, आले पर बिसतुइया नाचे
बरसाकर बेबस बच्चों पर मिनिट-मिनिट में पाँच तमाचे
दुखरन मास्टर गढ़ते रहते किसी तरह आदम के साँचे

तो ऐसी दशा आज भी हम मास्टरों की..."

बात करते-करते गला रुँध गया और अपना रोना छिपाने के मकसद से विद्युत चुप हो गये। विषय से भटक जाने और अपरिचित से अपनी व्यथा कह जाने की चूक कर चुके, ऐसा अफ़सोस उनके चेहरे से दिखा। उन्हें सहज करने के मकसद से विराट—कभी आदिनाथ की कही बात को—यहाँ कहने लगा,

"नागार्जुन से बड़ा जनकवि मैंने नहीं जाना। 'रिल्के' ने कहा है कि जो सर्वसामान्य बातें हैं, उन पर लिखने से पहले उनकी गहरी जड़ों की तलाश और कमांड की ज़रूरत है। मेरी दृष्टि में, कविता में नागार्जुन के पास लोकजीवन को साहित्य में बदलने की वही कमांड है जो कहानी में 'रेणु' के पास है।"

विराट को लगा कि उसके मुँह से इतनी बुद्धिमत्ता की बात सुनकर कवि विद्युत सहज ही न होंगे, बल्कि उससे अभिभूत भी हो उठेंगे जैसे कभी वो हो उठा था आदिनाथ

सर से। ...लेकिन कवि विद्युत ने जैसे कुछ सुना ही नहीं; अपने में खोये रहे। फिर वे जैसे कुछ सँभले,

"निरे कविपन के सिवाय और कुछ नहीं है मेरे पास, न अवाड्र्स, न यात्राएँ, न समीक्षक! आमोद साहब बुला लेते हैं कभी-कभार क्योंकि इतने लालफीताशाहों को साहित्य में खपाने के लिए कुछ सच्चे साहित्यकारों की आड़ तो चाहिए ही! बुलावे पर मैं दौड़ा चला आता हूँ क्योंकि इतनी महँगी शराब मैं खरीदकर नहीं पी सकता। इस देश के राष्ट्र निर्माता शिक्षकों की ज़मीनी स्थिति यह है कि अपनी गृहस्थी चलाने के बाद, वे अंग्रेज़ी शराब की एक बोतल खरीदने लायक भी वेतन नहीं पाते हैं।"

कवि महाशय ने उठकर टेबल के पीछे की ओर रखी बोतल उठा ली और उसमें बची शराब नीट ही गटक गये।

अब चर्चा चल पड़ी मेन स्ट्रीम साहित्य की; नये लिखनेवालों पर। कवि विद्युत कह रहे हैं,

"सहज पके सो मीठा होय। पहले लेखक इस उसूल पर चलते थे कि जब तक जीवन अनुभवों को अपनी रचना प्रक्रिया में पूरा पक नहीं जाने देंगे, लिखेंगे नहीं। महीनों में, और कभी तो साल-साल भर में एक रचना बन पाया करती थी। लेकिन अब, संयम तो बिलकुल ही छूट गया है इधर के नये लेखकों से। या तो इंटरनेट से विदेशी माल कट-पेस्ट कर रहे हैं या अपने ही सेक्स-अनुभव लिख रहे हैं हर रचना में, शब्द बदल-बदलकर। ज़्यादातरों के पास तो साहित्यकारों वाली जीवन-दृष्टि तक नहीं है।"

"तो जीवनदृष्टि कैसे मिलती है सर?"

"जीवन से मिलती है! ये कोई बाज़ारू बिकाऊ वस्तु नहीं कि शॉपिंग मॉल से खरीद लाये; इसके लिए तपना पड़ता है लोकजीवन की नीरस और असहनीय धूप में जैसे कोई कच्चा फल पकता है आग जैसी धूप को खूब-खूब सहकर। तभी वो दे पाता है रस, रूप और गंध!"

ऐसे उपदेश विराट दतिया में ही बहुत सुन आया है। अपनी ऊब को भरसक दबाते हुए उसने विनम्रता से विषय बदला,

"सर, आज के कवियों में आप सबसे ज़्यादा किससे प्रभावित हैं?" उसके दिल में अपना ही नाम सुनने की चाह थी।

"कभी-कभार इक्की-दुक्की कविताएँ लिखने वालों को मैं न गिनूँगा; और न ही उन्हें जो पाँच-आठ अच्छी कविताएँ देने के बाद दरअसल चुक जाते हैं और बाकी उम्र रैपीटेशन का खाते हैं।"

विराट सोच रहा है, कहीं मेरा ही नाम लेकर कुछ न कह दें।

''वैसे इधर जो नये लोग लिख रहे हैं, उनमें मुझे पाखी कुमकुम की कविताएँ पसन्द हैं।''

''पाखी!'' अब उसका दिल नये सिरे से धड़का है।

''हाँ सर, मैं भी इधर उनकी कविताएँ हर तरफ़ देख रहा हूँ। मेन स्ट्रीम के लगभग सभी ग्रुपों की पत्रिकाओं में वे छपी हैं। खासकर पत्रिका *साहित्यतंत्र* में तो वे खूब ही छप रही हैं इधर, सो भी सम्पादकीय टिप्पणियों और समीक्षा लेखों की वाहवाही-प्रस्तुति के साथ! लगता है जैसे *साहित्यतंत्र* ने पाखी जी को गोद ले लिया है।''

''ये तो होता ही है यहाँ। अचूक पारखी होते हैं ये बड़े सम्पादक-मठाधीश! नये लिखनेवालों पर यों तो यहाँ सब उस्तादों की नज़र रहती ही है; फिर जो हीरा जो उड़ा ले जा सके! उस्ताद-सम्पादक नव-आगंतुक हीरे के लिए अपनी पत्रिका शोकेस बना देते हैं। बाद में, जब वो नव-आगंतुक एक बड़ा नाम बन जाता है तो ये अपने सीने पर एक तमगा और टाँक लेते हैं कि ये राइटर हमने दिया लिट्रेचर को। ये हीरा हमने तराशा है। इससे उनकी मठाधीश की छवि और ज़्यादा चमकदार हो जाती है। ...यों वे अपने मठ की दीवारों का रंग-रोगन कायम रखते हैं।''

''इससे नये राइटर्स को बहुत फ़ायदा तो नहीं होता होगा ना सर? मैं भी नव-आगंतुक ही हूँ अभी साहित्य में। मुझे तो अब तक किसी ने प्रस्तुत नहीं किया। मेरा तो कोई गॉड फ़ादर नहीं है; और न ही मुझे ज़रूरत है।''

...आदिनाथ को अपनी सहूलियत के एवज़, बिसार दिया विराट ने!

''नहीं! ऐसा नहीं है। कोई चीज़ सड़क किनारे फट्टी पर रखकर बेची जा रही हो और कोई बड़े शोकेस में सजाकर; तो तुम ही कहो, ज़्यादा पूछ-परख किसकी होगी?''

''मैं ऐसा नहीं मानता सर। सोना फिर भी सोना है—सड़क किनारे फट्टी पर बिक रहा हो तब भी!''

''हा-हा! अभी बच्चे हो। बहुत कुछ सीखना है यहाँ तुम्हें। सीखोगे भी। वक्त सिखा ही देगा। मेन स्ट्रीम के सम्पादकों से बहुत परिचित नहीं हो शायद। वे लेखकों के क्राफ़्टों को कुछ तो सँवारते ही हैं। अगर साहित्यकार सोना है तो वे सुनार हैं। ज़ेवर की कहीं ज़्यादा कीमत हो जाती है, कच्चे सोने के मुकाबिले!''

विराट हतप्रभ रह गया इस हाज़िर जवाबी पर। बातें पर वो पाखी की ही करना चाहता था इस वक्त, सो बात बहकने नहीं दी,

''तो आप के हिसाब से *साहित्यतंत्र* के सम्पादक ने पाखी नाम के कच्चे सोने

को ज़ेवर में तब्दील कर दिया है! पर क्या पाखी के उस्ताद लक्ष्मीप्रसाद नहीं हैं ?''

''साहित्य में, या किसी भी कला में, कभी किसी एक को किसी का उस्ताद होने का श्रेय नहीं दिया जा सकता। हवा, बादल, धूल, सड़क, भूख, प्यास, हवस, प्रार्थना, भय—हर भाव, हर भावना से क्राफ़्ट कुछ नया सीखता है। क्राफ़्ट दरअसल, खुद ही अपना उस्ताद होता है। रास्ता बतानेवालों की यहाँ कमी नहीं है; पर यात्रा की निरन्तरता बनाये रखना एक महान शर्त है। शायर कहता है,

जिस दिन से चला हूँ मेरी मंज़िल पे नज़र है।
मेरी आँखों ने कभी मील का पत्थर नहीं देखा॥''

''यही निरन्तरता वाली शर्त डराती है सर! कितने ही क्राफ़्टों को यहाँ चुकते या खुद को बुरी तरह दोहराते हुए देखा है। महान निर्मल वर्मा के लिए भी अन्त में सब यही कहने लगे थे कि वे अपने आप को बुरी तरह रिपीट कर रहे हैं। महान केदारनाथ सिंह के नये कविता संग्रह पर एक युवा समीक्षक लिखता है कि वे चुक गये हैं। नामवर सिंह को भी अब महान समीक्षक से आगे निकल चुका बताया जाने लगा है। उनके पास सिर्फ़ आशीर्वादात्मक मुद्रा बची है और साहित्यिक भाई लोग बस उनके ज़िन्दा होने का लिहाज़ भर करके उन्हें आलोचना के शीर्ष पर बैठाये हैं। एक बार मैं कहीं किसी का बयान पढ़ रहा था कि नामवर सिंह को गाली दिये बिना या उनकी तारीफ़ किये बिना हिन्दी समीक्षा पर पूरी बात नहीं हो सकती। 'ही इज़ ए बिग जाइंट।' तो मैंने सोचा, अब वे सब ऊँचाइयों के उस पार उतर गये हैं। और साहित्य में सब, ज्ञानरंजन की तरह अपनी सर्वश्रेष्ठ ऊँचाई पर लिखना तो नहीं छोड़ पाते। कितने ही क्राफ़्ट इसी ग्वालियर में देख लिये मैंने जिनके भीतर के औसत राइटर को भी चुके हुए ज़माना हुआ; पर साल-दर-साल अवार्ड पाये जा रहे हैं भाई लोग। और सिर्फ़ बूढ़े होने की वजह से बड़े साहित्यकार होने का दंभ...''

''उस्तादों के चुकने और बुज़ुर्गीयत के दंभ तक बाद में जाना लड़के...'' बुज़ुर्ग होते प्रौढ़ कवि ने उसकी बात बीच में काटते हुए कुछ उत्तेजित आवाज़ में कहा,

''पहले अपने लालच को काबू में रखना सीखो! पिछले महीने, तुम्हारी एक ही कविता मैंने *जनसत्ता, सरस सलिल* और *हंस*—तीनों जगह देखी। सस्ती लोकप्रियता या नया न लिख पाने की काहिली—वज़ह जो भी हो—तुम जैसे नये कवि के लिए दोनों ही प्रवृत्तियाँ घातक हैं।''

''सर, आपने मेरी कविता पढ़ी और मेरा नाम भी याद रह गया आपको? मेरे लिए तो यह सम्मान की बात है!''

''सम्मानों के फेर में अभी से न पड़ो बच्चे! पहले खुद को कवि तो बनाओ; कम-से-कम और पाँच साल खूब मेहनत करो! तुम्हारी कविताओं पर इतने साल तो और मेहनत की ज़रूरत है।''

उसने दिल में कहा, ''पाखी तो मुझसे बाद की है, तब भी आपने उसकी कविताओं को...'' पर प्रत्यक्ष में वो विनम्र रहा, ''आपका आशीर्वाद रहा तो ज़रूर!''

तभी आमोद प्रभाकर लौट आये—खिन्न, कड़वे, लार पोंछते-चुआते।

''आप गलत वक्त पर तलब हो गये गुरु; बॉस तो देखते ही भाँप गया होगा कि सरकार ऊँचे मूड में हैं,'' कवि ने कश खींचते हुए कहा।

''काहे का बॉस—साला दो कौड़ी का आदमी! मैं हिन्दी का इंटरनेशनल राइटर हूँ। विश्व हिन्दी सम्मेलन वाले मुझे बुलाते हैं। जयपुर लिट्रेचर फ़ेस्टिवल में, मैं शिरकत करता हूँ। एशिया की तमाम ई-पत्रिकाओं में मेरी रचनाएँ आती हैं। मुझ इतने बड़े राइटर से बात करने की औकात नहीं रखता वो आम आदमी! लेकिन अपने जीवन का एक मिनट भी मैं उसके बारे में बात करने पर क्यों नष्ट करूँ?—एक मिनिट भी क्यों?''—गिलासों को नये सिरे से भरने के लिए उन्होंने वोदका का कॉर्क खोला।

हलक से दो घूँट नीचे उतारते ही उन्होंने माहौल को हल्का कर दिया,

''उस दिल्लीवाली लेखिका के बारे में जो बातें छनकर आ रही हैं, क्या वे सच हैं?''

उत्तर में विद्युत की चिर-परिचित मुस्कुराहट खिल गई,

''व्यंजना में सवाल करने की ज़रूरत नहीं है क्योंकि लिव-इन में व्यंजना कुछ होती भी नहीं; कोरा शरीरवाद, निरी मांसलता सब अभिधा-अभिधार्थ! अगर बहुत कंजरवेटिव हैं आप तो कह सकते हैं कि बिना सामाजिक बंधनों का रिश्ता, साक्षात् पशुवाद! मनुष्यता का अपमान है लिव-इन! दिन में भोजन जुटाने के लिए परिश्रम कीजिये और रात में नर-मादा वाला साथ-संभोग! एक शरीर का साथ छूटा तो किसी दूसरे के साथ फिर यही साथ-संभोग का जीवन शुरू कर दिया। लेकिन अंग्रेज़ी ज़ुबान और आधुनिकता के लिए भारतीयों की गुलाम मानसिकता देखिये; न आप ऐसी लड़कियों को रखैल या वेश्या कहेंगे, न लड़कों को पतित या पशु! बल्कि आप इस अनैतिक साथ-संभोग को बड़े आदर से कहेंगे—लिव इन!!''

आमोद इस उग्र प्रतिक्रिया पर हँस दिये,

''विद्युत जी, आप नाहक इतने खफ़ा हैं लिव-इन वालों से। मैं एक लेखक-लेखिका जोड़े को जानता हूँ जो लिव-इन रिलेशन में सालों से साथ रह रहे हैं। मिसाल

देने लायक जोड़ी है वो; और आप कहते हैं कि लिव-इन वालों में ईमानदारी नहीं होती! ये तो व्यक्तिगत स्वतंत्रता है भई! किसी की स्वतंत्रता को गाली क्यों देना?''

''व्यक्तिगत स्वतंत्रता का मतलब अश्लीलता तो नहीं होता ना! वाईल लिव इन रोम, बिहेव लाईक रोमन्स। जो हिन्दुस्तान जैसे कंजरवेटिव मुल्क में रहते हैं, उन्हें तो कम-से-कम प्यार को शादी के इज़्ज़त भरे मुकाम तक पहुँचाना चाहिए। जिसे आप पसन्द करते हैं, प्यार करते हैं, उससे शादी करने में भला क्या परेशानी? उल्टा, परेशानियाँ दूर हो जाती हैं अपने दिलपसन्द जीवनसाथी का साथ मिलने से फिर चाहे वे आर्थिक समस्याएँ हों या कॅरियर संबंधी।''

''पर पहले एक-दूसरे को जानने-समझने के लिए कुछ समय साथ रहना भी तो ज़रूरी समझते हैं आधुनिक लड़के-लड़कियाँ।''

''ये कैसा समझना है जो सिर्फ़ संभोग के मार्फ़त ही समझ में आता है? और वे जिन्होंने इन असामाजिक-अवैध संबंधों के सालों बाद एक-दूसरे से शादी कर भी ली तो मैं कहूँगा, उसकी भी तब क्या ज़रूरत शेष रह जाती है? नौ सौ चूहे खाकर बिल्ली हज को चली!''

''मैं तो लिव-इन को गलत नहीं मानता। ये तो सीधा-सीधा व्यक्तिगत स्वतंत्रता का मामला है। यूरोप के समाज में लिव-इन एक स्वस्थ परंपरा की तरह स्वीकार किया जा चुका है।''

''पर जी, हमारे भारत जैसे एक पत्नी-व्रत वाले देश में तो ये सीधा-सीधा सामाजिक आतंकवाद और अश्लीलता का मामला है। व्यक्तिगत स्वतंत्रता के नाम पर कोई भी कुछ भी करे, ये तो सिर्फ़ पशुओं में होता है। सार्वजनिक स्थल जैसे पार्क या चौराहे पर अगर कोई सेक्स करने लगे या नंगा घूमने लगे और कहे कि ये उसकी व्यक्तिगत स्वतंत्रता है तो भई, मैं कहूँगा कि ऐसी व्यक्तिगत स्वतंत्रता तो पूरे समाज को पतन की ओर ले जाती है। युवाओं की आत्महत्याओं के इधर एक दशक के आँकड़े उठाकर देख लीजिये। कितने ही काबिल युवक-युवतियों को इस शरीरवाद ने छला है, उन्हें आत्महत्या पर विवश किया या अपराधी बना डाला। और लिव-इन की सबसे बड़ी सच्चाई इस पिछड़े मुल्क में यह है कि लड़के तो तब भी बच निकलते हैं, लेकिन लड़कियाँ हर तरह से मारी जाती हैं। अगर उनका लिव-इन पार्टनर उन्हें छोड़ दे तो ऐसी लड़की का किसी इज़्ज़तदार घर-परिवार में रिश्ता तकरीबन नामुमकिन हो जाता है। कहीं बच्चा हो जाये ऐसे अवैध रिश्ते से, तो जीवन नर्क के कीड़े की तरह एकाकी और संघर्षमय हुआ समझिये। और मान लीजिये लिव-इन पार्टनर लड़का शादी कर

भी ले बरसों बाद, तो उतने बरस वो लड़की अपने भीतर-ही-भीतर एक भीषण भय और यातना को जीती रहती है जिसे तिल-तिल मरना कहें तो बेहतर होगा। वेश्या! रंडी! रखैल! ये कंजरवेटिव समाज कैसे-कैसे जानलेवा शब्दों से प्रताड़ित करता है उस बेचारी को! मुझे वो कहावत याद आती है, खरबूज़ा चाकू पर गिरे या चाकू खरबूज़े पर; नुकसान आखिर खरबूज़े का ही होता है!''

''लगता है आपकी ये कहावत जयशंकर प्रसाद ने *कामायनी* लिखते समय नहीं सुनी थी? उसमें तो श्रद्धा और मनु का रिश्ता एक तरह से लिव-इन ही है।''

''आमोद जी, जीवन *कामायनी* की तरह पलायनवादी रोमांटिक रचना नहीं है। यह एक ज़िन्दा संघर्ष है, हर दिन, हर घंटे, हर मिनट! प्रेमचंद की एक कहानी है लिव-इन पर 'मिस पद्मा'। कहानी में लिव-इन पार्टनर नायिका को तब छोड़कर भाग जाता है जब वो गर्भवती होती है। प्रेमचंद आज सौ साल बाद भी इसीलिए प्रासंगिक लेखक हैं क्योंकि उन्होंने लोगों के, समाज के मूल मनोभावों को लिखा। अपने समय के यथार्थ को तोड़ा और एक सकारात्मक मानवीय कालजयिता को कागज़ पर उतारा। मैं तो लिव-इन के प्रेमचंदी हश्र का कायल हूँ।''

विराट का दिल-दिमाग संशय से साँय-साँय कर उठा, 'कहीं पाखी तो नहीं??' बड़ी देर से अपनी भावनाओं की अस्त-व्यस्तता वो सँभाले बैठा था कि अभी ये लोग किसी और लेखिका का नाम ले देंगे और उसकी दिलचस्पी ज़ाहिर नहीं होने पायेगी; लेकिन अब जब उसने देखा कि चर्चा किसी और तरफ़ चली जा रही है, तो उसके दिल से और ज़ब्त नहीं हुआ,

''कहीं आप लोग पाखी कुमकुम की बात तो नहीं कर रहे ना?''

लाख सँभालने के बाद भी उसके जज़्बात उसकी आवाज़ में ध्वनित हो गये; और दोनों सामने वालों ने लगभग एक साथ पूछा,

''क्या तुम भी लेखिका के प्यार में गिरफ़्तार हो?''

विराट ने हताशा भरा इनकार किया और अपने सामने रखा शराब से भरा गिलास एक ही घूँट में निगल लिया। आवेग में भीतर उतार ली गई जलन ने जैसे दिल तक झुलसा दिया। अब और किसी तरह का अभिनय उससे संभव न था। वो झटके से उठा और वहाँ से निकल गया। प्रौढ़ कवि विद्युत ने सहानुभूति, अफ़सोस और उदासी भरी एक बात कही,

''जवानी के दिनों में, मैं भी दिल्ली की कई लेखिकाओं के प्यार में इसी तरह पड़ा हूँ।''

"और उनमें से हरेक से, बात शादी तक पहुँच गई थी! पचास परसेंट मामला तय भी हुआ हर बार मेरे ही सामने; लेकिन सिर्फ़ आपकी तरफ़ से—सौ फ़ीसदी एकतरफ़ा!" आमोद प्रभाकर इतना कहकर इस कदर हँस पड़े कि अपनी लार पोंछना भूल गये।

विराट लगभग रात भर नहीं सोया।

और अगले दिन ऑफ़िस में, लंच के समय छत के एकान्त में ले जाकर उसने अपनी सहकर्मी सुनंदा—जो कविताओं के नाम पर घटिया तुकबंदियाँ किया करती थी—को प्रपोज़ कर डाला। पल को तो सुनंदा चौंक गई लेकिन कॉमर्स पढ़ी लड़की अगले ही पल खालिस महत्वाकांक्षिणी थी। वैसे भी परसों ही उसका अपने पुराने बॉयफ्रेंड से ब्रेकअप हुआ था। नया हेयरकट करवाने और पार्लर में पूरी एक शाम बिताने के बाद भी वो उस डिप्रेशन से अब तक निकल नहीं सकी थी। थोड़े चर्चित कवि विराट के प्रेम-प्रस्ताव को उस नितांत नई-अचर्चित कवयित्री ने झट लपक लिया। काल्पनिक साहित्यिक भविष्य का दरवाज़ा सामने सच में खुलता देख वो इतनी ज़्यादा प्रसन्न और उत्साहित हो उठी थी कि उसने कवि विराट को लिप-किस भी लेने दिया था और यहाँ-वहाँ छूने भी दिया था। यों साहित्यिक महत्वाकांक्षाओं, मुगालतों, मक्कारियों और मजबूरियों से भरा एक और प्रेम प्रसंग शुरू हो चला ...क्या 'सेक्स-साहित्य-सफलता' प्रवृत्ति दद्दा-कमला से लेकर विराट-सुनंदा जैसे दोहरावों में कालजयी नहीं है?

विराट को अगला साक्षात्कार लेना है मशहूर कॉलमिस्ट ऊदल सिंह 'औघड़' का। कभी दिल्ली में उद्योगपति रहे औघड़ अब अपना सब कारोबार वहाँ सैटल अपने बेटों को सौंप आये हैं और अपने पुश्तैनी शहर ग्वालियर में सपत्नीक आ बसे हैं। पिछले तीस सालों से—लगातार सातों दिन—दिल्ली के एक प्रमुख राष्ट्रीय अखबार *समय* में कॉलम लिखते आये हैं—क्रिकेट, राजनीति से लेकर साहित्य, फ़िल्म इंडस्ट्री और सरकारी संस्थानों, अस्पतालों तक—आम जीवन की अखबारी समस्याओं और कुछ दर्शन, कुछ धर्म, कुछ नॉस्टेल्जियानुमा सांस्कृतिक दुहाईवाद को इन मसाला-विषयों में घोलकर वो गज़ब रसायन तैयार करते हैं अपनी अचूक पारखी स्याही से कि पाठक वाह-वाह कर उठते हैं। विराट उनका कॉलम पहले कभी-कभार अखबार हाथ लग जाने पर पढ़ लिया करता था; इधर ग्वालियर आने के बाद नियमित पढ़ने लगा है क्योंकि अखबार यहाँ मुफ़्त की दफ़्तरी-सहूलियत है और विद्या, औघड़ के इस अखबारू कॉलम की हमेशा से ज़बर्दस्त फैन रही है। वो बचपन से ही, उनका कॉलम लगातार पढ़ती रही है। आम आदमी के हरेक दुख-दर्द के लिए सेलिब्रिटीज़ को कोसने की उनकी अदा पर वो हमेशा ही फिदा रही है। मसलन वे लिखते हैं :

—सब्ज़ियों के बढ़े दामों से आम हिन्दुस्तानी को कितना कष्ट उठाना पड़ रहा है, क्या ये बात अरबपति फ़िल्मी सितारे सपने में भी जान सकते हैं? यहाँ हर दिन ज़िन्दगी 'महाभारत' का युद्ध है; लेकिन देवलोकवासी अप्सरा-सी अभिनेत्रियाँ भला ये कब जानेंगी कि उनके हर आम फ़ैन का जीवन फ्राइंग पैन में तल-भुन रहा है! ...इस तले-भुने गोश्त-से जीवन में मसाले की तरह महकती है फ़िल्म-अभिनेत्रियों को पा लेने की फ़ैंटेसी!

—हिन्दुस्तान की सड़कों पर चलती बसों में बलात्कार हो रहे हैं और हिन्दी की कुछ ग्लैमरस लेखिकाएँ पाठकों को पोर्न का दिमागी सुख परोसती केलिकथाएँ लिख रही हैं! अपने ज़हरीले चुंबन मात्र से प्राण हर लेने वाली विषकन्याओं की पौराणिक कल्पना दरअसल एक मानवीय सत्य की कल्पना है जो समाज के मुख्य जीवन की सतह से नीचे सदियों से निरंतर बहती चली आ रही है।

—सिलेंडर के दाम पिछले दिनों इतने उछले कि लोग तीन वक्त पकाने-खाने में सकुचाने लगे हैं। स्विस बैंकों के खातेदार नेताओं से लेकर उनके हाथों मंचों पर मुस्कुराकर अवार्ड ग्रहण करते साहित्यकारों तक में से क्या कोई भी कभी अधपेट-अधभूखा सोया है?

ऐसी तमाम 'ताली पिटवाऊ' उक्तियों से उनका कॉलम रचा रहता है। बस, वे नाम बदल देते हैं हर बार, समस्या का और साहित्यिक या फ़िल्मी सितारे का, बाकी कोसने, बिसूरने और आलापने का मूल फॉरमेट हमेशा एक ही रहता है । यों, एक तरह से देखा जाये तो वे पिछले तीस सालों से अपने कुल एक शानदार लेख को फिर-फिर लिखते-बेचते रहे हैं ...हज़ारों-हज़ार बार!

ग्वालियर आकर विराट ने जाना कि औघड़ अपने लेख में जिन साहित्यकारों की पैरोकारी कर देते हैं, वे इसे बड़ी साहित्यिक उपलब्धि मानकर पार्टी करते हैं। प्रसिद्धि के उन भूखे-टूटे लेखकों के—ज़ो सस्ती लोकप्रियता को ही सर्वस्व मानते हैं—बीच में औघड़, अवतार की तरह सम्माननीय व्यक्ति हैं। ...एक अखबारू कॉलमिस्ट को सलाम ठोकने वालों की फ़ेहरिस्त में शहर के बड़े साहित्यिक नाम शुमार हैं। और यही नया-नया लालच विराट को लुभा गया। औघड़ के कॉलम में अगर उसका नाम आ जाये तो विद्या पढ़ेगी, अरू पढ़ेगी, आदिनाथ पढ़ेंगे, सुभाष पढ़ेगा और वे सब साहित्यकार भी जिन्हें वो उस गँवई कस्बे में छोड़ आया है ...और क्या पता, कोई अखबार पढ़कर उसके पिता को भी सुना दे उसके सुदूर गाँव राधापुर की चौपाल पर!

...इसी लालच ने विराट को मार डाला!

विराट उनका साक्षात्कार लेने चला तो सुनंदा भी साथ हो ली। वो सदैव खुद को सुनंदा के मुकाबिल साहित्यिक ऊँचाई पर समझता था। यों कहने को तो वो उसकी गर्लफ्रेंड थी; पर असल में, विराट के दिल में उसके प्रति उस्तादी के घमंड का भाव था कि वो उसकी छत्रछाया में साहित्यिक दुनिया में जगह बना रही है। विराट ने अपनी पहचान के कुछेक अखबारों-पत्रिकाओं में सुनंदा की तुकबंदी-कविताएँ छपवा दी थीं। शहर के साहित्यिक कार्यक्रमों में उसे वो साथ ले जाने लगा था कुछ-कुछ दद्दा-प्रवृत्ति वाले दंभ से; और आज औघड़ का इंटरव्यू लेने जाते हुए भी, उसने उसे साथ ले लिया है—माननीय पर अपना प्रभाव छोड़ने के लिए ...प्रभावी कविताएँ न सही, खूबसूरत कवयित्री प्रेमिका सही!

औघड़ के बंगले पर वे पहुँचे। गार्ड ने भीतर फ़ोन कर पूछा कि क्या मिलने वाले समय-अनुमति लेकर उपस्थित हैं? लॉन में एक ओर विदेशी नस्ल के छह कुत्ते गुर्रा रहे थे—मोटे और अभिजात्य! मुख्य द्वार के भीतर आते ही भव्य ड्रॉइंग-रूम को देखकर विराट-सुनंदा भौंचक थे; सब्ज़ियों-गैस सिलेंडरों की अन्यायी महँगाई से लेकर चलती बस में आम लड़कियों के साथ होते बलात्कारों पर सेलिब्रिटीज़ और अमीरों को कोसने वाला खुद कितना अमीर है!!

औघड़ मिले। बड़प्पन और विदेशी तौर-तरीकों वाले ऐसे-ऐसे शिष्टाचार कि सामनेवाला मारे शर्मिन्दगी के घुटनों पर आ जाये। कोट-पैंट और डाई बालों वाले अति दुबले बुज़ुर्ग ने उनके लिए महँगा नाश्ता मँगवाया। ...विराट को अपेक्षा पाठक का नाश्ता-गिफ़्ट प्रोपेगेण्डा याद आ गया।

नाश्ते के दौरान जबकि विराट अपने प्रश्न उलट-पुलट रहा था, सुनंदा अपने पर्स से निकालकर कुछ अखबारी कतरनें औघड़ को दिखाने लगी। अखबारों में उसकी सुन्दर तस्वीरों के साथ कविताएँ भी छपी थीं। औघड़ एकदम ताज़ा दिलचस्पी से उसे और उसकी छपी उपलब्धियों को देख रहे थे। विराट का दिल भुन गया। चंट सुनंदा चुपके-से पर्स में कविताएँ रख लाई यहाँ दिखाने को और उससे पहले परमीशन भी नहीं ली? और ये औघड़ जी जिनका इतने बड़े-बड़े साहित्यकार सम्मान करते हैं, इस लड़की की इन मामूली तुकबंदियों में इतनी दिलचस्पी क्यों ले रहे हैं? अपनी कुढ़न को भरसक दबाते हुए उसने साक्षात्कार का प्रश्न किया; पहला नहीं बल्कि पाँचवाँ, जिसके बारे में कल से वो सोच रहा था कि क्यों न इस प्रश्न को हटा दे :

''आपने पिछले दिनों अपने कॉलम में कई बार, भाषा भवन के नये हेड तुषार काले की बहुत-बहुत प्रशंसा की है और ये माँग उठाई है कि उन्हें संस्कृति मंत्रालय

की ओर से प्रदेश के समस्त सरकारी साहित्यिक संस्थानों का इंचार्ज बना दिया जाना चाहिए ताकि प्रदेश का साहित्य और साहित्यकार उन्नति कर सकें। आप एक आई.ए.एस. अधिकारी के प्रमोशन की सिफ़ारिश के लिए अपने कॉलम का इस्तेमाल क्यों कर रहे हैं?''

''देखिये, ऐसा है कि मैं हूँ जनता की आवाज़। जो इस मुल्क की अवाम चाहती है, वही मैं अपने कॉलम में...''

''नहीं! ये इस मुल्क की अवाम की आवाज़ नहीं है! तुषार काले को तो आम लोग जानते तक नहीं हैं। अलबत्ता हम साहित्यकार ज़रूर बहुत अच्छी तरह से पहचानते हैं। वे हमारे साहित्यिक कार्यक्रमों में आते हैं तो उनके साथ-साथ उनकी शराब की महक दूर से ही माहौल खराब करती चली आती है। वे न साहित्य की समझ रखते हैं न साहित्यकारों की। आपने कैसे लिख दिया कि उन्हें...''

विराट का स्वर हल्का उत्तेजित हो उठा तो सुनंदा ने आहिस्ता से उसका हाथ दबा दिया। इशारा था कि हम अपने अखबार के लिए एक सेलिब्रिटी का साक्षात्कार लेने आये हैं—बस, वही लो। रोज़ी-रोटी वाली मजबूरी याद आते ही विराट के स्वर की ऊँचाई गिर गई। उसने दिल-ही-दिल में सुनंदा का बड़ा एहसान माना कि उसने उसकी जॉब को संभावित खतरे से बचा लिया। अब सँभले, लगभग पालतू-से हो चुके विराट ने आगे सभी सवाल बड़े ही सकारात्मक और प्रशंसात्मक स्वर में किये; लेकिन औघड़ जी का मूड उखड़ चुका था और भरसक विदेशी शिष्टाचार दिखाते रहने के बावजूद उनकी खिन्नता छिप नहीं सकी थी। सिर्फ़ उतनी देर वे सहज दिखे, जब-जब सुनंदा ने उनसे बात की। आते समय सुनंदा ने अपनी कुछ टाइपशुदा कवितायें और एक बेहद आकर्षक मुद्रा का फ़ोटो मय बायोडाटा भेंट किया। औघड़ जी ने अपना सेलफ़ोन नंबर उसे दिया और उसका नंबर भी अपने सेलफ़ोन में सुरक्षित कर लिया। विराट का दिल अब भयंकर पछता रहा था; नाहक उत्तेजना में गलत सवाल कर बैठा! अब औघड़ जी को खुश करने का, उनके कॉलम में अपने नाम लायक जगह पा जाने का एकमात्र तरीका यही बचा था कि वह उनका अच्छे-से-अच्छा साक्षात्कार रचे। ...और उसने खूब दिल लगाकर, अपनी कुल काबिलियत का इस्तेमाल कर, हफ़्ते भर में औघड़ जी के नाम से एक साक्षात्कार लिख लिया जिसे पढ़कर फ़ीचर एडीटर साहब ने अपनी कुर्सी से खड़े होकर उसकी पीठ थपथपाई थी।

अगले दिन वो साक्षात्कार छपा। लेकिन विराट ज़्यादा क्या थोड़ा भी खुश नहीं हो पाया अपनी इस उपलब्धि पर; क्योंकि इसी दिन औघड़ जी ने अपने कॉलम में

हिन्दी की नवेली कवयित्री सुनंदा की कविताओं की भूरि-भूरि प्रशंसा की थी। उनके लेख में सुनंदा की उन कविताओं की पंक्तियाँ उद्धृत की गई थीं जो वह उनके बंगले से लौटते समय, उन्हें दे आई थी। तो क्या अब सुनंदा को साहित्यिक दुनिया में आगे बढ़ने के लिए कवि विराट की आवश्यकता शेष नहीं रही?

बाद में, हुआ भी कुछ ऐसा ही था कि कॉलम में नाम आते ही सुनंदा को सब स्थानीय साहित्यिक संस्थाओं के सीधे निमंत्रण आने लगे थे; विराट अब माध्यम न रहा था। बहरहाल, उस दिन, उस वक्त तो विराट ने बड़प्पन का प्रदर्शन करते हुए सुनंदा का माथा चूमा था और पीठ थपथपाई थी; पर अपनी भीतरी सच्चाइयों में इस सबसे विराट इतना ज़्यादा आहत हुआ था कि ऊदल सिंह 'औघड़' वाले साक्षात्कार के बाद उसने कोई साक्षात्कार नहीं किया। फ़ीचर एडीटर साहब ने उससे बहुत इसरार किया लेकिन उसकी 'न' फिर 'हाँ' में नहीं बदली। तब हारकर फ़ीचर एडीटर साहब ने ये काम सुनंदा को दे दिया।

अपनी दिलकश-स्मार्ट और सहज उपलब्ध गर्लफ्रेंड के साथ के बावजूद विराट का दिल अब इस अखबार में नहीं लग रहा था। पिछले दो-तीन दिनों से उसे विद्या की बहुत याद आ रही थी। मन टूट-टूट जा रहा था। न जाने क्यों उसे अपने आप में ऐसा लग रहा था कि वो हार गया है, पता नहीं क्या, पता नहीं किससे? बस, कुछ है जो हार गया है!

सनसनी बेचने वाले

आमोद प्रभाकर की सोहबत से बेहतर भला और कौन पनाह हो सकती ईर्ष्या से जले, टूटे साहित्यिक दिल के लिए! ये वो कन्फ़ेशन-अड्डा है जहाँ मन का साहित्यिक कलुष निकाला जा सकता है—गाली, दम्भ या उपलब्धि चाहे सच्ची कहिये, चाहे झूठी बकिये; फ्री स्टाइल डब्ल्यू. डब्ल्यू. एफ. लड़ाई स्टेज की तरह, जहाँ न कोई आचार संहिता है न नियम, कायदे, नैतिकता!

महफ़िल आमोद प्रभाकर के ड्रॉइंगरूम में जमी है। चार साहित्यिक हैं—आमोद प्रभाकर, कवि विद्युत श्रीवास्तव, कवि विराट के अलावा यहाँ मौजूद है—हिन्दी का युवा (पहले कवि, फिर कहानीकार और अन्ततः समीक्षक) हस्ताक्षर हृदय राजस्थानी।

शराबों के गिलास खनक रहे हैं। और बातें साहित्य की नहीं, साहित्यकारों की हो रही हैं—वेज कम, नॉनवेज ज़्यादा! इसी बीच नौकर भुने हुए काजुओं की दूसरी

प्लेट सेंटर टेबल पर फिर सजा गया। तले अंडे और कलेजियाँ एवं महँगी अंग्रेज़ी शराब का लुत्फ़ उठाते युवा समीक्षक ने अदम गौंडवी का शे'र सुनाकर माहौल को दिल की आदम प्रवृत्तियों के अनुकूल बना डाला,

''काजू भुने प्लेट में, व्हिस्की गिलास में।
उतरा है रामराज्य विधायक निवास में॥''

''यार विधायक तो अपन भी हैं—लिट्रेचर के।'' आमोद साहब ने उल्टे हाथ से अपनी लार पोंछते हुए कहा।

''बिलकुल सर! आपके नेतृत्व में अपना ये जो ग्रुप है उसके दोस्त भी बड़े हैं, दुश्मन भी बड़े! ग्वालियरवालों को तो अब आप गिनना ही छोड़ दीजिए; भोपाल और दिल्ली के कितने ही साहित्यिक उस्तादों की नींद हराम कर दी है आपकी बढ़ती हैसियत ने!'' तला अंडा मुँह में डालते युवा समीक्षक ने कहा।

''हाँआँ, सच में! तुम यार हृदय, बातें दिल जीत लेने वाली करते हो। हमारी पत्रिका *यत्न* के लिए कोई नई समीक्षा लिखो; अपन किसी सेलिब्रिटी साहित्यकार से तुम्हारी प्रशंसा में एक पैराग्राफ़ लिखवाकर उसी के साथ प्रस्तुत करेंगे अगले अंक में तुम्हें।''

''ज़रूर सर! प्रसूना जी का जो नया उपन्यास आया है ना *तन की तड़प*; आजकल उसी पर एक समीक्षा...''

''अरे बस करो दोस्त! प्रसूना पंत से कभी तो बाहर निकलो यार राजस्थानी! क्या एक ही प्रसूना पर टिके हो पिछली दस समीक्षाओं से! इस प्रसूना के पहले खिलने को तैयार कलियों को भी देखो और बाद वालियों को भी!''

इस बात पर तीन हँसियाँ सम्मिलित थीं। विराट चुपचाप शराब पीता रहा।

तभी सेंटर टेबल पर रखा राजस्थानी का सेलफ़ोन बज उठा। कॉलर की तस्वीर रिंगटोन के साथ ही रोशन हो उठी। सेकेण्ड मात्र में राजस्थानी फ़ोन लपककर बाहर गार्डन में निकल गया; लेकिन तब तक वे सभी कॉलर की सिने तारिका टाइप फ़ोटो देख चुके थे—प्रसूना पंत!

''अब देखना, डेढ़ घंटे से पहले नहीं लौटने वाला। आजकल बिलकुल ही पगलाया हुआ है उस प्रसूना पंत के लिए,'' आमोद प्रभाकर ने झुंझलाकर कहा।

''सर, उस लेखिका ने बड़ी जल्दी जगह बना ली मेन स्ट्रीम में!''

विराट की बात कुछ सेकेण्ड्स तक तो कवि विद्युत तक पहुँची ही नहीं। अब तक उनका पूरा ध्यान शराब पीने और कलेजी, अंडे, काजू उड़ाने पर था। अब कुछ तृप्त-से हुए तो अपने रंग में आ गये,

"उसमें कौन बड़ी बात है बच्चे! तुम लिखने लगो पोर्न। तुम भी बड़ी जल्दी जगह पा जाओगे सब प्रमुख पत्रिकाओं में। ये सब बारिश के बुलबुले हैं—इनकी क्या उम्र और क्या गहराई!

"तात्कालिक ही सही लेकिन सर, कुछ चमक तो है ही ना! अब देखिये ना, राजस्थानी जी कितने बरस कविता-कहानी में सिर्फ़ कोशिशें करते रहे मगर नाम अपना तभी जमा पाये यहाँ जब समीक्षाएँ करने लगे सो भी प्रसूना पंत मार्का लेखिकाओं की रस भरी कहानियों-उपन्यासों पर। लगता है पोर्न लिखने वाली लेखिकाओं पर लिखकर उन-सा सेलिब्रिटी हो जाना बड़ा सरल है । तभी ना, राजस्थानी जी दिलोजान से अपने पेन की स्याही प्रसूना पंत और उस जैसी लेखिकाओं पर खर्च करने में लगे रहते हैं। मुझे वो पंक्ति याद आ रही है सर,—जो भी क़वि बन जाये सहज संभाव्य है!"

कवि विद्युत ने उसकी बात पर असहमति की मुद्रा में अँगुली उठाई,

"न विराट! तुम साहित्यकार हो तो शब्दों के प्रति अपनी कुछ नैतिक ज़िम्मेदारी भी तो समझा करो। डबरे के लिए गंगाजल की उपमा न दो। मैथिलीशरण गुप्त की कविता का फ़िक्र इन जैसों के सन्दर्भ में?? उनकी आत्मा स्वर्ग में बैठी तुम्हें गालियाँ दे रही होगी इस समय!"

महफ़िल पल को चुप रह गई।

"क्या बात है भई? बड़े उदास दिख रहे हो? औघड़ वाला वाकया अब तक नहीं भूले?" प्रभाकर ने अपनत्व से उसके कंधे पर हाथ रखा, तो कवि लड़का सब औपचारिकताएँ भूल एकदम-से नम पड़ गया,

"सर, अब मैं उस अखबार में काम नहीं करना चाहता।"

"फिर तुम कहाँ काम करना चाहते हो? तुम बस अखबार का नाम बताओ, नौकरी हम लगवा देंगे।"—आमोद साहब के चेहरे पर अधिकारीपन की लकीरें ऐसे अदृश्य दमकने लगीं जैसे लड़कियों के चेहरे पर सुनहली रूज़-पॉवडर चमकता है।

"*दैनिक समय* में लगवा दीजिये। राष्ट्रीय स्तर के अखबार का संस्करण हमारे शहर से एक ही तो निकलता है वह।"

"लग गई तुम्हारी नौकरी वहाँ। पक्की बात। और बोलो, क्या चाहिए?"

"नहीं सर। और कुछ नहीं!"—वो हल्का होकर मुस्कुराया।

तभी राजस्थानी लौट आया।

"अरे! आज बड़ी जल्दी बातें खत्म हो गयीं तुम लोगों की? प्रसूना पंत का पति घर आ गया होगा ना?"

"क्या सर, आप भी ना!"—युवा समीक्षक सचमुच शर्मा गया।

अखबार *दैनिक समय* में विराट की नौकरी लग गई। सेलरी पैकेज यहाँ पिछली नौकरी से कहीं बेहतर है। नई नौकरी शुरू करने से पहले एक बार दतिया-राधापुर हो आने, सबसे मिल आने का बड़ा मन किया उसका; लेकिन दतिया की साहित्यिक कूटनीति और विद्या की सवालिया आँखें याद आयीं तो उसने जाने का विचार छोड़ दिया। सुभाष के घर लगे फ़ोन पर बात करके उसने बेहतर नौकरी के बारे में बताया तो दद्दा-बाई ने अब उसका ब्याह कर देने की ज़िद पकड़ ली है। ...शादी का जब भी प्रश्न आता है, विराट को अपनी सीधी-सरल विद्या याद आने लगती है; यों सब गोष्ठियों-साहित्यिक सभाओं में उसकी गर्लफ्रेंड के तौर पर सुनंदा ही साथ होती है।

सुनंदा इन दिनों बड़ी तेज़ी के साथ स्थानीय साहित्यिक परिदृश्य पर उभर रही है—उसे उभरना ही था! विराट हमेशा से जानता था कि उसके जैसी चंट और खूबसूरत कवयित्री बहुत जल्द इतनी तरक्की कर लेगी कि विराट से ऊँचा नहीं तो समकक्ष तो ज़रूर ही हो जायेगा उसका साहित्यिक कद। ...और हुआ भी यही। लेकिन ये सब इतनी जल्दी होगा, ये उसे अन्दाज़ा न था। विराट का मन सुलग-सुलग उठता है; सुनंदा की पहचान उसकी कविताओं से नहीं, उसके हद लुभावने शरीर के आकर्षण के कारण बन रही है। विद्युत की भाषा में कहें तो वो अपनी देह को सफलता के टूल के तौर पर इस्तेमाल करने लगी है; या शायद करती रही है। विराट ने खुद को साफ़-साफ़ ठगा महसूस किया ...ये बात और है कि विराट भी उसे ठग ही रहा था प्रेम के नाम पर! अब उन दोनों के ऑफ़िस-संस्थान अलग हो गये तो विराट को बड़ी चिंता हुई कि कहीं सुनंदा उसे भूल न जाये। वो दिन में कई-कई बार उसे फ़ोन करता, एसएमएस तो हर घंटे में दो-चार कर ही देता। पहले पहल सुनंदा ने हर एसएमएस का जवाब दिया। फ़ोन पर भी घंटों बातें कीं; लेकिन कुछ ही दिनों में वो इतनी देर-देर तक बातें करने से कतराने लगी और एसएमएस के जवाब भी उसने देने बंद कर दिये। तब विराट ने कई एक सिम कार्ड खरीद लिये और अलग-अलग, अनजान नंबरों से सुनंदा को, पाठक-प्रशंसक बनकर एसएमएस करने लगा। सुनंदा ऐसे एसएमएसों का उत्तर देती लेकिन किसी सेलिब्रिटी की तरह। हर अनजान नंबर से भेजे गये एसएमएस का एक ही जवाब आया उसके फ़ोन से 'आभार आपका!' और फिर आगे बार-बार एसएमएस करने पर कोई जवाब नहीं आया। शायद उसने वे नंबर ब्लैकलिस्टेड कर दिये; क्या वो जान गई कि इस विक्षिप्तता भरी दिलचस्पी के पीछे विराट है??

और विराट के कितने रुपये खराब हुए इस सब में!! बहरहाल, ज़ाहिर तौर पर अब तक वे प्रेमी-प्रेमिका थे और विराट के बुलावों पर सुनंदा अब भी चली आती थी लेकिन हाँ, किसी भी एकान्त-मिलन के प्रस्ताव को वह बड़ी चतुराई से टाल जाती। वे या तो सार्वजनिक पर्यटन स्थलों पर मिलते या रेस्टोरेंटों में। हर जगह विराट के रुपये खर्च होते और सुनंदा की बातें इस कदर औपचारिक और संक्षिप्त होती गयीं कि कुछ ही खर्चीली मुलाकातों के बाद विराट ने उसे मिलने के लिए बुलाना छोड़ दिया। अब वो उसे सिर्फ़ तब फ़ोन करता जब किसी साहित्यिक कार्यक्रम में जाना होता। वो उसे हर कार्यक्रम में अपनी ट्रॉफ़ी-प्रेमिका की तरह साथ रखना चाहता था लेकिन सुनंदा अब साथ आने से कतराती। वो सीधी कार्यक्रम में ही पहुँच जाती और विराट के साथ कम, दूसरे साहित्यकारों के साथ अधिक समय बिताने की कोशिश करती। विराट अपने दिल में दहकने लगता। वह उसे अक्सर सबके सामने ही टोक देता। कविताओं पर ज़्यादा ध्यान देने को कहता। कभी डाँट भी देता, जब किसी लेखक को उससे कुछ ज़्यादा ही हँसते-बतियाते देखता। कुछेक दिन सुनंदा ने लिहाज़ निभाया भी; फिर धीरे-धीरे विराट को लगने लगा कि वो उसकी छाया से निकलकर अपनी स्वतंत्र ज़मीन तैयार करने लगी है, जब :

—पहले सुनंदा उसे अपनी हर नई कविता दिखाती थी। उसके सुझावों पर तत्परता से अमल करती थी। इधर उसने जब एक अखबार में उसकी नई कविता छपी देखी जिसकी चर्चा तक सुनंदा ने उससे नहीं की थी। ...वो जान गया, अब वो एक शागिर्द की तरह, उसे कभी अपनी कविताएँ नहीं दिखायेगी।

—पहले सब साहित्यिक कार्यक्रमों में वे साथ जाते। अब? अव्वल तो वो टाल जाती। फिर इधर-उधर की किसी व्यस्तता का हवाला देकर उसके सामने से हट जाती; बाद में उसी कार्यक्रम में मिल जाती। तब वो बिना किसी अपराधबोध के, कभी लापरवाही, कभी उदासीनता और कभी-कभी झल्लाकर उत्तर देती कि फलाँ अमुक या फलाँ प्रमुख का फ़ोन आ गया था वर्ना वो तो मारे अपनी दफ़्तरी व्यस्तता के, आना ही नहीं चाहती थी! ...और उसका मेकअप बता रहा होता, वो घंटों सजती-सँवरती रही होगी!

—प्रेमी-प्रेमिका होने के बावजूद उनके बीच गुरु-शिष्या जैसा रोब-लिहाज़ शुरू से ही निभता रहा था; जो इधर टूटने की प्रक्रिया में उतरकर अब उस कगार तक आ पहुँचा था जहाँ नदी की निर्मल धारा सूखकर, कभी न मिलने वाले दो विपरीत किनारों के कीचड़ में बदल जाती है। एक दिन तो सुनंदा ने उसके किसी व्यंग्य का उत्तर बड़े

साफ़ सच में दे दिया,

"इतना भी बड़ा नाम नहीं है मातादीन भदौरिया का जो अपने समकालीनों का उस्ताद होने का दंभ भरे! पहले खुद तो बड़ा नाम बन जाओ, तब मठाधीश बनने का शगल पालना! ...'विराट' से 'मातादीन' की ओर जाना स्वप्न से यथार्थ में उतरना था।

ये वाकये इस प्यार का खात्मा थे; तो भी बावजूद इसके कि अब उनके बीच पहले-सी आत्मीयता न रही थी, साहित्यिक समाज में वे यदा-कदा साथ खड़े नज़र आ जाते। भले ही उनके व्यक्तिगत जीवनों में आपसी संवाद समाप्त हो चुका था और वे सिर्फ़ साहित्यिक कार्यक्रमों में ही एक-दूसरे को देखते थे; पर वे दोनों ही आगे बढ़कर अब भी आपस में बातें करते थे। कभी वे दस-पन्द्रह मिनिट और कभी तो पाँच मिनिट ही एक-दूसरे से बात करते; तब भी साहित्यिक समाज में एक सन्देश तो जाता ही था कि कुल छह महीने भी न चला उनका अफ़ेयर अभी पूरी तरह से टूटा नहीं है। सुनंदा इतनी कम ऊँची सफलता पर अपने पैरों के नीचे की पुरानी ज़मीन नहीं छोड़ना चाहती थी; और विराट ? ? वो डरता था। दोस्त-दुश्मन हँसेंगे। वही एक सनातन गाली—साला शिड्डू! चला था ऊँची जाति की लड़की को गर्लफ्रेंड बनाने!! ...मातादीन के भीतर बैठा, उसके दद्दा का मन सबसे ज़्यादा डरता है इसी गाली से ...शिड्डू!!

साल बीत गया यों। सुनंदा से उसका संवाद एक साल पहले ही पूरी तरह समाप्त हो चुका है। और अब वो उसे याद भी नहीं आती। यों रुटीन ज़िन्दगी बुरी नहीं लेकिन विराट की तबीयत इधर बड़ी बेचैन रहती है। यहाँ कोई दोस्त नहीं जिससे अपना दिल बाँट सके। आमोद प्रभाकर की बैठकों में लाख खुलापन सही, वो आत्मीयता न थी जो हमउम्रों के साथ आती है। और फिर, जब से उन्होंने विराट को *दैनिक समय* में नौकरी से लगवाया था; वे *यत्न* का कुछ-न-कुछ काम उसे थमा देते। कभी प्रूफ़ रीडिंग करने को कह देते, कभी किन्हीं रचनाकारों की सूची थमाकर कहते कि आगामी विशेषांक हेतु उन सबों से रचनाएँ प्राप्त करना उसकी ज़िम्मेदारी है, तो कभी कम्पोज़ीटर के साथ बैठकर अंक बनवाने का हुक्म फरमा देते। *दैनिक समय* वाली नौकरी के कारण वो उनका एहसानमंद था और साफ़-साफ़ इनकार न कर पाता था। इन सब दबावों-तनावों ने उससे आमोद प्रभाकर की महफ़िलें छुड़वा दी थीं। हृदय राजस्थानी ने भी पिछले कुछ महीनों से आमोद प्रभाकर से दूरी बना ली थी जिसका कारण इतना अज्ञात था कि आमोद प्रभाकर तक को अन्दाज़ा न था।

एक शाम की बात है। वो राजस्थानी के निमंत्रण पर उसके साथ होटल में शराब और मछली की दावत पर गया। ग्वालियर में रहते-रहते उसे मुफ़्त की शराब और गोश्त

की दावतों की ऐसी आदत पड़ गई थी कि वो ऐसे किसी भी साहित्यिक कार्यक्रम में जाने का अवसर न छोड़ता था जिसमें कार्यक्रम के बाद दावत हो। विराट न सिर्फ़ जी भरकर खाता और पीता था बल्कि बेशर्म बनकर अपने लिए इतना मीट पैक भी करवा लेता था कि अगले दो दिनों तक खा सके। आज बड़े दिनों बाद उसे खाने-पीने को कुछ मन का मिला था। विराट की तबीयत खुश हो गई। पैग पर पैग पीता वो सुनंदा वाया विद्या अपनी मोहब्बतों की शेखी बघारता आराध्या की फ़िक्र तक जा पहुँचा,

"तुमने आदिनाथ सर की बेटी को देखा नहीं है दोस्त; देखोगे तो तुम्हें उससे प्यार हो जायेगा! तुम्हारी प्रसूना पंत का तो चेहरा भी इतना गुलाबी न होगा जितने उसके तलवे हैं!"

"ऐसा क्या? तो देख लेंगे यार; अगले ही हफ़्ते तो वे लोग यहाँ शिफ़्ट हो रहे हैं।"

"कौन शिफ़्ट हो रहा है?" उसने अपनी नशे से चौंधियाई आँखों को पूरा खोलने की कोशिश करते हुए कहा।

"क्या यार? कैसे पत्रकार हो? तिस पर कवि! तिस पर महान आदिनाथ के पूर्व शिष्य! इतनी भी खबर नहीं तुम्हें कि आदिनाथ जी रिटायर हो चुके हैं। दतियावाला मकान उन्होंने बेच दिया है और अपने परिवार के साथ, अगले हफ़्ते यहाँ शिफ़्ट हो रहे हैं। पिछले ही महीने तो उन्होंने यहाँ डुपलेक्स खरीदा है। प्रॉपर्टी डीलर से मैंने ही तो उन्हें मिलवाया था जब-जब वे ग्वालियर आये। एक मर्तबा मैंने तुम्हें बुला लेने को भी कहा उनसे पर उन्होंने कहा कि अभी इसकी ज़रूरत नहीं। मुझे लगा वे अपने खास शिष्य की बातें सबसे नहीं करते। एनीवेज़, अगले हफ़्ते स्टेशन जाऊँगा लेने उन लोगों को, तुम चलना साथ। तुम्हें देखकर शायद खुश ही हों!"

विराट का नशा अब तक हिरन हो चुका था।

—इतनी बड़ी साजिश?? ये साला राजस्थानी आदिनाथ सर के सम्पर्क में महीनों से है और उसे बताया तक नहीं? ये ज़रूर आदिनाथ सर को लूटना चाहता है! तभी पट्ठे ने आमोद प्रभाकर से दूरी बना ली है; क्योंकि आदिनाथ सर को आमोद प्रभाकर फूटी आँख नहीं सुहाते। पर इसका मकसद क्या हो सकता है जिसके लिए यहाँ सर की स्तुति में चापलूसी चालीसा पढ़ रहा है??...नाहक मैंने इसके सामने अरू की तारीफ़ कर दी!

अपने मन के बवंडर को दबाते विराट ने प्रत्यक्ष में बात बदली,

"और तुम्हारी लेखिका के क्या हालचाल हैं?"

"होंगी ठीकठाक। बहुत समय से उनसे मेरी बातचीत नहीं हुई। और हाँ, उन्हें हमारी लेखिका मत कहो यार! वे हिन्दी साहित्य की लेखिका हैं।"

"क्यों ? क्यों नहीं हुई बात ?" विराट को मनमाफिक उत्तर नहीं मिला तो उसने चिढ़कर कहा।

"अब ये तो कोई सवाल नहीं हुआ!"

"क्यों ? क्यों नहीं हुआ ?"

विराट पर कॉकटेल हावी होने लगा—नशे, ईर्ष्या और हीनता का; और दिल की बात ज़ुबान पर आ ही गई,

"सुना है, तुम टेलीफ़ोन पर कई लेखिकाओं के अंतरंग मित्र रहे हो ? कुछ भी कहो यार, तुम हो उस्ताद आदमी! मैं तो सोच ही नहीं पाता हूँ कि आखिर तुम बिना मिले, बिना कुछ उपहार दिये, लड़कियों को, सो भी प्रज्ञावान लेखिका लड़कियों को आखिर कैसे फँसा लेते हो अपने जाल में ? "

अब राजस्थानी ने उत्तर नहीं दिया। वो चुपचाप सुनने लगा, विराट के मन की,

"ये भी क्या खूब शॉर्टकट ईजाद हुआ है लिट्रेचर में कि जिससे अपना मतलब साधना है और बदले में शरीर चुकाना है तो शारीरिक न सही मानसिक सेक्स ही सही! वाह! वाह! सेलफ़ोन पर सेक्स!! वाह गुरु घंटाल! मान गये तुम्हें भी! जब तक दिल किया, दिमागी गुफ़ाओं में नग्न पड़े ऐश करते रहे और जब दिल भर गया तो भूलभाल गये। वास्तव में तो न कुछ हुआ, न किसी ने कुछ जाना। इसे कहते हैं, अंग लगे न फिटकरी, रंग चोखा का चोखा! अच्छा भाई मेरे! बताओ तो, इस टेक्नीक से अब तक कितनियों को भोग चुके हो या कितनी तुम्हें भोग चुकी हैं ?"

"लगता है तुम्हें कुछ ज़्यादा ही चढ़ गई है—शराब भी, ख्याति भी! मैंने तो तुम्हें यह सोचकर बुलाया था कि तुम कभी आदिनाथ जी के शिष्य थे तो ...हुँह, लेकिन अब वाकई लग रहा है कि 'थे'!"

राजस्थानी उठकर खड़ा हो गया। विराट का दिल खड़का; कहीं बिना बिल दिये ही न चला जाये!

"अरे बैठो यार! मैं तो बस मज़ाक कर रहा था।"

वो बैठ गया। आगे फिर कुछ देर इधर-उधर की औपचारिक बातें हुईं जो दरअसल विराट ही करता रहा, अपनी ग्लानि छुपाने के लिए। कुछ ही मिनटों में महफ़िल खत्म हो गई। बिल राजस्थानी ने ही भरा।

अपने कमरे पर लौटा विराट बिस्तर पर आकर चुपचाप लेट गया। न कपड़े बदले, न जूते उतारे। उसे आदिनाथ सर याद आ रहे हैं। अरू याद आ रही है। दद्दा-बाई याद आ रहे हैं। आखिरी याद विद्या की है। न जाने वो कैसी होगी ? विराट का

मन अपनी शर्मिन्दगी, यादों और हताशा को कविता में बदल देने का हुआ। एक बार उसने सामने टेबल पर रखे कागज़ों की ओर देखा भी। पर नशे, नींद और आलस ने उसे इस तरह दबोच लिया कि वो कोरे कागज़ों की तरफ़ से नज़र फिराकर, करवट बदल चैन से सो गया।

अगले हफ़्ते की एक सुबह वो राजस्थानी के साथ आदिनाथ सर को लेने स्टेशन पहुँचा। वहाँ चार-छह और भी साहित्यकार उपस्थित थे, हाथों में छोटे गेंदा-फूल की पतली मालाएँ लिये। उनमें से कोई आदिनाथ का दशकों पुराना मित्र था, कोई त्रैमासिक साहित्यिक पत्रिका का नौसिखिया सम्पादक जिसने पत्रिका के सम्पादक मंडल के ऊपर संरक्षकों की लिस्ट में आदिनाथ का नाम जड़ रखा था, तो कोई लिटरेरी दुनिया का नया-नया पट्ठा था जिसने पहला गुर यह सीखा यहाँ कि बड़े-बड़े नामों से परिचय-पहचान पहले बना लो; बाकी कविता का क्या है, आगे-पीछे लिखनी आ ही जायेगी। अपेक्षा पाठक भी आई थीं और बाद में सुनंदा भी आ गई। विराट से एक शिष्ट और शुष्क दूरी बनाये रही पूरे समय। वह अधिकांश समय राजस्थानी से ही बतियाती रही। दूर खड़ा विराट उसे घूरता रहा। एक सूक्ष्म परिवर्तन जो अब सुनंदा के बात-बर्ताव और व्यवहार में नज़र आने लगा था, यह कि सुनंदा के व्यक्तित्व में लेखकपन झलकने लगा है। ...'किसी दिन सुनंदा, अपेक्षा पाठक बन जायेगी;' उसने ऐसा सोचा।

ट्रेन आई। आदिनाथ सर दूर से ही हाथ हिलाते दिखे। बहुत दिनों बाद, किसी अपने को देखकर सो भी इस अजनबी शहर में, विराट नम पड़ गया। बाकी लोग माला पहना रहे थे, नमन कर रहे थे, पैर छू रहे थे—और जब विराट ने आगे बढ़कर पैर छुये; आदिनाथ ने उसे गले से लगा लिया,

"तुम भूल गये ना अपने इस बूढ़े उस्ताद को!"

सर ने भरे-भर्राये गले से कहा तो विराट की आँखों में पुराने अपनत्व के आँसू झिलमिलाने लगे।

सर से मिल चुककर उसने पीछे आंटी और आराध्या को देखना चाहा; पर वे वहाँ नहीं थीं। राजस्थानी उनका लगेज उठाये आगे-आगे चल रहा था, वे दोनों उसके पीछे-पीछे। तो वे उसकी सेडान कार से जा रही हैं। आदिनाथ सर सब मित्रों, साहित्यकारों के इसरार के बावजूद किसी और के साथ न गये। वे विराट की मोटरसाइकिल पर पीछे बैठकर चले। ...विराट अपने आप की नज़र में कुछ और सम्माननीय हो गया!

आदिनाथ सर के नये डुपलेक्स में उनकी सब गृहस्थी पहले ही सुव्यवस्थित हो चुकी थी। पूरा-पूरा श्रेय राजस्थानी को जाता था। आदिनाथ सर, आंटी और

खासकर आराध्या की आँखों में उसके प्रति भूरि-भूरि प्रशंसा थी। उस परिवार के बीच राजस्थानी के होने से विराट को आज वो कमी पूरी हो गई दिखी जो इस परिवार में पहले हमेशा रही है—काबिल नौजवान बेटे की कमी! इस पद के सदा ना काबिल घोषित रहे उम्मीदवार मातादीन ने आज स्वयं को पूरी तरह अस्वीकृत पाया। वो असहनीय ईर्ष्या से जल उठा। यहाँ उसके करने को कोई काम न था; फिर दफ़्तर से भी बार-बार फ़ोन आ रहे थे। वो ऑफ़िस से छुट्टी नहीं लेना चाहता था। अन्ततः बुझे मन से जब उसने वहाँ से विदा ली, पलटकर क्या देखता है कि रसोई में आंटी कढ़ाही में कुछ तल रही हैं। आराध्या थाली लगा रही है और राजस्थानी ऐसी सहजता से प्लेटफ़ार्म पर बैठा, उन दोनों से बतिया रहा है जैसे इस घर का सदस्य अगर अब तक नहीं हो पाया है तो आगे हो ही जाने वाला है!

"धूर्त!" उसके दिल ने एक गाली उछाली और अपनी मोटरसाइकिल में किक लगाकर वो ऑफ़िस चला आया।

ऑफ़िस में पूरा दिन उसकी तबीयत बेचैन रही। ऊपरी तौर पर तो वो कामों में व्यस्त दिख रहा था, लेकिन उसका दिल कुछ ऐसा बदहवास था जैसे राजस्थानी उसका सब कुछ ही लूटे ले जा रहा है! शाम को ऑफ़िस से छूटते ही उसने अंग्रेज़ी शराब की बड़ी बोतल ख़रीदी। नॉनवेज पिज़्ज़ा पैक करवाया और आदिनाथ सर के नये घर की ओर जाने वाली राह पर मोटरसाइकिल को रफ़्तार दी। उसका दिल कह रहा था, भले ही राजस्थानी ने एक काबिल नौकर की तरह उन लोगों के लिए सब सुविधाएँ पूरी कर दी हों तो भी वो सर का शिष्य तो नहीं हो गया ना इस चापलूसी से! वो भला क्या जाने सर का स्वभाव? इस शहर में सर की पहली शाम पर उनके सबसे प्रिय शिष्य विराट का अधिकार है—सिर्फ़ विराट का!

बड़े आत्मविश्वास और खुश चेहरे से विराट ने बाहर मोटरसाइकिल रोकी। कागज़ में लिपटी बोतल और पिज़्ज़े का डिब्बा थामा और बाउन्ड्री का दरवाज़ा खोला। राजस्थानी की कार अन्दर खड़ी है?? अच्छा! अच्छा!! जब तक सर की कार नहीं आ जाती दतिया से, उसने अपनी कार सर के इस्तेमाल के लिए यहीं छोड़ दी है। ये तो यार, हद है चापलूसी की! वो सोचकर हँस पड़ा और हॉल की तरफ़ बढ़ा चला आया; और सामने जो देखा, सन्न रह गया। इस वक्त में भी उसके करने को राजस्थानी ने कुछ न छोड़ा था! हॉल में लकड़ी की आड़ से बने स्टडी-बार रूम टेबल पर शराब की आकर्षक बोतल खुल चुकी थी। रोस्टेड चिकन अपने विदेशी ब्रांडेड कार्डबोर्ड डिब्बे में खुला पड़ा था। नशे की गंध से हवा भर चुकी थी—इतनी कि अब किसी और

गंध के लिए कोई गुंजाइश न थी। उन दोनों ने उसे न देखा था। वो यहाँ दरवाज़े के पार अँधेरे में खड़ा देख रहा था। आदिनाथ सर की मुद्रा ज्ञान के साक्षात् स्वरूप टाइप किसी महाज्ञानी की मुद्रा जैसी थी; राजस्थानी की ज्ञानपिपासु छात्रनुमा। अन्दर आने को उसका मन न किया। उसे लगा उसका यहाँ होना कितनी फ़िजूल बात है—सबसे ज़्यादा फ़िजूल बात! अपने अँधेरे में ही वो मुड़ा और बेआवाज़ लौट गया; साथ लाई शराब की बोतल और पिज़्ज़े के कार्डबोर्ड डिब्बे को दहलीज़ के एक कोने पर रखा छोड़ आया।

मन बहुत भारी था उसका। कमरे के एकान्त में लौटा तो आँसू निकल आये। अपने भीतर की सब बेचैनी, सब छटपटाहट, कुल तड़प को कागज़ पर उतार देना चाहता था। ...आज वो स्याही नहीं, अपने लहू से कविता लिखना चाहता था!

कमरे की साफ़-सफ़ाई करता वो सोचने लगा कि आज वो ऐसी कविता लिखेगा जिसके एक-एक हर्फ़ में उसका आँसू होगा—आँसू नहीं अंगारा! वो आग के जैसी कविता लिखेगा जिसे पढ़कर पाठकों के दिल जल उठें और उनकी आँखों से कविता हर्फ़-ब-हर्फ़ आँसू बनकर टपकने लगे—ये ही आँसू जिन्हें आज वो हर्फ़ों में बदलकर अंगारों की माला के जैसी एक कविता रचेगा। घरेलू काम करते-करते वो सोचने लगा, उसे कोई ऐसी-वैसी कविता तो लिखनी नहीं है, एक कालजयी कविता रचनी है तो क्यों न पहले फ़ॉरमेट तय कर ले कि कविता किस टाइप की हो! उसने अपनी कॉलेज के दिनों की डायरी ढूँढ निकाली जिसमें वो वे प्रसिद्ध कविताएँ लिखता था जिन्हें याद कर-करके दोस्तों के बीच सुनाया करता था और वाहवाही पाता था। सबसे पहले उसकी नज़र 'दिनकर' की इन पंक्तियों पर पड़ी,

मर्त्य मानव की विजय का तूर्य हूँ मैं
उर्वशी! अपने समय का सूर्य हूँ मैं

वाह! क्या बात है! कॉलेज में यार लोग कितनी वाहवाही करते थे इन पंक्तियों पर; लेकिन विराट का मूड अभी कुछ नरम-सा लिखने का है। वो डायरी का पन्ना पलटता है। सामने पंत की पंक्तियाँ हैं,

मोतियों भरी ओस की डार
हिला जाती चुपचाप बयार

बहुत बढ़िया! इस कविता का वितान तो कितना बड़ा है! लेकिन विराट कुछ और ही लिखना चाहता है। वो डायरी में आगे देखता है। सामने 'अज्ञेय' हैं,

साँप!
तुम सभ्य तो हुए नहीं

नगर में बसना
भी तुम्हें नहीं आया।
एक बात पूछूँ... (उत्तर दोगे?)
तब कैसे सीखा डँसना...
विष कहाँ पाया

विराट भी ऐसा ही कुछ लिखेगा। नहीं! नहीं! वो तो कुछ ऐसा लिखेगा जिसमें तुक मिले क्योंकि तुकांत चीज़ जुबान पर बड़ी जल्दी चढ़ती है। गोपाल सिंह 'नेपाली' की पंक्तियाँ वो पढ़ रहा है,

दूर जाकर न कोई बिसारा करे
मन दुबारा तिबारा पुकारा करे

वो तुक मिलाकर शब्द सोचने लगा,

दिल कैसे ये गवारा करे मेरा
किसी और को निहारे साथी मेरा

...हट बे! ये पापुलर राइटिंग के जैसी पंक्तियाँ वो नहीं लिखेगा। घटिया तुकबंदी से ज़्यादा ये कुछ नहीं! वो तो आज कुछ हटकर लिखेगा। क्लासिक में नया कुछ जोड़ेगा। अपनी डायरी में उसने 'निराला' की 'तुम और मैं' पर नज़र टिका ली,

तुम तुंग हिमालय शृंग
और मैं चंचल गति सुरि-सरिता
तुम विमल उदय उच्छ्वास
और मैं कान्त-कामिनी कविता।।

वाह! क्या बात है! ऐसा लिखना तो विराट के लिए बाँये हाथ का खेल है; उसने अपने होने पर घमंड से सोचा; फिर कुछ पल सोचता रहा लेकिन इस तरह का कुछ सूझा नहीं तो सोचने लगा, इस कविता में जो हिन्दी है वो बड़ी ही संस्कृतनिष्ठ है, आज का पाठक कहाँ इतनी क्लिष्ट हिन्दी के फेर में पड़ता है। हिंग्लिश के इस दौर में उत्तर कुछ आधुनिक होना चाहिए जैसे कि सेलफ़ोन में एसएमएस हुआ करते हैं। उसे अपनी डायरी में शमशेर बहादुर सिंह की एक प्रयोगात्मक कविता मिल गई,

टूट
मत
ओ
सांझ

के
पत्थर
हृदय
पर।

मज़ा आ गया! अरे, ऐसा कुछ लिखना तो उसके लिए बच्चों का खे़ल है। ऐसी दस कविताएँ वो घंटे भर के अन्दर लिख सकता है! ...लेकिन ...लेकिन! नहीं, उसके पास अपार दुख है जो इतने कम शब्दों में समायेगा नहीं! वो तो कुछ ऐसा लिखना चाहता है जो सरल और महान दोनों एक साथ हो। उसने डायरी का पन्ना पलटा और सामने दुष्यंत का शे'र था,

जिस तरह चाहो बजाओ इस सभा में
हम नहीं हैं आदमी, हम झुनझुने हैं!!

वाह! वाह! वाह! क्या बात है! ये हुआ ना खरा खेल फारुखावादी! यही तो है जो विराट लिखना चाहता है। बिलकुल यही! चलो, कविता का फ़ॉरमेट फ़ाइनल हो गया तो पहले एक कप चाय बनाकर पी ली जाये। फिर कविता लिखने बैठा जाये। आज पूरी रात वो कविता लिखेगा। एक-एक पंक्ति को कम-से-कम पचास-पचास बार लिखेगा-सँवारेगा-सुधारेगा; और जब सुबह का सूरज अपनी रोशनी देने आयेगा, विराट के हाथ में भी एक ऐसी कविता होगी जो युगों-युगों तक हिन्दी कविता में एक रोशन सितारा बनी रहेगी—ध्रुव तारा! वाह! क्या शीर्षक चुना है उसने। वो अपनी कविता का नाम ध्रुव तारा ही रखेगा। नहीं, 'ध्रुवतारा और प्रेयसी' रखेगा,

मैं सबसे चमकीला तारा न होता
गर तुम मेरी प्रिया न होतीं ओ रात।

वाह! वाह! वाह! चाय बनाते-बनाते कविता भी बना रहा था वो और अपने आप पर ही मुग्ध भी हुआ जा रहा था।

तभी,

वो यों सोच ही रहा था कि तभी सेलफ़ोन की रिंगटोन बजी। फ़ोन रेडियो स्टेशन से था। प्रोग्राम अधिकारी निरंजन ने उसे अगले दिन के बारह बजे कविता की रिकॉर्डिंग के लिए बुलाया था। फ़ोन सुनते ही उसकी बाँछें खिल गयीं। दस मिनट के कविता पाठ के दो हज़ार रुपये मिलेंगे। अभी वो जो कविता में आँसू, अंगारे, ध्रुवतारा रचना चाहता था, वो खयाल उसके ज़हन से जाता रहा और अगले दिन के कविता पाठ के लिए वो तैयारी में उलझ गया—वहाँ दो टाइपशुदा कॉपियाँ ले जानी होंगी।

—कौन-कौन सी कविताएँ ले जाऊँ?

—दस मिनिट समयसीमा में कविताएँ पढ़ने का अभ्यास कर लूँ।

...यों कविता की आग-अंगार के लिए रेडियो स्टेशन का चेक पानी हो गया।

आधी जली लाश

अगले दिन रेडियो स्टेशन के हिन्दी वार्ता अनुभाग दफ़्तर में वो बैठा था। प्रोग्राम अधिकारी निरंजन स्टूडियो में किसी रिकॉर्डिंग में व्यस्त थे। वो दिये गये वक्त पर पहुँचकर अब प्रतीक्षा मे बैठा है। अधिकारी की कुर्सी के पीछे रैक में श्रेष्ठ साहित्यिक कृतियाँ सजी हैं : महाभारत, ...चंद्रकांता, ...विद्यापति के गीत, ...रामचंद्रिका, ...परीक्षागुरु, ...वैदिक हिंसा हिंसा न भवति, ...हिन्दी साहित्य का इतिहास, ...पद्मावत, ...बीजक, ...पृथ्वीराज रासो, ...आल्हा, ...कामायनी, ...भारती-भारती, ...उर्वशी, ...राग-विराग, ...यामा, ...ग्राम्या, ...पुनर्नवा, ...तारसप्तक, ...चाँद का मुँह टेढ़ा है, ...आषाढ़ का एक दिन, ...साये में धूप, ...तूफ़ानों के बीच, ...गुनाहों का देवता, ...गोदान, ...मानसरोवर ...परती परिकथा, ...संसद से सड़क तक, ...जूठन, ...। अलावा इसके विश्व साहित्य का क्लासिक्स भी अपने रचयिताओं के साथ किताबों की शक्ल में सजा था ...आस्कर वाइल्ड, ...मोपांसा, ...शेक्सपियर, ...चेखेव, ...टॉल्स्टॉय, ...गोर्की, ...मार्क्स, ...चार्ल्स डिकेन्स, ...एडगर एलन पो, ...सलमान रश्दी, ...हेमिंग्वे, ...। पल को उसे लगा, किसी खांटी साहित्यकार के स्टडी-रूम में आ गया है। वशीभूत-सा वो उठकर किताबों के पास आ गया। छूकर देखता है। किसी किताब पर कण भर धूल नहीं; पोंछा जाता है हर दिन जैसे किताबें नहीं, ट्रॉफियाँ-उपलब्धियाँ हों जीवन की! आज भी बड़ी श्रद्धा से झाड़-पोंछ की है किसी ने रैक की जैसे किताबें रखने की जगह नहीं, दुकानदार की दुकान में दीवार पर लगा लघु देवालय हो कोई जिसे दुकान खुलते ही साफ़-सुथरा कर पूजा जाता हो! वो मुग्ध मन से सब कुछ को निहार ही रहा था कि तभी प्रोग्राम अधिकारी आ गये; और अपनी कविताएँ पलटता-सँभालता विराट उनके साथ रिकॉर्डिंग स्टूडियो की ओर चला गया।

रिकॉर्डिंग के बाद, उनके कॉफ़ी-आमंत्रण पर विराट उनके साथ कैंटीन में था। कॉफ़ी की गर्म महक के बीच बात चल पड़ी हिन्दी कविता की। निरंजन ने 'स्नेह निर्झर बह गया' की पंक्तियाँ जब सुनाईं,

अब नहीं आती पुलिन पर प्रियतमा

श्याम तृण पर बैठने को निरुपमा
बह रही ह्दय में केवल अमा
मैं अलक्षित हूँ कवि कह गया है।

''वाह सरजी! क्या बात है! आप तो बड़े गम्भीर पाठक मालूम पड़ते हैं साहित्य के।''

''पाठक भर ही कह सकते हो; संस्कृत में क्या कहते हैं इसे—द्वितीयक प्रतिभा!'' उस चेहरे पर एक गहरी वेदना उभरी ...जैसे सब सम्पन्नता के बावजूद बस वही न मिला हो, जो दरअसल चाह थी।

''सर, आप लिखने में भी रुचि रखते हैं?''

''रखता था। मेरे कुल लिखे को एक 'था' से ही अभिव्यक्त किया जा सकता है। तुमने ये तो सुना होगा,

जब भी बोलता हूँ
यही लगता है
सारे व्याकरण में एक कारक की बेचैनी हूँ
एक तद्भव का दुःख
तत्सम के पड़ोस में।''

''क्यों सर? ऐसा क्यों है? आप इतने साहित्यकारों को रिकॉर्डिंग के लिए बुलाते हैं। और इतना साहित्य खुद भी पढ़ते हैं। हिन्दी की तो शायद कुल साहित्यिक परंपरा से आप बहुत ही अच्छी तरह परिचित हैं; इतनी गहरी अभिरुचि के बाद भी आपने अपने 'लेखन' के लिए 'था' का प्रयोग क्यों किया?''

''अब भई, मैं ठहरा सरकारी आदमी; इधर-उधर छपने से कतराना पड़ता है।''

''लेकिन साहित्यिक पत्रिकाएँ तो गैर-व्यावसायिक होती हैं।''

''मैंने कभी कहीं कुछ नहीं भेजा। कभी सोचा, अपना लिखा पत्नी के नाम से ही कहीं भेजूँ; पर वो भी मैं कर न सका।''

''तो बहुत कुछ लिखा है?'' विराट को दिलचस्पी आने लगी।

''कॉलेज के दिनों में लिखता था। कितने ही बड़े साहित्यकारों ने मेरी पीठ ठोकी थी। 'हिन्दी के सौ युवा-संभावनाशील कवि' शीर्षक से *इंडिया टुडे* ने एक लेख छापा था जिसमें मेरा परिचय भी शामिल था।''

''फिर?''

''फिर क्या! मैं सरकारी नौकर हो गया! हा-हा-हा''

उस हँसी को सुनकर विराट को एक प्रसिद्ध कहावत याद आई, दिलजले का ठहाका सबसे ऊँचा होता है!

"सर, कब से नहीं लिखा है?"

"बीस साल तो ज़रूर ही... चलो, छोड़ो। कब्र में दफ़्न हो चुके की याद न दिलाओ। कोई और बात करो।"

"कब्र में दफ़्न कोई जो दरअसल ज़िन्दा है!!"

"इतने दावे के साथ कैसे कह सकते हो कि कब्र में पड़े इस मुर्दे में जान बाकी है?"

"थोड़ा-बहुत जितना भी मैं आपको जानता हूँ ...बहुत साफ़ अल्फ़ाज़ों में कभी किसी क्राफ़्ट को परिभाषित किया भी नहीं जा सकता। कहूँगा पर तब भी यही—आप एक क्राफ़्ट हैं, ज़िन्दा क्राफ़्ट!"

"यार तू ज़िन्दा-मुर्दा के फेर में न डाल; मुझे रेडियो की नौकरी करने दे। अब जा। मुझे आज बहुत काम है। ये देख सीडी। अभी ये आधी भरी है हमारे कृषि जानकारी वाले कार्यक्रम से। अब जा रहा हूँ, बाकी आधी भरनी है शास्त्रीय संगीत की रिकॉर्डिंग से।"

"दो अलग-अलग कार्यक्रमों के लिए एक ही सीडी क्यों सर?"

"इसी नौकरी का नमक खाता हूँ, इसी नौकरी से मेरा परिवार पलता है तो ये मेरी ड्यूटी है भई कि ईमानदारी से अपना काम करूँ। आधी खाली सीडी इस्तेमाल कर, मैं पूरी एक सीडी बचा लूँगा अपने संस्थान की, अपने देश की ।"

"यही!!! यही सूक्ष्म ईमानदारी किसी भी क्राफ़्ट की असली पहचान है। एक अच्छा साहित्यकार होने की पहली सीढ़ी है एक अच्छा इन्सान होना।"

"तो बस यों समझो बन्धु कि हम जैसे लाखों क्राफ़्ट तुम्हारे स्वर्ग की पहली सीढ़ी छूकर ही लौट आये हैं अपने-अपने नर्कों में। तुमने वो कहावत सुनी है—दूसरे के स्वर्ग में गुलाम होने से अपने नर्क का राजा होना बेहतर है।"

"कल एक साहित्यिक कार्यक्रम है भाषा भवन में। शहर का हर एक, समझिये कि बिलकुल हरेक, चवन्नी से लेकर रुपया साहित्यकार तक वहाँ होगा ही। आप भी ज़रूर आइयेगा। मैं आपको अपने उस्ताद से मिलवाऊँगा। साहित्य के बड़े पहुँचे हुए पीर हैं हमारे गुरुजी।"

"यार, अब तुम पीर-फ़कीरों से हमें गंडे-ताबीज़ न बँधवाओ। अच्छा चलो ये बताओ, कल कौन ऐसी बड़ी चीज़ आ रही है कि तुम्हारे यहाँ के चवन्नी से लेकर रुपया तक—सब साहित्यकार दौड़ लगायेंगे भाषा भवन की ओर?"

''साहित्य जगत के अ-साहित्यकारों के लिए तो वे वाकई बड़ी चीज़ हैं। दो अप्रवासी साहित्यकार साउथ अफ़्रीका से और एक ऑस्ट्रेलिया से आ रहे हैं।''

''यार, ये साहित्य के अ-साहित्यकार क्या होते हैं और विदेश से आ रहे हैं क्या सिर्फ़ इसीलिए बड़ी चीज़ हैं वे लेखक?''

''आप जैसे लोग सच्ची प्रतिभा होते हुए भी साहित्य में नहीं आते और आपके रिक्त स्थान पर कई अन-आमंत्रित चले आते हैं जिन्हें साहित्य-फाहित्य की कोई समझ नहीं होती, वे बस सफल होना चाहते हैं! सार्थकता क्या बला होती है, ये उनकी सात पुश्तों को भी पता नहीं होता। उन्हें ही मैं अ-साहित्यकार कहता हूँ। रूपक में अपनी बात कहूँ तो साहित्य की दुनिया को अनगिनत तारों से भरी एक आकाशगंगा समझ लीजिए तो यहाँ कुछ तेज़ चमक वाले तारे हैं। कुछ टिमटिम रोशनियाँ हैं। कुछ लाल तारे, तो कुछ चुकने को आये, कुछ टूटते हुए और कुछ नये जन्म लेते हुए प्रकाश-पुंज हैं। इन सब में अ-साहित्यकार कहीं शामिल नहीं हैं; उन्हें आप शून्य में भटकते पत्थर समझ लीजिये।''

''अप्रवासी लेखक इस रूपक में किस मोर्चे पर हैं?''

''उनमें से कुछ वाकई तारे हैं—टिमटिमाते और रोशनी बिखेरते! पर अमूमन उनमें से किसी की सितारा हैसियत नहीं है। कुछ तो शून्य में भटकते पत्थर भर हैं पर उन्हें सितारे-सी तवज्जह हासिल है, कम-से-कम हिन्दी के सम्पादकों और अवार्ड देने वालों की तो ज़रूर ही।''

''अवार्ड देने वालों की क्यों?''

''ये गेम बड़ा ऊँचा है—जैसे बड़ी रकम लगाकर खेला जाने वाला जुआ। आपको मैं बता भी दूँ तो भी आप क्या कीजियेगा! अब चलता हूँ। कल के कार्यक्रम में आइयेगा सर। शाम 6 बजे भाषा भवन में। भूलियेगा नहीं!''

''अरे छोड़ो यार। कहाँ लगे हो। मुझे अपने रेडियो स्टेशन की ये आधी खाली सीडी भरने दो और तुम भूल जाओ मुझे। तुम्हारा चैक बन जायेगा तो फ़ोन कर दूँगा। मेरे साथ एक कप कॉफ़ी और पी जाना। बाकी अपनी ज़िन्दगी यूँ ही खत्म होनी है। शीश अदीबी का एक शे'र है,

एक शै है जो बेदार किए जाती है दिल को
एक अज़्म है गो उसका मुझे नाम न आया

प्रत्युतर में विराट मुस्कुराया और अपनी राह चल दिया,

''कल आपकी प्रतीक्षा करूँगा, शाम छह बजे, भाषा भवन में।''

''मैं न आ सकूँगा।''

पीछे से आवाज़ आई; पर विराट का दिल कहता है, निरंजन कल ज़रूर आयेंगे। आगे बढ़ते विराट को लगा, पीछे खड़े निरंजन, निरंजन नहीं हैं बल्कि वो विराट है जो वो हो जाता अगर वो साहित्य को जीवन न बनाकर किसी नौकरी को जीवन बना लेता। ...यों पीछे छूटे-बीते निरंजन, आगे निकल सकने वाले अपने आप को देखते रह गये हैं!

अगली शाम, ठीक छह बजे भाषा भवन में विराट के सामने निरंजन थे—प्रोग्राम अधिकारी नहीं, उसके कवि मित्र; अपना किसी ज़माने का कुछ लिखा सुनाते हुए,

इक अजनबी को लेकर परेशान हूँ
अपनी हालत पे खुद मैं हैरान हूँ
मुहब्बत से बोला दर्द मुस्कुरा के
तू आगाज़ है, मैं अंजाम हूँ

''वाह सर जी! मैं न कहता था कि आप खालिस कवि हैं! आप नौकरी छोड़ दीजिये और कविता ही कीजिये पूरा समय।''

पल को निरंजन को लगा, कहीं कुछ नहीं है—भाषा भवन का साहित्यकारों से भरा प्रांगण, इधर-उधर छोटे समूहों में दिलचस्पी से बतियाते, कॉफ़ियों में चुहल की मिठास घोलते समीक्षक और पर झपकाती तितलियों-सी युवा लेखिकाएँ—कहीं कुछ नहीं है। दिमाग भाँय-भाँय करने लगा। किसी तरह खुद को सँभाला निरंजन ने,

''यार विराट, वे लोग कौन हैं जिन्हें सब घेरे खड़े हैं?''

''वे ही तो हैं, एन.आर.आई. हिन्दी लेखक।''

''उनमें से वे, वे साहब अपनी कलाई घड़ी यों क्यों दिखा रहे हैं सबको खुश हो-होकर?''

''उनके होस्ट ने उन्हें गिफ़्ट की है और होस्ट ने ही नहीं, यहाँ मौजूद सब ख्वाहिशमंदों ने उन्हें कुछ-न-कुछ उपहार में दिया है—साथ में अपनी पुस्तकें और बायोडाटा भी!''

''तुमने दिया?''

''न। ऑस्ट्रेलिया जाने-आने में जितना किराया लगेगा, उतनी रकम अपने पास कहाँ? और अगर हुई भी तो विदेश की सैर पर जाने की बजाय, गाँव मनीऑर्डर कर दूँगा। घर पक्का हो जायेगा उतनी रकम में तो।''

दोनों ठेठ भारतीयों वाली ज़रूरतभरी मुस्कानों में मुस्काये।

''प्रवासी हिन्दीवालों का लेखन कैसा है? तुम्हारी मेन स्ट्रीम में वे कहाँ हैं?

दुर्भाग्य से मैंने अब तक एन.आर.आई. लेखकों का कुछ खास नहीं पढ़ा है सिवाय उषा प्रियंवदा के।''

''ये दुर्भाग्य आपका, अपने अधिकांश हिस्से में सौभाग्य से मेल खाता है।''

''ऐसा क्या है?''

''बहुत कुछ ऐसा ही है। वो 'रिल्के' ने जो कहा है कि एक रचना तभी अच्छी होती है जब वह किसी अनिवार्यता से उपजती है; मगर सर जी, इनमें से बहुतों को सलाह के तौर पर नरेश सक्सेना की ये कविता दी जा सकती है,

पुल पार करने से नदी पार नहीं होती
नदी पार नहीं होती
नदी में धँसे बिना।''

''क्या बात है! बहुत सुन्दर! नरेश सक्सेना की एक कविता मुझे भी बड़ी पसन्द है।''

''कौन-सी?''

सुनहली धुँध-सी रोशनी में नहाया भाषा भवन का प्रांगण, ठेठ साहित्यिक माहौल और एक कवि श्रोता; निरंजन ने जैसे अपनी कविता का पाठ किया दूसरे के शब्दों में,

पतन पराजय से नहीं
उसे स्वीकार करने से होता है
फिर भी
पराकाष्ठा इसे पतन की, आप कहें तो कह लें
कि संकट में एक चूहे से सीख ली मैंने
और सबसे नज़दीक के बिल में घुस गया
कुछ समय बिताया तिलचट्टे की तरह
सुअर की तरह गुज़ारे कुछ दिन
अन्त में जब लगा
कि अब बचेंगे नहीं प्राण
तो सिद्ध किया एक प्रेत
प्रेत वह पिटता रह सकता था
चोट नहीं लगती थी,
भूखा रह सकता था
उल्टा लटक सकता था

अपमानित क्या होता-
दिल की जगह खोखल था... "

विराट ने आगे बढ़कर निरंजन को गले लगा लिया,

"आप कहाँ रहते हैं बड़े भाई?? छोड़ आइये सब कुछ! साहित्य में रहिये। कविता को ही अपने जीवन का ओढ़ना-बिछौना बना लीजिये। निराला हो जाइये! मुक्तिबोध हो जाइये! धूमिल हो जाइये!"

"तुम्हारी इन्हीं बातों से डर लगता है।"

"डर क्यों?—क्या इसीलिए कि मेरी बात कहीं-न-कहीं आपके भीतर की आवाज़ से मेल खाती है। बीस सालों से सिसकती आवाज़ जो खुलकर और खिलकर जी न सकी तो मरी भी नहीं है अब तक!"

"ऐसी बातें न करो यार। बाल-बच्चेदार आदमी हूँ।"

तभी विराट ने देखा कि आदिनाथ सर चले आ रहे हैं। उनके पीछे आराध्या और हृदय हैं। उन दोनों की जो देहभाषा थी उससे यह अभिव्यक्त हो रहा था जैसे हृदय के साथ आराध्या आई है। उसका एक प्रभाव दिख रहा था उस पर। विराट का दिल कसमसाने लगा। खिला चेहरा एकदम फीका पड़ गया और उसके माथे पर शिकन की एक गहरी लकीर बनती चली गई।

"क्या तुम प्यार करते हो उस लड़की से?"— निरंजन के चेहरे पर गहरी शरारत भरी मुस्कान थी।

"मैं एक लड़की से शादी करूँगा जो हर तरह से मेरे काबिल है बल्कि मुझसे बेहतर है।"

"मैंने पूछा, क्या तुम इस लड़की से प्यार करते हो?"

"सर, आप चेहरों को ही नहीं, दिलों को भी पढ़ना जानते हैं। दूसरों के मन को जान पाना ही तो 'परकाया प्रवेश' कहलाता है हमारे यहाँ। मैं न कहता हूँ, आप एक क्राफ़्ट हो सकते हैं—दरअसल हैं!"

"मुझे तारीफ़ में बहलाकर सवाल तुम टाल गये दोस्त। मतलब वाकई उसके लिए तुम्हारे दिल में कुछ है!"

"हो भी तो क्या हासिल? उसके साथ वो युवक देख रहे हैं—युवा आलोचक हृदय राजस्थानी! अब बस उनकी शादी के कार्ड का इन्तज़ार है। खैर छोड़िये!"

थोड़ा नम होते-होते विराट का स्वर एकाएक व्यावहारिक हो गया,

"आइये, आपको अपने उस्ताद से मिलवाता हूँ।"

विराट ने आगे बढ़कर आदिनाथ सर के पैर छुए।

''इतने दिनों से घर क्यों नहीं आये? मैं हर शाम तुम्हें याद किया करता हूँ। कल आना।''

''जी सर।''

विराट का मस्तक फिर नत है। आदिनाथ सर उस्तादों के भी उस्ताद हैं; एक बात कहते हैं और जीत लेते हैं सामनेवाले को।

सर इस-उस से बात करने में उलझ गये। उनके पीछे खड़े विराट के दिल में एक तरफ़ तो अपने अतिमहत्त्वपूर्ण सर के साथ उनके प्रिय शिष्य के तौर पर दिखते रहने की कामना है तो दूसरी तरफ़ उसका मन, उस तरफ़ कोने में खड़े हृदय और आराध्या के पास जाकर खड़े होने को, उनके वार्तालाप को सुनने को, और हो सके तो उन्हें कोई जलती हुई बात कह देने, कोई पैना ताना मार देने को कर रहा है।

एक युवती कहानीकारा नित्या सामने है। वो अपने सुदूर पदस्थ आर्मी अफ़सर पति की एकाकी पत्नी है। अपने पूरे रूप-रंग-सौन्दर्य उन्मेश के साथ अभी-अभी वो कार्यक्रम-प्रांगण में आती जा रही है। पल को लोगों का बोलना-बतियाना, कुल मसरूफ़ियत रुक-सी गई। लगभग हर एक नज़र उधर को उठी है और थम गई है। बहुत थोड़े कपड़े का ब्लाउज़, चमचमाती, पारदर्शी, देहदर्शना साड़ी तिस पर मेकअप इतना और ऐसा कि लगे अभी-अभी ब्यूटीपार्लर से सँवरकर कोई दुल्हन अपनी रिसेप्शन पार्टी में चली आ रही हो। चाल ऐसी जैसे रैम्प पर मॉडल चल रही हो; और बात-बर्ताव, देखने, मुस्कुराने, पलकें तक झपकाने की अदाएँ इस कदर दिलफरेब मानो वो सैंकड़ों कैमरों की फ़ोकस लाइट में हो। सबकी नज़रें उस पर हैं। साहित्यकाराओं के दिलों से धुआँ उठ रहा है, साहित्यकारों के दिलों से आह! उस युवती का देह-प्रस्तुतीकरण इतना प्रभावी था कि पल को विराट का ध्यान भी हट गया कुछ पास खड़ी आराध्या और कुछ दूर खड़ी सुनंदा तक से। परम सुन्दरी नित्या सीधे चली आई है आदिनाथ के सामने; और पहला ही संवाद शिकायती गुड़िया वाला है,

''सर, आपने मेरी कहानी का कहीं जिक्र नहीं किया ना?''

''अरे, लिख देंगे मोहतरमा, लिख देंगे। आप पर नहीं लिखेंगे तो इस शहर में रहेंगे कैसे?''

आदिनाथ अपनी उम्रवाला प्रतिष्ठित सार्वजनिक प्रस्तुतीकरण भूल, नौजवान लड़कों की तरह हँस पड़े हैं। कथाकारा कुछ यों नाराज़ होकर मुस्कुराई है मानो कुनमुनाकर कहा हो, 'आप बड़े वो हैं!'

"मैं ज़्यादा देर के लिए नहीं आई हूँ सर। मेरी बेबी की तबीयत ठीक नहीं है। जल्दी ही लौट जाऊँगी।"

पास खड़ा त्रैमासिक पत्रिका वाला सम्पादक चेहरे पर प्रशंसा भरा आश्चर्य लाते हुए बोला,

"आपकी कोई बेबी भी है?? आप तो खुद ही बेबी हैं अभी!"

लेखिका इतराकर शर्माई। आदिनाथ ने वार्तालाप में कुछ और रस घोला,

"यों कहो कि बेबी की भी एक बेबी है।"

वे सब हँस रहे हैं। निरंजन इस दिलचस्प साहित्यिक माहौल के मुग्ध गवाह बने खड़े हैं; जबकि विराट का ध्यान फिर उस ओर है जहाँ हृदय सुनंदा से आराध्या की दुलारभरी शिकायत कर रहा है,

"इनसे कितना कहता हूँ कुछ लिखिये—कविता, कहानी, लेख जिसमें दिल लगे। पर इन्हें इतना संकोच है कि पूछिये मत! मैं कहता हूँ संकोच कैसा? अरे, हम किस मर्ज़ की दवा हैं साहित्य में? मजाल है किसी की जो कुछ कह जाये इनके खिलाफ़? इतने बड़े पिता की पूरी विरासत इनके काँधों पर है और ये हैं कि साधुओं-सी विरक्ति पाले रहती हैं। अब आप ही बताइये, मैं कुछ गलत कह रहा हूँ?"

"ठीक ही तो कह रहे हैं हृदय। अगर आप ही के काम न आ सके तो हिन्दी में फिर किस मर्ज़ की दवा हैं ये?" सुनंदा दोनों को पारखी नज़र से देखती मुस्कुरा उठी।

नर्म तरुणी आराध्या इस खांटी साहित्यिक माहौल में सकुचाई-शर्माई हुई है; और दबंग नौजवान हृदय उसके और इस माहौल के बीच का खुला झरोखा-वातायन है। अपने कुल प्रभाव में वे दोनों एक खूबसूरत और खुशदिल जोड़ा लग रहे हैं—मेड फॉर ईच अदर टाइप कुछ। ...और विराट से अब ये प्रभाव और सहन नहीं हो रहा!

"अब मैं चलता हूँ सर।" विराट ने निरंजन से विदा ली।

"अरे! पर अभी तक तो कार्यक्रम शुरू भी नहीं हुआ?"

"अखबार का नौकर ठहरा; जाना मजबूरी है।"

"तो थोड़ी देर और रुको यार! मुझे भी जाना ही है।"

"नहीं सर। आप रुकिये कुछ और देर। हो सके तो पूरा कार्यक्रम अटेंड कीजिए। एक क्राफ़्ट अपने जैसों के बीच ही सबसे ज़्यादा सहज हो सकता है। आप दो-चार मर्तबा ऐसे कार्यक्रमों में आयेंगे-जायेंगे तो खुद ही लत लग जायेगी आपको इस 'साहित्य-लाइव' की। हा-हा।"

वो व्यर्थता से हँसा; फिर वहाँ से चला आया। प्रांगण की बाहरी सीढ़ियों से

लौटता, आम ज़मीन पर उतरता विराट मुड़कर देख रहा है कि अब सुनंदा निरंजन सर से बात कर रही है। ज़रूर रेडियो पर कविता-पाठ की जुगत लगा रही है।

"साली!"

विराट ने एक गाली बुदबुदाई और परिसर से बाहर निकलकर अपनी मोटरसाइकिल स्टार्ट की। पीछे छूटते भव्य भाषा भवन से जैसे हवा में उड़ता एक बोध उसके साथ चला आया है। फिर-फिर वही भाव! यही बोध दतिया के साहित्यिक माहौल का भी प्राप्य था—सब कुछ के प्रति एक गहरी व्यर्थता का बोध!

'साहित्य-लाइव' वाले ये कार्यक्रम जैसे उसकी विवश कमज़ोरी हैं जिन्हें या तो एक झटके में छोड़ा जा सकता है या कभी नहीं!

अगले हफ़्ते सुनंदा का रचना-पाठ कार्यक्रम था जो कि आमोद प्रभाकर की पत्रिका *यत्न* के बैनर तले आयोजित हो रहा था। यों आमोद प्रभाकर की ओर से निमंत्रण कार्ड आया था; लेकिन उसने न जाना तय किया। सुनंदा ने यकीनन अपने फ़ोन में उसके सभी नम्बर्स ब्लैक लिस्टेड कर दिये हैं तभी तो हर दिन, हर घंटे कोशिश के बाद भी उसका फ़ोन जो नहीं लगता है तो नहीं ही लगता है! एसएमएस भी डिलीवर नहीं होते हैं शायद। कभी जो उसकी प्रेमिका रही थी, उसकी साहित्यिक शागिर्द, वही सुनंदा अब उसे अपने रचना-पाठ कार्यक्रम में देखना भी नहीं चाहती??

इस पूरे हफ़्ते वो कहीं नहीं गया। दफ़्तर के बाद, सीधा अपने कमरे पर लौट आया करता है। कभी कोई किताब पलटने लगता, कभी यों ही बिस्तर में पड़ा रहता, कई-कई घंटों तक। एक बड़े मगर सस्ते-से बने मकान की दूसरी मंज़िल का ये पिछले कोने वाला कमरा है। मार्च-अप्रैल के इन लू-हवा दिनों और निपट एकाकी रातों में वो अपने बिस्तर पर सूखे इमली के पत्तों की अस्वास्थ्यकर मौजूदगी पाता है जो जैसे दिल-दिमाग दोनों को बीमार किये देती है। मन फिर-फिर सुनंदा के कार्यक्रम को आद्योपांत दोहराता है; अपनी दिली आँखों से देखता-विचारता है। महँगे इत्र रचे रूमाल से अपनी लार पोंछते-चुआते आमोद प्रभाकर यहाँ-वहाँ व्यवस्था सँभाल रहे होंगे। अभी बाहर लॉन में चाय-कॉफ़ी संग कुकीज़, चॉकलेट बिस्कुटों का स्वल्पाहार चल रहा होगा। अब सब मुख्य हॉल में आ गये होंगे। स्वदेश भवन का एलीटों वाला ए.सी. हॉल उसकी दिमागी आँखों के सामने है। शहर का पूरा मीडिया जगत अपने कैमरे फ़्लैश करता हुआ। सब मेहमान नामचीन। सरस्वती पुष्प-अर्पण, बुके-स्वागत की औपचारिकताओं के बाद कविता पाठ शुरू हुआ होगा। हरसंभव तौर पर बेहद आकर्षक प्रस्तुतीकरण दिया होगा सुनंदा ने। एक बार आदिनाथ सर ने उससे अकेले

में कहा था, ''तुम मानो या ना मानो, सुनंदा में प्रतिभा है!''

विराट जानता है, अपनी लाख रसिकता-लंपटता के बावजूद आदिनाथ सर साहित्यिक लड़कियों के क्राफ़्टों का एकदम तटस्थ मूल्यांकन करते हैं।

उसका दिल जल उठा है। दिमागी तौर पर अब भी वो उसी कार्यक्रम में है। सुनंदा का रचना पाठ सम्पन्न हो चुका है। अब राज्यपाल के सचिव-कम-साहित्यकार अफ़सर साहब उसकी कविताओं की तारीफ़ में शेक्सपियर से लेकर 'अज्ञेय' तक के उद्धरण-टुकड़ों को सुना रहे हैं। अब मंच पर और दो-चार सीनियर्स ने बधाई-बढ़ाई कर सुनंदा को समय की और शहर की अत्यन्त महत्त्वपूर्ण कवयित्री बताया है। अब आभार व्यक्त का समय है। अब सब मंच से उतरे हैं। सब नये-से-नये तक साहित्यकार और बड़े भी सुनंदा को बधाई दे रहे हैं। अब अखबारवाले कवयित्री का संक्षिप्त इंटरव्यू कर रहे हैं। अपने सचित्र बायोडाटा और कविताओं की टाइपशुदा कॉपियाँ—जिन्हें सुनंदा हर वक्त अपने हैंड बैग में ज़रूरी सामान की तरह सहेजकर रखती है—अब वो मीडिया में प्रसाद की तरह बाँट रही है। कार्यक्रम में हृदय और आराध्या भी आये हैं जो सबसे हटकर एक ओर बैठे रहे कुछ वक्त; फिर मुख्य कार्यक्रम शुरू होते ही मौका देखकर बाहर के सूने लॉन में आराध्या को चलने का इशारा किया उस पाजी ने । वे बाहर के सूने अँधेरे में गुम हो गये, किसी आतुर नवेले जोड़े की तरह।

''क्या हृदय ने अरू को छुआ होगा?''—बेचैन, गर्म शाम में विराट बालकनी में खड़ा है, गर्म चाय पीता हुआ। इमली के सूक्ष्म पत्तों को उसके सिर पर झराती गर्म हवा चल रही है। उसका जी चाहा, इमली के इस पेड़ को काट डाले या कम-से-कम उतने हिस्से को जो उसकी बित्ते भर की बालकनी को बुरी तरह ढँके हुए है। वो झाँककर देखता है। इमली के पेड़ का ऊँचा-सुदृढ़ तना देखता है। बहुत ताकतवर, शायद सौ-सवा सौ उम्र होगी इसकी—लगभग हिन्दी गद्य जितना ही पुराना। जो डाल उसकी बालकनी में आती है, उसकी दृढ़ता भी बहुत स्पष्ट और स्थायी-सी है। विराट की सहूलियत के अनुसार वाली कोशिशों से तो ये हर्गिज़ न हटाई जा सकेगी। मन मसोसकर वो दूसरी तरफ़ को देखने लगता है। शहर का ये बाज़ारू हिस्सा हमेशा व्यस्त रहता है। नीचे चौड़ी फ़ोरलेन सड़क पर सैंकड़ों वाहन हैं। पल-पल बदलती रफ़्तार, जल्दी-से-जल्दी आगे बढ़ जाने की हड़बड़ी और अगल-बगल वालों से कतई बेपरवाह! आखिरी घूँट के बाद विराट का कप रीत गया है। वो सोच रहा है, क्या सुनंदा के कार्यक्रम में किसी ने भी उसके बारे में नहीं पूछा होगा?

सेलफ़ोन की रिंगटोन बड़ी देर से बज रही है। उसका मन कॉल रिसीव करने

का नहीं है। होगा कोई त्रैमासिक पत्रिका का सम्पादक; जोधपुर से लेकर कलकत्ता तक पूरी ही हिन्दी पट्टी में सैकड़ों छोटी-छोटी साहित्यिक पत्रिकाएँ छपा करती हैं जिनका एकमात्र आर्थिक आधार जैसे-तैसे जुगाड़ा सरकारी विज्ञापन होता है। तीस हज़ार का विज्ञापन मिल जाये तो पाँच-आठ हज़ार रुपये और कहीं-कहीं तो दो-तीन हज़ार ही रुपये अंक पर खर्च करना क्या बुरा है? अक्सर तो विज्ञापन का मिलना-न मिलना ही तय करता है अंक का छपना-न छपना। रही बात कंटेट की तो उसकी क्या कमी है! मेन स्ट्रीम के बी, सी, डी और ई ग्रेड तक के किसी भी रचनाकार को फ़ोन से निवेदन कर लो। पुरानी, चार-छह जगह छप चुकी अपनी रचनाएँ वे सहर्ष ईमेल कर देते हैं। उनका पारिश्रमिक देने का खर्चा बचा, इनका टाइपिंग-लिफ़ाफ़े-टिकट का। यों मुफ़्त में जुट गये कंटेट और मोटे विज्ञापनों से ऐसी पत्रिकाएँ निराला के 'कुकुरमुत्ता' की तरह फ़ारस के गुलाब-सी बुर्जुआ पत्रिकाओं के समकक्ष पत्थर-टीले पर उगी पड़ी हैं—सैंकड़ों की तादाद में। थोड़ी-सी लोकप्रियता के लोभ में पड़ गये लेखक नहीं जानते कि ये भी एक प्रकार का शोषण है उनका! ...जैसे गरीब के हाथों गरीब का शोषण!

विराट का मन नहीं है फ़ोन उठाने का। कोई छुटभैया सम्पादक न होगा तो कोई पाठक होगा। साहित्य के गम्भीर पाठक हैं ही कितने? ज़्यादातर तो भूले-बीते या स्ट्रग्लर राइटर्स ही हैं। कहीं छपी उसकी कविता की तारीफ़ से बात शुरू करते हैं और फिर अपने ज़िक्र-उपलब्धिओं पर उतर आते हैं। कई एक नामुराद तो अपनी रचना भी सुनाने लग जाते हैं। विराट का मन फ़ोन उठाने का नहीं है पर रिंगटोन देर से बजती ही रही है। तो, हारकर उसने कॉल रिसीव किया। उस तरफ़ निरंजन हैं। उन्होंने अपनी बिटिया की जन्मदिन-पार्टी में उसे बुलाया है।

दो घंटे बाद वो रेडियो कॉलोनी के एक बड़े फ़्लैट में है। नन्हे बच्चों की बैलून-चॉकलेट-पेस्ट्री-नाश्ते वाली नन्ही-सी पार्टी चल रही है जिसमें बड़ा सिर्फ़ वो ही आमंत्रित है। उसे लगा, निरंजन की आत्मा में सबसे ऊँचा स्थान साहित्य का है तभी वो अकेला निरंजन का अतिथि है बच्चों के इस मुहल्लाई उत्सव में।

बड़े चाव से निरंजन ने उसे अपना स्टडीरूम दिखाया। कमरा जो अपने होने में किसी बड़े साहित्यकार के अध्ययन-कक्ष का भरम पैदा करता है। रैकों में सजीं, विश्व क्लासिक से लेकर स्थानीय तक किताबें। उसे लगा निरंजन ने किसी खांटी लेखक की तरह, नये-पुराने, देशी-विदेशी हरेक महत्त्वपूर्ण को पढ़ डाला है। दीवारों पर सुन्दर फ्रेमों में जड़ी तस्वीरें हैं—चेख़ोव, एडगर एलन पो, प्रेमचंद, मोहन राकेश—सब दिलपसन्द समधर्मा!

खिड़की किनारे पढ़ने की टेबल सजी है। ...चाँदी का पेन! विराट ने आगे बढ़कर छू लिया,

"आखिर आप लिखते क्यों नहीं हैं? सब कुछ तो आप में लेखकों-सा है!"

"बस समय नहीं है लेखकों-सा। दफ़्तर के बाद बेटी को पढ़ाता हूँ। घर के लिए हर छोटी-बड़ी खरीददारी और बाकी सब ज़िम्मेदारियाँ निभाने में भी मुस्तैद रहता हूँ। जिस रोज़ भी कोई किताब पढ़ने में गहरा उतर जाता हूँ, तो बाद में ग्लानि से भर-भर उठता हूँ कि इतने घंटे मैंने परिवार को दिये होते या घर का कोई काम ही किया होता! जब पढ़ने भर में यह हाल है तो सोचता हूँ कि लिखने लगूँगा तो परिवार की खुशियाँ ही छीन लूँगा।"

तभी पत्नी दवा लेकर आती है। निरंजन ने पानी के साथ गोलियाँ अपने अन्दर उतार लीं।

"दवा किस मर्ज़ की लेते हैं आप?"

"स्मृति ह्रास की। धीरे-धीरे जैसे याद्दाश्त खोता जा रहा हूँ।"

"आपका इलाज ये गोलियाँ नहीं हैं। ...लेखन है।"

"अपने भीतर के लेखक को मैंने क्लोरोफॉर्म सुँघा रखा है।"

तभी आमोद प्रभाकर का कॉल आता है,

"विराट, तुम्हें इस बरस का 'यत्न-रत्न' अवार्ड चाहिए?"

विराट के हाथ से फ़ोन छूटते-छूटते बचा—'यत्न रत्न'!! इतना नामी अवार्ड, रकम लाख रुपये!

उसने निरंजन से तुरन्त विदा ली और आमोद प्रभाकर की ओर जाती सड़क पर चल पड़ा।

पीछे छूटी रेडियो कॉलोनी सदा की तरह शान्त और स्याह रात में डूबी हुई है। यहाँ एक बहुत दुनियादार, बड़ा ही फ़ैमिलीमैन आदमी रहता है,

...जिसके भीतर का घुटता-छटपटाता लेखक शनै: शनै: पागल होता जा रहा है!

अवार्ड के बदले आत्मा

आमोद प्रभाकर की बैठक-महफ़िल में आज उसके सिवाय कोई दूसरा आमंत्रित नहीं। काँच की पारदर्शी टेबल पर जिन की तीन बोतलें सजी हैं जिन्हें देखकर ही उनके महँगे होने का पता मिलता है। माहौल इस कदर चुप है कि विराट जितना खुश-खुश होकर

यहाँ आया था, उतना ही खामोश हो गया है।

जिन की पहली बोतल खोली गई। पैग के साथ काजुओं की प्लेट विराट की तरफ़ बढ़ाते प्रभाकर ने रुमाल से अपनी लार पोंछी और बात शुरू की,

"देख यार! अपन तो बिना लाग-लपेट के, सीधे मुद्दे की बात करने वालों में से हैं। तुम इस साल का 'यत्न-रत्न' ले लो और बदले में..."

आमोद प्रभाकर ने लैदर की एक स्याह फ़ाइल पारदर्शी टेबल के ऊपर रख दी,

"ये मेरी कुछ कहानियाँ हैं; इन्हें तुम दोबारा से लिख दो मतलब इन कच्ची कहानियों को अच्छी कहानियों में बदल दो।"

"लेकिन सर, मैं तो कहानीकार नहीं हूँ। कभी एक कहानी भी नहीं लिखी। मैं भला कैसे... ?"

"ओय, कहानी नहीं लिखी तो क्या हुआ; गद्य तो लिखा है! तुम्हारे साक्षात्कारों में भाषा की, अभिव्यक्ति की, विचारों की और न जाने किस-किस चीज़ की कितनी 'वाह! वाह!' हुई थी हर तरफ़! बस, अपने वे ही सब मसाले मेरी इन फीकी कहानियों में मिला दो।"

आमोद प्रभाकर ने महँगे रुमाल से अपनी लार पोंछी। चेहरे से वे पूरे दुकानदार लग रहे हैं—सौदे के बदले में पूरे दाम वसूलने वाला दुकानदार।

"लेकिन सर..."—चाहकर भी विराट की हिम्मत नहीं पड़ रही है कि एकदम से ना कह दे। ...लाख टके का 'यत्न-रत्न'!

"देखो विराट! ऐसा है कि तुम मेरे दोस्त हो तो मैंने सोचा, तुम्हारा ही भला कर दें इस साल। लाख रुपये तो पाओगे ही; 'यत्न-रत्न' की प्रतिष्ठा भी बहुत बड़ी है। वैसे मैं चाहूँ तो अपेक्षा से लेकर कमला-दद्दा तक, शहर में किसी को भी ये काम दे दूँ। इन कहानियों को ज़रा सुधारने के बदले में इतना बड़ा सम्मान हाथ से कोई स्थापित साहित्यकार भी नहीं जाने देगा; तुम तो खैर, मेन स्ट्रीम के स्ट्रगलर कवि ही हो। फिर भी! तुम सोच लो दो-एक दिन में वर्ना मैं किसी और को..."

"नहीं सर! सोचना क्या है; कर ही दूँगा ।"—विराट के भीतर का न जाने कौन बोल पड़ा ये; और असली वो, जैसे अपना ही बंदी है।

"फिर ठीक है। आज रात से ही इन कहानियों पर काम शुरू कर दो। हम ऐसा करेंगे कि इन कहानियों को जब तुम एक मर्तबा लिख लोगे तो किसी बड़े राइटर से एक बार चेक करवा लेंगे। उनके जो सुझाव रहेंगे, प्लॉट, भाषा या भावों को लेकर—उस हिसाब से और सुधारकर लिख देना फिर एक बार। चलो, अब इसी बात पर और

एक-एक पैग हो जाये दोस्त।''

आमोद प्रभाकर ने उसके गिलास में नीट भर दी। तीन बोतल जिन वे दोनों देखते ही देखते पी गये; जिसमें आमोद प्रभाकर ने एक, तो विराट ने दो बोतलें पी होंगी। आते समय नशे में धुत्त विराट को उसके कमरे तक भिजवाने के लिए प्रभाकर ने अपनी मर्सडीज़ में उसे भेजा। उसके बगल में शराब की पूरी एक पेटी रखी थी और उसके हाथों में स्याह फ़ाइल थी। प्रभाकर का नौकर विराट की मोटरसाइकिल लेकर आगे निकल गया था। कवि को कार में विदा करते प्रभाकर ने ऊँची-आदेशात्मक आवाज़ में कहा था,

''जाकर सो मत जाना। लिखना।''

नशे में चूर विराट को प्रभाकर की कार और नौकर ने उसके कमरे तक पहुँचा दिया। उसने कमरे में आते ही पेटी में से एक बोतल निकाली और नीट पीते हुए लिखने बैठ गया। कुछ शराब की झोंक थी, कुछ 'यत्न-रत्न' की ...वो पूरी रात लिखता रहा।

लिखते-लिखते शराब की आखिरी बूँद का भी नशा जब उतर चुका; उसने सिर उठाकर घड़ी की तरफ़ देखा। सुबह के साढ़े छह बज रहे हैं। अब सोने की गुंजाइश कहाँ? वो उठकर नहाने चला गया।

दफ़्तर में, दिन में सबने उससे उसकी तबीयत के बारे में पूछा। सुर्ख आँखें, उतरा चेहरा, सुन्न-सा दिमाग और शिथिल-शिथिल शरीर ...ये असर केवल शराब का नहीं था, न रात भर जागने का!

अगले दिन विराट ने दफ़्तर से एक हफ़्ते की छुट्टी ले ली। सेलफ़ोन स्विच ऑफ़ कर लिया। दिन और रात का फ़र्क जैसे वो भूल गया था। शराब पीता रहता और लिखता रहता। थक जाता तो सो जाता। जागता तो फिर शराब पीता, फिर लिखने लग जाता। इतने चूर नशे के बावजूद जब भीतर से कुछ मनाहियाँ ध्वनित हो उठतीं, वो बालकनी को जकड़ लेने वाली उस इमली की डाल को देखता; और अपने आप को ऊँची आवाज़ में सुनाता,

'' 'यत्न-रत्न' एक तमाचा होगा उस साली सुनंदा के मुँह पर! मैं उसे साहित्य की दुनिया में लेकर आया। मैंने उसे लिखना सिखाया। वो माने या ना माने, मैं उसका उस्ताद हूँ। मैं उससे ऊँचा था, हूँ—रहूँगा! श...।''

हफ़्ता पूरा हुआ। शराब की पेटी चुक गई। स्याह चमड़े की फ़ाइल से निकलीं वे तेईस कहानियाँ अपनी खाल बदलकर फिर उसी फ़ाइल में जा छुपीं। ...और ये खाल किसकी है? विराट इस प्रश्न से बचने के लिए दिन-रात शराब और गोश्त में गाफ़िल है।

आमोद प्रभाकर ने एक नहीं, दो बड़े लेखकों से वे कहानियाँ जँचवाई हैं। उनके सुझावों-टीप-मार्गदर्शनों के अनुसार फिर-फिर कहानियों में सुधार किए गये। हर बार लिखने के लिए जब वो स्याह फ़ाइल उसके कमरे पर पहुँचाई जाती, साथ में एक पेटी महँगी-विलायती शराब होती। यों तीन हफ़्तों तक विराट ने उन कहानियों पर जी-तोड़ काम किया।

और उस शाम वो बिलकुल बे-नशा था जबकि आमोद प्रभाकर के घर फ़ाइल देने गया। प्रभाकर की प्रसन्नता का पार न रहा। कहानियाँ एक नज़र देखते ही जान गये—भट्टी से तपकर निकला खरा सोना है! प्रभाकर जैसे व्यक्ति के लिए उतनी प्रसन्नता बिना पार्टी किए सह पाना मुश्किल था। उन्होंने तुरन्त ही खास-खास दोस्तों को फ़ोन लगा डाले और खड़े-खड़े शराब-गोश्त का इन्तज़ाम भी कर लिया। पर प्रभाकर के लाख इसरार के बाद भी न विराट ने एक घूँट शराब पी, न वहाँ रुका।

वह सीधा अपने कमरे पर पहुँचा और तकिये में मुँह छिपाकर रोता रहा। उसे बड़ी शिद्दत से महसूस हो रहा है कि वह अपनी आत्मा की त्वचा उतारकर उन कहानियों को पहना आया है। अब उसकी छिली, छटपटाती आत्मा से इतना-इतना रक्त बह रहा है, इतनी-इतनी पीड़ा हो रही है और ये नग्नता असहनीय हो चली है विराट के लिए! इस समय उसके भीतर खून-ही-खून है! कष्ट ही कष्ट!

साल के अन्त में उसे 'यत्न-रत्न' दिये जाने की घोषणा हो गई। उसके भीतर के घावों पर मरहम लगा जैसे। अब सुनंदा को बताऊँगा! दिल-ही-दिल में विराट पूरे समय वे संवाद तय करता रहा जिनसे वो सुनंदा को बेइज़्ज़त करेगा। ...दंभ से भरा ये विराट! ...अपने आप के लिए अजनबी ये विराट!

और बहुप्रतीक्षित घड़ी आ ही गई; इस बरस का 'यत्न-रत्न' समारोह! मेन स्ट्रीम के सब रोशन चेहरे, सब यशस्वी हस्ताक्षर। विराट का दिल किया उनमें से हर एक के ऑटोग्राफ़ ले—हर एक के! पर 'यत्न-रत्न' पाने वाला लेखक भला ऑटोग्राफ़ कैसे ले?—उसने फ़ोटोग्राफ़ ज़रूर हर एक के साथ खिंचवाये। सोचा, 'आगे-पीछे कभी काम आयेंगे।' तभी वह यह देखकर आगबबूला हो उठा कि सुनंदा भी इस-उस सेलिब्रिटी-साहित्यकार के साथ फ़ोटो खिंचवा रही है। एक फ़ोटोग्राफर को अपने साथ लाई है—खासतौर पर इसी काम के लिए! सेलफ़ोन से खींची शौकिया सेल्फ़ी-तस्वीरें नहीं बल्कि बाकायदा खिंचवाये गये फ़ोटो? जो यकीनन भविष्य में अपनी तरक्की के लिए इस्तेमाल किये जाने हैं।

अपनी उठी हैसियत के लिहाज़ में विराट ने अपना गुस्सा दबाने की भरसक

कोशिश की। सुनंदा को उसने अपनी पूरी शालीनता से पुकारा, एक बार, दो बार, तीन बार भी! फिर उसकी बाजू दबाकर उसे लगभग खींचता हुआ एक ओर ले गया।

"क्या तमाशा लगा रखा है ये सब?"

"तमाशा माने?"

"माने ये कि उतनी भोली तुम दिखती नहीं हो जितना दिखावा कर रही हो! यहाँ सब बड़े साहित्यकारों के साथ इतना घुल-मिलकर फ़ोटो क्यों खिंचवा रही हो? देख रहा हूँ कि साहित्य में आगे बढ़ने की सब चालबाज़ियाँ तुझे आती हैं!!"

"सो तो आपको भी आती हैं विराट जी; और मुझसे कहीं ज़्यादा आती हैं!"— सुनंदा ने अपना कंधा उसकी पकड़ से छुड़ाते हुए कहा।

विराट का दिल आशंका से धड़क उठा। स्याह फ़ाइल के पीछे की स्याह कहानी कहीं किसी रोशनी में तो नहीं आ गई? उसने अपने आप को भरसक स्थिर रखते हुए पूछा,

"कहना क्या चाहती हो?"

"न कुछ आप कहिये, ना मुझसे कहलवाइये! आप जैसे सस्ते साहित्यकारों को मेरा दूर से ही नमस्कार है!"

"सस्ता साहित्यकार?? मैं सस्ता साहित्यकार हूँ? हँ ह! तभी मुझे 'यत्न-रत्न' के लिए चुना गया है?"

"कोई भी पुरस्कार श्रेष्ठ साहित्य की कसौटी नहीं हो सकता। और अगर आप 'यत्न-रत्न' पर इतना ही इतरा रहे हैं विराट जी तो मैं आपको बता दूँ कि अगले साल के 'यत्न-रत्न' के लिए मेरा नाम फाइनल हो चुका है। यकीन न हो तो प्रभाकर जी से ही पूछ लीजिये। और हाँ, एक बात और आपको ज़रूर बताती जाऊँ!"— सुनंदा ने तर्जनी की नोक विराट के माथे की ओर ऐसे उठाई जैसे अदृश्य पिस्तौल से निशाना साधा हो,

"आइन्दा अगर मुझसे बात करने की कोशिश की या मेरे आस-पास भी फटके तो मैं तुम्हें अपने मंगेतर से कहकर वो बुरा पिटवाऊँगी कि सब दाँत झड़ जायेंगे, तुम्हारे मातादीन मिरौंगिया! तुम्हें अन्दाज़ा नहीं होगा, वे कितने बड़े लोग हैं!"

"मंगेतर?? तुम्हारी सगाई हो गई?"

"हाँ। और वो भी थ्रीस्टार होटल सीरीज़ 'रॉयल ब्लू' के मालिक के इकलौते बेटे से।"

"ज़रूर ये सिर्फ़ इसीलिए हो सका क्योंकि तुमने स्थानीय मीडिया को ऐसे मैनेज कर लिया है कि वो तुम्हें देश की बड़ी ही होनहार, नवयुवती कवयित्री की तरह प्रस्तुत करता रहता है। मैंने तुम्हें साहित्य में आगे बढ़ाया है। तुम्हें ये जो कुछ भी मिल रहा है

या मिलेगा सिर्फ़ और सिर्फ़ मेरी बदौलत है!''

''इतने ही बड़े वाले साहित्यकार अगर होते तो एक अवार्ड के लिए अपने क्राफ़्ट और अपनी आत्मा को बेच न दिया होता आपने!''

विराट सन्न रह गया। सुनंदा वहाँ से जा चुकी है, उसे जैसे सैकड़ों गोलियों से छलनी करने के बाद छोड़कर। विराट को अब आमोद प्रभाकर पर बेइंतहा गुस्सा आ रहा है। उसने अपनी जान डालकर काम किया। कूड़ा-करकट जैसे गद्य को चमचमाती कहानियों में बदल दिया और उसके इस एहसान का ये सिला दिया उन्होंने! और बात अगर इस साली सुनंदा को पता है, मतलब ग्वालियर के हर एक साहित्यकार को पता है?? ...और क्या यहाँ उपस्थित हर एक साहित्यकार को भी पता है?? जिनके साथ वो अभी गर्व के साथ सिर उठाकर फ़ोटो खिंचवा रहा था और वे सब भी जो उसे बधाई देते नहीं थक रहे थे—क्या वे सब भी स्याह फ़ाइल वाली सच्चाई जानते हैं??

विराट ने अपने सीने पर हाथ रख लिया; उसे कुछ घबराहट महसूस हो रही है। ...शराब की तेज़ तलब जैसी घबराहट! उसने आयोजन-स्थल स्थित प्रभाकर के दफ़्तर का रुख किया।

भीतर कई आई.ए.एस. अफ़सर-कम-साहित्यकार बैठे हैं। साथ ही, हिन्दी के एक ऊँचे समीक्षक, एक ग्लैमरस लेखिका और एक युवा कवि लड़का भी वहाँ है।

ऊँचे माहौल में पड़ते ही विराट के भीतर का मातादीन मिरौंगिया सिकुड़ गया। बड़ी झिझक के साथ उसने प्रवेश किया।

''अरे, आओ-आओ हमारे 'यत्न-रत्न'! सुबह से कहाँ हो भई? हमारे खास मेहमान तुमसे मिलना चाहते हैं।''

शिष्टता से मुस्कुराता विराट इंगित की गई सोफ़ा-कुर्सी पर बैठ गया। मेज़ पर एक नई किताब पड़ी है। उसने अनायास उठा ली। आमोद प्रभाकर का नया कथा संग्रह *बिखरे रत्न*! और प्रकाशक पेंग्विन बुक्स इंडिया!! विश्व के इतने बड़े प्रकाशन हाउस से ये तेईस कहानियाँ आई हैं!!! इसी किताब का आज लोकार्पण होना है इसी समारोह में। विराट की आँखों में आँसू आते-आते रह गये। ...लाख रुपल्ली के बदले अपना सर्वश्रेष्ठ बेच दिया!—और अब ये बात साहित्य-स्ट्रीम का बच्चा-बच्चा जानता है!!

शाम भव्य समारोह में उसे 'यत्न-रत्न' से नवाज़ा गया। प्रसिद्ध लोग मंच-माइक से उसकी प्रशंसा करते रहे, तालियाँ बजती रहीं, मीडिया कवरेज होता रहा; लेकिन पूरे समय विराट ऐसा दिख रहा था जैसे किसी शरीर से आत्मा गायब हो गई हो—नहीं! दरअसल, उसकी आत्मा गायब नहीं हुई थी। वो भीतर के अँधेरे में पड़ी सिसक रही

थी—निर्मम बलात्कार से गुज़री किसी मासूम लड़की की तरह।

देर रात गये वो अपने कमरे पर लौटा। हाथों में वज़न असहनीय हो चला है। महानगरीय फूलों के दर्ज़न के लगभग बुके थे। उसने सब बालकनी में डाल दिये जैसे इमली की ताकतवर डाल के सामने अपने हथियारों सहित सरेंडर कर दिया हो!

एक वज़नदार प्रतिमा मिली थी माँ सरस्वती की जो उसने टेबल पर रख दी और ऊपर से चादर से ढाँप दी—दिल में कहीं लगा, माँ सरस्वती उसे ऐसे देख रही हैं जैसे किसी निर्मम हत्यारे को देखा जाता है। उसे अपने आप पर इतनी शर्म आ रही थी इस समय कि उसने वो लिफ़ाफ़ा भी खोलकर नहीं देखा जिसमें लाख रुपये का बैंक-ड्राफ्ट रहा होगा। लिफ़ाफ़ा उसने अपनी कीमती कागज़ों वाले ब्रीफ़केस में बंद कर दिया। और उन्हीं कपड़ों-जूतों में कई घंटों तक बिस्तर पर यों ही पड़ा रहा—स्तब्धता से शून्य की ओर बढ़ता हुआ।

...स्तब्धता से आगे अगर शून्य है तो हर शून्य से आगे एक नई शुरुआत है।

एक नई शुरुआत!!!—उसके भीतर जैसे आत्मा लौट आई। उठा और अपना सामान पैक करने लगा। सब कुछ—अपना सब कुछ समेट लिया उसने चंद घंटों में! पैक सामान जब वो कमरे से बाहर निकाल रहा था, पूरब दिशा एक नये सूर्य की आहट से उजली हो उठी थी। गौरैयों की चह-चह से सुबह ऐसे जागती जा रही है जैसे उनींदी पलकें झपकाती कोई नन्ही लड़की सोई-सोई-सी उठ बैठी है। सड़क पर एक जमादार झाड़ू लगा रहा था। हॉकर लड़का इस-उस दरवाज़े के आगे अखबार डाल रहा था। इत्तेफाक से उसे एक खाली टैम्पो दिखा। अपना सब कुछ समेट-सँभालकर वो टैम्पो में आ बैठा। आदिनाथ सर के घर का पता उसकी ज़ुबान पर अपने आप आ गया जैसे; और टैम्पो चल पड़ा।

आदिनाथ बाहर बगीचे के बाँस-सोफ़े पर बैठे चाय पी रहे थे। बाउन्ड्री-द्वार के आगे सामान से लदा-फदा टैम्पो रुकता देख खड़े हो गये। विराट ने टेम्पो से उतरकर गुरु के चरण स्पर्श किये।

"तुम इतनी सुबह? और ये सामान-असबाब?? सब खैरियत तो है?"

"सब खैरियत है सर। घर वापिस जा रहा हूँ।"—उसके चेहरे पर आज की सुबह अपनी पूरी ताज़गी में खिल उठी है।

"गाँव जा रहे हो?? खैर, वज़ह मैं नहीं पूछूँगा। कुछ-कुछ समझ सकता हूँ तुम्हारी मनःस्थिति को। गलतियाँ सबसे होती हैं। जाने दो खैर। मुँह से निकलते ही बात छोटी हो जाती है। आओ, तुम्हारे लिए ब्लैक टी बनाता हूँ। घर में तो अभी सब

सोये पड़े हैं।''

''नहीं सर। अब चलता हूँ। ट्रेन का समय हो रहा है। अपने कमरे का किराया तो मैंने परसों ही चुकाया था। मेरी मोटरसाइकिल मेरा एक दोस्त ले गया है दो दिनों से। उसे फ़ोन कर दूँगा, यहाँ रख जायेगा। बाद में, यहाँ से कोई परिचित या दोस्त जब दतिया जायेगा तो लेता जायेगा और मैं दतिया में ले लूँगा। तो आज्ञा दीजिये। आज की पहली ही गाड़ी से निकल जाऊँगा।''

''तुम तो हवा के घोड़े पर सवार होकर आये हो एकदम! अरे भई, एक मिनट तो ठहरो। मैं आता हूँ।''

आदिनाथ उसे हाथ से ठहरने का बार-बार इशारा करते भीतर चले गये। उनके हाथ में वही चाँदी की मूठ वाली छड़ी थी। छड़ी तो पहले भी वे लिये रहते थे पर तब ये सजावट की वस्तु हुआ करती थी; लेकिन आज उन्होंने जैसे अपना कुल भार इस सहारे पर टेक दिया था। उसने पहली बार सर को छड़ी के सहारे जाते देखा। सर इन दिनों जैसे ज़्यादा ही तेज़ी से बूढ़े हो गये हैं। तो क्या वे सब अफ़वाहें सच हैं कि पिछले दिनों आराध्या को हृदय के साथ कई बार होटलों से बाहर निकलते, पार्कों में घूमते और बंद गाड़ी में जाते हुए देखा गया? और विराट ये समझ रहा था कि उससे द्वेषवश सुनंदा ने ये बातें उड़ाई हैं। विराट अपनी मूर्खता पर आप ही मुस्कुरा उठा। सर भीतर से लौट आये हैं। उनके हाथ में शादी का एक कार्ड है।

''अरू की शादी है इसी पच्चीस तारीख को। मैं आता तुम्हारे कमरे पर कार्ड देने। अब तुम जा रहे हो तो यहीं दे रहा हूँ। ''

अब विराट एकदम चुप। आदिनाथ ने उसका कंधा थपथपाया,

''मैं जानता हूँ तुम्हें ये बुरा लग रहा है कि मैंने तुम से सलाह-मशविरा नहीं किया। कोई काम नहीं बताया और अब तुम विदा लेने आये हो तो यों परायों की तरह अपनी बेटी की शादी की खबर तुम्हें सुना रहा हूँ! वो हुआ यों बेटे कि पिछले दिनों तुम्हारा नाम जिस तरह से विवादित रहा है, तुम्हारे 'यत्न-रत्न' और प्रभाकर के कथा-संग्रह के कनेक्शन वाले मामले में; और तुम्हारी हद-पार की शराबनोशी के बारे में भी जो अफ़वाहें उड़ती रही हैं इधर। फिर ये भी कहीं सुनने में आया कि तुम शराब पीकर आराध्या के बारे में अनर्गल बातें करते हो, तो मेरे होने वाले दामाद ने भी और घर में भी सब ने यही कहा कि मैं तुम्हें न बुलाऊँ लेकिन मैंने उन सबको दो टूक उत्तर दे दिया कि मैं विराट के कमरे पर कार्ड देने ज़रूर जाऊँगा। वो बच्चा है मेरा!''—आदिनाथ ने उसके सिर पर हाथ फेरा। चश्मा उतारकर अपनी आँखें पोंछीं।

विराट का दिल भर आया। आज सर हिन्दी आलोचना के दृढ़ दिशा पुरुष नहीं लग रहे हैं। वे एक असहाय, बूढ़े पिता दिख रहे हैं।

''घर पहुँचकर मैं भी शादी कर लूँगा सर।''

''कोई लड़की है तुम्हारे मन में?''—सर ने दुलार से पूछा।

''है तो सही; अगर अब तक मेरी राह देख रही होगी तो!''

सर के चरण स्पर्श कर विराट ने विदा ली।

''तुमने तो निमंत्रण कार्ड खोलकर भी नहीं देखा? जानना नहीं चाहोगे अरू की शादी किसके साथ हो रही है?''

''मैं जानता हूँ सर।'' बाउन्ड्री का गेट बाहरी तरफ़ से बंद करता विराट जाते हुए बोला। उसके चेहरे पर नम्र मुस्कुराहट थी, ...ऐसी मुस्कुराहट जो रोने से बचने के लिए जबरन लाई जाती है चेहरे पर; और जो चेहरे को, रोते हुए चेहरे से कहीं ज़्यादा दयनीय बना देती है।

आदिनाथ ने एक लम्बी साँस ली। जीवन भर प्रतिष्ठा का जीवन जिये पिता के भीतर बदनाम बेटी के लिए शर्मिन्दगी गहरे तीर-सी आरपार उतरती चली गई।

...कभी विराट उनके मन में था, आराध्या के लिए!

रैन बसेरा

दतिया रेलवे स्टेशन पर सामान उतारकर उसे लगा, वो अपनी त्वचा में वापस लौट आया है। सामान सहित, राधापुर जाती बस की छत पर बैठा वो रास्ते की हर चीज़ को दिल भर-भरके देखता रहा—दरख्त, रास्ते, कच्चे-पक्के घर, लोग, जानवर। उसके दिल में अपने अंचल की धूल के लिए इतना अपनत्व था जैसे सालों बोर्डिंग-हॉस्टल में रहकर कोई बच्चा घर लौट रहा हो। गाँव का रास्ता आया तो उसकी आँखें भर आयीं। मन 'नागार्जुन' की कविता हो गया,

...

बहुत दिनों के बाद
अब की मैं जी-भर छू पाया
अपनी गँवई पगडंडी की चंदनवर्णी धूल
—बहुत दिनों के बाद

...

घर आ गया!! उसे सामान सहित लौटा देख बाई दौड़ पड़ीं। गले लग गयीं और फूट-फूटकर रोने लगीं। विराट को लगा, ये उसकी वापसी की खुशी के आँसू भर नहीं हैं; ये किसी गहरे कष्ट के आँसू हैं। ज़रूर कोई गम्भीर बात है! उसने बाई को खुद से अलग किया और पूछा,

"क्या बात है बाई?"

"पैले तुम कसम खाओ हमाई कि न कछू करोगे न कछू कहोगे काऊ को भी।"

"ऐसा क्या हुआ है?"

अब उसने ध्यान से देखा। बाई का चेहरा सूजा हुआ है। एक आँख के नीचे नील पड़ गया है और उनकी पूरी बाँह पर ऐसी खरोंचें हैं जैसे उन्हें घसीटा गया हो ...और हल्दी लगे, सूजे हुए जख्म बहुत पुराने भी नहीं हैं!

"हुआ क्या बताइये तो?"

"नहीं। पैले तुम कसम खाओ!"

अपनी सुर्ख आँखों को पोंछतीं बाई बस एक ही रट लगाये रहीं और जब उसने कसम खा ली; वे उसका हाथ पकड़े, लँगड़ातीं, दर्द से कूलहतीं-कराहतीं भीतर के कोठे में गयीं। खाट पर चादर ओढ़े दद्दा सोये थे। बाई ने बे-आवाज़ मौजूदगी से चादर सरकाई। विराट का दिल हिल गया। सामने सोये दद्दा का तकरीबन पूरा शरीर पट्टियों से बँधा था। जो हिस्से खुले थे वे भी छिले-सूजे या दर्द से पके दिख रहे थे।

"कैसे हुआ ये सब?"

"ठाकुरों ने मारा।"

"क्यों??"

"तुमाये लाख रुपइया के इनाम की खबर अखबार में छपी ती। हौंस-फूल में जे मंदिर गये परसाद चढ़ावे। पंडित महाराज हते नहीं। और इनकी उल्टी बुद्धि तो तुम जानत ही हो। गर्भगृह में चले गये और भोग लगा दओ भगवान को। बस! फिर तो जो भओ...!"

विराट पल में मातादीन हो गया। सब तरक्की, सब शहरातीपन माँ-पिता के घावों-सा कसकने लगा।

बाहर चबूतरे पर आकर सिर थामकर बैठ गया। बाई पीछे-पीछे चली आयीं,

"तुमने हमाओ कौल खाया है, कछू नहीं करोगे पलट के!"

"पुलिस में रिपोर्ट क्यों नहीं की?"

"तुमाये दद्दा और मानने वाले थे! प्रयास खूब करे बेटा। पुरा-मोहल्ला के तो

साफ़ पीछे हट गये; मैं ही अकेली भटकी हर जगहे। पुलिस ने दरखास्त ले ली, रपट नहीं लिखी। फिर हम एसपी साहब नो गये तो दूर से ही ठाकुरन की जीप खड़ी देख कैं लौट आये। अब रपोटा-रपाटी में का धरा है? गलती तो तुमाये दद्दा की भी है। जे आदमी ने जीवन भर मार खायी अपने जेई करमों के कारण। हमने तुम्हें भी खबर नहीं करी कि नया खून है, कहीं कछू नया झगड़ा न खड़ा हो जाये। लेकिन वही भओ जाको डर ता। तुम्हें काऊ ने खबर कर दी और तुम अपनी तरक्की छोड़ के, सब उतियां-पुतिया समेटे चले आये।''

अब बाई उसे पीतल की थाली में खाना परोस रही हैं—भगोनी में पकी मूँग की दाल, कैथ की चटनी और चूल्हे की राख-अंगारों में करारी होती चना मिली गेहूँ की गकरियाँ।

''बेटा, हमारी मानो, तुम वापस चले जाओ, आज ही।''

''और आप दोनों को यहाँ छोड़ जाऊँ पिटने के लिए! तिल-तिल मरने के लिए, या कि पशु जैसी ज़िन्दगी जीने के लिए??''

''अब हमारी तो बीत गई बेटा। जीवन हैंई कटा है, मौत भी जई बखरी, पुरा-मोहल्ला, गाँव में आनी है।''

''नहीं! मैं आपको यहाँ मरने के लिए नहीं छोड़ूँगा। सदियाँ तो बीत गयीं साली, ठाकुरों, बामन-बनियों के जूते खाते!''

उसने थाली का कौर थाली में ही छोड़ दिया और उठकर बाहर नीम के नीचे हाथ धोने लगा।

''खाना तो पूरा खा लो। अन्नगुरु का ऐसे अपमान नहीं करते।''

''अपमान भी क्या कमाल का शब्द है ना बाई! बाकी सबके साथ जुड़ा है मान बनकर; सिर्फ़ हमारे हिस्से में अपमान बन बैठा है कुंडली मारे जन्म-जन्मांतरों से!''

बाई को मनाना तब भी सरल था लेकिन दद्दा? अपनी जीवन भर की आधुनिक सोच के बावजूद वे गाँव छोड़ने को तैयार नहीं थे। विराट ने कई दिनों तक लगातार बहस करके, विद्वानों के उद्धरण सुना-सुनाकर और गाँव छोड़कर शहरों में बेहतर ज़िन्दगी जी रहे बिरादरीवालों के उदाहरण दे-देकर बमुश्किल उन्हें मनाया। तिस पर ये कि गाँव की बखरी नहीं बेची गई। यहाँ से नाता कैसे तोड़ दें दद्दा जहाँ जन्म लिया, जहाँ जीवन बीता, इतना अपमान सहा, जूते-गालियाँ-लाठियाँ खायीं, एक ब्राह्मण की बेटी को इतने सहमे-मौन ढंग से चाहा कि कभी खुद भी स्पष्टता में न जान पाये कि आत्मा की खुशी कौन है?—अब इस गाँव से यों नाता कैसे तोड़ दें दद्दा??

बखरी पर ताला डाल दिया गया। बाकी, पूरी ढाई बीघा ज़मीन बेच दी गई। विराट की ग्वालियर की सब कमाई-बचत को भी मिलाकर जुटी रकम से दतिया में एक छोटा-सा दुमंज़िला मकान खरीदा गया जिसके निचले तल्ले में दो दुकानें थीं। एक में विराट ने दद्दा को परचून की दुकान खुलवा दी, दूसरी किराये पर चढ़ा दी। अगले एक महीने में वे ठीक तरह से जम गये दतिया में। गाँव-पुरा के कच्चे घर, अभाव और दुत्कार भरी ज़िन्दगी के मुकाबिल शहर-कॉलोनी की ये सुविधासम्पन्न, अजनबियत-इज़्ज़त भरी ज़िन्दगी में दद्दा-बाई खुश हैं। विराट ने एक लोडिंग ऑटो किराये पर ले लिया है। आस-पास के गाँवों से कम दामों पर अनाज-सब्ज़ियाँ-वन उपज ला-लाकर मंडी में आढ़त का काम डाल लिया। कभी मवेशी ढोने या ईंटें ले जाने का काम भी कर लेता। जिस काम में भी दो पैसे कमाने की गुंजाइश दिखती उसे अवसर की तरह लपक लेता। यों वो दिन-रात काम में खुद को खपाये रहता। ग्वालियर की जब-तब याद आती : सुनंदा, ...आमोद प्रभाकर, ...मूर्धन्य चौरसिया, ...हृदय-आराध्या, ...आदिनाथ सर। वो भूल जाना चाहता है इन सबको; इस हद तक जैसे कि कभी जाना ही न हो इन लोगों को। अपने सेलफ़ोन से सिम निकालकर वो कब की तोड़ चुका है। वो न उन लोगों से संवाद करना चाहता है न मिलना चाहता है—वे साहित्यिक लोग जो उसे बहुत-बहुत याद आते हैं अपनी इस आम ज़िन्दगी में।

विराट ने हाड़तोड़ मेहनत की कई महीनों तक लगातार ...और अब जब घर में सब तरह से सम्पन्नता दिखने लगी है, वो गले में सोने की चेन और अँगुलियों में हाफ प्लेटीनम-सोनेदार अँगूठियाँ पहनने लगा है तो उसे पुराने मित्र याद आये।

गाँव से आने के बाद वो सुभाष से मिला न था। अगर कभी कहीं वो बाज़ार में दिख भी जाता कभी तो विराट को नज़रअन्दाज़ कर आगे बढ़ जाता। विराट भी अपनी मसरूफ़ियतों में खुश था। लेकिन अब उसने नया सेलफ़ोन खरीद लिया है और सिमकार्ड में पहला नंबर अपने पुराने दोस्त सुभाष का ही सेव किया है। वो सुभाष से मिलने जाने लगा लगभग हर शाम। सुभाष अब दतिया में ही रहने लगा था। शुरू में तो सन्तोष उससे रूखेपन और नाराज़गी से मिला लेकिन विराट ने बार-बार उपहार ले जाकर अपने पुराने, सीधे-सच्चे दोस्त को आखिर मना-पुटिया ही लिया और वे दोनों फिर से पुराने समय वाले पक्के दोस्त हो गये।

अपनी मसरूफ़ियत में से शाम का वक्त वो चुरा लेता। उसकी शामें सुभाष के नाम रहने लगीं। हर शाम वो उससे सिर्फ़ विद्या की ही बातें करता रहता; विराट जानता था अब सुभाष उसका नहीं विद्या का मित्र है! विद्या और सुभाष दोनों ने ही पी-एच.

डी. के साथ-ही-साथ नेट परीक्षा भी पास कर ली थी और इत्तेफाक से दोनों को इसी शहर में लेक्चरर की नौकरी मिल गई थी; विद्या को सरकारी गर्ल्स पी.जी. कॉलेज में और सुभाष को शहर के सबसे नामी प्राइवेट कॉलेज में। विद्या अब सरकारी आवास में रहने लगी थी, अपनी माँ और छोटी बहन के साथ। विराट उससे मिलने जाने को मरा जा रहा था लेकिन एकाएक हिम्मत नहीं पड़ रही थी जाने की। उन दिनों उसे जिस मुश्किल-बदनामी वाली स्थिति में छोड़ दिया था और फिर इतने दिनों उसकी कोई खोज- खबर नहीं ली; अब किस मुँह से उसके सामने चला जाये विराट?

सुभाष!—सुभाष का विद्या के घर आना-जाना है तो! बस! एक शाम विराट ने सुभाष को पकड़ा और विद्या के घर की राह ली।

सरकारी मकानों की कॉलोनी—पतझड़ जैसी ज़र्द और उदास। विद्या वाला क्वार्टर सम्पन्न दिख रहा था लेकिन। बाहर बड़े सलीके से गुलाबों का बगीचा लगाया गया था। दूब के चौकोर घेरे में एक बड़ा पीतल का झूला फ़र्श में सेट था। हैंगिंग गमलों में अंग्रेज़ी फूल-पत्तियाँ खिली थीं। मिट्टी के सुन्दर विंडचाइम्स बरामदे में लटक रहे थे और बंद द्वार के बाहर बिछे कीमती डोरमेट को देखकर विराट ने सुभाष से फुसफुसाकर पूछा था, "विद्या का वेतन कितना है?" तभी दरवाज़ा विद्या की छोटी बहन ने खोला जो अब सयानी और सुन्दर लग रही थी। उसने नये चलन की चुस्त कुर्ती के संग पटियाला सलवार पहनी थी और नेट का पारदर्शी दुपट्टा डाला था। कानों में बालियाँ और गले में सोने की ज़ंजीर थी। अपने होने में वह एक सम्पन्न-संस्कारित-सुन्दर लड़की थी।

सुभाष को सामने पाकर उसका चेहरा आदतन अपनत्व और आदर से स्वागत वाली मुस्कान में खिल उठा; लेकिन अगले ही पल उसके चेहरे के सब रंग उड़ गये जब पीछे खड़े विराट पर उसकी नज़र पड़ी। वो घोर आश्चर्य में थी और अगले ही पल उसका आश्चर्य ऐसी हिकारत भरी नज़र में बदल गया जिससे हम उस मक्कार नौजवान भिखारी को देखते हैं जो हमारी मेहनत की क़माई हमसे माँगने आया हो। उसके चेहरे पर कितने भाव आकर जा चुके थे। उसके मुँह से लेक़िन एक शब्द नहीं निकला। वो चुपचाप मुड़ी और भीतर चली गई।

सुभाष ने ड्रॉइंगरूम में ऐसे अधिकार से प्रवेश किया जैसे वो इसी घर का सदस्य हो। वे दोनों सोफ़े पर आ बैठे। काउच, सोफ़ा और झूला एक महँगा सेट था—नक्काशीदार। पीतल के वज़नदार सज़ावटी सामान और बिछे कालीन की खूबसूरती देख विराट मन में सोचने लगा, 'लगता है विद्या अपना पूरा वेतन इन्हीं सब साजो-सामान पर उड़ा देती है, बचत कुछ नहीं करती!' विराट के दिल ने ऐसा सच्चा अफ़सोस किया जैसे विद्या की

वेतन की पाई-पाई का वो मालिक हो। अपने मन की ग्लानि तो वो सब भूलभाल गया और बैठक की हर एक चीज़ पर मयकीमत विचार करने लगा। जबकि सुभाष इतना सहज था कि उठकर भीतर चला गया। विराट ने उसे पर्दा हटाकर भीतर जाते देखा। इतनी आत्मीयता ?? उसका मन सुलग उठा; कहीं सुभाष और विद्या के बीच कुछ... ??

अब विद्या भीतरी दरवाज़े का वज़नदार पर्दा एक ओर कर बैठक में आई है। पर्दा हटने से अन्दर की आत्मीयता दिखने लगी है—सुभाष और तन्वी की आत्मीयता। वो अल्हड़ लड़की नौजवान के किसी मज़ाक पर नख़रीले ढंग से चिढ़कर उसके कंधे पर चपत लगा रही थी और हँसता हुआ सुभाष उसे रोकने के लिए उसकी कलाई पकड़ने की कोशिश कर रहा था। ...कोरी नदी का उद्दाम नव-नव यौवन वेग और सँभालने को प्रतीक्षारत शिव! विराट को बावड़ी वाली अपनी मुलाकात याद आ गई।

विद्या सामने आ बैठी है। विराट की हिम्मत नहीं पड़ रही है उसकी ओर नज़र उठाकर देखने की। तन्वी भी बैठक में चली आई है सुभाष के पीछे। यहाँ की स्तब्धता से दोनों पल को चौंके; फिर मौके की नज़ाकत देखते हुए सुभाष तन्वी से चुहल करता, उसकी कलाई खींचता उसे भीतर ले गया है। जाते में वो बैठक को भीतर से अलग करने वाला पर्दा पुनः डालता हुआ गया है। अब बैठक में विद्या और विराट अकेले हैं। विराट आँखें उठाकर विद्या की ओर देखता है। मोटे रेशम की किनारदार साड़ी बड़े शालीन ढंग से पहनी गई है। एक हाथ में पतली घड़ी, दूसरे में सोने का महीन कामदार कंगन है। कानों में बारीक टॉप्स, सलीके से बंद बालों का जूड़ा और मेकअपविहीन चेहरे पर सागर-सा अथाह गांभीर्य। अपने होने में वो ज्ञान की जीती-जागती पुतली दिख रही थी ...आधुनिक सरस्वती!

"कैसे हो?"

कैसी ठहरी हुई आवाज़ है जैसे एक नदी किसी अँधेरी बावड़ी में उतरकर खो गई हो।

"मैं ठीक हूँ और तुम?"

"मैं??"—पल को उसके चेहरे पर एक खोई नदी उतरते-उतरते रुक गई, "दिख तो रही हूँ जैसी हूँ।"

विराट जान गया कि वो अब तक उसकी है—उसकी अपनी विद्या!

"मुझसे शादी करोगी?"

"क्या???"

उसने एकदम ही पूछ लिया तो विद्या चौंककर खड़ी हो गई। विराट ने हाथ

पकड़कर जबरन उसे अपने पास बैठा लिया और इससे पहले कि वो उससे उसकी ही लाखों शिकायतें करती, वो रोते हुए कहने लगा,

"मैं जानता हूँ कि मैं तुम्हारे काबिल नहीं हूँ। कभी था ही नहीं! मैं नीच हूँ, पापी हूँ, घटिया और ज़लील इन्सान हूँ। मैंने तुम्हारी भावनाओं के साथ खिलवाड़ किया है। तुम चाहे मुझे जो सज़ा दे दो लेकिन माफ़ कर दो ओ मेरी विद्या!"

विद्या फूट-फूटकर रोने लगी। विराट ने उसका सिर अपने सीने से टिका लिया; वो जान गया कि वो उससे शादी करने को राज़ी है।

और अगले महीने उन्होंने शादी कर ली।

शहर के सब साहित्यिक इस शादी में ज़रूर शामिल हुए; क्योंकि अब किसी भी स्थानीय साहित्यकार से मिलने में विराट के दिल में कोई ग्लानि नहीं। अपनी नज़र में वो एक सफल आदमी था और सफलता पुराना सब भूल जाती है। एक तरह से अपनी शादी के मौके को विराट ने स्थानीय साहित्यिक जगत से पुनः जुड़ने के अवसर के तौर पर इस्तेमाल किया और सबको बुलाया। सब आये भी; स्थायी प्रगतिशील अध्यक्ष, स्थायी कोषाध्यक्ष-कम-सचिव साहब, दूसरी संस्था के परमानेंट प्रमुख साहब, मालवीय, सियाशरण से लेकर अद्‌भुत शर्मा और विनीता गुप्ता तक।

दूल्हा-दुल्हन स्टेज पर एक-दूसरे को माला पहना रहे हैं। हँसी-मज़ाक की फुलझड़ियाँ-फुहारें दोनों तरफ़ से बरस रही हैं। श्यामा दुल्हन के साथ खड़ी उसकी बेइंतेहा खूबसूरत बहन को देख दूल्हे के दोस्त सुभाष ने ऊँचे स्वर में कहा,

"विराट , कहीं कन्फ़्यूज़ तो नहीं हो कि माला किसे पहनानी है?"

"नहीं यार! दूसरी तुम्हारे लिए छोड़ दी है!" दूल्हे ने दोस्त का साथ दिया।

तभी स्टेज के नीचे से आवाज़ आई, "क्यों एक के साथ एक फ़्री का ऑफ़र था क्या?"

हँसी की एक हिलोर पूरे पंडाल में दौड़ गई। और विराट ने अपनी दुल्हन के गले में जयमाला पहनाकर एक कदम आगे बढ़ाया और उसका माथा चूम लिया। बाराती-यार-दोस्तों वाला माहौल 'वाह! वाह!' हो उठा। दुल्हन शर्म से सुर्ख हो गई। स्टेज के सामने की दूसरी कतार में कुर्सी पर बैठे अद्‌भुत शर्मा ने विनीता गुप्ता से फुसफुसाकर कहा,

"ये साला शिड्डू, न जाने किस फ़ुर्सत में भगवान से अपनी किस्मत लिखवा कर लाया है! आदिनाथ जैसे उस्ताद से लेकर 'यत्न-रत्न' अवार्ड तक और फिर अब ये सरकारी लेक्चरर बीवी इसे मुफ़्त में मिल गई। अब रोज़ी-रोटी की चिंता से भी

परमानेंट मुक्त हुआ। ज़िन्दगी भर अब इसे साहित्यगिरी में ही चप्पलें चटकानी हैं!''

'' 'यत्न-रत्न' के बाद उसकी हैसियत चप्पलें चटकाने की नहीं रही है। ये तो अपनी है यार!''

वो हँसी; संग अद्‌भुत भी हँस दिया।

स्टेज से विराट उन्हें देख रहा है। शायद मेरी ही बात चल रही है, ज़रूर साहित्यिक ही! कहीं 'यत्न-रत्न' वाली स्याह जिल्द फ़ाइल की नेपथ्य कहानी तो नहीं? क्या इतना समय बीत जाने पर भी वो कहानी न भूले होंगे साहित्यिक लोग? जीवन के दुर्लभतम अवसर, विवाह-उत्सव की सब रंगीनियों के बीच भी फीका पड़ गया विराट। मंच पर सब रिश्तेदारों-यार-नातेदारों के संग फ़ोटो खिंचवाते विराट का ध्यान बीच-बीच में उस ओर जाता है जिधर इस शहर-कस्बे का कुल साहित्यिक जगत यानी वे बीस-बाईस लोग एक ओर कुर्सियाँ डाले बैठे हैं और उनके ऊँचे ठहाके यहाँ स्टेज तक सुनाई दे रहे हैं। जयमाला कार्यक्रम सम्पन्न हुआ। दुल्हन को उसकी सहेलियाँ सहेजकर उतार ले गयीं। दूल्हा वरमाला स्टेज से उतरने के बाद बजाय मंडप-स्थल की ओर जाने के, इन्हीं बीस-बाईस कुर्सियों की ओर चला आया। बधाई और प्रसन्नता प्रकट करने की औपचारिकताओं के बाद बातें फिर वही हमेशा वाली साहित्यिक पटरी पर लौट आयीं। स्थानीय लघु पत्रिका के सम्पादक ने विराट पर एक विशेषांक निकालने की बात कही है और एक—पिछले ही वर्ष स्थापित एक बिलकुल नया—साहित्यिक संगठन विराट के सम्मान में न सिर्फ़ कविता-पाठ का आयोजन कर रहा है बल्कि अपने नये शुरू होने जा रहे अवार्ड से सर्वप्रथम विराट को ही अलंकृत करने जा रहा है—राशि पूरे ग्यारह हज़ार रुपये! निहाल हो उठा विराट बार-बार मीठे-से-मीठे शब्दों में आभार व्यक्त कर रहा है अपने कद्रदानों का। जबकि सजे मंडप से दो बार लड़के दौड़ाये जा चुके हैं दूल्हे को बुला लाने को। वहाँ दूर मंडप में बैठी प्रतीक्षा करती दुल्हन घूँघट की ओट से अपने दूल्हे, अपने भविष्य को देख रही है। विराट की दीवानी विद्या ने इस पल में पहली बार महसूस किया कि साहित्यिक दुनिया ही विराट का पहला प्यार है, वो दूसरा। और क्या पता दूसरा भी है या... ??

अबकी बार दद्दा बुलाने गये तो विराट मंडप में आया। अब सब रस्मों के बीच उसका चेहरा एक नई प्रसन्नता से दमक रहा था; और पंडित जी के मंत्रोच्चारण, हवन-पूजन के बीच फेरों के पहले ही दूल्हे ने प्रसन्न स्वर में अपनी दुल्हन को बताया कि एक और अवार्ड उसे मिलने वाला है, उसके सम्मान में काव्यपाठ होने वाला है, उस पर एक पत्रिका का विशेषांक निकल रहा है! इस बीच दुल्हन ने चिंतित भाव से,

दूर बैठी अपनी माँ और छोटी बहन को देखा है। माँ की श्वास फिर उखड़ रही है। वे खाँस-खाँसकर पस्त पड़ गई दिख रही हैं। तन्वी उन्हें मंडप से दूर ले जाकर बैठाये हुए है। फेरे लेने खड़ी हो रही विद्या देख रही है कि अपनी असहाय कोशिशों में नासमझ बहन कभी माँ की पीठ पर हाथ फेरती है, कभी पानी पिलाती है। पंडित जी फेरे लेने को कह रहे हैं लेकिन दुल्हन जैसे अपनी ही रस्मों में उपस्थित नहीं है। उसके प्राण तो वहाँ अटके हैं। अचानक वो देखती है कि सुभाष भागकर उसकी माँ के पास पहुँचा है। दुल्हन ने पहला फेरा लेना शुरू किया फिर दूसरा फिर तीसरा जबकि अपनी पूरी अन्तरात्मा के साथ वो सुभाष की आभारी है जो उसकी माँ को दवा दे रहा है। अब वे कुछ बेहतर दिख रही हैं। सुभाष उन्हें सहारा दिये मैरिज गार्डन के लॉज-कमरों की ओर ले जा रहा है। एक हाथ से सुभाष ने माँ को थामा हुआ है और दूसरे से उसने, साथ चल रही तन्वी का नीचे गिरा दुपट्टा उठाकर उसे दिया है। दूर इधर फेरे पूरे हुए हैं। दुल्हन ने अपनी अन्तरात्मा में कहा है, ''ओ सुभाष! तुम हमेशा मेरे रक्षक हो, मैं जानती हूँ।''

शादी की अगली सुबह दुल्हन विद्या विदा होकर ससुराल के घर में आ गई। सरकारी क्वार्टर और वहाँ का सब कुछ वो अपनी माँ और बहन के लिए छोड़ आई। साथ ही, ये बात भी वो पहले ही सबके सामने रख चुकी थी कि अपना आधा वेतन वो अपनी माँ-बहन के ज्वाइंट एकाउंट में डालेगी हर महीने। विराट ने सहर्ष सहमति दे दी क्योंकि वो जानता था कि सुभाष तन्वी से आज नहीं तो कल शादी कर ही लेगा और तन्वी भी अपनी पढ़ाई के पूरा होते ही कुछ-न-कुछ करने ही लगेगी; पढ़ाई में वो भी अपनी बड़ी बहन के नक्शे कदम पर थी। विराट को ये भी यकीन था कि भविष्य में, स्वाभिमानी सुभाष ज़रूर माँ का खर्च उठाना चाहेगा; और जैसी वो बातें करता है, उससे तो यही अन्दाज़ा बैठता है कि वो माँ को अपने साथ ही रखेगा। इस सब गुणा-भाग सोच को अपने भीतर दबाये ऊपर से वो मुस्कुराया,

''तुम चाहो तो पूरा ही वेतन माँ और तन्वी के ज्वाइंट एकाउंट में डालो। उनकी बेटी नहीं, बेटा हो तुम; ये कर्तव्य है तुम्हारा!''

पत्नी इस प्रेम में रोम-रोम से बिक गई; विराट ने एक तरह से अपनी कमाऊ पत्नी की पाई-पाई पर मालिकाना हक पा लिया!

ब्याह का हफ़्ता न बीत पाया और कर्मठ, कर्तव्यपरायण विद्या ने नये घर के भीतर-बाहर की सब ज़िम्मेदारियाँ अपने ऊपर ओढ़ लीं। अलसुबह उठती। विराट और दद्दा-बाई को नाश्ता कराकर, उनका दोपहर का खाना बनाकर फिर कॉलेज को निकलती। शाम चार बजे के बाद लौटकर सबके लिए चाय बनाती और साड़ी का

पल्ला कमर में खोंस फिर रसोई में खप जाती। दद्दा-बाई नई बहू की सेवा-सुश्रूषा से, कमाऊपन से और विनम्रता से इतने प्रसन्न रहते कि फूले न समाते। हर मिलने-जुलने वाले से बहू के संस्कारों, बुद्धिमत्ता और सेवापरायणता का बखान करते न थकते। मातादीन सुबह निकलता तो दिन भर अपने कामों में खपा रहता। अपनी शामें उसने साहित्यिक कार्यक्रमों में जाने या साहित्यिक लोगों को घर, दावत पर बुलाने को तय कर दी थीं। उसे बड़ा सुख मिलता जब साहित्यकार उसके घर दावत पर आते और उसकी बढ़ती सम्पन्नता और सुन्दर-समर्पित बीवी की, बड़े रश्क से तारीफ़ करते। सब स्थानीय कार्यक्रमों में वो मंच पर रहता ही; महेश मालवीय के साथ।

एक साल यों बीत गया; अच्छी मगर निहायत मामूली ज़िन्दगी! विराट इस मामूलीपन से फिर ऊबने लगा। पर अपने दद्दा-बाई और पत्नी को खुश देखता तो मारे झिझक के अपनी ऊब ज़ाहिर न कर पाता। ज़िन्दगी मंथर गति से चल रही थी।

एक दिन की बात है। अपनी हल्की अस्वस्थता को दिखाने डॉक्टर के पास गई नई बहू के साथ लौटीं बाई खुशी से नाच उठी हैं,

मातादीन के दद्दा! अबसे हम तुमैं दादाजी कहेंगे! तुम हमैं दादीजी कहना!''

''दादा-दादी नहीं हम तो बब्बा-बऊ कहलवायेंगे, मातादीन की बाई!''

''हट्ट गाँव को डुकरा! हम तो दादीजी ही बनेंगे बऊ नहीं!''

''आये बड़ी आई दादीजी! दतिया में ही तो पैदा भई थी तैं डुकरिया!''

दद्दा-बाई की खुशी का कोई ठिकाना नहीं है। सत्यनारायण की कथा का आयोजन किया गया इस शुभ-समाचार को सेलिब्रेट करने के लिए। वहाँ गाँव में सब पंडित 'छिः छिः ! दुर्र दुर्र!' का बर्ताव रखते थे; यहाँ शहर में आकर दद्दा-बाई अपनी सब धार्मिक पूजा-पाठी कामनाएँ ऐसे पूरी कर रहे हैं जैसे उम्रभर भरपेट भोजन को तरसे किसी गरीब को छप्पन भोग बनाने की अनुमति दे दी जाये। शहर और गाँव में एक बड़ा फ़र्क ये भी है कि गाँव व्यवस्था है, शहर बाज़ार। बाज़ार में रुपया सबसे ऊपर है, व्यवस्था में परंपराएँ और रिवाज़।

बड़ी धूमधाम से तैयारियाँ की गई हैं कथा-आयोजन कीं। दद्दा ने आम के पत्तों और गेंदे के फूलों से बंदनवार बनाकर घर के हर द्वार पर बाँधी है। ढोलवाले बाहर ढोल बजा रहे हैं। बाई ने गाँव के काका-दादा को दो दिन पहले ही न्यौता भेज दिया था। बहू को डॉक्टरनी ने घर का कामकाज करने से मना किया है। आज ही से घर के सब काम के लिए गाँव से एक विधवा अकेली बुढ़िया को बुलवाकर रख लिया है जिसे निचली मंज़िल की एक कोठरी रहने को दे दी गई है। सब मेहमानों का खाना

बनाने के लिए हलवाई बुलाया गया है। दरवाज़े के आगे टेंट-तिरपाल लगी है। हलवाई की भट्टी चढ़ी है।

माँ, तन्वी और सुभाष सजे-धजे उत्सवी चेहरों से चले आ रहे हैं। उन्हें देख विद्या अपार प्रसन्नता से खिल उठी है। वे सीधे विद्या के कमरे में आ गये हैं जहाँ वह बेडरेस्ट कर रही थी। वो उठकर बैठ गई है। माँ ने स्नेह से सिर पर हाथ फेरा है और तन्वी अपने साथ लाई अनारों की पेटी रसोई में रखने चली गई है। सुभाष एकटक विद्या को देख रहा है। विद्या का चेहरा कैसा रोशन दिख रहा है। कैसा नूर है इस चेहरे पर। मातृत्व पारस की तरह होता है; स्पर्श करते ही दमकता सोना बना देता है स्त्री को। और विद्या तो वैसे भी चौबीस कैरेट गोल्ड है। सुभाष एकटक उसे निहार रहा है। माँ से बातें करती विद्या असहज हो चली है इस नज़र से। उसका दिल सुभाष की ऐसी नज़रों से न जाने क्यों डरता है; जबकि घोषित तौर पर वो हमेशा विराट की प्रेयसी रही है, अब तो वैधानिक पत्नी भी है और उसके होने वाले बच्चे की माँ भी। और उसकी इतनी सुन्दर बहन तन्वी का सुभाष से अफ़ेयर है ये बात सब जानते हैं। तन्वी की पढ़ाई पूरी होते ही उन दोनों को शादी कर लेनी है। सुभाष के परिवारवालों को भी तन्वी कितनी लाड़ली है! सतह पर सब कितना सुखद और सुन्दर है। ...फिर सतह के नीचे क्यों विद्या का दिल डरता है? क्यों उसे लगता है कि जैसे एक अदृश्य नदी है जो कहीं पाताल में बह रही है? न जाने क्या है कि सुभाष को देखते ही विद्या का दिल उससे कतराने को करता है, उसके सामने से हट जाने को करता है। सबसे ज़्यादा सुरक्षित वो अपने आप को सुभाष के साथ ही पाती है ...और सबसे ज़्यादा असुरक्षित भी!

तभी विराट आ गया है और विद्या ने जैसे राहत की साँस ली है। विराट सुभाष के गले लग गया, "कैसा है तू?" ...एक दोस्त जो बहुत फ़ायदेमंद रिश्तेदार बनने वाला है!

वे सब बैठकर बातें करने लगे। अब तक तन्वी भी भीतर से आ गई है। नौकरानी सबके लिए चाय-नाश्ता रख गई है। बातों के बीच, सुभाष ने आहिस्ता से एक मखमली डिब्बा तन्वी की ओर बढ़ा दिया; पल को दोनों की आँखों में बात हुई। माँ यह देखकर चिंतित हो उठती हैं अक्सर कि संवाद करते उन दोनों की देहभाषा पति-पत्नी वाली हो जाती है; खासकर तन्वी तो जैसे खुद को सुभाष की मान चुकी लगती है, अपने रोम-रोम से! ...इस लड़की के हाथ पीले हो जायें तो गंगा नहाऊँ!

तन्वी ने विद्या की ओर वो मखमली डिब्बा बढ़ा दिया है,

"दीदी, ये आपके लिए है; सुभाष और उनके परिवारवालों की तरफ़ से।"

विद्या खोलकर देखती है। माँ के मुँह से निकल गया—"सोने का हार!"

माँ को तो खैर प्रसन्नता ही हुई; बेटी का दिया खाते हैं, चलो कुछ तो व्यवहार लौटाया दूसरी बेटी के होने वाले पति ने! इसका एक मतलब ये भी निकलता है कि सुभाष सच में तन्वी से ब्याह करेगा तभी तो अभी से रिश्तेदारी निभाने लगा है। तन्वी का सिर गर्व से ऊँचा हो गया है। उसके होने वाले ससुरालवाले किसी से कम नहीं हैं! अभी उसकी शादी होने तक भले दीदी उसका खर्च उठा रही हैं मगर वो उनसे कम नहीं है किसी भी मामले में। बराबरी से रिश्तेदारी निभाना जानते हैं उसके सुभाष! विराट ने सोने का हार देखा, मन-ही-मन तौला और कीमत का अन्दाज़ा लगाते उसके दिल ने फिर-फिर वही दोहराया—बहुत फ़ायदेमंद रिश्तेदार! लेकिन इन सब प्रसन्नताओं के बीच, वो जिसे सचमुच प्रसन्न होना चाहिए; संकोच से गढ़ गई है।

"इसकी क्या ज़रूरत थी तन्वी?" विद्या ने अपनी असहजता को भरसक दबाते हुए कहा। वो जानती है कि सुभाष जानता है कि उसे सोने के ज़ेवर कितने ज़्यादा पसन्द हैं; और इसीलिए अक्सर ही वो तन्वी और उसे उपहार में ज़ेवर देता रहा है। तन्वी सिर्फ़ एक आड़ है—विद्या का दिल ये सोचकर ही घबरा उठता है। उसने अपनी लाड़ली बहन के सिर पर हाथ फेरा,

"तुम्हारा तो लेने का हक बनता है मुझसे; देने का नहीं। और मैं तुमसे इतनी बड़ी हूँ उम्र में कि इन्हें दामाद कहूँ और ये मुझे जिठसास कहें तब ही रिश्ता सही निभे।"

उसने बिना सुभाष की ओर देखे ही कहा। लेकिन बात सुभाष से ही कही गई थी तो उत्तर तो उसे देना ही था,

"हक-वक तो हम कुछ नहीं जानते, हम तो सिर्फ़ देना जानते हैं। और ये तो हम दोनों की तरफ़ से थैंक्स है आने वाले मेहमान के लिए।"

"थैंक्स?" विद्या ने तन्वी की ओर देखकर पूछा; लेकिन बातचीत विद्या और सुभाष की ही चल रही है,

"हाँ थैंक्स! उसके आने की खबर भर जानना इतना शुभ रहा—मैंने तुम्हारे कॉलेज में लेक्चरर की पोस्ट पर इंटरव्यू दिया था ना; अभी दो घंटे पहले ही लैटर मिला कि मेरा चयन हो गया है। ये सब तुम्हारे होने वाले बच्चे के शुभ आगमन का फल है। देखना, ज़रूर बेटी होगी—बिलकुल तुम्हारी तरह—साक्षात् विद्या!" सुभाष ने आँखें भरकर विद्या को निहारते हुए कहा।

"सच??? तुम्हें हमारे कॉलेज में जॉब मिल गई??" अति प्रसन्नता में विद्या ने आगे बढ़कर तन्वी का माथा चूम लिया,

"ये सब हमारी तनु का सौभाग्य है!"

विराट को ये खबर सुनकर अपने दिल में अच्छा नहीं लगा। उसे लगा जैसे विद्या के साथ काम करना सुभाष की वर्षों की तपस्या जैसी कामना रही है। ज़रूर इसने रिश्वत भी दी होगी ये पोस्ट पाने के लिए वर्ना ये इतना टेलेंटेड बंदा इतने सालों से इसी छोटे-से कस्बे में क्यों प्राइवेट कॉलेज में पढ़ाता रहा? इसने बाहर कहीं क्यों नहीं ट्राई किया सरकारी नौकरी के लिए? क्यों इसने अन्ततः इसी शहर में नौकरी की? क्या सिर्फ़ तन्वी इसकी वज़ह है? विराट माथे पर शिकन भरी नज़र से अब सुभाष को देख रहा है; क्या त्वचा की सब परतों के तले कोई रूहानी प्यार है विद्या के लिए?? लेकिन ये क्या, अभी ये तन्वी को सुभाष ने कैसी शरारत से आँख मारी है! और इन दोनों के बीच की शारीरिकता भी उसने खूब भाँपी है। ऐसी हूर-परी प्रेमिका के होते हुए ये भला विद्या से क्यों प्यार करने लगा। विद्या की सूरत तो इतनी भी अच्छी नहीं कि दो-पाँच मिनट भी लगातार देखने का मन करे। और फिर मेरे जैसे हैंडसम पति पर मरने से उसे फ़ुर्सत कहाँ कि वो सुभाष को देखे। विराट अपना ध्यान इस खयाल से हटाने के लिए फिर हार की तरफ़ देखने लगा। तीन तोले से कम तो क्या होगा? ...सोने का भाव क्या है आजकल? विराट वहाँ से निकलकर बाहर चला गया; पत्नी को मोटा सोने का हार उपहार में मिलने पर कहीं उसकी प्रसन्नता ज़ाहिर न हो जाये!

माँ और तन्वी भी उठीं और विद्या के सास-ससुर से मिलने चली गयीं। अब कमरे में बचे सिर्फ़ दो—विद्या और सुभाष!

"एक बार पहनकर दिखाओ ना?" सुभाष की चकोर आँखें विद्या के चेहरे पर आ जमीं।

"नहीं। तनु की शादी पर पहनूँगी।" उसकी सब चेष्टाएँ नकारने वाली रहती हैं सुभाष के प्रति; क्या विद्या सुभाष के सूक्ष्म प्यार से परिचित है??

"तन्वी की शादी पर इससे बड़ा हार लाकर दूँगा।"

"तनु को देना। तुम्हारे सब कुछ पर सिर्फ़ और सिर्फ़ उसका हक है।"

"और अगर मैं तुम्हारी तनु से शादी ही न करूँ तो?"

"क्या??? नहीं सुभाष! नहीं! तुम ये क्या..." वो घबराकर खड़ी हो गई।

"विद्या! विद्या, घबराओ नहीं प्लीज़! तुम्हारे होने वाले बेबी के लिए ये ठीक नहीं है। मैं तो बस यों ही मज़ाक कर रहा था। चलो, लेट जाओ।"

"नहीं। मुझे तैयार होना है। बाहर जाकर देखो, पूजा की तैयारियाँ हो गयीं क्या?"

विद्या का चेहरा इतना असहज हो उठा था कि सुभाष से ये कहते नहीं बना कि आज पूजा में यही हार पहने।

बाहर हलवाई के कढ़ाहे के पास आ बैठे विराट के दिमाग में रह-रहकर वही बात घूम रही है। नहीं! नहीं! विद्या को अगर सुभाष से प्यार होता तो ज़रूर वो उसी से शादी करती; भला मेरी क्या दबिश थी! मैं तो उसे छोड़कर चला ही गया था। उसने सिर्फ़ अपने प्यार के बूते मेरी राह तकी। उसका प्यार सिर्फ़ और सिर्फ़ मेरे लिए है। उसके सपने में भी कोई और पुरुष नहीं आ सकता। कम-से-कम उसका शरीर तो मेरे सिवाय और कोई नहीं छू सकता इस जीवन में! और अगर सुभाष के दिल में विद्या के लिए कुछ है भी तो..."

विराट धधकती भट्टी के ऊपर खौलते कढ़ाहे में उतरते कच्चे रसगुल्लों को देखते हुए सोच रहा है,

"...ऐसे एकतरफ़ा प्यार तो सहूलियत ही देते हैं! अगर वो यहाँ से चला जाये तो विद्या और दद्दा-बाई की ज़रूरत-बेज़रूरत काम आने को सुभाष है तो—हमेशा! वो रसगुल्लों को चाशनी में डूबता देख मुस्कुरा उठा है।

सत्यनारायण की कथा अब आरम्भ होती है। पंडित जी ने जोड़ी से बैठे विराट-विद्या के हाथों में पूजा के चावल दिये और कथा का वाचन आरम्भ किया,

"एक बार की बात है..."

विराट का यायावर मन बुरी तरह बेचैन है। कभी वह पीछे बैठे छोटे-से जनसमूह को देखता है, कभी पूजा-व्यवस्था को, कभी विद्या को। उसका मन बाहर ताकता-भीतर लौटता आज बड़े ऊँचे स्वर में फिर-फिर वही बात दोहरा रहा है जो दतिया आने के बाद से दबी-दबी आवाज़ में दोहराता रहा है,

"ये मामूली लोग! इनके मामूली सुख-दुख! मामूलियत में खत्म हो जाने वाली ये बे-चेहरा ज़िन्दगियाँ!!

मुझे जाना है!

मुझे जाना है!!

मुझे जाना है!!!

वो एकाएक उठ खड़ा हुआ। सब चौंके। कथा कहते-कहते पंडितजी बीच में रुक गये,

"बैठ जाइये यजमान। कथा के बीच में उठना मंगलकारी नहीं होगा।"

बैठ तो वो गया; पर उसके चेहरे पर एक गहरी छटपटाहट है। सबका ध्यान पूजा और सत्यनारायण पर है; सिर्फ़ बाई हैं जो उसका चेहरा देख रही हैं।

आधी से ऊपर रात ढल गई है। विराट अपने छोटे-से मकान की छत के एक

कोने पर शून्य माहौल में खड़ा अपने छोटे-से शहर की टिम-टिम रोशनियों को देख रहा है। पीछे से कंधे पर किसी का स्पर्श पाकर भी वैसा ही खड़ा रहा है।

"बाई, आप क्यों जाग रही हैं? कोई परेशानी है क्या?"

"परेसानी तो है मौड़ा।" बाई उसके उतरे हुए चेहरे को अपनी गद्देदार हथेली से छूकर पूछती हैं,

"बता, का परेसानी है बेटा ।"

"नहीं। ऐसा तो कुछ नहीं है। देखिये ना बाई, आपको कितनी अच्छी बहू मिल गई। कमाती भी है, घर भी सँभालती है और आप दोनों की सेवा भी करती है। और अब तो आप दादी भी बनने वाली हैं। यहाँ शहर में हमें कितनी इज़्ज़त मिलती है। गाँव की उस गलीच ज़िन्दगी से ऊपर उठ गये हैं हम। दद्दा की परचून की दुकान भी अच्छी चलने लगी है; इतनी कि आप भी उसी में लगी रहती हैं सारा दिन उनके साथ। मेरा आढ़त का काम भी बढ़िया है। सब कितना अच्छा चल रहा है ना बाई!"

"पर तुम भीतर से अच्छा नहीं महसूस कर रहे बेटा। अपनी बाई को नहीं बताओगे, का बात है?"

"बाई!"—ढले कंधों, उतरे चेहरे और हताश आवाज़ के साथ वो कस्बे की छोटी-छोटी रोशनियों को देखते हुए कहता है,

"ये वो जगह नहीं है जहाँ रहकर मैं अपनी ज़िन्दगी का मकसद पूरा कर सकूँ। मैं बड़ा साहित्यकार बनना चाहता हूँ—बहुत बड़ा साहित्यकार! यहाँ की इस सुखी-सामान्य ज़िन्दगी में खत्म नहीं हो जाना चाहता। मेरा दिल यहाँ के मामूलीपन से घबराता है बाई। आप समझ रही हैं ना कि मैं क्या कहना चाहता हूँ?"

"हाँ बेटा। जब तुम तनक-से थे, तब भी ऐसी ही बातें करते थे कि मैं इत्ता बड़ा आदमी बनूँगा कि मुझे देखके सब ताली बजायेंगे। बात तो लल्ला, तुम आज भी वही कह रहे हो।"

बाई उसके सिर और पीठ पर हाथ फेरने लगीं।

"बस एक आप ही हैं जो मुझे समझ सकती हैं वर्ना सब मुझे दोष ही देंगे कि मेरी नवब्याहता पत्नी प्रेग्नेंट थी और मैं उसे अपने बूढ़े माँ-बाप के साथ अकेला छोड़कर भाग गया! लेकिन बाई, आपकी कसम खाकर कहता हूँ कि मैं यहाँ अब और रहा तो घुटकर मर जाऊँगा!"

"काँ जाना चाहते हो?"

"दिल्ली जाना चाहता हूँ। पता है बाई, दिल्ली एक तरह से साहित्य का मक्का

है हर हिन्दी साहित्यकार के लिए। वहाँ रहने वाला मामूली-से-मामूली राइटर भी बड़ा कहलाने लगता है देश में। पुरस्कार-सम्मान-प्रसिद्धि तो समझिये कि बरसती है वहाँ। बाई, मैं वहाँ जाना चाहता हूँ।''

''तो जाओ।''

इस शान्त-स्थिर उत्तर से वो चौंक गया,

''आपने एकदम कह दिया; मना नहीं किया?''

''यहाँ रह के तुम खुस रहोगे नहीं फिर जे सब कुछ का मतलब का है? तुमाई खुसी में ही लल्ला हम की खुसी है। तुम आत-जात रईयो हर सप्ताह। बाद में जब उहाँ जम जाओ तो बहू की नौकरी का भी ट्रांसफर उते ही करवा लेना। हम दोनों प्राणी हियाँ सुखी रै हैं।''

''पर दद्दा? वे ये तो नहीं सोचेंगे कि मैंने गाँव की ज़मीन बेच दी; आप लोगों को यहाँ ले आया और अब अपनी प्रेग्नेंट पत्नी भी आपके भरोसे छोड़कर जा रहा हूँ?''

''तुमने बेटा बड़ा सपूत का काम किया है जो हमें सहर में बसा दिया। हियाँ जीवन कित्ता उम्दा है! पंखे-कूलर की हवा, गैस-चूल्हे की रोटी, सब कित्ता साफ़-सुथरा, कित्ता आरामदायक है। उते गाँव में का था जीवन—पुरखे मैला ढोते थे, हम उनकी जिल्लत ढोते रहे। इत्ती ज़िन्दगी अपमान सहते कट गई, अब इते नई धोती पहन के रोज़ कालोनी के मंदिर जात हैं। और बहू तो बेटा तुमने साक्षात लछमी ला दई है!''

''वही आपकी साक्षात् लक्ष्मी जाने देगी मुझे?'' उसके चेहरे पर एक अज्ञात अपराधबोध पुत गया।

''जाने वाले को कौन रोक सकत है?''

''आप मेरी सबसे बड़ी ताकत हैं बाई!'' उसने अपना अपराधबोध भरा चेहरा अम्मा की गोद में छिपा लिया।

विद्या ने जब जाना; उसके मुँह से चीख निकल गई,

—नहीं विराट! नहीं! नहीं!! नहीं!!!

लेकिन विराट तो जैसे किसी विद्या को जानता ही नहीं! दो-तीन दिन और वो रुका दतिया में। वो अपने कारोबार को समेटने लगा और सबका हिसाब-किताब चुकता कर, पूरी उधारी वसूल कर और किराये का वो ऑटो उसके मालिक को लौटाकर घर आया। और उसने बाज़ार से अपने लिए कुछ नये कपड़े, जूते और दूसरा ज़रूरी सामान खरीदा। एक दिन ग्वालियर जाकर आदिनाथ सर से चिट्ठी भी लिखा ले आया ताकि दिल्ली में लक्ष्मीप्रसाद सर के यहाँ टिकने का ठौर पा सके। उसका सूटकेस हर

दिन थोड़ा-थोड़ा सजने लगा। घर में किसी से भी बात करने का उसके पास वक्त न रहा था। दुकान पर बैठे दद्दा जैसे एकदम ही चुप हो गये। वे किसी से कुछ कहते तो न थे; पर गुमसुम और उदास थे जैसे उन्हें अपना गाँव, अपना घर छोड़ आने का बोध, मातादीन के घर छोड़कर जाने के निर्णय के बाद ही हुआ है। बाई उदास थीं या नहीं, साफ़ किसी की समझ में नहीं आ रहा था; वे बस खुद को उलझाये रहतीं हर समय किसी-न-किसी काम में। काम न बचता तो मंदिर की ओर निकल जातीं या सो जातीं। और विराट जैसे अपने आप को कुल ही समेट रहा है यहाँ से। उसका बर्ताव उस उतावले मेहमान की तरह हो गया जो अन्ततः अपने घर जाने वाला है। यों तीन-चार दिन बीत गये। अम्मा ने मेवा के लड्डू बाँध दिये हैं। रास्ते के लिए खाना बनाकर पैक कर दिया है। विद्या अपने कमरे में मौन पड़ी, शून्य आँखों से छत को ताक रही है। पिछले तीन-चार दिनों में हर दिन—बिलकुल हर दिन वो विराट के सामने रो चुकी है, लड़ चुकी है, गिड़गिड़ा चुकी है लेकिन जबकि उसकी हरसंभव कोशिश के बाद भी विराट का जाना नहीं रुका है तो उसका दिल एकदम ही टूट गया है। वो खुद को फिर एक बार छला हुआ पा रही है। नहीं! विराट ने उसको नहीं छला है; उसने खुद अपने आपको छला है! बरसों से विराट उसकी सबसे बड़ी कमज़ोरी रहा है। वो एक ऐसे युवक से प्रेम करती है जिसने कभी उससे प्रेम नहीं किया। सिवाय साहित्यिक सफलता की विराट कामना के मातादीन, किसी भी भावना, किसी भी रिश्ते में कभी ईमानदार नहीं है, न अपने माता-पिता के लिए, न अपनी पत्नी के लिए और न ही अपने होने वाले बच्चे के लिए! फिर क्यों वो विराट नाम की इस परिधि में ही अपना जीवन सार्थक समझती है? उसने उसका इतना लम्बा इन्तज़ार क्यों किया जबकि वो उसकी और उसके परिवार की बदनामी का अपराधी था? क्यों विराट के विवाह-प्रस्ताव को कबूतर की तरह आँखें मूँदकर स्वीकार कर लिया? क्यों उसने अपने आपका ये सवाल तब नहीं सुनना चाहा कि आखिर वजह क्या है कि वो इतना खूबसूरत युवक उस जैसी साँवली-साधारण सूरत युवती से शादी करना चाहता है? हर सवाल का जवाब उसके पास हमेशा से था—जिससे वो हमेशा से भागती रही है! और कितना कुछ हारकर, आज अन्ततः उसने सच को साफ़-साफ़ महसूस किया है।

...अब और एक आँसू न बहे आँखों से ओ ज़िम्मेदार माँ!

विद्या उठ बैठी है।

आज शनिवार है तो दद्दा-बाई को खिला-पिलाकर माँ के घर को निकल जायेगी। खाना तो महाराजिन बनाती है लेकिन परोसने, खयाल रखने की ज़िम्मेदारी विद्या ने ली

है हमेशा। कल इतवार है, परसों भी छुट्टी है इत्तेफाक से। तो यों वो दो-ढाई दिन के लिए अपनी माँ के पास जाकर रह आ सकती है। हफ़्ते भर से सुन रही है, माँ बिस्तर पर हैं।

—उठूँ, दद्दा के लिए चाय भिजवाऊँ नीचे दुकान में।

—बाई के घुटनों के दर्द के लिए ये आयुर्वेदिक तेल लाये कितने दिन हो गये। याद ही नहीं रही, अलमारी में यों ही पड़ा है। सबसे पहले उन्हें ये दे आऊँ।

—आज अंकुरित अनाज खाना भूल गई हूँ।

...हाऽह! अबसे मुझे खुद ही खयाल रखना है, दद्दा-बाई का भी, अपना भी और अपनी होने वाली संतान का भी।

जैसे पति की मृत्यु पर पर्याप्त शोक मना चुकी विधवा, इस काल्पनिक दुख-संसार से बाहर निकलकर व्यावहारिक ज़िन्दगी में पहले से कहीं ज़्यादा चतुर होकर लौटती है वैसे ही विद्या ध्यान कर रही है, कहीं कुछ काम रह तो नहीं गया?

उधर विद्या दिमागी तौर पर ज़िन्दगी में आगे बढ़ गई है, इधर विराट सबको पीछे छोड़ रेलवे स्टेशन आ पहुँचा है। साथ में सुभाष आया है। वो साथ तो है; पर सहमत नहीं। रेल के इन्तज़ार में दोनों पिछले पन्द्रह मिनट से बेंच पर बैठे हैं—एकदम चुप। डूबते सूरज की कमज़ोर रोशनी में कस्बाई स्टेशन का माहौल उदास जान पड़ता है। कुल आठ-दस यात्री भर हैं जो बार-बार उठकर पटरियों के किनारे आकर झाँक जाते हैं और अपनी ऊब समेटे वापस अपनी बेंच पर आ बैठते हैं। दो भिखारी हैं जो यहाँ-वहाँ फिर रहे हैं। समोसे बेचनेवाला दुबला अधेड़, मूँगफली बेचनेवाली अपाहिज बुढ़िया से बतिया रहा है और एक छोटा मैला लड़का और दो-तीन कुत्ते यहाँ-वहाँ आवारा घूमते, माहौल को जीवंत बनाये हुए हैं।

"ट्रेन आने वाली है!" पटरियों के उस पार मुख्य स्टेशन भवन से होते एनाउंसमेंट को सुन विराट अपने दोनों बैग, सूटकेस और बिस्तर अपने पास को खिसकाकर खड़ा हो गया।

सुभाष भी खड़ा हो गया लेकिन पहले की तरह चुप रहा और दूसरी तरफ़ देखता रहा।

"अब तो बात कर ले यार। अब बस, मैं जाने ही वाला हूँ," उसने सुभाष के कंधे पर लरजता हाथ रखा जिसे सुभाष ने गुस्से से परे हटा दिया।

"तू वापस आया ही क्यों था?"

"क्या तू इस बात से नाराज़ है कि मैंने विद्या से शादी की?"

"मैं तेरी हर बात से नाराज़ हूँ। तूने आते ही दद्दा की गाँव की पुश्तैनी ज़मीन

बिकवा दी और अब यहाँ शहर के पराये माहौल में उन्हें अकेला छोड़े जा रहा है!''

''दिल की बात बोल यार! नाराज़ तू दरअसल विद्या की वजह से है!''

''हाँ, हूँ! कम-से-कम इतना तो खयाल कर कि तेरी शादी को सिर्फ़ साल भर हुआ है और तेरी पत्नी प्रेग्नेंट है। तूने एक बार भी नहीं सोचा कि उसके दिल पर क्या गुज़र रही है! क्यों?''

''तो तू उसके दु:ख से दुखी है?''

''होऊँगा नहीं; दोस्त है वो मेरी। कितने सालों से मैं उसे जानता हूँ। कितनी सीधी है वो! उसे बेहतर जीवनसाथी मिलना चाहिए था। बड़ी गलती हुई कि उसका ब्याह तुझसे हो गया! ऐसा बेमुरव्वत, मतलबी आदमी जो अपने बूढ़े माँ-बाप, अपनी नव ब्याहता पत्नी और अपने होने वाले बच्चे को त्याग कर जा रहा हो सिर्फ़ अपने स्वार्थ के लिए; उसे मैं समझाऊँ भी तो क्या??''

''मैं अपने बोधिसत्व की तलाश में निकला हूँ। माता-पिता, पत्नी और यहाँ तक कि मेरा होने वाला बच्चा भी; इन सबसे बढ़कर मेरे लिए मेरे क्राफ़्ट की पुकार है। पता है सुभाष, रातों में जब मैं सोता हूँ तो न जाने नींद में, न जाने नींद के भरम में, मुझे ऐसा महसूस होता है कि दुनिया के उस छोर से एक आवाज़ आ रही है, 'चले आओ! चले आओ!' और तब मैं बेचैन हो उठता हूँ! पागल हो उठता हूँ! रात-रात भर जागा करता हूँ। ये वही आवाज़ है जो अपनी अँगुली पकड़ाये मुझे नये रास्तों पर लिये जा रही है।''

''और ये आवाज़ तुझे दतिया में आकर ही सुनाई दी?? ग्वालियर में नहीं सुनी तूने ये—चले आओ! चले आओ!'' सुभाष ने तंज किया। उसकी आवाज़ की टोन ऐसी थी जैसे वो किसी ज़लील गुनहगार से बात कर रहा हो।

''मेरी कुछ नादानियाँ थीं जिन्होंने मुझसे ग्वालियर छुड़वा दिया।''

''उन सब नादानियों से बड़ी नादानी तुम अब कर रहे हो मातादीन!''

''शायद, लेकिन मेरी तरक्की मुझे पुकार रही है और किसी भी सूरत में मैं रुक नहीं सकता हूँ। और फ़िक्र की क्या बात है; विद्या और उसके होने वाले बच्चे का खयाल रखने के लिए तू है तो। साथ में, थोड़ा खयाल मेरे बूढ़े दद्दा-बाई का भी कर लेना यार!''

''तू कह क्या रहा है, तू जानता है?''

''हा-हा-हा। तुम ज़्यादा पढ़ने-लिखने वालों के साथ यही तो दिक्कत है; आम आदमी से बहुत ज़्यादा समझदार होते हो! अरे, मैं तो बस मज़ाक कर रहा था।''

विराट ने एक सफ़ेद झूठ बोला। एक पल को सहज रहने की कोशिश करता

रहा; फिर एकाएक रुआँसा हो, सच कह गया,

"सच में, मेरी यही विनती है तुझसे। प्लीज़ मेरी बीवी और उसके होने वाले बच्चे का खयाल रखना। दद्दा-बाई को भी इस शहर में मैं सिर्फ़ तेरे भरोसे छोड़े जा रहा हूँ। पहले भी तू ही उनका मातादीन था; अब भी बने रहना यार!" वो उसके गले लग गया।

जाने वाली ट्रेन वो चली आ रही है। रेल की पुकारती आवाज़-सायरन सुन विराट ने अपना सब कुछ समेट लिया।

"मत जा यार!"

"तू है तो यहाँ! दद्दा-बाई की खबर लेते रहना। विद्या का तू खयाल रखेगा ही; ये कोई कहने वाली बात ही नहीं है!"

विशाल लौहपथगामिनी ने विराट को निगल लिया जैसे। खिड़की से हाथ हिलाता वो दूर ...और दूर ...और फिर नज़र से, दतिया के जीवन से निकल गया जैसे। अब यहाँ जो मौजूद है वो है—सुभाष!

पैदल अपनी कार की ओर लौटता सुभाष एक नये सिरे से एक बात सोच रहा है। मातादीन ने ऐसा क्यों कहा कि विद्या का वो खयाल रखेगा ही?

विद्या और अपने इतने बरसों के परिचय-साथ के बारे में उसने बिलकुल नये सिरे से सोचना शुरू किया है :

—जब पहली बार मातादीन ने उसे उससे मिलवाया था; उसे वो लड़की विद्या कितनी प्यारी लगी थी—क्यों?

—जब भी मातादीन ने उसे दुःख पहुँचाया, रुलाया, वो हमेशा उसके साथ था—क्यों?

—जब मातादीन उसे छोड़कर चला गया था, जब वो अपनी बदनामी, अपनी भाभी के लांछनों से इतनी आहत थी कि आत्महत्या कर लेना चाहती थी, तब सुभाष ने ही साये की तरह उसका साथ दिया । न सिर्फ़ उसकी पी-एच.डी. करवाने में पूरी-पूरी मदद की बल्कि नेट-परीक्षा की तैयारी करवाने से लेकर उसकी सरकारी लेक्चरर की नौकरी लगवाने तक के लिए उसने अपनी जान लगा दी थी—क्यों?

—तन्वी का प्रेम-प्रस्ताव उसने स्वीकार किया जबकि वो उससे प्रेम नहीं करता था—क्यों?

—बला की खूबसूरत तन्वी को वो जब-जब छूता है, ऐसा महसूस करता है जैसे विद्या की त्वचा, खून, देह को छू रहा है—क्यों?

—विद्या उसके लिए दुनिया है—क्यों?

...क्योंकि सुभाष विद्या से बेपनाह मुहब्बत करता है!

पैदल रास्ता पूरा हुआ। कार स्टार्ट करने की चाबी घुमाते उसे याद आया है, विद्या ने कहा था कि विराट को रेलवे स्टेशन छोड़ने के बाद उसे माँ के घर छोड़ दे। वो इन्तज़ार कर रही होगी! ये सोचकर सुभाष ने कार की गति बढ़ा दी है। अब न जाने क्यों उसे मातादीन का जाना एकाएक अच्छा लग उठा है। उसका दिल उससे कह रहा है कि अगर पहले ही दिन मातादीन ने विद्या को उससे अपनी प्रेमिका कहकर न मिलवाया होता तो कभी-न-कभी उसने विद्या को प्रपोज़ कर ही दिया होता। ...जो छोड़ जाये, वो प्यार नहीं होता; जो साथ निभाये वो प्यार होता है!

कार विद्या के मकान के नीचे आ चुकी है। उसने आठ-दस बार हॉर्न बजाया है। और अब सजी-सँवरी विद्या जल्दी-जल्दी सीढ़ियाँ उतरती चली आ रही है। सुभाष को बहुत फ़िक्र हुई है। इतनी जल्दी-जल्दी सीढ़ियाँ उतरना, वो भी ऐसी हालत में? नई मम्मा को डाँट पिलानी पड़ेगी! और इनकी ये हील सैंडिल्स? सबसे पहले मैडम को बाज़ार ले जाऊँ और कोल्हापुरी चप्पल दिलवाऊँ। लेकिन उससे भी पहले आइसक्रीम खिलाने ले चलता हूँ मैडम साहिबा की मनपसन्द—पिस्ता फ़्लेवर्ड! कितने दिनों से दिन-रात रोती रही है बेचारी!

अपनी साँसें सँभालती विद्या कार में आ बैठी है।

"सॉरी सुभाष। घर के काम निपटाते-निपटाते इतनी देर हो गई। दद्दा को चाय दी फिर अम्मा को तेल मला और उनके सिरहाने पानी का भरा जग भी रख आई हूँ। रात में उन्हें पानी पीने की आदत है। खाना भी उन दोनों को खिला आई हूँ। नौकर तो सब काम कर चले जाते हैं। महाराजिन भी अपनी कोठरी में जाती है तो अगली सुबह ही ऊपर आती है फिर; वे दोनों अब बिलकुल अकेले हो गये होंगे। वैसे मैं उन्हें सौ बार हिदायत कर आई हूँ कि कुंडी अन्दर से बंद रखें। दद्दा-बाई इतने सीधे हैं सुभाष कि मेरा तो हर्गिज़ मन नहीं कर रहा था उन्हें अकेला छोड़कर आने का। अगर माँ की तबीयत का ना सुना होता तो..." वो कहते-कहते रुक गई,

"विराट चले गये??"

सवाल करते-करते ही उसकी आँखों से टप-टप आँसू गिरने लगे हैं। वो खिड़की के बाहर देखती अपने आँसू पोंछ रही है। सुभाष ने कहा है,

"तुम कितनी देर में नीचे आयीं! मैं कब से तुम्हारा इन्तज़ार कर रहा था!"

"ओ! तुम्हें इन्तज़ार करना पड़ा!"

"बहुत!"—वो मुस्कुरा दिया।

इधर नये सफ़र पर निकला विराट रात में, अपनी बर्थ पर चादर ओढ़े लेटा, दौड़ती ट्रेन के बाहर के अँधेरे को देख रहा है। कभी इक्का-दुक्का रोशनियाँ नज़र आती हैं, कभी पूरा-का-पूरा रोशन शहर-स्टेशन गुज़र जाता है।

विद्या-आराध्या-सुनंदा नहीं। इनमें से कोई इस समय उसके ज़ेहन में नहीं। वो सोच रहा है—

''दिल्ली में पाखी भी तो रहती है!''

भूली-बिसरी यादें

...और ये आ गई दिल्ली!

कितना बड़ा रेलवे स्टेशन जैसे इन्सानों से बना समंदर।

स्टेशन से बाहर निकला है। मुट्ठी में पते का एक पुर्ज़ा है—लक्ष्मीप्रसाद। बस-दर-बस बदलता वो पते तक पहुँच रहा है; ज़ेहन में बाई का दिया हौसला है :

''चलते-चलते तो आदमी लंदन पहुँच जाये; दिल्ली कौन बड़ी जगह है!''

बंगले के बाहर मुख्य लौह द्वार पर एक पट्टिका लगी है—कुत्ते से सावधान।

अब गर्मियों की इस झुलसाती दोपहर में विराट बाहर से आवाज़ें लगा रहा है पर उधर कोई सुनवाई होती नहीं जान पड़ती। प्यास से गला हलकान हुआ जाता है। उसे उदयप्रकाश की कहानी 'तिरिछ' के मारक हालात याद हो आये हैं। वो भी इस महानगरीय कॉलोनी में वैसे ही भटककर न मर जाये कहीं।

हौसला विराट हौसला!

उसने मुख्य लौह द्वार खोला और संभावित हमलावर कुत्ते की टोह लेता, वापस दौड़ जाने को एकदम तैयार, गार्डन पार करता हुआ मुख्य भवन तक आ पहुँचा है। बेल बजी—एक बार! दो बार! तीन बार!

''आ रहा हूँ भई! आ रहा हूँ! क्यों घंटी बजा-बजाकर जान दिये देते हो!''

एक बुज़ुर्ग आवाज़ सुनाई देती है। विराट का दिल धड़का; उस तरफ़ हिन्दुस्तान के प्रसिद्ध साहित्यकार, पद्मश्री लक्ष्मीप्रसाद हैं!

द्वार खुलते ही विराट उनके पैरों में था,

''कौन हो भई?''

''सर, मैं विराट। आदिनाथ सर ने आपको फ़ोन किया था ना! ये चिट्ठी भी दी है आपके लिए।''

"ओ हाँ-हाँ। आओ बच्चे। भीतर आओ। तुम्हारा स्वागत है।"

चिट्ठी खोलकर पढ़ते हुए वे भीतर ड्रॉइंगरूम में चले आये, पीछे-पीछे विराट था।

"सर, वो बाहर लिखा है 'कुत्ते से सावधान।' विराट अब तक सावधान नज़र से इधर-उधर देख-परख रहा है।

"हा-हा-हा। वो तुम्हारे लिए नहीं है। इत्मीनान से आ जाओ।"

जूते बाहर उतारकर वो ए.सी. से ठंडाये भव्य ड्रॉइंगरूम के कश्मीरी कालीन पर पैर रखता है—आहा!

"कुत्ते से सावधान की तख्ती बाहर यों टाँगी है कि मैं अकेला बूढ़ा यहाँ रहता हूँ। बार-बार कोई तंग करे, कोई सेल्समैन, कोई चंदा लेने वाला, कोई भिखारी ही—बस इसीलिए।"

लक्ष्मीप्रसाद चिट्ठी पढ़ने लगे। विराट ने एक नज़र ड्रॉइंगरूम की भव्य साहित्यिकता पर डाली है—एक पूरी दीवार पर लकड़ी का सुन्दर बुकशेल्फ़ जड़ा है जिसमें किताबें ही किताबें हैं; हिन्दी, उर्दू, बंगाली, अंग्रेज़ी के क्लासिक से लेकर नवीनतम लेखकों की कृतियाँ; लेकिन वे निरंजन उपाध्याय के बुकशेल्फ़ की तरह काँच की दीवार में तरतीब से बंद नहीं थीं बल्कि खुली, धूल भरीं और कहीं ऊपर-नीचे व्यवस्थित-अव्यवस्थित रखी हैं। विराट को लगा, साहित्यकार और असाहित्यकार में मूलतः एक फ़र्क यही है—एक की बुकशेल्फ़ में किताबें सजावटी वस्तुओं की तरह होती हैं, दूसरे की बुकशेल्फ़ में इस्तेमाली कपड़ों की तरह!

"हूँ। तो तुम दिल्ली में टिकने की जुगत में आये हो!"

"सर!" विराट कालीन पर उनके पैरों के पास बैठ गया,

"मैं अपने बूढ़े माता-पिता का इकलौता बेटा हूँ; मैं उन्हें छोड़ आया हूँ। साल भर भी नहीं हुआ है अभी मेरी शादी हुए; मैं अपनी नवब्याहता पत्नी को छोड़ आया हूँ, और उसके गर्भ में पल रही अपनी अजन्मी संतान को भी! मैं अपना शहर, घर, परिवार सब कुछ त्याग चुका हूँ और आपके सामने हूँ।"

"क्यों भला?"

उत्तर में विराट ने वही पुराना रामबाण उत्तर यहाँ भी दोहरा दिया,

"साहित्य के लिए सर! उस सुख भरे जीवन में भी एक बेचैनी हमेशा तारी रहती थी मुझ पर। लगता था जैसे दुनिया के दूसरे छोर से एक आवाज़ पुकारती है 'चले आओ! चले आओ!' वो आवाज़ मेरे भीतर के क्राफ़्ट की पुकार है सर। जब मैंने ये जाना; मैं चला आया यहाँ।"

"त्याग तो तुम बहुत बड़ा करके आये हो बच्चे लेकिन इससे ये साबित नहीं होता कि प्रतिभा भी तुममें बड़ी ही होगी। आओ, तुम्हें रसोई दिखा दूँ। आदिनाथ ने लिखा है कि तुम्हें अपने घर में टिका लूँ जब तक कि तुम्हें यहाँ कोई ढंग की नौकरी नहीं मिल जाती।"

चाँदी की छड़ी की मूठ पर अपना वज़न डालते वे खड़े हो गये। विराट इस छड़ी को पहचानता है। दिल्ली जब पहली बार आया था कवि सम्मेलन में तब भी उसने इस साम्य पर ध्यान दिया था कि आदिनाथ सर और लक्ष्मीप्रसाद सर दोनों के पास हूबहू एक जैसी छड़ियाँ हैं—शायद एक ही वक्त में खरीदी गयीं! वो नतीजा निकाल रहा है कि दोनों इतने गहरे मित्र हैं कि अपने हलक का निवाला निकालकर दूसरे को दे सकते हैं मतलब यहाँ अपने कुछ दिन सुख से कट जायेंगे।

"सर, आप यहाँ अकेले रहते हैं? परिवार?"

"धर्मपत्नी को गुज़रे पाँच बरस होने को आये। मैं पचहत्तर साल का बूढ़ा, प्रेत की तरह इतने बड़े बंगले में अकेला भटका करता हूँ। यार-दोस्त तुम-जैसे ज़रूरतमंद साहित्यकार लड़कों को कभी-कभार सिफ़ारिश के साथ भेज देते हैं तो टिका लेता हूँ। साहित्य की दुनिया ही अब बस मेरा परिवार है। कहने को यों दो बेटे हैं। दोनों के ही अपने-अपने परिवार हैं। बड़ा बेटा नीदरलैंड में सैटल है। वहाँ की नागरिकता अपनाये हुए उसे ज़माना हो गया। उसकी दो बेटियाँ हैं—पक्की अंग्रेज़न! और उनके बेटे-बेटियाँ?? बाबा रे बाबा!"— वे पोतियों और परपोतियों-परपोतों को याद कर हँसने लगे। फिर बोले,

"छोटा मुंबई में है। बहू-बेटा दोनों सरकारी अफ़सर हैं। उनका एक ही बेटा है सो भी बड़ी उमर में हुआ। इतनी मिन्नत-आरजुओं के बाद हुई संतान भी उनसे सँभाली नहीं गई; बोर्डिंग स्कूल में पढ़ता है बेचारा!"

कष्ट-चिंता की कुछ महीन लकीरें उनके चेहरे पर गुपचुप आकार लेकर लौट गयीं। विषय बदलकर बोले,

"ये रसोई है। सब डिब्बे-डिब्बियाँ, बर्तन-पतीले ढंग से देखभाल लो। यों एक कामवाली आती है दोनों वक्त। घर का पूरा काम कर जाती है और खाना भी पका जाती है। पर तुम जब तक यहाँ रहोगे लड़के तब तक मैं बहुत बूढ़ा आदमी तुम पर कुछ तो निर्भर रहूँगा ही—कभी चाय, कभी शरबत, कभी नाश्ता। तुम भी खाना और मुझे भी खिलाना। आओ, मैं तुम्हें बाकी का घर दिखला दूँ।"

यों बंगला पर्याप्त बड़ा था लेकिन बुज़ुर्गवार ने बाकी का घर कहकर उसे सिर्फ़

एक ही कमरा दिखाया, दूसरी मंज़िल का उनका स्टडी-रूम जिससे लगा हुआ ही उनका शयनकक्ष था। विराट को दुष्यंत की याद हो आई,

जैसे दो दुनिया हों मुझमें
मेरा कमरा और मेरा घर।।

वह सोचने लगा, असली क्राफ़्ट कहाँ बसता है? न परिवार, न मकान, न फ़र्नीचर, न कपड़े-लत्ते-ज़ेवरों में उसे पाया जा सकता है। चले जाइये उसके अध्ययनकक्ष के कोनों में। पढ़ने-लिखने की मेज़, पुरानी-से-पुरानी किताबों, पत्रिकाओं से अटी अलमारियाँ, इस्तेमाली पेन-पेन्सिलों वाला कलमदान, पाठकों-सम्पादकों की पीली-पुरानी चिट्ठियों से ओवरलोडेड फ़ाइलें, प्रशस्तियाँ-पुरस्कार; इन सब में से बौद्धिकता की एक खास गंध ज़रूर महसूस होगी। यही गंध उस क्राफ़्ट की असली खुशबू है। खुशबू? एक क्राफ़्ट महज़ एक खुशबू है जिसे जिया तो जा सकता है, हासिल नहीं किया जा सकता। इस खुशबू को मुट्ठी में बंद करने की कोशिशें इसे खो देना ही साबित होता है हमेशा। कलाकारों-क्राफ़्टों के दुनियावी प्रेमप्रसंग आमतौर पर इसीलिए असफल हो जाते हैं। जिनकी आत्मा का विवाह कला से हो चुका हो, उनका समर्पण कहीं और कितने दिनों तक भटका रह सकता है?

विराट लक्ष्मीप्रसाद सर का स्टडी-रूम देख रहा है। कितना कुछ यहाँ आदिनाथ सर के स्टडी-रूम जैसा है लेकिन उससे बेहतर, उससे भव्य रूप। आदिनाथ सर के दतिया वाले घर में भी और ग्वालियर वाले घर में भी इससे मिलता-जुलता स्टडी-रूम है। माहौल-बर्ताव के कुल प्रभाव में विराट ने जान लिया कि आदिनाथ सर ने बहुत कुछ लक्ष्मीप्रसाद सर से ग्रहण किया है। पर वहाँ बाहरीपन ज़्यादा दिखता है, यहाँ भीतरीपन बहुत। यानी लक्ष्मीप्रसाद सर आदिनाथ जैसे उस्तादों के भी उस्ताद हैं—असली पारखी!

विराट ने सर के पाँव पकड़ लिये,

"आप आचार्य हैं सर! साहित्य के सच्चे उस्ताद! मैं बिलकुल नये सिरे से अपना काम सीखूँगा। आप मुझे अपना शागिर्द बना लीजिये। मैं भी यहाँ बैठकर अपने क्राफ़्ट को माँज सकूँ; मुझे इतनी जगह तो दीजिये अपने चरणों में।"

"अरे छोड़ो यार! मैं उस्ताद-वुस्ताद कोई नहीं। बस, एक बूढ़ा, हारा, चुका हुआ साहित्यकार हूँ। अच्छा, तुम ये बताओ पीने का शौक रखते हो?" बुकशेल्फ़ का गुप्त दरवाज़ा खोलते ही सामने तरह-तरह की शराबों से भरी अलमारी थी। एक बोतल लक्ष्मीप्रसाद ने निकाली। विराट के लिए ये कितना ज़्यादा पहचाना हुआ ब्रांड है ...वही पेटियाँ भर-भर शराब!

"नहीं सर, मैं शराब नहीं पीता—छूता भी नहीं।"

"ये तो बहुत ही बढ़िया बात निकली बरखुरदार। क्या तुम्हें पता है बच्चे कि एक शराबी दूसरे शराबी की सोहबत भले पसन्द करे पर भरोसा वो किसी न पीने वाले पर ही करता है।"

गिलास भर कॉकटेल पीने के बाद बुजुर्ग अदीब ने कहा,

"जाओ नीचे से मेरा फ़ोन उठा लाओ।"

विराट सेलफ़ोन उठा लाया। लक्ष्मीप्रसाद ने अपने दोस्त-सम्पादक ब्रजमोहन को फ़ोन मिलाया। पता चला कि वे हफ़्ते भर के लिए कलकत्ता गये हैं, भारतीय भाषा परिषद् के अवार्ड फ़ंक्शन में शिरकत करने। आदिनाथ के शिष्य के लिए नौकरी का पूछने पर सम्पादक ने अगले हफ़्ते ऑफ़िस में उस लड़के को भेज देने की बात कही।

"लो भई, हो गया तुम्हारी नौकरी का इन्तज़ाम। अच्छी किस्मत साथ लेकर चले हो। उसके दफ़्तर में उपसम्पादक का पद अभी-अभी खाली हुआ है। कह रहा था कि पत्रिका के मीडिया-कंपनी मालिकों को वो बता देगा। उस पत्रिका के मालिक लोग कोयला खदानों के कारोबारी हैं। हा-हा!"

अपने आप के साथ कुछ पलों तक हँसते रहे लक्ष्मीप्रसाद,

"कोयला, शेयर, बीड़ी, शराब के कारोबारियों से लेकर ईंट-गारे के ठेकेदार तक न सिर्फ़ बड़ी सफल साहित्यिक पत्रिकाओं के मालिक हैं बल्कि ब्रजमोहन जैसे प्रतिष्ठित साहित्यकारों को मातहत रखने में भी सफल हैं। खैर, अभी एक हफ़्ता है तुम्हारे पास फ़ुर्सत का; नौकरी में जुत जाओगे तो एक-एक इतवारी छुट्टी के लिए हफ़्ता-हफ़्ता तरसोगे। जाओ, अभी पूरे हफ़्ते घूम-फिर लो माने मंडी हाउस से लेकर तमाम पत्रिकाओं के दफ़्तरों की खाक छान आओ। सब मठाधीशों को सलाम ठोक आओ। सोने-खाने यहाँ आ जाया करो।"

"नहीं सर। यह पूरा हफ़्ता मैं आपके चरणों में बैठा रहूँगा।"

"ओ चूज़े, तुम तो परेशान करने की हद तक विनम्र हो। अब ये बताओ हफ़्ता भर मेरे चरणों में बैठकर करोगे क्या?"

"जानूँगा। जानूँगा कि कैसे तराशा आपने उन सब क्राफ़्टों को जो आगे चलकर हिन्दी के मूर्धन्य नाम बने।"

"ना भई ना! मैंने किसी को नहीं गढ़ा। मैं किसी का उस्ताद नहीं। तुम ये क्या बकवास किये जा रहे हो; शराब नहीं पीते हो ना तभी! जाओ, अपने लिए शरबत बना लाओ रसोई से। और खाने को भी कुछ ज़रूर मिल ही जायेगा डिब्बों में, मठरी

या बिस्कुट या नमकीन वगैरह कुछ। अब कामवाली तो शाम को ही आयेगी; तभी से तुम्हारे नाम का खाना बनना शुरू होगा।''

विराट गया और अपने लिए पोहा और शरबत बना लाया। आकर लक्ष्मीप्रसाद की आरामकुर्सी के पास कालीन पर बैठ गया और फिर वही प्रश्न दुहराने लगा। वे भरसक टालते रहे पर विराट ने जैसे ठान ली थी कि जानकर रहेगा, उनके उन सब शिष्य-लेखकों के बारे में और उस एक के बारे में भी जिसका फ़ैन है विराट।

रात को उनके पैर दबाते, सुबह कपों में चाय छानते, सैर पर साथ जाते, नाश्ता-खाना खाते ...हर वक्त में विराट ने वे ही सवाल दोहराये और लक्ष्मीप्रसाद अन्ततः खुल गये। अगले दिन सुबह की सैर में सुनाने लगे,

''कितने ही नाम दिये हैं मैंने हिन्दी को; सम्पादक हरिकिशन, आलोचक अरुणा, कवि निशांत, कवयित्री रति, सम्पादक विशाल, कहानीकार विमल, राजेश, किशोर और...''

लक्ष्मीप्रसाद सर अगला नाम लेने में एक पल लगाते हैं,

''कहानीकार, उपन्यासकार पाखी कुमकुम का पहला उस्ताद भी मैं ही रहा हूँ।''

''सर, ये सभी हिन्दी के प्रमुख नाम हैं; तो भी इनमें से अपना सबसे काबिल शागिर्द किसे मानते हैं?''

सवाल कुछ ऐसा है कि दोनों को ही पाखी याद हो आई जैसे सुबह के मटमैले उजास में मॉर्निंग स्टार अपनी पूरी आभा में दमक रहा हो।

''ये तो सब जानते हैं; वो है पाखी कुमकुम।'' बूढ़े उस्ताद सड़क किनारे लगी एक पत्थर-बैंच पर थककर बैठ गये,

''जो अनुभव इस जीवन भर में कमाये हैं और उनकी आँच में जो अन्तरदृष्टि पाई है; मैं दो पंक्तियाँ पढ़कर ही जान लेता हूँ कि किसमें कितनी संभावना है? किसमें कितना साहित्य है? जीवन मैंने इसी दुनिया में बिताया है। बीस बरस की उमर से जो लिखना शुरू किया तो आज तक लिखता ही तो रहा हूँ। सरकारी नौकरी से रिटायरमेंट के बाद *नई ज़मीन* का चौदह बरस तक सम्पादन किया; हिन्दी को बीसियों सितारा नाम दिये पर उसने खुद को सबसे चमकीला नाम साबित किया है। एकदम शुरू-शुरू में वो कवितायें लिखती थी। कवयित्री के तौर पर शुरुआती पहचान भी पा गई थी लेकिन एक दिन जब वो अपनी कविता मुझे दिखाने आई, मैंने कहा कि तुम्हारे अन्दर एक महान गद्यकार छिपा है लेकिन उससे बहुत कमतर लेकिन लोकप्रिय हो चुका तुम्हारे भीतर का कवि कहीं उसका हंता साबित न हो?''

लक्ष्मीप्रसाद छड़ी के सहारे खड़े हुए और पुनः पुरानी चाल में चल दिये। विराट साथ लगने के लिए लगभग दौड़ा,

"फिर क्या कहा उसने?"

"कहा नहीं किया! उसने तुरन्त ही वो कविता फाड़ दी जिसे वो इतने मन और मेहनत से लिखकर लाई थी। अपने ही सृजन को नष्ट करते उसे लेशमात्र भी मोह नहीं व्यापा। ...लेकिन वो कविता कभी नष्ट नहीं हुई, वो खाद बन गई उसके गद्य के लिए; इसीलिए तो उसका गद्य कविता सा माधुर्य देता है।"

"तो इसका श्रेय तो आपको जाता है कि आपने सही समय पर उसे रोशनी दिखाई।"

"नहीं। रोशनी खुद उसके भीतर थी तभी तो उसमें अपनी कविता फाड़ देने का साहस था। पहचान पा चुकने के बाद भी अपनी विधा को छोड़ देने का हौसला कितनों में होता है? ये हौसला जब प्रतिभा को मिल जाता है तो उसकी अलग पहचान बनना तय समझना चाहिए।"

"मैं तो इसे उसकी महत्वाकांक्षा कहूँगा।"

"महत्वाकांक्षा तो उसके अन्दर बहुत धारदार है—इतनी कि उसके चेहरे पर उसे देखा जा सकता है। वो अपनी सफलता के लिए किसी भी हद तक जा सकती है, कुछ भी कर सकती है; पर इसके साथ-ही-साथ उसमें वो प्रज्ञा भी है जो किसी भी तरह के तुच्छ प्रलोभन से उसे बचा ले जाती है।"

"मतलब कि अति की महत्वाकांक्षा?"

"न। महान महत्वाकांक्षा।"

वे घर लौट आये और विराट दो कप चाय बना लाया। आगे पूछना नहीं पड़ा। लक्ष्मीप्रसाद अतीत में पूरी तरह जा चुके थे और इस समय ऐसा प्रतीत होता था जैसे उनके सामने उनकी शिष्या का प्रेत अपनी कहानी लिये खड़ा है,

"फिर वो अपनी कहानियाँ मुझे दिखाने आती थी। उसकी पहली ही कहानी मैंने रिजेक्ट कर दी। हाथ से कागज़ पर लिखकर लाती थी वो कहानियाँ; कम्प्यूटर का इस्तेमाल नहीं करती थी। उसने फिर शायद और नौ बार उस कहानी को ड्राफ़्ट-दर-ड्राफ़्ट लिखा। रात-रात भर लिखा उसने। हर बार मुझे कहानी दिखाई। मेरे दिये सुझावों से कथानक बदल-बदल दिया और यों एक कहानी पर एक-डेढ़ महीने तक वो मेहनत करती रही। तब मैंने उससे कहा कि अब इस कहानी को और दो महीने के लिए भूल जाओ फिर एक बार उठाना, पढ़ना और रिराइट करना।"

"फिर?"

''फिर क्या? वो दो महीने बाद उस कहानी को फिर रिराइट कर लाई। और तब वो एक ऐसी कहानी बन चुकी थी जिसने उसकी पुरानी कवि-इमेज को मिटा दिया पढ़नेवालों के दिल-दिमाग से; और पाखी कुमकुम अपनी पहली ही कहानी के साथ पाठकों का पसन्दीदा कहानीकार बन गई।''

''आपने बराबर मेहनत की उसके साथ!''

''नहीं। मैंने तो सिर्फ़ मार्गदर्शन किया; सच्ची मेहनत तो उसने की। कहानी की संरचना पर मैं घंटों बोलता था और वो बड़े ध्यान से चुपचाप सुनती थी। और दरअसल मेरा कहा एक-एक शब्द वो सिर्फ़ सुनती नहीं थी, बल्कि सीख लेती थी जैसे उस्ताद के अल्फ़ाज न हों, लुटती मोहरें हों—और उसने एक भी मोहर को न सिर्फ़ ज़ाया नहीं होने दिया बल्कि पूरा-पूरा इस्तेमाल भी किया अपने खर्च में। अपनी कही बातों को उसकी कहानी में अमल होते देख मुझे अपार प्रसन्नता होती थी। अपना सर्वश्रेष्ठ मैंने अपनी शिष्या को दिया। अपना कुल ज्ञान, अपनी कुल प्रज्ञा मैं उस बच्ची में उड़ेल देना चाहता था। दरअसल इसके पीछे मेरा एक बड़ा गहरा लालच था। अपने सब औसत शिष्यों के बाद मैंने एक योग्य उत्तराधिकारिणी पाई थी जिसके माध्यम से मैं अपने आप को अमर कर देना चाहता था ...शायद कुछ हद तक हुआ भी होऊँ।''

दोपहर के भोजन के बाद लक्ष्मीप्रसाद सुस्ता रहे हैं और विराट उनके पैर दबा रहा है,

''फिर क्या हुआ?''

''फिर मैं उसमें अपना अमरत्व देखने लगा। मैं सोचता था कि मैं दूसरा महावीरप्रसाद द्विवेदी कहलाऊँगा। मैंने उसकी तरक्की के लिए अपना सब कुछ दाँव पर लगा दिया। उसकी कहानियों पर सम्पादकीय लिखे, समीक्षाएँ लिखवाईं, पुराने वास्तों का इस्तेमाल कर उसे पुरस्कार और कहानीपाठ, विदेश यात्राएँ दिलवाईं। लेकिन मैं अब भी यही कहूँगा कि मैं अगर ये सब न भी करता तो कभी-न-कभी उसे इस रोशन राह पर आ ही जाना था।''

''तो भी सर, सब कहते हैं कि पाखी के क्राफ़्ट को आपने ऐसे तराशा है जैसे बारीक नक्काशी।''

''हाँ, मैं कुछ श्रेय तो खुद को दे ही सकता हूँ जितना कि वास्तव में गुरु को मिलना चाहिए। उसमें उस पत्थर की काबिलियत थी जो किसी भी नई चोट-प्रहार से टूटता नहीं है बल्कि और कलात्मक हो उठता है; मुझमें भी उस बूढ़े कलाकार का मन था जो अपना सर्वश्रेष्ठ देना चाहता है। वो कहावत है ना कि हज़ार टाँकियाँ सहकर ही महादेव होते हैं।''—वे बड़े वात्सल्य से याद करते हैं,

''आज जो उसकी कहानियों के विषय, पात्र, अन्तर्वस्तु, गठन और भाषा के नयेपन पर सम्पादक-समीक्षक-पाठक सब रीझ-रीझ जाते हैं सो सब इस बूढ़े का आशीर्वाद है। पता है श्लीलता और अश्लीलता का फ़र्क मैंने उसे कैसे सिखाया था...''

शाम को बगीचे में विराट से निड़ाई-गुड़ाई करवाते लक्ष्मीप्रसाद उसे ले चले उस अतीत क्लास में जहाँ उन्हें अपनी भूतपूर्व छात्रा 'प्रजेंस सर!' कहती नज़र आती है,

''उसकी एक कहानी में देशकाल वर्णन के तहत लिखा हुआ था—अधखिली कलियों को चूमते यायावर भँवरे! मैंने वाक्यांश सुधारकर लिख दिया—अधखिली कलियाँ और यायावर भँवरे। इस विषय पर और कुछ मैंने नहीं कहा। पर उस उतने से वाक्यांश से वो सीख गई अश्लीलता और काम-सौन्दर्य वर्णन के बीच का फ़र्क। और सिर्फ़ मैं ही नहीं, जो भी उसे उसके काम की बात सिखाता, वो इतनी तत्परता और गहराई से सीख लेती कि वो बात एक पल बाद उसकी अपनी खासियत बन चुकी होती।''

खाने की मेज़ पर डिनर लेते लक्ष्मीप्रसाद को विराट मूँग की दाल परोस रहा है और वे सुना रहे हैं,

''वाक्य बहुत लम्बे-लम्बे लिखती थी वो। शब्द स्फीति भी बहुत थी उसके गद्य में। मैंने लाल पेन से काट-काटकर, कई नोट लिख-लिखकर उसकी कहानी के कच्चे ड्राफ़्टों को सुधारा जैसे कि एक कहानी में उसने लिख दिया,

'अपराह्न की धूप में फ़र्श की धूल पिसे सोने की तरह चमक रही थी और मैं इस धूल पर टहल रहा था।'

मैंने उसके इस एक वाक्य को दो वाक्यों में बदल दिया,

'अपराह्न की धूप में फ़र्श की धूल पिसे सोने की तरह चमक रही थी। मैं टहल रहा था।'

यों मैंने उसे बताया कि कैसे छोटे-छोटे वाक्यों की रचना की जाती है जो पाठक की कल्पनाशक्ति के विरोधी या बाधक नहीं होते।''

रात के खाने के बाद युवा कवि और बुज़ुर्ग उस्ताद साहित्यकार टहलने निकल गये,

''तीन डॉट तो वो बहुत ही इस्तेमाल करती थी। एक बार उसने इसके लिए मुझसे वो कड़क डाँट खायी कि कोई दूसरा शागिर्द होता उसकी जगह तो भाग खड़ा होता; लेकिन उसने न सिर्फ़ समझा बल्कि सीखा भी। अब देखो, उसके गद्य में तीन डॉट का एक नया ही प्रयोग मिलता है। समीक्षक लिखते हैं कि पैरा बदलने की बजाय तीन डॉट से दूरी दिखाना कोई पाखी कुमकुम की कहानियों से सीखे!''

अगली सुबह की सैर में वे सुना रहे हैं,

"विषय चयन को लेकर वो मुझसे लम्बी-लम्बी चर्चायें करती थी और मैं उसे हमेशा कहता था कि विषय एकदम जीवन से निकले हुए होने चाहिए। सिर्फ़ भोगा हुआ यथार्थ ही नहीं; यथार्थ के ऊपर एक ऐसी कल्पना जो यथार्थ से भी श्रेष्ठ हो। वो हर नई कहानी में नये प्रयोग, नई कोशिशें करती और आज न सिर्फ़ अपने विषय वैविध्य के कारण बल्कि पात्रों के कारण भी दूसरों से अलग है लिट्रेचर में।"

लक्ष्मीप्रसाद दोपहर के भोजन के बाद सुस्ता रहे हैं और विराट उनके लिए मसालेदार चाय बना लाया है। वे कह रहे हैं,

"पढ़ने का तो क्या गज़ब शौक पाया है उसने। मैंने जीवन भर जो क्लासिक जोड़ा, उसने उसका अधिकांश हिस्सा पढ़ डाला। यों मैं किसी को अपनी किताबें छूने भी नहीं देता लेकिन उसको तो मैं ज़बरन किताबें थमाता था; क्योंकि वो किताबों पर जिलेटिन-पन्नी का चमचमाता कवर चढ़ाकर और फटी किताबें चिपकाकर या बाइंडिंग करवाकर लौटाती थी। कहती थी 'ये मैंने इस किताब को थैंक्स कहा है जिसने मुझे इतना ज्ञान दिया।' और तुम्हें पता है वो पढ़ती भी कैसे थी? एकदम खांटी लेखक की तरह; नोट्स बनाकर!"

लक्ष्मीप्रसाद सोने जा रहे हैं। विराट उनके पैताने बैठा, उनके पैरों में तेल मालिश कर रहा है। वे सुना रहे हैं,

"अब और क्या-क्या सुनाऊँ! मैंने अपने जीवन के कई साल उसके क्राफ़्ट को माँजने में खर्च कर डाले। जिस दिन मैंने उससे कहा कि ऐ लड़की, तुम अपने आपको तीलियों में क्यों खर्च करती हो जबकि तुम में मशाल होने की योग्यता है? वो चुपचाप मेरी बात सुनती रही; फिर उठकर चली गई। और पन्द्रह-बीस दिनों बाद जब वो फिर मुझसे मिलने आई..."

बूढ़े उस्ताद के चेहरे पर अपनी भूतपूर्व छात्रा के लिए ऐसा गर्व झिलमिलाने लगा जैसे वे अपनी कोई महान उपलब्धि सुना रहे हों,

"...तो उसने बताया कि उसने अपने पहले उपन्यास पर काम शुरू कर दिया है। वो हमेशा कहती थी इस प्लॉट पर काम शुरू कर दिया है, उस कथानक पर काम शुरू कर दिया है; ये कभी नहीं कहा उसने कि 'लिख रही हूँ।' लिखना उसके लिए मकसद था ज़िन्दगी का जैसे ...अब भी होगा। कितना कुछ पढ़ता रहता हूँ इधर उसका। तीन-चार साल का स्ट्रगल कोई स्ट्रगल नहीं होता साहित्य में; और एक तरह से देखा जाये तो उसने तो वो भी नहीं किया। वास्तविक शुरुआत से पहले ही उसे एक मंच मिल गया था, फ़ोकस मिल गया था और मिल गया था मुझ-सा मूर्ख उस्ताद । हा-हा-हा!"

इस हँसी में कितना कष्ट है, ये विराट ने तब जाना जब लक्ष्मीप्रसाद अपने आँसू नहीं रोक पाये और करवट बदलकर आँखें मूँद लीं।

अगले दिन अलसुबह की सैर पर मटमैले उजास में चमकते मॉर्निंग स्टार को देखता विराट उनसे पूछ रहा था,

''फिर क्या हुआ था सर? अगर वो आपकी सर्वश्रेष्ठ शिष्या है, अगर आपको इतना गर्व है उस पर, अगर उसने अपना सब कुछ श्रेष्ठ आप ही से पाया है तो फिर इतनी दूरी कैसे आ गई गुरु-शिष्या के संबंधों में?''

''वही, उसकी महान महत्वाकांक्षा! अपना पहला उपन्यास वो मुझे तब तक दिखाती रही जब तक कि उसमें ड्राफ़्ट-दर-ड्राफ़्ट परफेक्शन नहीं आता गया। ...लेकिन अंतिम ड्राफ्ट मुझे दिखाना उसने ज़रूरी नहीं समझा। इतना ही नहीं; उपन्यास उसने उस प्रकाशक को दे दिया जो जोड़तोड़ और खरीद-फ़रोख्त का सबसे बड़ा दुकानदार है साहित्य में। कितनी ही लेखिकाएँ उसके प्रेम-प्रसंग में पड़कर खत्म हो गयीं, कितने ही लेखक अपनी स्वतंत्रता खोकर उसके मातहत समीक्षक बन गये। कहने का मकसद है कि एक ऐसा आदमी जो अपनी दुकान चलाने के लिए साम-दाम-दण्ड-भेद सब अपनाता है; उस घोर व्यवसायी को अपना साहित्य पाखी ने सिर्फ़ इसलिए दे दिया क्योंकि... एक दबी-दबी चर्चा थी उन दिनों दिल्ली में, शायद बाहर न पहुँची हो कि एक प्रदेश की अकादमी का लखटकिया अवार्ड उस उपन्यास का तय सौदा था!''—लक्ष्मीप्रसाद क्रोध से काँप कर चुप हो गये।

दोपहर के भोजन के समय वे कह रहे थे,

''पिछले दिनों एक बड़ी प्रमुख पत्रिका में उसका इंटरव्यू पढ़ा। वो मेरी मानसिक बच्ची उस साक्षात्कार में कह रही थी कि उपन्यासकार शेखर उसके उस्ताद हैं। और इसके पीछे बस इतनी मामूली-सी वजह है कि शेखर कई अवार्डों की ज्यूरी में हुआ करते हैं। मेरा नाम वो अब कभी नहीं लेगी क्योंकि अपने खांटी लेखकपन के हाथों मजबूर मैं अवार्डों की ज्यूरियों में शामिल नहीं होता हूँ। कभी ये पाप किया भी होगा तो सिर्फ़ पाखी कुमकुम को साहित्य में स्थापित करने के लिए! इसे कहिये गुनाह बेलज़्ज़त! हा-हा-हा! ...सच तो यह है कि उसे नये-नये उस्तादों की नहीं बल्कि नई-नई प्रज्ञाओं की टोह है जिनकी काबिलियतों को वो पलक झपकते अपनी काबिलियत बना लिया करती है। उस प्रकाशक को परे कर अब उसके पास हिन्दी में आये एक नये अन्तरराष्ट्रीय प्रकाशक का साथ है। सुना है इसी विश्व पुस्तक मेले में उस नये अन्तरराष्ट्रीय प्रकाशन हाउस से उसका नया उपन्यास लांच हो रहा है—हिन्दी और अंग्रेज़ी

दोनों में एक साथ! ये तो उसकी वो कमर्शियल सोच है जो अपने हुनर को सर्वश्रेष्ठ दामों में बेचने के काम आती है; रहा सवाल अपनी प्रतिभा की धार को कायम रखने का तो उपन्यासकार शेखर से जब वो उनका सर्वश्रेष्ठ सीख चुकेगी, कोई और नामी लेखक उसका उस्ताद होगा।'' उनके चेहरे पर कष्ट, घृणा, विवशता और क्रोध के रंगों का कोलाज बनकर मिट गया।

हफ़्ता बीत गया। ब्रजमोहन के लौट आते ही विराट उनसे मिलने गया और बड़ी सरलता से उसे वो नौकरी मिल गई। वेतन और चिकित्सकीय सहूलियतों के अलावा, पत्रिका के दफ़्तर से लगा एक कमरे का फ़्लैट उसे रहने को दिया गया। लक्ष्मीप्रसाद के घर से अपना सामान समेट उसने उनके चरणस्पर्श करते हुए विदा माँगी तो वे आशीर्वाद देते हुए बोले,

''अपने नरम-गरम स्वास्थ्य का कैदी अब कहीं आता-जाता नहीं हूँ मैं; और तुम्हारी जो नौकरी है, फिर जो आवास मिला है तुम्हें—अब एक तरह से चौबीसों घंटे तुम साहित्य की मृगमरीचिकाओं में भटके रहोगे। मुझसे मिलना अब शायद ही हो तुम्हारा। ब्रजमोहन के दफ़्तर में कौन साहित्यकार नहीं आता दिल्ली का, देश का। कभी पाखी आये तो कहना उससे कि उसका ये बूढ़ा उस्ताद अब बहुत दिनों का मेहमान नहीं है। अपने साक्षात्कारों में भले वो शेखर को अपना साहित्यिक बाप बताती रहे पर कभी अपने इस सच्चे उस्ताद से मिलने...'' उनका गला रुँध गया और छड़ी टेकते वे पलटकर अपनी स्टडी-रूम की सीढ़ियाँ चढ़ने लगे। विराट सोच रहा है, उनकी स्टडी में किताबों और शराबों का कॉकटेल है। उनके घर में एक कामवाली आया करती है, दोनों वक्त रोटी और मूँग की दाल या दलिया पकाने। उनके दो बेटे हैं जो अब दरअसल उनके जीवन में कहीं नहीं हैं। कभी-कभार उनके यहाँ बेरोज़गार साहित्यिक लड़के पनाह पाते हैं और कुछ दिनों तक उनके पैर दबाकर, उनके सम्पर्कों से नौकरी पाकर उन्हें हमेशा के लिए भूल जाते हैं। उनके अस्वास्थ्य को देखकर सहज अन्दाज़ा होता है कि उन्हें और बहुत दिन जीना नहीं है। उन्होंने अपने कुल साहित्यिक जीवन में क्या खोया-पाया, इसको आदिनाथ सर अपने एक हालिया लेख में बड़े साफ़ शब्दों में बयान करते हैं,

''अपनी पीढ़ी में लक्ष्मीप्रसाद साहित्य के बाग के सर्वश्रेष्ठ कुसुम होते अगर पूरे खिल पाते। बाद में, इस अधखिले रह गये फूल ने अपनी कुल सुगंध, अपना समस्त सौंदर्य अपनी कली-शिष्या पाखी को हस्तांतरित कर दिया। न जीवन भर का लिखा हुआ, न *नई ज़मीन* का चौहद साला सम्पादन, न वे छोटे-छोटे शिष्य-क्राफ़्ट

लक्ष्मीप्रसाद को याद करवा पायेंगे इस दुनिया में। उन्हें सिर्फ़ एक सूरत में याद रखा जा सकता है जबकि उनकी वो कली-शिष्या इस पीढ़ी का सर्वश्रेष्ठ सुमन सिद्ध हो इस साहित्यिक बाग का। अब समझ नहीं आता कि इसे अफ़सोस कहें या खुशी कह लें; उनकी कली-शिष्या अपनी श्रेष्ठता की ओर अग्रसर तो है लेकिन उन्हें ऐसे बिसार दिया है जैसे कभी जाना ही न हो! बकौल फ़राज़,

चलता था कभी हाथ मेरा थाम के जिस पर
करता है उसे याद वो रस्ता बहुत कहना

दिल्ली के दिखावे

अपना बोरिया-बिस्तर सँभाले विराट पत्रिका *साहित्यतंत्र* के दफ़्तर से लगे एक कमरे में आ बसा। ऑफ़िस में सम्पादक ब्रजमोहन महीने में सिर्फ़ दस-बारह दिन बैठते थे सो भी कभी ग्यारह से एक तो कभी बारह से तीन; उसमें भी पूरा समय या तो फ़ोन पर लम्बी-लम्बी बातें करते रहते या इंटरनेट पर चैटिंग करते, सोशल नेटवर्किंग साइट्स पर लेख पढ़ते और लेखकों के सम्पर्क में रहते। तैयार अंक को एक सरसरी नज़र देखते और फिर निकल जाते। ऑफ़िस में सुबह ग्यारह से शाम पाँच बजे तक विराट ही बैठता। और कोई बड़ा साहित्यकार आ बैठता तो बाकी का स्टाफ़ तो चला जाता लेकिन विराट को ऑफ़िस-कम-घर में रात के दस बजे तक जी हुजूरी में उपस्थित रहना पड़ता। कभी किसी कस्बे से कोई छोटा साहित्यकार आता तो विराट के कमरे में ही टिक जाता। यों *साहित्यतंत्र* का पूरा व्यवस्थापकीय काम विराट को ही देखना पड़ता। ऑफ़िस के बाद या ऑफ़ के दिन वो मंडी हाउस चला जाता। ड्रामा देखता या कॉफ़ी हाउस में बैठकर इस-उस साहित्यकार के वेज-नॉनवेज किस्सों पर ली जाने वाली चुटकियाँ सुनता। साहित्यिक कार्यक्रमों में उसे *साहित्यतंत्र* के उपसम्पादक के तौर पर तवज्जह मिलती थी। तमाम नवोदित साहित्यकार-लड़के उसे 'सर! सर!' कहते नहीं थकते थे; और साहित्यिक लड़कियाँ उसके इर्द-गिर्द मँडराया करतीं, उससे मज़ाक करतीं, अदाओं से उसे लुभातीं और फिर किसी दिन *साहित्यतंत्र* के दफ़्तर आ धमकतीं अपनी कचरी-अधकचरी किसी रचना को हाथ में लिये। विराट उनमें से कइयों के साथ, उन्हीं के खर्चे पर डिनर करता, टॉकीज़ों में पिक्चरें देखता और फिर उन तमाम नवेलियों में से किसी एक की ही रचना 'नव-आगत' कॉलम में लगाता; बाकी सबों को अगले अंक का वादा कर देता था—वे सब जिन्होंने उस पर कम पैसे खर्च किये

थे बनिस्बत चुनी गई 'नव-आगत' के! धीरे-धीरे वे सब यह जानने लगी थीं; और कोई उसका सेलफ़ोन रिचार्ज करवा देती कोई उसके लिए ब्रांडेड शर्ट ला देती, तो कोई महँगा परफ़्यूम उपहार में दे देती। एक ने तो जिसे बाद में सबसे शानदार तौर पर 'नव-आगत' में प्रस्तुत किया गया, विराट को एक पुराना लैपटॉप उपहार में दिया था। नेट कनेक्शन का बिल विराट को खुद कभी न भरना पड़ता था; बहुतेरे पाठक-सी ग्रेड रचनाकार हमेशा आतुर रहते थे कि *साहित्यतंत्र* में और कुछ नहीं तो पत्र ही छप जाये या समीक्षकों के लेखों में गिनाये प्रमुख नामों में उनका भी नाम आ जाये। कभी-कभी विराट ये भी करता था कि समीक्षकों के लेखों में अपनी तरफ़ से एक-दो नाम डाल देता था। किसी समीक्षक ने भी इस बावत कभी उसकी शिकायत सम्पादक से नहीं की क्योंकि समीक्षक खुद भी अधिकतम लाभ के वाणिज्यिक सिद्धान्त पर चलने वाले लोग थे। यों अपने ऊपरी मन में तो विराट बड़ा प्रसन्न रहता था कि पत्रिका के 'नव-आगत' कॉलम में रचना लेने-न लेने का अधिकार ब्रजमोहन सर ने उसके हक में छोड़ रखा है और उसकी दूसरी छोटी-मोटी बेईमानियों को भी वे अनदेखा कर देते हैं। यों अपनी समस्त बेईमानियों के साथ वो यहाँ खुश था। व्हाट्सएप, फ़ेसबुक, ट्विटर, गूगल प्लस वगैरह लगभग सभी सोशल नेटवर्किंग साइट्स उसने ज़्वाइन कर ली थीं और जिन पर नये साहित्यिक बच्चों के बीच उसे स्टार जैसा महत्त्व प्राप्त हो गया था; यहाँ तक कि नई लेखिका-लड़कियाँ रात तीन बजे उसके द्वारा भेजे गये नॉनवेज एसएमएसों का भी बुरा नहीं मानती थीं। यों वो खुश था बिलकुल उतना ही जितना पिछला उपसम्पादक रहा करता था अपने शुरुआती दिनों में, अपनी समस्त बेईमानियों और निचुड़ जाने की हद तक किये गये ऑफ़िस कार्य के बीच। फिर धीरे-धीरे बिलकुल पुराने उपसम्पादक की ही तरह विराट भी अपनी गहराइयों में जानने लगा था कि 'नव-आगत' कॉलम महज़ एक झुनझुना है अपार ऑफ़िस-वर्क से त्रस्त उपसम्पादक के लिए! क्योंकि बाकी *साहित्यतंत्र* के किसी पन्ने की किसी रचना, किसी शब्द को छूने का अधिकार उसे न था। दफ़्तर के टाइपिस्ट, प्रूफ़रीडर से लेकर रिसेप्शनिस्ट तक उसे खुद से बेहतर स्थिति में लगते। इधर कुछ दिनों से, अपने भीतर हल्का-हल्का वो महसूस करने लगा था कि उपसम्पादक की ड्यूटी बजाने के अलावा वो चौकीदार या चपरासी भी है जिसका काम चौबीसों घंटे *साहित्यतंत्र* के दरवाज़े पर मुस्तैद खड़ा रहना है ताकि कोई भी छोटा-बड़ा-मझोला साहित्यकार आये चाहे दिन में, चाहे रात में; तो पत्रिका के लिए संभावित फ़ायदेमंद (क्योंकि यहाँ आने वाले हर एक साहित्यकार, पाठक को *साहित्यतंत्र* की एक साल की सदस्यता लेनी ही पड़ती थी।) के स्वागत में वो बिछ-बिछ जाये। ऐसे

कई असहनीय घटिया लेखकों को अपने कमरे में सुनते-सुनते, सुलाते-सुलाते और उनके साथ नीचे बाज़ार में खाना, नाश्ता या पान खाते-खाते विराट इतना ज़्यादा उकता उठता कि फिर इंटरनेट पर लेखिकाओं से चैटिंग करने के सिवाय और कुछ करने के काबिल वो खुद को न पाता। इस तरह जब से *साहित्यतंत्र* का उपसम्पादक वो हुआ था; उसका लिखना सौ प्रतिशत छूट चुका था।

नई नौकरी के कुछ थोड़े महीने यों बीते। अब विराट को समझ में आने लगा कि क्यों मालिकों ने इतनी ऊँची तनख्वाह पर ब्रजमोहन सर को सम्पादक रखा हुआ है जबकि वे न तो पूरे समय ऑफ़िस में बैठते हैं, और न ही सम्पादकीय गम्भीरता-गहनता से किसी रचना को पूरा ही पढ़ते हैं। विराट ने अपने साहित्यिक सम्पर्कदारों से जाना कि *साहित्यतंत्र* को इतना सर्कुलेशन और इतना साहित्यिक ग्लैमर ब्रजमोहन के सम्पादक होने के बाद ही मिला है। अपने व्यक्तिगत परिचय-निकटता के बूते बड़े लेखक-लेखिकाओं से *साहित्यतंत्र* के लिए अप्रकाशित कवितायें, कहानियाँ, समीक्षा-लेख वगैरह पाना उनके लिए सबसे साधारण बात है। *साहित्यतंत्र* की सबसे खास बात यह थी कि उसके हर एक अंक में कुछ-न-कुछ सनसनीखेज ज़रूर होता। कभी किसी प्रख्यात का किसी विख्यात के सृजन-लेखन को नीचा दिखाता लेख, कभी किसी बी या सी ग्रेड अधेड़ लेखिका की ऐसी कहानी जो पोर्न साहित्य के सीमांत पर खड़े होकर लिखी गई हो, कभी किसी अत्यन्त प्रतिष्ठित मगर स्वर्गीय साहित्यकार के व्यक्तिगत जीवन के सहवास-किस्से या साथी साहित्यकारों से द्वेष की कथायें तो कभी ये खुलासा कि फलाँ अवार्ड के पीछे की पॉलिटिक्स क्या रही, या फिर ये कि अपने गुर्गे-नवोदितों को प्रमोट करने के लिए पुराने साहित्यिकारों के हद-बाहर के प्रयास क्या रहे; किस बुज़ुर्ग सम्पादक ने अपने कैंप के नये लड़के या लड़की के दूसरा प्रेमचंद होने का दावा किया है। विराट को आश्चर्य होता, ब्रजमोहन सर ये सब सनसनियाँ कब जुटा लेते हैं?? ऑफ़िस में बस लेख/रचनायें पहुँचती दिखतीं सो भी बहुधा ईमेल से। पीछे से ब्रजमोहन सर फ़ोन पर निर्देश देते कि फलाँ लेख पहुँचा होगा। उसे पत्रिका के फलाँ नंबर पेज पर लगाना है या ये कि फलाँ राज्य सरकार या सरकारी संस्थान का विज्ञापन ऑफ़िस के पते पर आने वाला है; इस-इस नंबर के पेज पर यों-यों प्रकाशित किया जाना है। कभी ब्रजमोहन सर उसे फ़ोन पर कहते कि फलाँ साहित्यकार ऑफ़िस आने वाले हैं साक्षात्कार देने या फलाँ साहित्यकार के घर चले जाओ साक्षात्कार लेने। इन साक्षात्कारों में विराट को अपनी ग्वालियरी साक्षात्कारी प्रतिभा दिखाने का कोई अवसर न था। अधिकांशत: तो यह होता कि लेखक साक्षात्कार की टाइपशुदा कॉपी उसे थमा

देते जिसमें सवाल भी उनके अपने होते, जवाब भी। विराट का नाम प्रश्नकर्ता की जगह पर लिखा होता और कभी प्रश्नकर्ता का स्थान रिक्त छोड़ा गया होता ताकि ब्रजमोहन जी अपनी सहूलियत से किसी का भी नाम वहाँ डाल सकें। कभी साक्षात्कार सचमुच में भी होते लेकिन प्रश्न ब्रजमोहन सर विराट को पहले ही लिखकर दे चुके होते जो संभवत् लेखक से चर्चा के बाद तय किये गये होते। इन सब बातों-बेईमानियों को देखता, इनका हिस्सा बनता तो विराट का बहुत गहरे वाला मन कभी विद्रोह भी करना चाहता लेकिन ऐसे आत्महंता विचार इस कर्मचारी को कभी-कभार ही आते सो भी आधी रात के एकान्त में या अलसुबह उचट गई नींद में और ऐसे समय में भी तब जब वो किसी लेखिका को नॉनवेज एसएमएस न कर रहा होता; वर्ना तो वो *साहित्यतंत्र* में आकर बहुत व्यस्त और मस्त था। लेखिकाओं से फ़ोन पर लम्बी-लम्बी बातें करना, इंटरनेट के नशे में रात-रात भर डूबे रहना और साहित्यिक महफ़िलों में दर्शनीय गम्भीरता के साथ उपस्थित रहना ...पहले कभी-कभार और इधर कुछ दिनों से लगातार उसके बहुत भीतर से एक बहुत ही महीन, लगभग बेआवाज़ स्वर में उसका दिल उससे पूछता रहता—क्या वह ब्रजमोहन नहीं होता जा रहा है??

दफ़्तर में यों व्यस्तता अति की थी। चाय, गुटखा, सिगरेट, ज़र्दा की मेहमाननवाज़ी की व्यवस्था ऑफ़िस की तरफ़ से थी। कभी साहित्यकार इतने और ऐसे आ जमते दफ़्तर में कि दिन भर में पन्द्रह-अठारह कप चाय पी जाता विराट। लंच का समय होता तो वो पाता कि चाय से ही पेट भरा हुआ है। रात के खाने का समय होता तो सीने में इतनी जलन पाता कि कुछ खाया न जाता। अपने कमरे में टिके लालबुझक्कड़ बी ग्रेड साहित्यकार से उकताकर वो अपार्टमेंट की छत पर निकल जाता। सीने की जलन दैहिक से आगे बढ़कर दिली हो उठती—कितने महीने हुए दिल्ली आये; कितने कार्यक्रमों में जाया करता है, पर उस एक से अब तक न मिल पाया है, जिसके बारे में सोचने भर से दिल धड़क-धड़क जाता है! विराट अपने बेचैन मन और भूखे शरीर को बहलाने के लिए आराध्या के खूबसूरत चेहरे को याद करने की कोशिश करता, फिर सुनंदा के साथ बिताये सुखद शारीरिकता के दिन सोचने की कोशिश करता, विद्या को याद करता, यहाँ तक कि अपने अजन्मे बच्चे से लगाव जैसा कुछ महसूस कर खुद को स्वस्थ करने की भी सोचता; पर अन्ततः इनमें से किसी पर भी उसके विचार टिक न पाते। तब आसमान के तारे उसे हँसते प्रतीत होते। रात उजले-उजले गजरे बेचनेवाली मालिन बन जाती। राजकुमार वर्मा की कविता उसे याद आती और उजले तारों की वेणी सजाये, काले आसमान के कैनवास पर एक तारिका चहलकदमी कर उठती। रात

विराट के चेहरे के पास आकर फुसफुसाती—पाखी!

घर वो हफ़्ते में एक बार तो ज़रूर ही फ़ोन कर लेता है। शुरू-शुरू के दिनों में तो विद्या हर रात फ़ोन करती थी। दद्दा-बाई से बात करवाती थी। घर-बाहर की छोटी-से-छोटी बात सुनाती थी। पहले महीने भर तक तो विराट सब विस्तार से सुनता रहा था, दद्दा-बाई, विद्या और अपने अजन्मे शिशु की बहुत-बहुत सारी बातें, जानकारियाँ सुनकर वो भावुक हो उठता था। फिर दूसरे ही महीने, वो इस हर रात की अनिवार्य बातचीत से बुरी तरह ऊब गया। यहाँ तक कि एक दिन तो उसने विद्या को डाँट दिया,

"क्या इतनी-इतनी देर तक सुनाती रहती हो हर कुछ! अरे, मुझे यहाँ सैकड़ों काम रहते हैं। ये नौकरी चौबीसों घंटे का रोज़गार समझो। कोई महाशय मेरे कमरे में पड़े खर्राटे भर रहे हैं तो कोई ऑफ़िस में घंटों बैठे, दिमाग चाट रहे हैं। कितना कुछ सहन करता हूँ मैं यहाँ, तुम क्या जानो? तुम्हें तो बस अपनी राम-कथा सुनाने से मतलब है! अब मैं यहाँ नौकरी करूँ या तुम्हारी गृहस्थी, परिवार और कॉलेज की बातों को सुनता गुनता रहूँ?"

समझदार को इशारा ही काफ़ी होता है। विद्या जान गई कि विराट पूरी तरह से मुक्त होकर गया है। फ़ोन कॉल्स आने कम हो गये। पहले हफ़्ते में चार, फिर दो फिर एक फिर... अब यह आलम है कि विराट ही घर फ़ोन लगाता है। घर से, परिवार से, गर्भवती पत्नी से, औपचारिक-सी ही सही, कुछ तो आत्मीयता बाकी रखनी ही पड़ेगी ना! ये तो ऊपरी मन की बातें हैं, उसके सच्चे दिल को जब-जब घर की याद सताती, एक डिप्रेशन-सा हावी होने लगता उसकी तबीयत पर। सोचता,

'विद्या मुझे भूल गयी! तो क्या सुभाष?? न! फ़िजूल खयाल है ये!' वो सिर झटकता है और फिर अपनी मनपसन्द दिलचस्पियों में उलझ जाता है। इस साहित्यिक ज़िन्दगी में गज़ब गति, दिलचस्प घटनाक्रम और किस्सों-कहानियों-सी अफ़वाहें हैं जो दिन रात खुशबू की तरह उड़ा करती हैं। विराट तो जैसे खो गया है इस लोक में, बौरा गया है इस दुनिया में आकर, भौचक रह गया है प्रज्ञाओं के इस संसार की बातों से रूबरू होकर :

—दफ़्तर में बैठे बड़े-से-बड़े साहित्यकारों को वो इतने निकट से देखता है तो अचरज से उसका मुँह खुला का खुला रह जाता है; अपने होने में वे इतने साधारण, इतने सरल हैं कि जो उनके महान क्राफ़्ट से वाकिफ़ न हो वो उन्हें उपस्थितों में गिने ही नहीं। विराट उन साहित्यिक महामहिमों की प्रशस्ति में एक ही किस्सा-वाकया हर बार सुना दिया करता कि जब प्रेमचंद महादेवी वर्मा से मिलने उनके घर पहुँचे तो

महादेवी जी की नौकरानी भक्तिन ने उन्हें न सिर्फ़ प्रतीक्षा करने को कहा बल्कि अपने जैसा समझकर भूमि पर बिठाया और बतियाने लगी। उसके इस रटे-रटाये किस्से को सुनने के बाद अगला साहित्यकार हमेशा अपने आपको प्रेमचंद-सा महत्त्वपूर्ण महसूस करता और उसके प्रति कुछ और मधुर हो जाता; लेकिन एक रोज़ किसी एक की बात याद रह गई विराट को,

"ऊपरवाले का दिया हुनर है। मैं इस पर घमंड करना भी चाहूँ तो करते नहीं बनेगा।"

...इतनी सच-सच विनम्रता उसने अपने जीवन में पहली बार जानी।

—कोई साहित्यिक जीवनी सुनाने लगा एक नवोदिता की जिसने कभी किसी सम्पादक पर अश्लीलता के आरोप लगाये, कभी बड़े नामी प्रकाशक को लेकर थाना-कचहरी कर डाली। अब किसी नये-थोड़ी साहित्यिक पहचान पा चुके लेखक-लड़के के साथ लिव-इन में रह रही है। विराट ने उस जोड़े को कई कार्यक्रमों में देखा। अक्सर देखा ही करता है और सोचता है—गज़ब ज़िन्दगी!

-टेलीफ़ोनिक यौन-संबंधों के किस्से तो कितने सामान्य जान पड़ते हैं यहाँ?? विराट तो एक हृदय राजस्थानी को ही इस मामले में काइयाँ मानता था लेकिन दिल्ली में ऐसे दिलवालों की क्या कमी है! बड़ा मशहूर रहा इधर वो किस्सा दिल्ली की साहित्यिक बैठकों, शराब-पार्टियों में कि एक मरणासन्न बूढ़े महान सम्पादक का टेलीफ़ोनिक यौन अफ़ेयर सुदूर पूर्व की एक अधेड़ लेखिका से है। लेखिका ने हिन्दी को साहित्य के नाम पर पोर्न लिट्रेचर जैसी कहानियाँ और संग में अपनी जवानी के दिनों वाली तस्वीरें बहुतायत में उपलब्ध करवाई हैं। उम्र उनकी कभी कहीं ज़ाहिर हुई नहीं है यों गिनती उनकी युवा पीढ़ी की पैंतीस से कम वाली लेखिकाओं में होने लगी है। सम्पादक का शरीर इस हद तक रिटायर हो चुका है कि जीवन और यौन भी सिर्फ़ ज़ुबान और दिमाग में शेष है। बातें करने वाले बातें करते हैं—राम बनाई जोड़ी...

—उस ऊँचे पुरस्कार का बहुत ही आम हो चुका है अब तो वो राज़-किस्सा जो पैंतीस के कम उम्र के लेखकों की कृति को दिया जाता है। ज्यूरी सदस्यों ने जब पूछा कि क्या सब प्रविष्टियाँ-रचनाएँ यही हैं, तो निदेशक-कम-मठाधीश ने उत्तर दिया—हाँ, लगभग! जो स्तरीय नहीं थीं, वे हटा दी गई हैं।

"क्या स्तरीय है क्या स्तरहीन, ये ज्यूरी को तय करने दें।"

यों जब हटा दी गई प्रविष्टि सामने आई। सबसे काबिल वही पाई गई। अवार्ड लेकिन तब भी मठाधीश साहब के पसन्दीदा को चला गया। ईमानदार ज्यूरी मेम्बर्स

तिलमिलाकर रह गये ...और निर्णय की गोपनीय प्रक्रिया से सारा साहित्य जगत वाकिफ़ हो गया।

—वे विख्यात्र कम कुख्यात बुज़ुर्ग समीक्षक सर जो रात के ग्यारह बजे तक लेखकों को फ़ोन लगाते हैं और ग्यारह के बाद लेखिकाओं को। जो नवोदिताओं से तमाम वादे करने के लिए मशहूर हैं मसलन नामी प्रकाशक से किताब छपवा देने, अवार्ड दिलवा देने, कहानी-पाठ करवा देने से लेकर अन्तत: स्टार बना देने का वादा। पिछले बरस एक युवती लेखिका को एक बड़ा प्रतिष्ठित नवयुवा अवार्ड उन्होंने बतौर ज्यूरी मेम्बर नहीं मिलने दिया था क्योंकि उनके सब फ़ोन नंबर्स उस नासमझ नवोदिता ने अपने फ़ोन में ब्लैक-लिस्टेड कर डाले थे। इस बरस फिर उस अवार्ड के लिए उस युवती-लेखिका का नाम शॉर्टलिस्टेड हुआ है। विख्यात कम कुख्यात समीक्षक सर आजकल हर किसी को रोक-रोककर बताते फिर रहे हैं कि वो उतनी सुन्दर युवती लेखिका उन्हें फ़ोन लगाने लगी है—अक्सर रातों में!

—उन मशहूर मठाधीश के दफ़्तरी किस्से जो कहा करते हैं कि उन्होंने हिन्दी को एक या दो नहीं बल्कि पूरे बारह कहानीकार दिये हैं।

—पैंतालीस पार की उस अधेड़-ग्लैमरस लेखिका का एक हैंडसम, उम्र में कम प्रकाशक के साथ का वो बड़ा चर्चित प्रेमप्रसंग जो तब जगज़ाहिर हुआ जब दूर, मध्य के एक शहर में हुए कहानीपाठ के बड़े सूक्ष्म ब्यौरे छन-छनकर दिल्ली तक पहुँचे। उस कहानीपाठ को आयोजित करने वाली जो संस्था थी उसके पदाधिकारियों ने मेन स्ट्रीम की उस बहुचर्चित, बहुपुरस्कृत, बहुविवादित ग्लैमरस लेखिका को बुलाया। खबर है कि एयरपोर्ट पर तो संस्था के पदाधिकारियों ने ही रिसीव किया था; पर नाश्ते के दौरान ग्लैमरस कहानीकारा को एक कॉल आया और थोड़ी ही देर बाद एक ऑडी कार उन्हें लेने होटल के बाहर खड़ी थी। स्मार्ट लेखिका आयोजकों से अपने किसी ऐसे रिश्तेदार से मिलने जाने का बहाना कर निकल गयीं जिनका न नाम उन्होंने बताया न ही स्थानीय पता। अगले दिन वे तय समय पर कार्यक्रम में उसी काले शीशे चढ़ी ऑडी से पहुँचीं और कहानी पाठ कर उसी में लौट गयीं। फिर आयोजकों को पता नहीं, वे कहाँ रुकीं?? कब गयीं?? ...सुना वे बहुत हैंडसम और कमउम्र प्रकाशक महोदय उन दिनों उसी शहर में देखे गये थे!

—अमीर बीड़ी कम्पनी की एक फुल फ़ुरसतिया बहू जिसके पति के पास कभी तो हफ़्तों-महीनों तक समय नहीं होता, साथ में बैठकर कॉफ़ी भी पीने का; साहित्य में दूसरी तरह से बड़ी प्रतिष्ठित हैं वे देवीजी। सुनाने वाले दावे के साथ मेज़ पर हाथ

पटककर कहते हैं कि बहू मदाम के पास पूरी एक टीम है लेखकों की जो उनके नाम से लिखा करती है। दो दर्जन कहानी संग्रह और सात उपन्यास और बयालीस यात्रा-वृत्तांत उनके नाम हैं। उनके यात्रा-वृत्तांतों के भी बड़े दिलचस्प वृत्तांत हैं। सुनते हैं कि वे अपने रसूख और लालफीताशाह मंत्रालयीन मित्रों के ज़रिये उन नवोदित, संघर्षशील और अत्यन्त ऊर्जावान, प्रतिभावान लेखकों को विदेशी साहित्यिक यात्राओं पर भेजती हैं जो यात्रा का लुत्फ़ तो खुद उठाते हैं लेकिन वृत्तांतों की पूरी-पूरी किताब लिखकर बहू मदाम को बेच देते हैं। ज़ेवर खरीदने से कहीं ज़्यादा मज़ा बहू मदाम को साहित्य खरीदने में आता है। सुनते हैं कि उनके दरवाज़े से कोई साहित्यकार कभी खाली हाथ नहीं लौटता। एक बार एक हारे हुए स्ट्रगलर साहित्यकार के पास अपने गाँव लौटने का किराया न था। किसी की सलाह पर वह जा पहुँचा सीधा बहू मदाम के महल। मदाम ने उसे निराश नहीं किया। अपने गेस्ट हाउस में एक रात ठहरने की जगह दे दी और रात के खाने में उसके लिए चिकन भिजवाया; बदले में वो भूखा-टूटा कृतज्ञ स्ट्रगलर रात भर कहानी लिखता रहा। सबेरे उस कहानी को पढ़कर बहू मदाम इतनी प्रसन्न हुईं कि उन्होंने अपने सांसद दोस्त से कहकर तत्काल उस लेखक का रेल के ए.सी. डिब्बे में रिज़र्वेशन करवा दिया। बिहार के अपने सुदूर गाँव में साहित्य से दूर, परचून की दुकान पर बैठा वो लेखक शायद कभी जाने कि उस कहानी पर बहू मदाम को उस साल की 'सर्वश्रेष्ठ कहानी' का पचास हज़ारी अवार्ड मिला। वैसे बहू मदाम के मामले में अवार्डों की गिनती व्यर्थ है। छोटे-बड़े देशी पुरस्कार और सम्मान-उम्मान उन्हें इतने मिल चुके हैं कि वे इनसे ऊब गई हैं। देशी साहित्यकारों से भी ऊब गई हैं शायद। अब उन्होंने एनआरआई हिन्दी लेखकों के लिए एक अवार्ड शुरू किया है जिसमें आने-जाने को दो लोगों के प्लेन टिकिट्स तो हैं ही, राशि भी—अदृश्य जाल पर बिछाये दानों की तरह—इतनी लुभावनी है कि सब भले-उचक्के, अच्छे-कच्चे एनआरआई हिन्दी लेखक-लेखिकाओं के पास अब उनका सेलफ़ोन नंबर सेव है। संस्था मालिकिन लेखिका मदाम के जीवन की ऊब फिर मिट गई है—शायद कुछ और दिनों तक के लिए!

—वो युवा कहानीकार जिसे पीठ पीछे, साहित्यिक हलकों में सब 'मैनेजर' नाम से पुकारते हैं क्योंकि युवाओं के नाम पर दिये जा सकने वाले और लिये जा सकने वाले सब अवाड्‌र्स उसने अपने नाम 'मैनेज' कर लिए हैं। किसी साहित्यिक पत्रिका में जब उसकी कोई कहानी प्रकाशित होने वाली होती है तो वो कहानी से पहले किसी-न-किसी प्रख्यात द्वारा तारीफ़ से लबरेज़ टिप्पणी 'मैनेज' कर लेता है। प्रकाशक जो

बड़ा नाम कहिए सो उसने 'मैनेज' कर ही लिया है पर पिछले दिनों उसके अवार्ड फ़ंक्शन में मंचासीन एक नामचीन आलोचक से 'मैनेजर' कहानीकार के बारे में राय पूछी गई तो स्मृति-भ्रम के शिकार अति विशिष्ट एकदम से सच बोल गये, ''मेरी नज़र में वो लेखक नहीं है।'

—एक साहित्यिक सरकारी अधिकारी साहब हैं जो पिछले दिनों एक अवार्ड-विवाद में इस कदर फँसे कि सस्पेंड होते-होते बचे। तबादला पाकर अब लोक निर्माण विभाग में सड़कें खुदवा-भरवा रहे हैं। अपनी तात्कालिक साहित्यिक हेड-स्थिति में उन्होंने किया यह था कि विभाग के जो तीन साल से अवार्ड लंबित थे तो एक अवार्ड तो उन्होंने एक लेखक-कम-पत्रकार को इस दुरभिसंधि के तहत दिया कि वह सिर्फ़ अवार्ड पायेगा; राशि बाद में उनकी मेज़ पर रख जायेगा। एक अवार्ड उन्होंने अपनी मनपसन्द कवयित्री को दिया जो अवार्ड के मानदण्डों के अनुसार राज्य की मूल निवासिनी ही नहीं थी। बचा एक अवार्ड उन्होंने अपनी निजी साहित्यिक पत्रिका के उपसम्पादक को ही दे डाला।

—वे बुज़ुर्ग, मशहूर लेखिका जिन्होंने दरअसल प्रौढ़ता में ही लिखना शुरू किया (अपने बूढ़े, हितैषी सम्पादक के इसरार पर) और कुछ ही सालों में उस पत्रिका ने उन्हें फ़र्श से अर्श पर पहुँचा दिया। अपनी गँवई पृष्ठभूमि का इतना होमवर्क उनके पास है, ऐसे-ऐसे पोर्न तड़के वे अपनी रचनाओं में लगाती हैं और एक के बाद एक इतने उपन्यास आये उनके कि अब उन्हें खुद को हिन्दी की बड़ी नहीं, सबसे बड़ी लेखिका घोषित करने में कोई शर्म नहीं आती। जबकि उनके हितैषी सम्पादक के कट्टर विरोधी, विख्यात समीक्षक यदा-कदा दहाड़ते हैं, ''लेखिका के गद्य में पठनीयता का घोर संकट है!''

यों विराट का दफ़्तर साहित्य के समकालीन किस्से-कहानियों से हमेशा गुलज़ार है। ...बढ़िया वेतन, ...नवोदित लेखिका-लड़कियों का संग-साथ, ...बड़े-बड़े साहित्यकारों की सोहबत, ...साहित्यिक गोष्ठियों में मिलता महत्त्व—फिर क्या बात है? कैसी बेचैनी है जो हर साहित्यिक ऐश को 'गुनाह बेलज़्ज़त' कर देती है? शाम के झुरमुट प्रकाश की तरह एक अस्पष्ट-सी दृश्यता है भीतर। एकाएक कोई चीख उठता है,

ये साहित्य नहीं!

ये साहित्य नहीं!!

ये साहित्य नहीं!!!

फिर साहित्य क्या है?? उसका मन भटकता है।

चालीस पार की लेखिका और ई-सम्पादक

मन भटकता है तो अटकता भी है। वो सोहबतें बदल देने को हमेशा ही उतावला रहा है। इधर एक ई-पत्रिका *करंट* के सम्पादक कृतज्ञ सिसौदिया का आना-जाना कुछ बढ़ गया *साहित्यतंत्र* के दफ़्तर में, तो विराट और कृतज्ञ कुदरती तौर पर दोस्त बन गये। चूँकि *साहित्यतंत्र* प्रिंट पत्रिका थी और *करंट* इंटरनेटी-आभासी पत्रिका, इसलिए दोनों के बीच कोई प्रतिद्वंद्विता नहीं ठहरती थी फिर *साहित्यतंत्र* की हज़ारों प्रतियाँ बिकती थीं और *करंट* को दो-पाँच सौ साहित्यकारों के अलावा कोई न देखता था। कृतज्ञ सिसौदिया के यहाँ बार-बार आने का लब्बोलुआब यह कि सम्पादक साहब ने विराट से कह रखा था कि *साहित्यतंत्र* में छप चुकी कोई पुरानी रचना, लेख या कहानी वगैरह अगर *करंट* के सम्पादक साहब चाहें तो उन्हें मुहैया करा दी जाये। इसमें दोनों का फ़ायदा था; *करंट* के ई-अंक में जो भी रचना-सामग्री प्रयोग में लाई जाती, नीचे 'साभार—*साहित्यतंत्र*' लिखा जाता। *साहित्यतंत्र* का मुफ़्त में प्रचार होता रहता; और इस तरह *करंट* को साहित्यिक दुनिया के अत्यंत विवादास्पद और मसालेदार लेख बिना किसी अतिरिक्त मेहनत के मिलते रहते। यों *साहित्यतंत्र* के उपसम्पादक विराट और *करंट* के सम्पादक कृतज्ञ का मिलना-जुलना स्वाभाविक था; और जब दो-एक बार कृतज्ञ ने विराट को अच्छे होटलों में खाना खिलाया, कभी मौके-ज़रूरत पर दो-एक हज़ार रुपये उधार दे दिये और कभी लौटकर माँगे नहीं, तो वे दोस्त हो गये। कृतज्ञ के साथ विराट उसके मित्रों के साहित्यिक कार्यक्रमों में भी गया जहाँ उसकी भेंट सपना अवस्थी से हुई।

"ओह! तो आप हैं सपना अवस्थी!"

"और आप हैं मातादीन भदौरिया 'विराट' जो कि *साहित्यतंत्र* में उपसम्पादक हैं। राधापुर से दतिया, दतिया से ग्वालियर और अब दिल्ली में बस गये हैं और हाँ, आप तस्वीरों में जैसे दिखते हैं, वास्तविकता में उससे भी ज़्यादा हैंडसम हैं!"

विराट भौचक रह गया है; तो सपना अवस्थी के बारे में सुनी सब अफ़वाहें सच हैं!!

चालीस पार की कुछ अधेड़, कुछ झक्की और बहुत मोटी इस औरत को साहित्यिक दुनिया में कौन नहीं जानता। कहने को कवयित्री है—खासतौर पर हाइकू लिखने के लिए जानी जाती है हालाँकि उसका लिखा कोई भी हाइकू किसी को भी कभी याद नहीं रहता है लेकिन फिर भी उसका परिचय देते समय सब सहृदय और साहित्यकार भी यही कहा करते हैं, "ये हैं सुश्री सपना अवस्थी। हाइकू लिखती हैं।"

वैसे सपना किसी परिचय की मोहताज़ नहीं; और यह परिचय उसे हाइकू लिखने के कारण नहीं बल्कि अपने साहित्यिक ऊलजलूलता के कारण प्राप्त है। विराट ने उसके बारे में कितना कुछ सुन रखा है :

—सपना अवस्थी खब्ती है। जिस किसी भी साहित्यकार से मिलती है, उसके साथ अपनी सेल्फ़ी लेकर इंटरनेट पर डाल देती है। और हर सेल्फ़ी में उसके हाथ में उसका वो 'हाइकू-संग्रह' ज़रूर होता है जो चार साल पहले उसने दाम चुकाकर सड़क प्रकाशन से छपवाया था!

—सपना अवस्थी पर इधर एक नई झक सवार हुई है। साहित्यकारों की ढेरों-ढेर तस्वीरें अपनी इंटरनेट साइट्स पर पोस्ट करती रहती है और हर तस्वीर के साहित्यकार का नाम पूछती रहती है। इस तरह भारतेन्दु से नहीं बल्कि कालिदास-भवभूति से लेकर आज की पाखी कुमकुम तक की तस्वीरें सैंकड़ों की संख्या में पोस्ट कर-करके उसने साहित्यकारों के सामान्य ज्ञान में खूब इजाफ़ा किया है।

—दिल्ली के सब साहित्यिक कार्यक्रमों में ज़रूर-ज़रूर जाना और कार्यक्रम की खूब-खूब प्रशंसा करना अपने सातों इंटरनेटी प्रोफ़ाइलों पर उसके लिए उतना अनिवार्य कर्म है जैसे किसी स्कूली छात्र का अपने शिक्षक के 'सावधान!' कहने पर कर्रा होकर खड़ा हो जाना। इसीलिए यहाँ के हरेक कार्यक्रम का हरेक आयोजक सपना अवस्थी को ज़रूर-ज़रूर आमंत्रित करता है, कार्ड से भी, फ़ोन से भी।

—सुनते हैं सपना अवस्थी रात-रात भर इंटरनेट पर दूसरे साहित्यकारों के प्रोफ़ाइल देखा करती है। सुबह-सुबह तक वह इंटरनेट पर साहित्यकारों के नाम डाल-डालकर उनकी डिटेल सर्च करती रहती है। इसीलिए हिन्दी के समस्त प्रमुख, विवादास्पद, अच्छे-बुरे हर तरह के उस साहित्यकार का पूरा व्यक्तिगत बायोडाटा उसे ज़ुबानी याद है जो थोड़ा भी चर्चित है हिन्दी मेन स्ट्रीम में।

—लेकिन इस साहित्यिक एनसाइक्लोपीडिया के व्यक्तिगत जीवन के बारे में लोगों के पास जानकारी नहीं, सिर्फ़ कयास हैं। कोई कहता है कि उसका पति है जो कहीं बाहर रहता है और ये भी कि उसका एक तरुण बेटा है जो अपने ननिहाल में रहता है; लेकिन उसके पति और बेटे को न कभी किसी ने देखा, न उनकी तस्वीर को।

सपना अवस्थी किसी प्राइवेट कॉलेज में असिस्टेंट लाइब्रेरियन है; और कई कार्यक्रमों में वे ही इक्के-दुक्के, घिसे, फ़ैशन से बाहर के सलवार कुर्ते पहने उसे देखा जिन्हें उसकी इंटरनेटी सेल्फ़ियों में देखता रहता है, तो विराट जान गया कि वो प्राइवेट कॉलेज अपनी इस कर्मचारी को पर्याप्त वेतन भी नहीं देता है। इस बात को

और ज़्यादा शिद्दत से महसूस किया उसने जबकि सपना अवस्थी के घर जाने का उसे मौका मिला। ...उस शाम ऑफ़िस बंद कर एक साहित्यिक कार्यक्रम में जाने को कपड़े बदल ही रहा था विराट कि कृतज्ञ आ गया। उसके पास शराब की बोतल और रोस्टेड मुर्गा था। वो अपनी शाम किसी सुकून भरी जगह बिताना चाहता था जबकि उसकी पत्नी शराब और मांसाहार से इतनी सख्त नफ़रत करती थी कि घर के भीतर इनका नाम भी लेना वर्जित था ।

''यहाँ भी तुम्हारे घरवाली ही दिक्कत है; ब्रजमोहन सर का सख्त आदेश है कि ऑफ़िस या ऑफ़िस से लगे इस फ़्लैट में चाय चाहे जितनी पी-पिलाई जाये; शराब बातचीत में भी न आयेगी!''

ऐं!! तब ऐसा करते हैं सपना के घर चलते हैं। यहाँ से पाँच मिनट की दूरी है मेरी मोटरसाइकिल से। चलो चलें।''

शराब तो विराट पीता नहीं था लेकिन मुफ़्त के रोस्टेड चिकन को खाने का अपना लालच वो काबू न कर पाया और साथ हो लिया।

''लेकिन सपना जी तो अकेली रहती हैं ना?'' रास्ते में उसने पूछा।

''अकेली रहती हैं तभी तो जा रहे हैं! हा-हा-हा ।''

ई-सम्पादक की हँसी ने विराट के दिल में सपना के लिए चिंता जगा दी। ...जैसा कि सपना अवस्थी के बारे में एक आम राय थी कि वो एक बेचारी, गरीब और अकेली औरत है।

सरकारी अफ़ोर्डेबल स्कीम में बने एक कमरे के फ़्लैट्स की ये बिल्डिंग है। पहले माले पर ऐन शुरुआती फ़्लैट का एक दरवाज़ा जो कि ऐन सीढ़ियों के सामने पड़ता है। सिसौदिया ने बेल बजाई। सीढ़ियाँ देखता विराट सोच रहा है कि बिल्डिंग के कुल रहवासी यहीं से आते-जाते हैं। इतनी सार्वजनिक-सी जगह पर रहना कैसा अनुभव होता होगा? अपनी निजता बचाये रखने के लिए हर वक्त दरवाज़े-खिड़कियाँ मुस्तैदी से बंद रखने पड़ते होंगे! विराट सोच ही रहा है कि दरवाज़ा खोला गया। सिसौदिया शायद फ़ोन करके नहीं आया है। सपना अवस्थी ने मैक्सी पहनी हुई थी और उसके हाथ आटे से सने थे। शायद अपने लिए खाना बना रही थी।

''तुम लोगों के लिए भी बनाऊँ क्या?''

पहला संवाद यही बोला सपना ने और अपनी अति स्थूल देह को धीरे-धीरे सरकाती-सी, रसोई में चली गयी। उसका कुल व्यक्तित्व मोहन राकेश की 'मिस पाल' जैसा लगा इस समय विराट को।

''नहीं हम अपना खाना साथ लाये हैं—रोस्टेड चिकन है। अभी तक कुछ न पकाया हो तो अब न पकाओ। आओ, तुम भी हमें ज्वाइन कर लो।''

''लेकिन मैं तो प्योर वेजिटेरियन हूँ!''

रसोई में जाती सपना अवस्थी रुक जाती है।

सिसौदिया आधे पल को अचकचाकर, बाकी आधे पल में सहज हो जाता है,

''अब यहाँ तक आ गये हैं तो हम तो यहीं खायेंगे-पियेंगे।''

मिस अवस्थी अपना गुस्सा, विवशता और शिष्टाचार लिये चुपचाप अन्दर रसोई में चली जाती है। अब सिंक में उसके हाथ धोने की आवाज़ आ रही है। इधर सिसौदिया ने अपना चश्मा उतारकर रुमाल से साफ़ किया, फिर पहना और साथ लाये चिकन के पैकेट और शराब की बोतल को तसल्ली से खोलकर टेबल पर रखने लगा।

सपना अवस्थी अब दरवाज़े के पास वाले सोफ़े पर आ बैठी है और मुख्य द्वार का पर्दा खोल दिया है। विराट का दिल दया से भर गया ...तो क्या ऐसे सिसौदिया यहाँ अक्सर चले आते हैं और पड़ोसियों की सशंकित नज़रों का शराफ़त वाला इम्तहान पास करने को, और इससे भी आगे बढ़कर अपनी हिफ़ाज़त के लिए इस अकेली स्त्री ने ये तरीका अपनाया है??

सिसौदिया की पूरी एकाग्रता गोश्त खाने और शराब पीने पर है और सपना अवस्थी की बाहर गलियारे में देखते रहने पर। अचानक कोई पड़ोसी सीढ़ियों पर निकला और उसने क्षण के दसवें हिस्से में पर्दा खींचकर भीतर का दृश्य भीतर कर लिया। विराट उसकी विवशता को समझ सकता है। अब चिकन का एक टुकड़ा भी उससे न उठाया जा सकेगा भले सिसौदिया कितना भी इसरार करता रहे। सामने दीवार पर टँगे लकड़ी के नन्हे मंदिर में दुर्गा जी की प्रतिमा के सामने दीपक टिमटिमा रहा है। विराट ने कहा,

''क्या एक प्याली चाय मिल सकती है?''

''हाँ, ज़रूर!'' सपना उठकर रसोई में चली गई जो कि इस कमरे के इतने पास थी कि इसी का हिस्सा जान पड़ती थी।

''आप यहाँ अकेली रहती हैं सपना जी?''

विराट माहौल को हल्का बनाने की हरसंभव कोशिश में सोच-सोचकर बातें कर रहा है।

''नहीं। मेरे पति रहते हैं साथ में और मेरा बेटा भी। अभी वे लोग आउट ऑफ़ स्टेशन हैं।''

सपना ने रसोई के दरवाज़े पर खड़े होकर दृढ़ स्वर में इस तरह कहा मानो सिर्फ़

उसकी इस बात ने ही घर के रक्षक पुरुष की कमी पूरी कर दी। विराट ने कमरे पर भरपूर नज़र डाली है। नहीं! यहाँ सिवाय सपना अवस्थी के न कोई रहता है, न रहने आता है। ...दीवार के लकड़ी के मंदिर की दुर्गा जी ही इस घर की टिमटिमाती मर्यादा की रक्षक शक्ति हैं!

सपना चाय ले आई और दरवाज़े के पास एक ओर को ट्रे रखकर विराट को भी इधर ही बुला लिया है। उसका बर्ताव ऐसा है जैसे सिसौदिया वहाँ उपस्थित है ही नहीं। विराट अपनी झेंप छुपाने को—कि वो इस तरह के आदमी के साथ आया भले है लेकिन वो ऐसा हर्गिज़ नहीं है—उससे अच्छी से अच्छी बात करने की कोशिश कर रहा है,

''आपकी किताब की बड़ी चर्चा सुनी है हर किसी से। क्या देखने को मिल सकती है? चिंता न करें, मैं ले नहीं जाऊँगा। बाज़ार से खरीदकर पढ़ता हूँ मैं ऐसी चर्चित किताबें।''

''बाज़ार से क्यों खरीदियेगा? एक प्रति मैं आपको सप्रेम भेंट किये देती हूँ।''

सपना अवस्थी के चेहरे पर से माहौल का तनाव जाता रहा और अपने पूरे सच्चेपन में वो खुश हो गई। सोफ़े के नीचे से एक ट्रंक बाहर खींचा, ताला खोला और उसमें भरी किताबों को उलटने-पुलटने लगी।

''किताबों को बड़ा सँभालकर रखती हैं आप?'' विराट ने एक किताब उठाकर यों ही उलटी-पलटी है, फिर दूसरी—दोनों पर लाइब्रेरी की सील है।

''लोग किताबें ले जाते हैं और फिर कभी नहीं लौटाते।''

सारी उलट-पुलट के बीच उसके हाथ चाही गई किताब लग गई। उसे निकालकर वो पहले पन्ने पर विराट के नाम सप्रेम भेंट की पंक्तियाँ लिखने लगी और विराट सोचने लगा, 'हिन्दी के साहित्यकार का अगर अन्तरराष्ट्रीय स्तर पर बड़ा नाम नहीं है तो इसकी एक वजह शायद यह भी है कि विश्व की श्रेष्ठतम किताबें वे खरीदकर नहीं पढ़ पाते—वे जो सच्चे प्रतिभाशाली हैं! किताबों के नाम पर कुछ इधर-उधर से चुराया हुआ, कुछ सैकेण्ड हैंड, कुछ पेपरबैक खरीदा हुआ कितना अपर्याप्त है प्रतिभाओं को विकसित करने में, जैसे ऊँट के मुँह में ज़ीरा।'

सपना अवस्थी ने अपने हाइकू संग्रह को विराट को भेंट करने के क्षण की एक सेल्फ़ी खींची और तुरन्त अपना लैपटॉप खोल अपलोड कर दी। विराट ने देखा उसका सेलफ़ोन और लैपटॉप महँगा है जबकि उसके शरीर पर—न के बराबर- ज़ेवर जो भी हैं, वे सस्ती धातुओं के हैं—क्या पागलपन है तकनीक भी! वो दिल में हँसता है।

"सपना तुम साहित्य की दुनिया को हमेशा अपडेट करती रहती हो ना, तो एक नया अपडेट डालो अपने लैपटॉप पर कि एक कवि ने *करंट* पत्रिका को अपनी नई कवितायें छपने भेजी हैं। पहली कविता का शीर्षक है नितंब, दूसरी का ..."

"कृतज्ञ जी, आपकी पत्नी घर पर आपका इन्तज़ार कर रही होगी," सपना अपना गुस्सा ज़ब्त करते हुए कहती है।

"करने दीजिये।" सिसौदिया ने अगला पैग बनाते हुए तसल्ली से कहा।

तभी विराट का फ़ोन बज उठा। ब्रजमोहन सर का कॉल था। उसके *साहित्यतंत्र* वाले ताला डले फ़्लैट के बाहर कोई बड़े महत्त्वपूर्ण बुज़ुर्ग साहित्यकार साहब इन्तज़ार में खड़े हैं जो कि बाहर से आये हैं और आज रात उसी फ़्लैट में ठहरेंगे। विराट को तुरन्त पहुँचने के लिए कहा गया।

"सपना जी, मुझे जाना होगा अभी तुरन्त।"

"ज़रूर जाइये, लेकिन प्लीज़ अपने दोस्त को भी लेते जाइये।"

"चलो भई सिसौदिया। ब्रजमोहन सर का फ़ोन आया था, मुझे तुरन्त फ़्लैट पर पहुँचना होगा, कोई बाहर खड़ा है इन्तज़ार में।"

"तो तुम जाओ यार।"

"लेकिन मैं आया तो तुम्हारी मोटरसाइकिल से हूँ।"

"तो??"

विराट एक पल को सपना अवस्थी की ओर देखता है। उसके मूक चेहरे पर चरम रिरियाहट है; मानो इन पलों में विराट ही इस घर का रक्षक पुरुष हो। विराट ने लकड़ी के मंदिर में टिमटिमाते दीये और दुर्गा जी की प्रतिमा की ओर देखते हुए कहा, "मत भूलिये सम्पादक साहब कि आपकी पत्रिका के लिए हमारे ऑफ़िस से कितना मैटर उपलब्ध कराया जाता है।"

"तो?"

"तो, मैं चाहूँ तो आज का ये पूरा वाकया ब्रजमोहन सर को जा सुनाऊँ।"

"तू मुझे धमकी दे रहा है बे?" पूरा पैग एक ही घूँट में निगलकर सिसौदिया अपनी आस्तीनें चढ़ाता हुआ खड़ा होने की कोशिश करता है लेकिन लड़खड़ाकर फिर सोफ़े पर बैठ जाता है। जैसे कुछ हुआ ही नहीं, वो बोतल को मुँह से लगाकर गटागट शराब निगलने लगता है।

सीढ़ियों से गुज़रते इक्के-दुक्कों ने कुछ रुककर इस घर के पर्दे से बाहर जातीं ऊँची आवाज़ों पर ध्यान दिया है। सपना अवस्थी का चेहरा सफ़ेद पड़ चुका है। उसकी

आँखें सिर्फ़ विराट की ओर देख रही हैं। विराट ने एकाएक अपना स्वर नर्म और धीमा कर लिया,

"धमकी नहीं दे रहा हूँ सम्पादक सर, मैं तो निवेदन कर रहा हूँ कि अभी-अभी आपके घर से फ़ोन आया था मेरे नंबर पर। भाभीजी ने तुरन्त आपको बुलाया है। पूछ रही थीं कहाँ हैं आप? मैंने नासमझी में बता दिया कि सपना जी के घर बैठकर शराब पी रहे हैं।"

"अरे क्या गज़ब कर दिया यार?" लड़खड़ाता सम्पादक विराट के कंधे का सहारा लेकर बाहर निकल आया है। पलटकर विराट देख रहा है कि सपना अवस्थी ने दरवाज़ा बंद कर लिया है। 'अब वो प्योर वेजिटेरियन पहले तो अपना घर साफ़ करेगी, शराब और गोश्त डस्टबिन के हवाले कर, शायद नहाकर या शायद किसी और तरह से पवित्र होकर अपने लिए खाना बनाने अपनी रसोई में लौट जायेगी; मगर इस सब से पहले वो अपनी रक्षक देवी के समक्ष हाथ जोड़कर उनका आभार व्यक्त करेगी। ...क्या वो मेरा भी आभार व्यक्त कर रही होगी?' विराट सोच रहा है।

और अगले दो-तीन दिनों तक उसके दिमाग से उस घटना का असर नहीं गया। मन रह-रहकर विश्लेषण करता रहा। क्यों नहीं सपना अवस्थी ने ये किया कि सिसौदिया को धक्के मारकर घर से बाहर कर दिया? क्यों उसने उसकी बदतमीज़ उपस्थिति सहन की? और यदि विराट साथ न होता तो? और अगर ऐसा भीरू, मूर्ख स्वभाव है उस अकेली स्त्री का तब तो न जाने ऐसे कितनों को उसे बर्दाश्त करना पड़ता होगा? ...पर क्यों?? आखिर क्यों?? विराट अगले तीन दिनों तक सपना अवस्थी के सब इंटरनेटी स्टेटस चैक करता रहा, हर दिन, कई-कई बार लेकिन उसके साथ ली सेल्फ़ी कहीं अपलोड नहीं की गई—शायद आगे भी कभी न की जाये। इसका मतलब है कि फ़ोटो जो विराट के सामने सपना ने अपलोड की थी, उसके आते ही डिलीट कर दी! विराट के दिल को एक मामूली-सा अफ़सोस हुआ। नाहक उस दिन कृतज्ञ सिसौदिया के साथ उसके घर गया। अब वो मुझे भी वैसा ही समझ रही होगी। इस मामूली-से अफ़सोस का एक विशेष प्रभाव यह रहा कि विराट ने *करंट* के सम्पादक से अपनी मित्रता को यहीं पूर्णविराम दिया। दो-चार बार की उपेक्षा और रूखेपन के बाद विराट के पास बैठना छोड़ दिया *करंट* के सम्पादक ने। वह अपनी ज़रूरत का मैटर ऑफ़िस के दूसरे कर्मचारियों से ले जाने लगा।

यथार्थ लेकिन कभी उतना सरल नहीं होता जितना दिखाई देता है। पन्द्रह ही दिन बाद एक साहित्यिक कार्यक्रम में विराट ने ई-पत्रिका के सम्पादक और हाइकू

लेखिका को एक साथ देखा; मित्रवत् और सम्मिलित ठहाका लगाते हुए। उसका दिल चीख उठा,

—ये साहित्य नहीं!!!

आखिर क्या है साहित्य?

मन की भटकन है कि कहीं मुकाम नहीं पाती। आखिर क्या है साहित्य? कितने ही वरिष्ठों से पूछा भी, और कितने ही उत्तर पाये,

—सहितेन भावे च साहित्य।

—सुन्दर को बचाये रखने की कोशिश है साहित्य।

—अपनी सार्थकता, अपने सर्वश्रेष्ठ की तलाश!

सार्थक? सुन्दर? सर्वश्रेष्ठ? विराट जानता है, उपलब्धियों भरी इस साहित्यिक नौकरी में हासिल दरअसल कुछ नहीं। चाहे तो भी इन दिनों कविता नहीं लिख पाता है; क्राफ़्ट जैसे कहीं गुमा पड़ा है भीतर। न जाने बेहोश है न जाने मरणासन्न??

एक हद बेचैनी है जो सब बहलावों के बाद भी नहीं जाती, नहीं जाती!

और दिशा-निर्धारक यही होती है—यही बेचैनी नियंता है हर क्राफ़्ट की। ये जिस ओर अँगुली दिखा दे, लाख न चाहकर भी क्राफ़्ट का धारक शरीर, दिमाग, दिल, पूरा-का-पूरा इन्सान उस ओर खिंचा चला जायेगा। विराट का दिल इधर किसी काम में नहीं लगता। इतने साहित्यिक कार्यक्रम हुआ करते हैं, विमोचन, पाठ, गोष्ठियाँ—यहाँ आने के बाद चार-पाँच संस्थाओं के मंचों पर वह काव्य-पाठ कर चुका है। मीडिया कवरेज होता है। अखबार में फ़ोटो छपा करती है लेकिन हर बार वे ही, वे ही पुरानी कवितायें सुनाकर विराट ऊब गया है। सब सयाने आजकल यही बातें किया करते हैं कि आधुनिक काल गद्य का काल है। कविता का मार्केट नहीं है। कविता की किताबें बिकती नहीं हैं। ये बातें सुनता तो दिल डूब-डूब जाता है उसका। कहानी की तरफ़ दिल खिंचता है। कहानी लिखने की सोचता है। उसकी पुनर्लिखित कहानियों से कितना यश कमाया आमोद प्रभाकर ने। क्यों न वह कहानियाँ ही लिखने लगे! पाखी ने भी तो अपनी कविता को खाद बनाकर कहानी का कल्पवृक्षनुमा पौधा पाया है। क्यों न मैं भी कहानी में नाम कमाऊँ? वो सोचता, लगभग तय कर लेने की हद तक लेकिन तब वही स्याह चमड़ा फ़ाइल की ग्रंथि उसकी! अवार्ड के एवज़ में बेच दी अपनी कलम—आखिर कब तक इस एक शर्मिन्दगी को ढोता रहे उसका मन! एक दिन एक

भव्य कार्यक्रम में अंतिम पंक्ति में बैठे एक कहानीकार लड़के ने उसे बताया,

"ये जो आप देख रहे हैं, इन रिटायर्ड आईएएस लेखक साहब की किताब का ये पाँच सितारा विमोचन कार्यक्रम, तो साहब इस बड़ी महँगी छपी किताब के भीतर जो कहानियाँ हैं, वे इस गरीब की हैं! चालीस हज़ार में अपनी बीस लघुकथायें बेची हैं मैंने उन्हें। साहित्य से पेट नहीं भरता दोस्त; उसे रोटी चाहिए।"

ये बातें सुनते ही विराट एक पल में अपनी सब ग्लानियों-ग्रन्थियों से मुक्ति पा गया। उसने उस कहानीकार लड़के को गले लगा लिया और उसके बहुत न-न करने पर भी जेब से सौ रुपये का नोट निकालकर उसकी जेब में रख दिया।

—तो अब कहानी!

कहानीकार बनने का मन कर रहा है तो क्यों ना पहले चर्चित युवा कहानीकारों की सोहबत पा लूँ; ऐसा तय किया पलायनवादी लेखक ने।

एक ग्रुप इधर बड़ा मशहूर हुआ है साहित्य की महानगरीय दुनिया में। कहानीकार जगमोहन, कहानीकार बालकृष्ण, कवि श्रीनिवास और आलोचक उजास छाये हुए हैं इंटरनेट की पत्रिकाओं और चर्चाओं की मेन स्ट्रीम में। वे एक पत्रिका निकाला करते हैं— *पार्श्वभूमि*। जिसमें साहित्यकारों की बाहरी-भीतरी ज़िन्दगी पर इतना सनसनीखेज माल-मसाला होता है कि ऐरे, गैरे, नत्थू खैरे मतलब हर तरह के साहित्यकार और साहित्यकारनुमा चाटुकार ढूँढते फिरते हैं उस पत्रिका के अंक को। सुना, स्टॉल पर आने से पहले ही बुकिंग हो जाती है। लोग हर आगामी अंक की बेसब्री से प्रतीक्षा करते हैं। एक बरस भर हुआ है उस पत्रिका को निकलना शुरू हुए और एक साहित्यकार और दो साहित्यकारायें उस पर मुकदमा कर चुकी हैं। चार लेखक बैकफ़ुट पर आते हुए, अपनी सफ़ाई में सार्वजनिक वक्तव्य दे चुके हैं और एक लेखिका प्रेस कॉन्फ्रेंस कर *पार्श्वभूमि* के लगाये आरोपों को नकार चुकी है। विरोधियों की संख्या दिनोदिन बढ़ती जाती है लेकिन उससे ज़्यादा संख्या बढ़ रही है पत्रिका के वार्षिक सदस्यों की। *पार्श्वभूमि* की जानकारी इतनी प्रामाणिक-सी मानी जाने लगी है कि रातोरात ये पत्रिका सब पुरानी, बड़ी पत्रिकाओं के समान चर्चित हो गई है। *पार्श्वभूमि* में छपने वाले लेखों की हेडलाइन्स यों हुआ करती हैं,

"झूठे बेस्टसेलर लेखक का साजिशाना सच!"

"शेखर पर विदेशी साहित्य चोरी साबित!"

"चुक गये हैं लक्ष्मीप्रसाद!"

अब विराट इन विवादास्पदों की सोहबत चाहता था—चाहने से तो खुदा भी

मिल जाता है फिर हिन्दी के नये-पुराने, असली-नकली सेलिब्रिट्रीज़ अपनी वास्तविक ज़िन्दगी में या तो सरल या फिर निरीह हुआ करते हैं ...खैर! विराट अपनी कविताओं को छपवाने के बहाने उपहार लेकर *पार्श्वभूमि* के दफ़्तर आने-जाने लगा जो कि उसके ऑफ़िस से बहुत दूर नहीं था। जगमोहन, उजास, बालकृष्ण और श्रीनिवास तीनों ही अपने-अपने में निराले थे। विराट इन्हें जितना ज़्यादा जानता है, उतना ही ज़्यादा चौंक-चौंक जाता है। इन दिनों साहित्य में 'सनसनी' बनी पत्रिका के दफ़्तर में दफ़्तरनुमा कुछ भी नहीं! ये सब लेखक लड़के कहीं-न-कहीं कुछ-न-कुछ करते थे। जगमोहन बिहार का रहने वाला था जो यहाँ जज की परीक्षा की तैयारी कर रहा था—सालों से! खर्च अब उसके सुदूर गाँव से आना बंद हो गया था; अपनी ज़रूरत भर का वो यहीं जुगाड़ लेता। टेलीविज़न, रेडियो, अखबारों के लिए लिखता। कहीं समाचारवाचक, कहीं एंकर, कहीं मॉडल—जहाँ जो काम मिल जाये। कभी लड़कपन में किसी लड़की को भगाकर ले गया था और कोर्टमैरिज कर ली थी। साल भर बाद तलाक हो गया और अब लगभग एक दशक के बाद वो खुद को कुँआरा ही बताता है। श्रीनिवास सरकारी बैंक महकमे में हिन्दी अधिकारी के प्रतिष्ठित पद पर है। अच्छा सर्विसशुदा होने के साथ अच्छा शादीशुदा भी है—कुछ ही रोज़ पहले उसके यहाँ दूसरी बेटी हुई है। और अभी ही उसने एक फ़्लैट दिल्ली के एक पॉश इलाके में खरीदा है, इतना महँगा कि आगे जीवन के बारह-पन्द्रह साल वो बैंक की किश्त चुकाने वाला बँधुआ हो चुका। बालकृष्ण भी कहीं एक नौकरी करता है, प्राइवेट। अपने व्यक्तिगत जीवन के बारे में ज़्यादा बात नहीं करता। वो अपने सुदूर गाँव हर महीने मनीऑर्डर करता है और रुपया-रुपया बचाने पर इस कदर केन्द्रित है कि प्यासा रह जाये पर पानी का दो रुपये वाला पाउच न खरीदे। सुना है उसकी बहुत जल्द शादी होने वाली है। उजास एक अखबार के फ़ीचर विभाग में उपसम्पादक है। अब तक अकेला है—दिल्ली की भाषा में छड़ा! *पार्श्वभूमि* का सम्पादकीय कार्यालय दरअसल उसका अपना किराये का कमरा ही है। कमरे में एक ओर उसके पहनने के कपड़े टँगे रहते हैं खूँटियों पर, अमूमन मैले। एक दूसरी ओर को रसोई का दरवाज़ा है जिसके ऐन पीछे बाथरूम है। कमरे में इधर की तरफ़ ज़मीन पर उसका बिस्तर, कुछ बेतरतीब सामान, स्टेशनरी-किताबें और काँच के गिलासों, खाली बोतलों के तौर पर एक अव्यवस्थित व्यवस्था है और है एक स्थायी गंध; जिन, रम, देशी, अंग्रेज़ी, बकार्डी, बियर की मिलीजुली महक जिसे बासी शराब का भभका या बू कह सकते हैं। शाम को सब दोस्त-यार इकट्ठे होते हैं। शराब, चिखौना, भुने कबाबी टुकड़ों के बीच उनकी चर्चा का आद्योपांत विषय *पार्श्वभूमि*

पर ही केन्द्रित रहता है। किस-किस ने फ़ोन किया, कौन-कौन रचनायें आई हैं और किसने क्या नया सनसनीखेज खोज निकाला है—सबूत, तथ्य, सन्दर्भ कैसे जुटाये जा रहे हैं। अलावा इसके ये कि किन-किन राज्यों की जनसम्पर्कीय विज्ञापन सूची के लिए प्रयास किए जा रहे हैं। जनसम्पर्क विभागों में साहित्य के लती कौन-कौन अधिकारी हैं जिनकी रचनाओं को छापा जा सकता है वगैरह वगैरह। एक अखबार निकालने जितनी मेहनत करते हैं वे एक पत्रिका निकालने में। व्यवस्था, आय-व्यय, सब कुछ एकदम चाक-चौबंद! लेकिन विराट आश्चर्य से पूछता है,

"*पार्श्वभूमि* का असली दफ़्तर कहाँ है?

"यहाँ।" उजास अपने लैपटॉप पर प्यार से हथेली फेरता है जो लगभग हर वक्त उसके पास रहता है—चालू!

अपनी चौंधियाई आँखें बंद कर वो पल को उनकी जलन महसूस करता है फिर जैसे अपनी जलन पर जीत हासिल करता आँखें खोलता है और उन्हें मिचमिचाकर कहता है,

"हम रचनाएँ सिर्फ़ ई-मेल से मँगवाते हैं। इसी में पढ़, छाँटकर, इसी में फ़ाइनल कर लेते हैं अंक। सम्पादकीय भी इसी में लिखा जाता है और कवर पेज भी इसी में बनता है।"

"इसीलिए उजास भाई को हम सब प्यार से 'इलेक्ट्रॉनिक पिया' भी कहते हैं!" जगमोहन की बात पर सब हँस दिये और हास-परिहास के माहौल में प्यालों की शराब छलक-छलक जा रही है। विराट क्योंकि इस माहौल में जल्द-से-जल्द घुलमिल जाना चाहता है; बोतल वही लाता है। सबके लिए शराब खरीदता है और अपने लिए कोल्डड्रिंक की डेढ़ लीटरी बोतल जिससे महफ़िल में शराब के प्यालों का साथ निभाता पीता है। ऐसी दो-तीन ही शामों में वो डाईहार्ड फ़ैन हो गया इस ग्रुप का। क्या तो बातें करते हैं ये नौजवान—आग!! विराट को महसूस होता है जैसे सामने *तारसप्तक* के लीडर सम्पादक 'अज्ञेय' हैं जब वो उजास को सुनता है,

"विराट भाई, हमें साहित्य की दुनिया का जमादार समझ लीजिये। यहाँ से सब कचरा, सब गंद हटाना हमारी ज़िम्मेदारी है!"

विराट हतप्रभ है; इन सबके पास एक ही बात है। सब जैसे किसी एक अज्ञात के जुड़े-टूटे टुकड़े हैं! कहानीकार बालकृष्ण बात को आगे बढ़ाता है,

"विश्व में हिन्दी साहित्य आज कहीं नहीं है। पिछले नोबेल विजेता से पूछा एक पत्रकार ने कि क्या आपने हिन्दी के किसी लेखक का नाम सुना है तो पता है उनका

जवाब क्या था ... ??'' बात को गहरे अर्थ में अधूरी छोड़ वह तसल्ली से रम पीने लगा।

श्रीनिवास ने बालकृष्ण की लक्षणा बात को अभिधा में बदलकर विराट को समझाया,

''राजभाषा हिन्दी को जो करोड़ों-अरबों का अनुदान मिला करता है, पूरा गेम उसी के इर्द-गिर्द है! हमारी राष्ट्रभाषा विश्व की तीसरी सबसे ज़्यादा बोली जाने वाली भाषा है, तब भी अगर इसके किसी साहित्यकार की पहचान अन्तरराष्ट्रीय स्तर पर नहीं है तो उसकी वजह है कि हमारे साहित्य जगत में आज वो माहौल नहीं है जो अपनी प्रतिभाओं को श्रेष्ठ से सर्वश्रेष्ठ की यात्रा निर्विघ्न सम्पन्न कर लेने दे! हमारी हिन्दी की मेन स्ट्रीम आज पोर्न जैसा लिखने वाली लेखिकाओं-लेखकों, नौकरशाह राइटरों और तुच्छ अवार्डों-स्कालरशिपों के लिए गिड़गिड़ाने-बिक जाने वाले टुच्चे लेखकों से भर गई है। साले प्रतिभाहीन...''

''न श्रीनिवास! किसी को गाली न दो; सिर्फ़ तथ्यात्मक बात कहो—सिर्फ़ तथ्यात्मक सच!'' उजास ने टोका।

''वाह! क्या बात है आप लोगों की! जैसा लिखते हैं वैसे हैं भी आप सब!'' विराट पूरी तरह प्रशंसक बन चुका अब। ...एक नशा जो शराब से कम बहकाऊ असर नहीं छोड़ता!

ऐन इस वाक्य के बाद, जगमोहन ने बातचीत को नया रुख दिया,

''अब दूर क्यों जाते हैं विराट भाई; आप अपने सम्पादक ब्रजमोहन जी को ही ले लीजिए। उस बेचारी नई लेखिका पाखी को ध्वस्त कर देने पर तुले हैं!''

''क्या??''—अपने गिलास में कोल्डड्रिंक भरता विराट का हाथ जस-का-तस रुक गया।

''अब ऐसे न बनो यार जैसे तुम्हें कुछ खबर ही न हो!''—बालकृष्ण ने विराट के कंधे पर धौल जमाते हुए कहा।

''नहीं। मैं सच कह रहा हूँ। मुझे ऐसी किसी बात की कोई खबर नहीं। अरे! मैं तो पाखी कुमकुम को बहुत पसन्द करता हूँ—कसम से!''

''पसन्द करते हो या प्रेम करते हो??''—उजास की बात पर सब चेहरे अर्थपूर्ण हँसी हँस दिये सिवाय विराट के जो अब जैसे सफ़ाई दे रहा है,

''नहीं। मेरे कहने का यह मतलब कतई नहीं है। मैं तो बहुत मिला भी नहीं हूँ कभी पाखी जी से और न ही फ़ोन पर कभी उनसे संवाद हुआ है। वो तो मैं उनकी रचनाएँ यहाँ-वहाँ पत्र-पत्रिकाओं में पढ़ता रहता हूँ तो बस यही कुल है बात!''

विराट के चेहरे पर झिलमिला आई खुशी को सबने एकसाथ पढ़ा।

उजास ने बातचीत को रस में डुबोना शुरू किया,

"वैसे वो तुम्हारी पाखी कुमकुम पिछले कई महीनों से सिंगल है। अपने पिछले लिव-इन पार्टनर से सेपरेशन के बाद साहित्यिक कार्यक्रमों में आना-जाना भी लगभग छोड़ दिया है। सुना, ऑफ़िस से छूटते ही सीधा अपने फ़्लैट की राह लेती है और फिर भूतनी की तरह रात-रात भर लिखा करती है।"

श्रीनिवास ने विराट के चेहरे पर नज़र जमाये हुए, उजास की बात पूरी की,

"ब्रजमोहन जी किसी लड़की की तरक्की में तो अड़ंगा डाल सकते हैं पर किसी भूतनी की तरक्की कैसे रोकेंगे क्योंकि भूतनी की राह रोकने के लिए तो उससे भी विकट भूत चाहिए और भूत-वूत होना ब्रजमोहन जी के बूते की बात कहाँ?"

"मुझे अब भी समझ में नहीं आ रहा, आप लोग क्या बात कर रहे हैं? *साहित्यतंत्र* में तो कभी पाखी कुमकुम के खिलाफ़ कुछ नहीं छपा।"

"यही तो!" उजास अपने लैपटॉप के की-बोर्ड पर अँगुलियाँ चलाता, इस ओर अनदेखे ही कह रहा है,

"न खिलाफ़ न सपोर्ट! ब्रजमोहन जी की यही तो नीति है कि वे *साहित्यतंत्र* में किसी भी तौर पर उसका ज़िक्र नहीं करेंगे। बीसियों नाम बार-बार दुहरायेंगे जिनमें सिर्फ़ उसका नाम न आने देंगे। यों ये साबित करने की कोशिश है कि वो कोई नाम है ही नहीं इस पीढ़ी में!"

"सब प्रमुख पत्रिकाओं में तो पाखी जी की कहानियाँ आया करती हैं। तमाम समीक्षक उनका नाम लेते ही रहते हैं अपने लेखों में; फिर एक अकेली पत्रिका *साहित्यतंत्र* में न हुआ ज़िक्र तो क्या फ़र्क पड़ता है?"

सब देख रहे हैं कि विराट अब इस तरह बात कर उठा है जैसे यहाँ वो उस लेखिका का प्रवक्ता है।

अब उजास ने लैपटॉप से नज़र हटाकर विराट पर जमाई है,

"पाखी कुमकुम को भले न पड़े पर ब्रजमोहन जी को ज़रूर पड़ता है। वे पुरज़ोर ताकत लगाये हुए हैं कि नये चमकते तारों के विरोध में और नये तारे उतारने के इस खेल में बड़े खिलाड़ी बने रहें ताकि उनकी कुछ तो प्रासंगिकता रहे वर्ना उनके जवानी के दिनों के लेखन को लोग कब का भूल चुके! अब सिर्फ़ रस्मअदायगी के लिए लोग उन्हें 'बड़ा! बड़ा!' कहते रहते हैं।"

विराट को देखते उजास के माथे पर क्षण-लवलेश को शिकन आई फिर अपनी

लैपटॉपी दुनिया में लौटते हुए वो मुस्कुराया,

"तुम्हें एक मुर्गे का चुटकुला सुनाते हैं विराट भाई; पर वादा करो कि जाकर अपने बॉस को नहीं सुना दोगे।"

सब मुस्कुराये; विराट के चेहरे पर और उत्सुकता जाग गई।

"एक बार, एक बड़े सख्त, रिटायर्ड आर्मी अफ़सर ने छह मुर्गियाँ मँगवायीं। उन्हें परेड की तरह लाइन में लगाया और हुक्म फ़रमाया कि हरेक मुर्गी दो-दो अंडे देगी। पाँचों मुर्गियों ने तो दो-दो अंडे दे दिये। छठीं ने एक ही दिया। रिटायर्ड अफ़सर ने उसके सामने डंडा फटकारा तो उसने बड़ी बेचारगी से कहा,

"देखिये सर, आपके डर से मैंने एक अंडा दे भी दिया। वैसे ये मेरा काम नहीं है क्योंकि दरअसल मैं मुर्गा हूँ।"

"हा-हा-हा। ही-ही-ही-ही।"

कमरा हँसी की रोशनाई में नहा उठा।

"अभी भी नहीं समझे बन्धु?" उजास ने लैपटॉप बंद करते हुए गम्भीरता से उसे घूरा।

"नहीं। आप पूरी बात शुरू से बताइये उजास भाई।"

"इस बात का न कोई शुरू है न आखिर। और इस कालजयी कम्बख्तपन के तल में बात कुल इतनी-सी है दोस्त कि साहित्य के ये बी ग्रेड बूढ़े जो अब कहीं सम्पादक, कहीं अध्यक्ष होकर अपने पुराने पोस्टर नामों की खाते हैं, ये सबसे ज़्यादा भय उन अगले-नये लेखकों से खाते हैं जो इनके हुज़ूर में बामुलाहिज़ा नहीं होते। और इनका यह भय ही इनकी आक्रामकता का मूल है। नवोदित पाखी कुमकुम और बूढ़े ब्रजमोहन जी के बीच भी यही कालजयी कम्बख्तपन काम कर रहा है। पाखी की शुरुआती रचनाएँ *साहित्यतंत्र* में आई थीं जैसे कि अन्य कई पत्रिकाओं में भी आती थीं। उसकी पहली कहानी भी *साहित्यतंत्र* में आई थी; क्योंकि तब तक उसके उस्ताद लक्ष्मीप्रसाद की पत्रिका बंद हो चुकी थी। ब्रजमोहन उसके उस्ताद होने का तमगा अपने नाम कर लेते; लेकिन वो बहुत जल्दी आगे बढ़ गई और दूसरी पत्रिकाओं के सम्पादक जब अपने सम्पादकीयों में उसका ज़िक्र करने लगे; वो *साहित्यतंत्र* और उसके सम्पादक को भूल गई। इसकी प्रतिक्रिया में ब्रजमोहन जी ने पहले तो ये दर्शाया कि वे पाखी कुमकुम जैसियों को गिनते ही नहीं। उन्हें मुगालता यह था कि जिन लेखक-लेखिकाओं को हिन्दी में *साहित्यतंत्र* ने खड़ा नहीं किया है, वे कहीं हैं ही नहीं; और जिन्होंने थोड़ा-बहुत इधर-उधर नाम कमा भी लिया है वे अन्ततः *साहित्यतंत्र* से जुड़ने को ज़रूर ही

लालायित हैं। मुक्तिबोध ने शायद ऐसे ही साहित्याचार्यों के लिए लिखा है,

पथ भूलकर जब चाँदनी
की किरण टकराये
कहीं दीवार पर
तब ब्रह्मराक्षस समझता है
चन्दना की चाँदनी ने
ज्ञान गुरु माना उसे।

अपने पहले उस्ताद लक्ष्मीप्रसाद की वजह से ब्रजमोहन के *साहित्यतंत्र* में ही पाखी कुमकुम की शुरुआती रचनाएँ आनी थीं—आयीं भी। पर सोचो ज़रा, जिस मतलबफ़रेब लड़की ने अपनी तरक्की के लिए अपने उस्ताद को भुला दिया हो, उसकी नज़र में ऐसे ज्ञानगुरुओं की भला क्या औकात हो सकती है? बजाय *साहित्यतंत्र* की लेखिका होने के, पाखी शेखर कैम्प में चली गई; यही असल दुश्मनी है ब्रजमोहन को उससे।''

''लेकिन मैं *साहित्यतंत्र* में इतने महीनों से काम कर रहा हूँ; हमारी पत्रिका में कभी कुछ खिलाफ़ नहीं छपा पाखी जी के।''

''सब कुछ खिलाफ़ है मेरे भाई; सब कुछ खिलाफ़ है!''—उजास ने रोस्टेड कबाब का एक टुकड़ा उठाकर मुँह में डालते हुए आगे कहा,

''तुम्हारे *साहित्यतंत्र* का पिछला अंक 'युवा लेखिका कथा विशेषांक' था। बताओ ज़रा उसमें तुम लोगों ने पाखी कुमकुम को क्यों सम्मिलित नहीं किया? यहाँ तो आप लोग यह बहाना भी नहीं बना सकते कि लेखिका ने कहानी दी नहीं क्योंकि उस अंक में तो पहले ही यहाँ-वहाँ छप चुकी कहानियाँ ली गई थीं जिनके बारे में ब्रजमोहन जी ने अपने सम्पादकीय में लिखा भी है कि ये इस समय की चर्चित कहानियाँ हैं—हर युवा लेखिका की एक-एक सिग्नेचर स्टोरी जिसे उन्होंने स्वविवेक से चुना है तमाम पत्रिकाओं में से। अब मुझे बताओ विराट भाई कि अगर बिना लेखक से सम्पर्क किये यहाँ-वहाँ छपे में से ही लेना था तो फिर पाखी कुमकुम की कहानी लेने में क्या दिक्कत थी?''

विराट ने उदासी से उत्तर दिया,

''जब चुनी गई कहानियाँ सर ने मुझे दीं तो मैंने उनसे कही थी यही बात। उन्होंने पलटकर कुछ नहीं कहा। बस, अंक फाइनल करने को कहा।''

''वे तुमसे कुछ कभी कहेंगे भी नहीं। पर जिनसे भी कहेंगे, बात छनकर बाहर तो आयेगी ही ...गंदगी कहीं भी हो, सफ़ाईकर्मियों के हाथ ही पड़ती है अन्ततः।''

''क्या बात है आप लोगों की!'' विराट की आवाज़ अब कितनी उदास और

परेशान है, सब महसूस कर रहे हैं।

थोड़ी देर वे सब चुपचाप अपने-अपने ड्रिंक लेते रहे, फिर जगमोहन ने एक नई बात कही, ''*सदी की युवा दस्तक* शीर्षक से एक किताब आने वाली है जिसके सम्पादक ब्रजमोहन जी हैं। उसमें भी इस पीढ़ी के सब स्थापित युवा लेखक-लेखिकाएँ हैं सिवाय पाखी कुमकुम के।''

विराट एक बड़े रहस्योद्घाटन के भौचक्के श्रोता की तरह सारी बातें सुन रहा है,

''मुझसे ज़्यादा तो आप लोग जानते हैं *साहित्यतंत्र* और उसके सम्पादक के बारे में; मगर कैसे?''

''कहा ना, हम सफ़ाईकर्मी हैं साहित्यिक दुनिया के।'' उजास ने विराट को इतनी गहरी आँखों से देखा मानो एक्सरे की निगाह रखता हो,

''लेकिन एक बात तो बताओ यार, क्या तुम्हें बिलकुल ही नहीं पता कुछ जो आजकल चल रहा है तुम्हारे दफ़्तर में?''

''क्या नित्या वाली बात पूछ रहे हैं?''

''सुना, तुम्हारे ही शहर की है माने ग्वालियर से ही आई है और तुम भी तो ग्वालियर से ही आये हो तो कुछ बताओ यार उस नई सनसनी के बारे में। उसके पति का यहीं कहीं दिल्ली के आस-पास ही ट्रांसफ़र हो गया है; और अब उन्होंने यहीं घर भी खरीद लिया है।''

''नहीं उजास भाई, मैं उसे व्यक्तिगत तौर पर नहीं जानता। ग्वालियर में बस कुछ ही बार मैंने उसे कार्यक्रमों में देखा था। भई, बड़ी केल्कुलेटिव बंदी है! कहाँ जाना है, किससे बात करनी है, कितनी रब्त-जब्त बढ़ानी है, सब नपातुला हिसाब! यहाँ जब से आई है, एक बार भी मिलना नहीं हुआ। *साहित्यतंत्र* के पिछले अंक में आप लोगों ने जो उसकी कहानी पढ़ी थी वो ब्रजमोहन सर के ईमेल आईडी पर आई थी; फ़ोटो-बॉयोडाटा सब सर ने ही मुझे दिया उसका।''

श्रीनिवास ने उठकर मच्छर भगाने की कॉइल जलाते हुए कहा,

''सुना है कि आजकल ब्रजमोहन जी के लैपटॉप के डेस्कटॉप पर उसकी फ़ोटोज़ और कहानियाँ रहती हैं जिन्हें वे इस-उस पत्रिका को मेल करते रहते हैं और पीछे से सम्पादकों को फ़ोन कर-करके उसकी सिफ़ारिश करते रहते हैं। उसका नया उपन्यास भी उन्होंने ही एक प्रकाशक को दिलवाया है और ब्लर्ब भी उसका उन्होंने ही लिखा है।''

''आप लोगों ने तो भाई बड़ा तगड़ा होमवर्क कर रखा है नित्या और ब्रजमोहन जी पर!''

''नित्या होमवर्क करने की कोई चीज़ नहीं है। साहित्य में ऐसी दो-चार परियाँ-अप्सराएँ हर साल प्रवेश पाती हैं जिनके साहित्य में आकर्षण हो न हो, देह में बहुत होता है।''

सब लेखक-लड़के रस लेते हुए हँस दिये।

''खूबसूरत तो पाखी भी बहुत है।''

श्रीनिवास ने कहा तो न जाने क्यों विराट को बुरा लगा; इस तरह से ज़िक्र हो पाखी का, उसका दिल नहीं चाहता।

''नित्या से कम ग्लैमरस है लेकिन।'' बालकृष्ण ने सबके गिलासों को फिर भरते हुए कहा, ''लड़कियाँ ...न! न! ...मेरा मतलब लेखिकाएँ दो तरह की होती हैं—एक खूबसूरत दूसरी ग्लैमरस। ...अरे जगमोहन जा तो ज़रा, नीचे दुकान से बर्फ़ ले आ।''

''पहले नित्या और पाखी की बात सुन लूँ फिर जाऊँगा।''

सब हँसे। पाखी का विराट चुप रहा। फिर उसने बातों का रुख मोड़ना चाहा,

''उजास भाई, आपको क्या लगता है, मेरे बॉस नित्या के लिए ये सब क्यों कर रहे हैं? क्या वही हमेशा वाला प्रेम-फ़ायदा-प्रसंग यहाँ भी है या हो जायेगा?''

''भाईसाहब ये दिल्ली है दिल्ली! यहाँ आपके ग्वालियर-दतियायी 'प्रेम-फ़ायदा-प्रसंग' जैसी सरल दुष्टताएँ घटित नहीं होतीं; यहाँ 'प्रेम-महाफ़ायदा-प्रसंग' खेले जाते हैं।''

''माने?''

''माने यह कि ब्रजमोहन के लिए नित्या माध्यम भर है पाखी को ध्वस्त करने का। ब्रजमोहन उसे साहित्य में स्थापित करने की हरसंभव कोशिश कर रहे हैं और आगे भी करते रहेंगे। यकीनन उसका पहला उपन्यास चर्चित रहेगा क्योंकि उसमें भी उसके अब तक के लेखन जैसा पोर्न-टच होगा; फिर वो खुद ऐसी दिलफ़रेब तितली है। थोड़ा नाम तो हो ही जायेगा; बाकी अवार्ड-रिवार्ड से चर्चा-समीक्षा तक में ब्रजमोहन जी कुछ उठा नहीं रखेंगे। इस सबके बावजूद यानी अपनी कुल ऊर्जा उस पर खर्चने-खपाने के बावजूद ब्रजमोहन जी नित्या को साल-दो साल से ज़्यादा मेन स्ट्रीम में कायम नहीं रख पायेंगे। पाखी से द्वेष-प्रासंगिकता कायम रखने के लिए फिर कोई नई लेखिका या लेखक खोजना पड़ेगा। देखें, ब्रजमोहन जी कब तक कमज़ोर चिंगारियाँ जुटा-जुटाकर अलाव का सामना करते हैं!''

''तो पाखी जी आपकी नज़रों में अलाव हैं उजास भाई?''

''विराट भाई!''

श्रीनिवास ने एक हल्के सिप से होंठ तर करते हुए पूछा,

"आप पाखी जी का नाम इतनी मुहब्बत से लेते हैं कि सुनकर मज़ा आ जाता है!"

सब फिर हँसे, विराट का चेहरा प्रसन्नता से सुर्ख हो गया।

सिर्फ़ उजास ने गम्भीरता ओढ़े रखी,

"अगर तुम उसे सच में इतना ही पसन्द करते हो तो उसी मैग्ज़ीन में जॉब क्यों नहीं कर लेते जिसमें वो करती है? वो संस्थान भी बड़ा है तुम्हारे *साहित्यतंत्र* से। यहाँ जैसी 'चौबीस बाई सेवन' ड्यूटी से बचोगे, सैलरी भी ज़्यादा ही मिलेगी वहाँ, साथ में चमचम का सान्निध्य मुफ़्त!"

"चमचम?? कौन चमचम??"

"आप तो ऐसे चौंक गये जैसे बिच्छू ने काट लिया हो?"—श्रीनिवास हँसता रहा पर विराट के चौंक जाने को *पार्श्वभूमि* के सम्पादक उजास ने पकड़ लिया,

"ये नाम पहले भी सुना है कहीं?"

"हाँ, बहुत बार! लेकिन पहले आप ये बताइये कि 'चमचम' कौन है?"

"पाखी कुमकुम का निकनेम है 'चमचम'। तुमने ये नाम कहाँ सुना?"

विराट उजास की बात सुनने पर एकाग्र है और उसने बालकृष्ण की इस शरारत पर कतई ध्यान नहीं दिया कि वो पिछले दो पैगों के समय विराट के कोल्डड्रिंक में शराब मिलाता रहा है और इस तीसरी बार उसने कोल्डड्रिंक की बोतल में ही शराब घोल दी है। शेष तीनों लड़के आपस में शरारत-बदमाशी से मुस्कुरा रहे हैं। उजास की तवज्जह पाकर विराट बड़ा प्रसन्न हो उठा है। हल्के नशे में आ चुका अब वो बड़ी सरल और खतरनाक अबोधता से सब सुनाता चला जा रहा है,

"सर के मुँह से ये नाम मैंने बहुत बार सुना है। शायद तब वे फ़ोन पर नित्या या किसी दूसरी लेखिका से बात करते हैं और कहते जाते हैं :

—'चमचम' की औकात क्या है? मैं उसे नष्ट करने की हैसियत रखता हूँ!

—मेरी नज़र में 'चमचम' अ-लेखिका है। अरे, ज़रा नाम हो भी गया तो क्या हुआ? पहला राउण्ड तो यहाँ सब पूरा कर लेते हैं। असली लेखक तो वो है जो आखिरी राउण्ड तक अच्छा लिख सके। जुगनू-सी चार-छह कहानियाँ लिखकर अँधेरे में बिला गये लेखक-लेखिकाओं के सौ नाम मैं तुम्हें अभी-के-अभी गिना सकता हूँ। किसी ने कहा है कि पच्चीस साल की उमर तक तो सब कवि होते हैं, जो पच्चीस के बाद भी कविता कर सके वही असली कवि है। 'चमचम' असली लेखिका है कि नहीं यह तो समय सिद्ध करेगा और मेरा दावा है कि जितना महत्त्व उसे दिया जा रहा है वो इसके

काबिल हमेशा नहीं रहेगी!

—जो चौंकाने वाली भाषा 'चमचम' के गद्य में है, बहुत दूर और देर तक नहीं चलने वाली। देखना, अपने ही भाषाई मुहावरे में कैद होकर न रह जाये उसकी लेखनी तो मेरा नाम बदल देना!

—क्या कूड़ा कहानी लिख भेजी है तुमने ये मेरी जान? कितनी बार समझाया है कि क्लासिक पढ़ो, विश्व साहित्य पढ़ो, परम्परा को जानो और अपने समकालीनों को भी पढ़ो और अगर इतना नहीं पढ़ सकतीं, समकालीनों को भी नहीं पढ़ सकतीं तो सिर्फ़ 'चमचम' को ही पढ़ डालो। उसकी कहानियों में बदलते वक्त की कितनी परतें मिलती हैं, ये सीखो। विषयों का नयापन, विविधता, मौलिकता, और समसामयिकता है उसमें। यही समसामयिकता बाद में कालजयिता बनती है मेरी जान। उससे बेहतर कहानीकार अगर तुम साबित होना चाहती हो तो सबसे पहले तो अपने दिमाग के दरवाज़े खोलो और अन्दर जो कूड़ा भरा पड़ा है उसे हटाओ वहाँ से। रति, वासना और रजस्वला होने के अलावा भी अपनी नायिकाओं से कुछ करवाओ। कुछ सामाजिक, लोकमंगलकारी, क्रांतिकारी ...कुछ 'चमचम' के नायक-नायिकाओं के जैसा!!

—कहानी मानव शरीर की नहीं बल्कि मानव जीवन की व्याख्या होती है। 'चमचम' को देखो, कितनी चंट है! लक्ष्मीप्रसाद से लेकर मेरी और अब शेखर तक—सबकी बौद्धिकता उसने अपनी बना ली है। कितनी जल्दी उसने साहित्य की असली नब्ज़ पर अपनी अँगुलियाँ जमा लीं! तुम पहले ये समझो कि लेखक लिखता क्यों है? हमारी प्रतिबद्धताएँ क्या होती हैं या होनी चाहिए; फिर लिखो।

—साहित्य कालजयी होने का खेल है—बड़ा सरल पर बड़ा असंभव! यहाँ पहली ही शर्त है कि खिलाड़ी अपना पूरा जीवन खेल के नाम कर दे बिना किसी शर्त। सबसे पहले तो ये समर्पण अपने अन्दर लाओ। 'चमचम' को देखो; कितनी मेहनत करती है अपनी कहानियों पर! एक-एक कहानी का ड्राफ्ट आठ-आठ, दस-दस बार लिखती है। एक-एक शब्द पर ध्यान देती है और कई-कई महीनों तक अपने पात्रों को जिया करती है। तब कहीं जाकर वो कहानी बनती है जो अवार्ड पाती है। ऐसी लगन, ऐसा समर्पण मैं तुममें देखना चाहता हूँ। उसमें प्रतिभा भले न हो, परिश्रम अपार है और उतना ही समर्पण भी। एक बार खुद मुझसे कहा था उसने कि साहित्य उसका बॉयफ्रेंड है। तुम इतना प्रेम अपने अन्दर साहित्य के लिए पैदा करो।

—'चमचम' की तरह कन्वर्टर बनो। सीखो ज़िन्दगी को कला के साँचों में ढालकर कहानी में बदलना। कैसे क्राफ़्ट की मिक्सी में निपट यथार्थ अनुभव महीन

पिसकर नये सृजन को तैयार मिट्टी में बदल जाते हैं। कैसे यथार्थ से भी ऊपर ऐसी कल्पना को स्थापित किया जाता है जो यथार्थ को जीत लेता है। अभी भी 'चमचम' में बहुत कच्चापन है। उसकी कहानियों के अन्त बहुत प्रभावी नहीं होते; पर वो जिस रास्ते पर है, ये सब कमियाँ पीछे छूट जानी हैं। मैं तुम्हें भी इसी रास्ते पर देखना चाहता हूँ—वो भी उससे मीलों आगे!

—'चमचम' ये ...'चमचम' वो ...'चमचम' फिर! ''

यों न जाने कितना वक्त बीतता रहा; जगमोहन नीचे से दो बार बर्फ़ ला चुका है, एक बार एक पूरी बोतल तेज़ अंग्रेज़ी शराब भी। शराब के गिलास पर गिलास खाली करते विराट को अब बिलकुल होश नहीं रहा कि सब कब से चुप हैं और सिर्फ़ उसे सुने जा रहे हैं। वो लगातार पीता जा रहा है और लगातार बोलता जा रहा है। बोलता जा रहा है ।...बोलता जा रहा है। और नशे में बेसुध हो जाने तक उसकी जुबान पर सिर्फ़ एक नाम है—'चमचम'! 'चमचम'! 'चमचम'!—ओ मेरी पाखी!

जगमोहन, बालकृष्ण, श्रीनिवास या उजास—उसे उसके फ़्लैट तक किसने छोड़ा और उसकी जेब से चाबी निकालकर दरवाज़ा खोल, कौन उसे बिस्तर पर लिटा गया—सबेरे विराट को यह याद नहीं आ रहा था। सिर दर्द से फटा जा रहा था। अपने कपड़ों की बदबू से जाना—राह में ऑटो से मुँह निकालकर शायद उल्टियाँ भी करता आया था।

वो लड़खड़ाकर उठा। बाथरूम में गया और सिर पर शावर खोल लिया। कपड़े उतारने तक की सुध न रही है। चेहरे पर धाराएँ बह रही हैं—शावर की भी! आँसुओं की भी!

मन लज्जा और ग्लानि से मरा जा रहा है। जी चाहता है अपनी जान ले ले! ...शराब!! इसी ज़हर ने पहले एक बार उसके प्राण लिये थे और कल रात फिर इसी ने...! पर उसने जानबूझकर तो नहीं पी थी; अलबत्ता वो जानता था कि उसके साथ शरारत की जा रही है। तो क्या वो अपने आप को बेवक़ूफ़ बनाकर शराब पीना ही चाहता था? और पीकर जो बकता रहा वो ...वे सब मुझ पर हँस रहे होंगे!

ऊपर से सब रुटीन-सा दिख रहा है। हर दिन की तरह विराट नहाकर नीचे दुकान पर पोहा-जलेबी का नाश्ता कर आया है और ऑफ़िस में आ बैठा है। बाकी स्टाफ आया है और सबसे हाय-हैलो के बाद ऑफ़िस की दिनचर्या अपने तयशुदा ढर्रे पर चल पड़ी है। आज ब्रजमोहन सर आये हैं और सीधे अपने केबिन में चले गये हैं। विराट का दिल बुरी तरह से धड़कने लगा है—कहीं सर को कुछ पता तो नहीं चल गया??

दिन बिना किसी अनिष्ट के बीत गया। रात हुई और अपने एकाकी कमरे-फ़्लैट

के बिस्तर पर विराट चुपचाप लेटा है। आज वो नीचे के होटल पर खाना खाने भी नहीं गया। मन सौ आशंकाओं से दहला हुआ है :

—कहीं वे लोग उसकी दी जानकारियों-बातों को अपनी पत्रिका के अगले अंक में न छाप दें! सब तरफ़ थू-थू होगी उसके नाम पर कि जिस थाली में खाया उसी में छेद किया?

—फिर वो ब्रजमोहन सर को क्या जवाब देगा? ये नौकरी तो जायेगी ही, सर से ये मुफ़्त की छत भी छिन जायेगी। ...ओफ़्फ़ो, बड़ी भारी चूक हुई मुझसे!

—क्यों न पहले ही नयी जॉब तलाश कर लूँ जब तक कि *पार्श्वभूमि* का अगला अंक निकले? हाँ, कल ही से कोशिश करूँगा। लक्ष्मीप्रसाद सर के पास जाऊँगा। आदिनाथ सर को फ़ोन करूँगा। इससे पहले कि यहाँ से जूते मारकर सड़क पर फेंक दिया जाऊँ, मैं ससम्मान यहाँ से चला जाता हूँ।

...मन रुँआसा हो उठा।

उसे बाई की बड़ी याद आ रही है। बात करने को जी चाह रहा है। रात के ग्यारह बज रहे हैं। वह उठकर बालकनी में आ गया है और आसमान की ओर देखने लगा। यात्रा करते रहने को अभिशप्त चन्द्रमा कितना अकेला और दागदार है!

अब मन रह-रहकर घर की ओर खिंच रहा है। वो सोच रहा है, घर में सिर्फ़ विद्या के पास सेलफ़ोन है। वैसे भी दद्दा-बाई अब तक गहरी नींद सो गये होंगे। सो तो विद्या भी गई होगी। क्या सचमुच सो गई होगी? क्या उसकी याद में जागती न होगी? क्या अब उसकी ज़रूरत वहाँ के जीवन को न रही? अब विराट को विद्या की सचमुच याद आने लगी। और उसकी कोख में पल रहे अपने अजन्मे अंश की भी। उसका दिल पितृत्व से भर उठा। नहीं। इस समय फ़ोन लगाना ठीक नहीं होगा। वो बेचैनी से अपने कमरे में टहलने लगा। पिछले हफ़्ते विद्या का फ़ोन आया था। कुछ बड़ी ज़रूरी चर्चा करना चाह रही थी लेकिन अपने दोस्तों के बीच ऐसा व्यस्त-मस्त था कि डिस्टर्ब करने पर उसे डाँट दिया और बाद में फ़ोन करने को कहा। बाद में विद्या का फ़ोन नहीं आया और वो भी इस बात को भूल गया। अब सोच रहा है कि ज़रूर कोई बड़ी महत्त्वपूर्ण बात रही होगी! मैं भी न जाने कहाँ-कहाँ उलझा रहता हूँ। इतना कटूँगा तो बिलकुल ही कट जाऊँगा उस जीवन से। नहीं! नहीं! मुझे फ़ोन करते रहना चाहिए।

यों उसके पितृत्व-पतित्व को फिर जीत लिया उसके दुनियापे ने और उसने विद्या का नंबर डायल किया,

''हैलो।''

उधर से विद्या की आवाज़ थी; नींद की घाटियों से पुकारता कितना मादक स्वर जैसे कोई अप्सरा उत्तप्त साँसों से आमंत्रित करती है। वो मुग्ध मन से सुनता रह गया।

"हैलो। मातादीन?" आवाज़ सोने से जागने की ओर बढ़ने लगी।

"तुमसे हज़ार बार कहा है कि मातादीन न कहा करो, विराट कहा करो!"

पल में झन्ना गया वो जैसे स्वर्ग की अप्सरा ने धक्का दे दिया हो और वो अपने गाँव के ऊँची जात वालों के पैरों में जा गिरा हो—साला नीच जात!!

उसकी खिन्न आवाज़ से उधर की आवाज़ सँभली,

"नहीं नहीं विराट! वो तो नींद में मेरे मुँह से निकल गया। आई एम सॉरी। मैं तो वैसे भी तुम्हारा नाम कम ही लेती हूँ। कहती भी हूँ तो हमेशा विराट ही कहती हूँ और ..."

"पिछले हफ़्ते कुछ ज़रूरी काम से फ़ोन किया था?"

"हाँ, वो बताना था कि..." वो एकाएक चुप हो गई ...आम घरेलू, डरी हुई पत्नी की तरह चुप। विराट को अच्छा लगा।

"क्या बात है?"

"एक बहुत अच्छी बात।"

"अच्छा क्या भला?"—उसका स्वर थोड़ा नरम पड़ा।

"मैंने दद्दा को गाँव में पाँच एकड़ ज़मीन खरीदकर दे दी है। अपनी बखरी के पास ही। बिजौरा बब्बा का खेत था। दद्दा-बाई दोनों बहुत खुश हैं अब। वे तो रजिस्ट्री वाले दिन ही गाँव चले गये अपना सब ज़रूरी सामान लेकर। मैंने कितना रोका कि मेरी डिलेवरी तक तो रुक जाइये पर वे दोनों तो जैसे पिंजरे में से निकल गये। कह गये हैं कि बीच-बीच में आते रहेंगे और डिलीवरी के समय भी आकर रहेंगे। मैंने दद्दा और बाई दोनों को एक-एक सेलफ़ोन खरीदकर दे दिया है। हर दिन ही वे लोग मेरी तबीयत की खबर लेते रहते हैं।"

विराट सन्नाटे में आ गया; इतना बड़ा निर्णय और उससे सलाह करने की भी ज़रूरत नहीं समझी गई। अपने गुस्से को काबू करता पूछ पाया बस इतना ही, "ज़मीन की रजिस्ट्री किसके नाम करवाई है? दद्दा के?"

"नहीं। मैंने अपने नाम खरीदी है।"

"तो यों कहिये मदाम कि आपने अपनी पसन्द का इन्वेस्टमेंट किया है। और चौकीदारी करने के लिए मेरे माँ-बाप को भेज दिया है। ये तो एक तीर से दो निशाने हो गये। आपकी ज़मीन की देखभाल भी होती रहेगी और यहाँ दतिया में आप आज़ाद

ज़िन्दगी भी जी सकेंगी।''

''इस तरह की बातें मत करो विराट। खेत मैंने दद्दा-बाई की खुशी के लिए ही खरीदा है। अपने नाम इसलिए लिया क्योंकि किसान क्रेडिट कार्ड जैसी कई सुविधाओं को पाने के लिए मेरा ही होना बेहतर था। और अगर मैंने अपनी पसन्द का इन्वेस्टमेंट सोचा होता तो यहीं कोई प्लॉट लिया होता जो मेरे बजट में होता। मैं लोन क्यों लेती?''

''तुमने लोन लिया?''

''तो और कैसे खरीद सकती थी खेत। पता है, जब रजिस्ट्री हुई, दद्दा रोने लगे। कहते थे, तुमने मेरी उमर दस साल बढ़ा दी बहू।''

''ये उनकी राय है। लेकिन मुझे तो उस खेत को खरीदने का कोई औचित्य समझ में नहीं आता। तुम्हें अगर लोन ही लेना था तो मुझे यहाँ दिल्ली में कोई फ़्लैट दिला दिया होता। अच्छा, ये बताओ, दद्दा को जो किराने की दुकान डलवाई थी उसका क्या होगा अब? वे गाँव जाकर खेती करेंगे तो यहाँ दतिया में दुकान कौन चलायेगा?''

''नहीं, दुकान भी दद्दा ने गाँव शिफ़्ट कर ली है। अपनी कच्ची बखरी के बाहर उन्होंने एक पक्की दुकान बनवा ली है। मैं परसों ही तो गई थी गाँव; सुभाष और तन्वी के साथ उनकी कार में। दद्दा-बाई खूब खुश हैं। दुकान पर बैठे रहते हैं दोनों दिनभर। सामने अपने खेत को भी देखे रहते हैं। बिजौरा बब्बा को भी उन्होंने अपने ही घर में रख लिया है। ''

''गाँव की दुकान बनवाने के रुपये भी तुमने...''

''वो तो लोन के उन्हीं पैसों में बन गई।''

''इतना सब कुछ तुमने कर डाला और मुझसे पूछने तक की ज़रूरत नहीं समझी?? मंगलसूत्र पहनती हो या वो भी बेचकर कहीं कोई नया इन्वेस्टमेंट कर डाला है?''

''विराट!! ऐसा कुछ भी मत बोलो! मैंने कितने फ़ोन लगाये लेकिन कभी तुमने कॉल कट कर दी कभी बात सुनने से पहले ही डाँट दिया। दद्दा-बाई ने ही मुझसे कहा था कि मैं उनके लिए गाँव में खेत खरीद दूँ, दुकान बनवा दूँ। फ़र्ज़ तो ये दरअसल तुम्हारे थे पर जो आदमी अपनी प्रेग्नेंट पत्नी को छोड़कर भाग जाये उससे किसी और फ़र्ज़ को पूरा करने की क्या उम्मीद की जा सकती है??''

''विद्या!! शुक्र मनाओ कि तुम फ़ोन पर हो। अगर सामने होतीं तो अभी मैं तुमको इतने तमाचे मारता कि ...''

''शुक्र मनाओ कि तुम भी फ़ोन पर हो! तमाचे मारते तो जेल जाते! आई बात समझ में? कायर पुरुष के पास हिंसा ही हथियार होता है लेकिन गये वो ज़माने जब

औरतें पति के हाथों पिटती रहती थीं और फिर भी उसे परमेश्वर मानती रहती थीं। मैं न सिर्फ़ अपनी बल्कि अपने होने वाले बच्चे की और उसके दादा-दादी की अकेले परवरिश कर सकूँ, इतनी तो काबिलियत रखती हूँ मातादीन मिरौंगिया!''

उस तरफ़ से फ़ोन कट कर दिया गया है। विराट सिर थामकर बैठा है। दिल के किसी कोने में दबा भय जैसे आज सामने आकर फुँफकारने लगा है। आउट ऑफ़ साइट, आउट ऑफ़ माइंड! अगर अब भी लौटकर दतिया नहीं गया तो वो जीवन उसे भूल आगे बढ़ जायेगा ...या शायद बढ़ गया है??

क्या अब हर शाम सुभाष विद्या से मिलने आता होगा?

लेकिन विराट दिल्ली कैसे छोड़ दे—साहित्य का मक्का!

अगली सुबह हुई और ऑफ़िस में बैठा विराट फिर दिल्ली का हो गया।

...दिल्ली हिन्दी साहित्यकारों को अपनी प्रेमिकाओं-पत्नियों से भी ज़्यादा प्यारी है!

किसी और की प्रेमिका

मनचाही नौकरी पाना क्या इतना सरल है सो भी दिल्ली में?

पर साहित्यकार का तमगा कुछ तो चमक रखता ही है। अगले एक हफ़्ते तक, समझिये कि विराट दिन और रात लगा रहा। सब परिचित साहित्यकारों के द्वार खटखटाये। ग्वालियर फ़ोन कर, आदिनाथ सर से सिफ़ारिशी फ़ोन करवाया। लक्ष्मीप्रसाद सर के न सिर्फ़ घर गया बल्कि उन्हें साथ लेकर भी पहुँच गया मल्टीमीडिया ग्रुप के मालिक कपूर साहब के यहाँ। कपूर साहब (क्योंकि उनके स्वर्गीय पिताजी साहित्यिक पत्रकार थे और ये पूरा बिजनेस एम्पायर उन्हीं की विरासत है।) साहित्यकारों की बड़ी इज़्ज़त करते हैं; फिर लक्ष्मीप्रसाद तो उनके पिताजी के मित्र भी थे। कपूर साहब ने कॉफ़ी-नाश्ते की टेबल पर आने से पहले ही अपने अतिथियों का काम कर दिया। फ़ोन कर पूछा तो पता चला कि इस समय *कथा-माधुरी* में तो कोई पोस्ट खाली नहीं अलबत्ता *मनीमंत्र* में ज़रूर सम्पादकीय विभाग में सब-एडीटर की ज़रूरत है। यों विराट को मुँहमागी मुराद की तरह नई नौकरी मिल गई। अगले दिन पहले तो उसने नई जगह जाकर अपॉइंटमेंट लैटर लिया; फिर दिनभर आस-पास के इलाके में घूमता रहा और आखिर में एक बिल्डिंग में एक कमरा किराये पर पा ही गया। यहाँ रोशनी कम थी। कमरा छोटा था। अटैच लैट-बाथ तो बस इतनी-सी थी कि खड़े होकर नहाया भर

जा सके। पूरी तिमंज़िला बिल्डिंग अपने बूढ़े, बाँहदार बनियान और लुंगीधारी मालिक की तरह पुरानी और सनकी दिख रही थी। विराट को लगा जैसे शरतचंद्र के साहित्य से निकल उड़ा, कलकत्ता का कोई भवन दिल्ली में आ जमा हो। कमरे की हालत के हिसाब से किराया कुछ ज़्यादा भी लगा उसे; पर किया ही क्या जा सकता था। ऑफ़िस पैदल आ-जा सकने की सहूलियत देखते हुए विराट ने महीने भर का एडवांस किराया दे दिया और पास के बाज़ार से खरीदकर एक ताला उस कमरे पर लगा आया। शाम ढले वो लौटा तो *साहित्यतंत्र* के उस दफ़्तर-फ़्लैट को बड़ी देर तक बिछुड़ते अपनत्व से छू-छूकर देखता रहा। जहाँ रहने लगे इन्सान, वहीं से एक नाता जुड़ जाता है। दीवारें, छत, खिड़कियाँ, फ़र्श, नल, पास-पड़ोस के मकान, पेड़, कुत्ते, बालकनियों में खिले फूल-पौधे तक से, रहते-रहते एक ऐसा लगाव हो जाता है जिसका पता सिर्फ़ बिछुड़ते दम ही मिलता है।

सामान तो बहुत था भी नहीं विराट के पास। एक बिस्तर, पहनने के कुछेक कपड़े, चार-छह बर्तन, शेविंग किट, बाल्टी-मग वगैरह भर अलबत्ता किताबें बहुत हो गई थीं। दतिया से चला था तो एक भी किताब हाथ में नहीं थी; ये सब किताबें यहीं की कमाई हैं। दरअसल *साहित्यतंत्र* के दफ़्तर में समीक्षार्थ बहुत किताबें आती थीं। हर छोटा-बड़ा साहित्यकार अपनी नवीनतम किताब भेजता ही था। कई अपनी सब किताबों के सेट भेज देते थे। प्रकाशक भी क्लासिक से लेकर नये-नवीनतम तक जो कुछ भी नया छापते, एक प्रति सम्पादक के नाम ज़रूर भेजते। दूसरे सभी बड़े-व्यस्त सम्पादकों की तरह ब्रजमोहन सर भी किताबों की आवक पर ज़रा भी ध्यान नहीं देते थे। विराट से पहले जो उपसम्पादक यहाँ काम करता था वो समीक्षार्थ आईं किताबों से हर इतवार एक बड़ा बोरा भरता था और उसे लाल किले के पीछे पुरानी किताबों के बाज़ार में बेचता और उन दामों से, लौटते समय दारू की दो-एक बोतलें ले आता था। साहित्य पढ़ने का समय और शौक तो विराट को भी न था लेकिन किताबों की कीमत ज़रूर वो समझता था इसीलिए डाक से आने वाली अनगिनत किताबों में से वो बेहतरीन को छाँट लेता था और उन्हें अपने फ़्लैट के एक कोने में करीने से रखता जाता था। वो ऑफ़िस के स्टोर-रूम में भरी पड़ी अनगिनत किताबों में से भी किताबें छाँट लाया करता था, तब जब ऑफ़िस की छुट्टी हो चुकी होती थी। उनमें से कुछ जो खास महत्त्वपूर्ण न होतीं, वो उन छुटभैया साहित्यकारों को उपहार में दे देता था जो किसी कार्यवश दिल्ली आये होते थे और रात ठहरने को ब्रजमोहन की दयावश लॉज का किराया बचा ले जाते थे। किताबें पाकर कृतज्ञ कस्बाई साहित्यकार जब तक यहाँ

टिकते, उपसम्पादक साहब के नाश्ते, लंच, डिनर और पान का खर्चा उठाते। कुछ किताबें वो इस-उस साहित्यकार को तब भेंट करता था जब उसे लगता था कि इस आदमी से भविष्य में कोई काम पड़ सकता है। क्लासिक साहित्य की कृतियाँ वो चमकीले रैपर पैकेट में पैक करवाकर ले जाया करता था उन बड़े-बूढ़े साहित्यकारों के लिए जिनका साक्षात्कार उसे लेने जाना होता था *साहित्यतंत्र* के लिए। जो लोग अपने कवि-सम्मेलनों, गोष्ठियों आदि में उसे बुलाते थे या अपने पत्र-पत्रिकाओं में उसकी कविताएँ छापते थे, उन्हें वो ज़्यादा संख्या में किताबें गिफ़्ट करता था, इतनी कि वे कभी न भूलें उसे। यों संबंध बनाने—फ़ायदा कमाने की दूरदर्शिता के तहत उसने बहुत किताबें छाँटी और बाँटी थीं; इस सबके बावजूद उसके पास इतनी किताबें बच गई थीं कि लोडिंग ऑटो में जब वे भरी गयीं तो उसे लगा कि नई जगह जहाँ शिफ़्ट हो रहा है उस एकमात्र कमरे का आधा हिस्सा तो किताबों से ही भर जायेगा! 'चलो, इनका भी करेंगे कुछ!' उसने सोचा और उसे ध्यान आया कि अभी पाखी से परिचय करना बाकी है।

अब बस एक आखिरी काम बाकी था। इस नौकरी से इस्तीफ़ा देना था। ब्रजमोहन सर आज दफ़्तर आये नहीं थे। वैसे भी उनके सामने पड़ने की हिम्मत इधर उसमें रही नहीं थी। पिछला एक हफ़्ता जब तक यहाँ काम किया, जब-जब सर से सामना हुआ, विराट का दिल डर-डर गया। कहीं सर को पता तो नहीं चल गया कि एक दिन *पार्श्वभूमि* के दफ़्तर में बैठकर नशे और ईर्ष्या की झोंक में उसने उनके और उनकी शत्रु-मित्र लेखिकाओं के बारे में तमाम जानकारियाँ दे डाली थीं? आज जब इस्तीफ़ा देना है तो भी इस भय ने साथ नहीं छोड़ा है। उसने सर की प्राइवेट सेक्रेट्री की मेज़ पर इस्तीफ़े का लिफ़ाफ़ा छोड़ दिया और बंदूक से चली गोली के जैसी फुर्ती से वहाँ से चला आया। फ़्लैट खाली कर उसका दरवाज़ा अपने लिए बंद कर दिया—हमेशा के लिए; और बिना किसी को कुछ बताये नीचे उतर आया। लोडिंग ऑटो में अपने सामान के साथ बैठकर नये कमरे-दफ़्तर-जीवन की ओर बढ़ चला। वो रास्ते भर यही सोचता रहा कि पिछले दफ़्तर में उसके बारे में क्या बातें होंगी अब। उसकी वहाँ किसी से रब्त-ज़ब्त न थी लेकिन वो सोचता है कि वे लोग उसे एक नेक इन्सान तो ज़रूर ही मानते होंगे या उन्हें मानना चाहिए और उसे याद रखना चाहिए। यों नियम-विरुद्ध ढंग से नौकरी छोड़ आने से उसका पिछले करीबन आधे महीने का वेतन डूब जायेगा। ...उसे लगा जैसे आज फिर ग्वालियर के उसी कमरे से भागा है!

—अब आगे कोई गलती नहीं करूँगा जीवन में। एक नामी साहित्यकार बनने के रास्ते पर ही अपनी कुल ऊर्जा खर्च करूँगा। फिर वहाँ पाखी भी तो है! कितने कम

सालों में उसने कितनी सफलता पा ली है! उसकी सोहबत में, मैं भी अपना बेहतरीन दूँगा अपने कॅरियर को। श्रेष्ठ स्त्री की सेवा पाकर ही पुरुष का सर्वश्रेष्ठ बाहर आता है। अब तक की मेरी यात्रा शायद मुझे इसी मंज़िल की ओर लाने के लिए तय थी। ज़रूर भाग्य भी एक चीज़ है यार!

नया दफ़्तर बड़ा और भव्य है। यह एक बहुत बड़ी बिल्डिंग है जहाँ इस मीडिया ग्रुप के न्यूज़ चैनल, रेडियो चैनल और पत्र-पत्रिकाओं का काम होता है। जिस हॉल में विराट को बैठने की जगह दी गई है केवल उसी में कर्मचारी उसके पिछले दफ़्तर के कर्मचारियों से तीन गुना ज़्यादा हैं; यहाँ लेकिन माहौल बहुत यांत्रिक, बहुत व्यावसायिक है। सब अपनी-अपनी टेबलों पर झुके काम में खपे रहते हैं। इस हॉल में काँच की आधी-आधी ऊँचाई के पार्टिशन से तंग केबिन बनाये गये हैं। हर कर्मचारी के लिए तयशुदा कर्मभूमि की तरह काँच की दीवारें विशाल हॉल को बीसियों टापुओं में विभक्त कर देती हैं जैसे। हर केबिन में कीमती टेबलकुर्सी, कम्प्यूटर, फूलदान, सीनरी-पेंटिंग है। हॉल में भव्य लाइटिंग और दीवारों पर वॉलपेपर है। फ़र्श पर शानदार मैटिंग, ठंडा पानी देने वाला वॉटर कूलर-फिल्टर, कॉफ़ी मशीन, वर्दीशुदा चपरासी जो घंटी बजाते ही जिन्न की तरह प्रकट हो जाते हैं। टॉयलेट-बाथरूम तो ऐसे हैं जो अब तक उसने टी.वी. में ही देखे थे। हाथ धोने के लिक्विड से लेकर हाथ सुखाने की हवा-मशीन तक; इन वॉशरूमों में सब कुछ कितना कुलीन! कितना विदेशी! हॉल की ए.सी. वाली कृत्रिमता में ठंडी हुई हवा में काँच-केबिन में कम्प्यूटर पर काम करता विराट जब चारों ओर नज़र दौड़ाता है तो महसूस करता है कि सब ओर जीवित पुतले हैं जो यंत्र की तरह कार्य करते हैं। हॉल में सब तरफ़ लगे सीसीटीवी जैसे उनके दिलों तक पर नज़र रखे हुए हैं। अपनी-अपनी काँच की दीवारों के इस-उस ओर से वे एक-दूसरे से सधे हुए चेहरों से सिर्फ़ काम की बातें करते हैं। सहकर्मी लड़कियाँ आधुनिकाएँ हैं। उनके कपड़े-मेकअप सब ब्राण्डेड। बारीक गहने हीरे-प्लेटिनम से नीचे के नहीं हैं। लड़कों के लॉन्ग टो शूज पॉलिश से चमकते हुए, शर्ट्स इस्त्री से इस कदर दबी-रगड़ीं कि कपड़े के रेशे-रेशे में व्यवस्था उतर गई हो जैसे—कर्मियों की आत्माओं तक में! उन सबकी मुस्कुराहटें इतनी नपी हुई-सी लगती हैं, बात-बर्ताव, हँसी-व्यवहार इतना तुला हुआ-सा कि विराट को अपने गाँव का विष्णु मंदिर याद आता है। कभी पचास डिग्री की घाम-धूपदार दोपहर की रंगत का फ़ायदा उठाकर वो मंदिर के अहाते में चोरीछिपे पहुँच भी गया तो संगमरमरी फ़र्श, चाँदीदार बंद कपाटों और पीतल के महान बुर्जुआ घंटों की सुव्यवस्था, सुगंधित धूप-दीप की सुगंध से रचे माहौल में उसने अपने को

आप ही 'अछूत' पाया ...और वही 'अछूतता' यहाँ तक चली आई है दिल के भीतर दुबकी-दुबकी। *साहित्यतंत्र* के दफ़्तर का माहौल कितना अपना-सा लगता था। बड़े-बड़े साहित्यकारों की सोहबत हासिल थी, छोटे साहित्यकारों का अदब-लिहाज़। चौबीसों घंटे साहित्य को ओढ़ने-बिछाने का जो सुख वहाँ था, वो इस निरी नौकरी में कहाँ? उसका उदास मन पाखी का स्मरण करता है। इसी बिल्डिंग के दूसरे हिस्से में दफ़्तर है *कथा-माधुरी* पत्रिका का। हर दिन विराट का दिल कहता है कि वो जाये और पाखी से मिले; लेकिन हर दिन वो एक अस्पष्ट भय भरे इन्तज़ार में बिता देता है। *पार्श्वभूमि* के अगले अंक को पहले देख ले। कहीं उसके हवाले से ब्रजमोहन सर की कोई अभद्र टिप्पणी न छप जाये पाखी के बारे में। विराट ऑफ़िस आते और जाते वक्त रास्ते के बुक-स्टॉल पर ज़रूर तलाशता है— *पार्श्वभूमि* का अगला अंक आ गया क्या?

आ गया!

ऑफ़िस से लौटते विराट ने बुक-स्टॉल पर अंक देखते ही लपककर उठा लिया। तो सब अन्दाज़े सही थे; मुखपृष्ठ पर ब्रजमोहन और पाखी कुमकुम की तस्वीरें आमने-सामने थीं। बीच में एक लकीर थी—तनाव से थरथराती प्रत्यंचा जैसी लकीर। नीचे स्याह हर्फों में हैडिंग थी,

पाखी कुमकुम को ध्वस्त कर देना चाहते हैं ब्रजमोहन!!

काँपते हाथों से विराट ने पत्रिका के पन्ने पलटे। आवरण कथा में वे ही सब बातें थीं जो उस दिन उस बैठक में वे लोग उसे बताते रहे थे कि किस तरह नित्या को पाखी के सामने खड़ा करने का षड्यंत्र है और किस तरह पाखी कुमकुम को अप्रासंगिक बना देना चाहते हैं ब्रजमोहन वगैरह-वगैरह। विराट ने उस रोज़ शराब के नशे में जो कुछ बक दिया था, उसमें से इक्की-दुक्की बातें ही इस्तेमाल की गई थीं वो भी बड़े अप्रत्यक्ष और मामूली तौर पर मसलन ये कि ब्रजमोहन इन दिनों अपनी प्रिय नवोदित लेखिका से फ़ोन पर घंटों बातें करते हैं। वे उसे लिखना सिखा रहे हैं और पाखी कुमकुम के पैरलल नाम बनाने के लिए उसे साहित्य की इतनी ऊँची सीख दे रहे हैं जो उसके सिर के ऊपर से निकल जाया करती है।

आवरण कथा पूरी पढ़कर, विराट ने राहत की साँस ली। एक पल को उसका दिल उदास भी हुआ कि उस दिन कही उसकी किसी बात का कोई महत्त्व, कोई औचित्य नहीं था उन लोगों की नज़र में! अगले पल लेकिन, वह ये सोचकर खुश हो गया कि इतनी कुछ राज़-बयानी करने के बाद भी वो साफ़-साफ़ बच निकला पूरे मामले में। *पार्श्वभूमि* वाले तो पूरी रिपोर्ट उसके हवाले से दिखा सकते थे पर उन्होंने

एक अच्छे दोस्त की तरह उसे साफ़ बचा दिया। दिल-ही-दिल में उसने उजास भाई को सेल्यूट किया,

"आप सच में साहित्य के सफ़ाईकर्मी हैं भाई!"

अब वो बड़ा हल्का है, मुक्त है और दिमाग में सबसे ऊँचा खयाल है—पाखी!

आज वक्त काटे नहीं कट रहा। कल ऑफ़िस वक्त से पहले पहुँच जाना है—अपने नहीं, पाखी के ऑफ़िस! बाहर ही उससे मिल लूँगा। कुछ लेता चलूँ; यों खाली हाथ न जाऊँ। क्या ले जाऊँ ऐसा जो उसका दिल जीत ले?

उसकी नज़र आधा कमरा भरी किताबों पर गई। पाखी जैसी मेहनती लेखिका और भला किताबों का लालच न हो?? लक्ष्मीप्रसाद सर भी तो उसकी किताबों के प्रति दीवानगी के बारे में बता रहे थे। सही नब्ज़ पकड़ चुके डॉक्टर की तरह वो तसल्ली से काम करने लगा। किताबें चुन ली हैं। जी तो चाह रहा था सब किताबें कल ही उपहार में दे डाले; पर उसने सबसे अच्छी पाँच-छह किताबें छाँटी और चल दिया उन्हें पैक करवाने चमकीले रैपरों में। हर रैपर के ऊपर उसने प्लास्टिक के सुर्ख गुलाब का एक-एक फूल चिपकवाया है। इन फूलों पर वो कतई विचार नहीं करेगी और इन्हें रैपर-सजावट का ही एक हिस्सा समझेगी; विराट दिल में मुस्कुराता है। कहीं पढ़ी एक गज़ल याद आ गई,

कोंपलें फिर फूट आयीं शाख पर कहना उसे
वो न समझा है, न समझेगा, मगर कहना उसे

क्या वो यकीन करेगी, अगर मैं कभी उससे ये कहूँ कि ये मेरी अब तक की साहित्यिक यात्रा हमेशा उस तक आने की यात्रा थी?? ...ओ पाखी! मेरी प्यारी पाखी! ...पाखी! ...पाखी! ...पाखी!!

विराट ने अपने सबसे अच्छे कपड़ों की जोड़ी निकालकर उस पर इस्त्री की। जूते बड़ी देर तक पॉलिश करता रहा। चेहरे पर फ़ेसपैक लगाया। ऐन इसी वक्त विद्या का बार-बार फ़ोन-कॉल आने लगा। जीवन की इस चिर प्रतीक्षित खुशी के आगत दिन की पूर्व संध्या में वो अपना मूड खराब नहीं करना चाहता। बार-बार फ़ोन-कॉल काटने पर भी जब उस तरफ़ से कॉल आने बंद नहीं हुए तो विराट ने अपना फ़ोन स्विच ऑफ़ कर दिया। उसके दिल-दिमाग, रोम-रोम में पाखी है। वह बिस्तर पर लेट गया और पाखी उसकी चेतना के रास्ते पार करती अवचेतन में उतरने लगी सीढ़ी-दर-सीढ़ी नंगे पाँव जैसे महाकवि 'निराला' की संध्यासुन्दरी परी!

पता नहीं रात सोया भी था या नींद एक खयाल की तरह आई थी—सुबह होने

से बहुत पहले ही उठकर वो खड़ा हो गया। शेविंग की, फ़ेसपैक लगाया, जूते फिर चमकाये, कपड़े फिर इस्त्री किये।

और ऑफ़िस का वक्त शुरू होने के ठीक आधा घंटा पहले वो पाखी के ऑफ़िस के बाहर खड़ा था। ...और वो चली आ रही है सामने से जैसे कोई तस्वीर ज़िन्दा हो गई हो। विराट का दिल बेतरह धड़कने लगा। अपने आप पर काबू रख, अपने कुल प्रस्तुतीकरण में अब वो उसके सामने था,

''हैलो।''

''हाय।''

वो अपरिचय से आगे बढ़ जाने को हुई; पर ठिठकी और जैसे पहचानने की कोशिश करने लगी।

''मैं विराट हूँ। आपके बगल वाले ऑफ़िस में काम करता हूँ। *मनीमंत्र में*। पिछले हफ़्ते ही ज्वाइन किया है। अब इतनी प्रसिद्ध कहानीकारा आस-पास हो और मिलने न जाया जाये, ये तो किसी अभागे के ही भाग्य में लिखा हो सकता है!''

''आप कवि विराट हैं ना?''

''आप मुझे जानती हैं??''

''कितनी ही कविताएँ पढ़ रखी हैं मैंने आपकी। आपकी जो फ़ोटो छपा करती हैं पत्र-पत्रिकाओं में, उन्हीं को याद कर पहचाना मैंने आपको। फिर हम एक बार मिल भी तो चुके हैं।''

''आपको अब तक याद है वो उतनी-सी मुलाकात??''

''अब इतने प्रख्यात कवि से मिलना भला कोई कैसे भूल सकता है?'' वो औपचारिक विनम्रता से मुस्कुराई।

अपनी मुस्कुराहट और अपने बात-व्यवहार में वो विराट को अपने ऑफ़िस की सहकर्मी लड़कियों जैसी ही लगी—वैसा ही दुनियावी नपा-तुलापन, वैसे ही बारीक ज़ेवर प्लेटिनम-हीरों के, वैसे ही ब्राण्डेड कपड़े, सैंडिल, पर्स; लेकिन फिर भी कुछ तो बात है जो इन सबसे ऊपर है जो *साहित्यतंत्र* के गाढ़े साहित्यिक माहौल-सी बड़ी घरेलू लगती है। कुछ तो बात है पाखी में जो अपनत्व जगाती है।

पाखी से मिलकर लौटा तो ऑफ़िस के पूरे समय में और फिर अपने कमरे में आकर भी विराट यही बात बार-बार सोचता रहा—वो क्या बात है पाखी में? क्यों वो इतनी अपनी-सी लगी? क्या इसलिए कि एक लम्बे समय से उसका मन पाखी की तरफ़ खिंच रहा था?

असली वजह यह नहीं है।

विराट को कवि विद्युत की कही बात याद आ गई—हर साहित्यकार को एक साथी की ज़रूरत होती है जो उसकी दुनिया का, उसी की दिमागी ज़मीन का हो!

बड़े प्यार से अब वो सोच रहा है; एक साहित्यकार को दूसरे साहित्यकार की सोहबत में इतना अच्छा क्यों महसूस होता है जबकि दूसरे आम लोगों के साथ वो सहजता की इस तरलता को इस तरह नहीं जी पाता भले ही वे उसके कितने ही आत्मीय क्यों न हों? क्यों ऐसा होता है कि साहित्यिक कार्यक्रमों, साहित्यिक सोहबतों में ही एक साहित्यकार सबसे ज़्यादा मुक्त पाता है स्वयं को? जैसे हिरन के छौने को हिरनों की, जैसे सिंह के शिशु को सिंहों की और जैसे भँवरे को बहुत सारे भँवरों की संगत पसन्द आती है, वैसे ही छोटे-से-छोटे क्राफ़्ट से लेकर बड़े-से-बड़े क्राफ़्ट तक हर कलाकार को अपने जैसों का संग-साथ सुकून पहुँचाता है। यही कारण है कि सफल कलाकार अपनी कला से जुड़े या अपनी कला का सम्मान करने वाले किसी नये साथी से दूसरा विवाह कर लेते हैं या उनके प्रेम संबंध बन ही जाते हैं ऐसे किसी से कभी-न-कभी। इन संबंधों की ऊपरी सब बेमेल परतों के तल में एक अनुकूल तरलता अवश्य होती है कि नया साथी उसी कला, उसी सृजन, उसी रचनात्मकता से जुड़ा होता है। और यों उस नये साथी से प्यार वास्तव में अपनी रचनात्मकता से प्यार का ही विस्तार होता है। और दूसरे के लिए भी साँस लेने को ज़्यादा हवा की उपलब्धता की तरह होता है अपने फ़ील्ड के किसी सफल का साथ।

...सफल का साथ?? यही लेकिन कभी असहनीय भी क्यों हो जाता है? क्यों नर्तकी इज़ाडोरा कहती है कि दो कलाकारों में विवाह असंभव है? क्यों ऐसा होता है कि ये संग-साथ या तो मन्नू भंडारी-राजेन्द्र यादव की तरह लम्बी कष्टप्रद पारी के बाद अन्ततः पराजित होकर टूट जाते हैं या मोहन राकेश-अनीता औलक की तरह बेहतरी-कमतरी की भूल-भुलैया में खोकर किसी तरह निभते रहते हैं? अपने सृजन में समानांतर विश्व रचता है कलाकार; फिर दो विधाता एक साथ कैसे रहें?? सो या तो वे अपना-अपना विश्व उठाकर अपनी-अपनी राह चल देते हैं या उनमें से कोई एक अपना विधातापन दबाकर आम इन्सान हो जाता है—मजबूरी कभी बच्चे होते हैं कभी आर्थिक अयोग्यता!

कहाँ तक सोच लिया! विराट दिल में झेंपकर मुस्कुराता है। भला पाखी उससे क्यों शादी करने लगी? वो आईने में स्वयं को निहारता है। पाखी के साथ जोड़ी कैसी लगेगी? वो उससे कम खूबसूरत तो नहीं है; विद्या तो जान देती है इस चेहरे पर। ...विद्या??

विद्या की याद आ गई; साथ में उसके अजन्मे शिशु की। न जाने वह अकेली वहाँ किस हाल में होगी? दिल फ़िक्र से भर उठा पल को। सोचा, 'क्यों न फ़ोन कर लूँ।' 'नहीं! रहने देते हैं।' उसके दिमाग में एक स्पष्ट मनाही ध्वनित हुई। उसे तनाव लेना पसन्द नहीं। इन दिनों जब भी विद्या को फ़ोन करो, बार-बार एक ही रट लगाये रहती है कि दतिया लौट आओ! दतिया लौट आओ! अरे! दिल्ली में इतनी अच्छी नौकरी पा जाने के बाद यों लौट जाना वापस उस पिछड़े देहाती इलाके में भला कौन-सी समझदारी की बात है? वो तो सोचता है कि कुछेक बरसों में यहीं कोई एल.आई.जी. फ़्लैट खरीद लेगा और स्थायी बस जायेगा। यहाँ जो साहित्यिक तरक्की मुमकिन है... लेकिन साहित्यिक तरक्की?? बस, वही तो नहीं हो पा रही है उसकी। चार-छह काव्य गोष्ठियों में हो आने और पच्चीस-तीस बी ग्रेड पत्रिकाओं-अखबारों में वे ही-वे ही पुरानी कविताओं के छपते रहने को तो साहित्यिक उन्नति नहीं माना जा सकता। इतना तो दतिया में रहकर भी हासिल किया जा सकता था। वो अपने आप से खिन्न है। इधर दस-पन्द्रह नई कविताएँ भी लिखीं उसने लेकिन—सिर्फ़ उसका दिल जानता है—वे उसकी पुरानी, श्रेष्ठ कविताओं की जुगाली-दोहराव भर हैं। अब कविता में दिल नहीं लगता। ये काल गद्यकाल है, वो सोचता है। इधर कहानी लिखने को रह-रहकर मन करता है। दो-तीन छोटी-छोटी कहानियाँ लिखने की कोशिश भी की लेकिन कभी कुछ ठीक से बना नहीं तो कभी बीच में ही ऊबकर कलम छोड़ दी। उसे अपने अन्दर न कुछ नया महसूस होता है न उत्साह फिर लिखे तो कैसे? उसका तो मन करता है, अब तक जो लिखा है उसे भी खारिज कर दे। पाखी ने कैसे कहानी-दर-कहानी सफलता की सीढ़ियाँ तय की हैं; वह उससे भी ज़्यादा चमकीली सफलता पाना चाहता है। वह घंटों सोचा करता है, ...उसकी पहली ही कहानी तहलका मचाये दे रही है! लोग भौचक रह गये हैं! वो लेखकों का लेखक कहलाने लगा है। हर तरफ़ से 'वाह! वाह!' की आवाज़ें सुनाई देती हैं। उसे अपनी पहली ही कहानी पर 'रमाकांत स्मृति पुरस्कार' मिल गया है। पहले ही कथासंग्रह को 'साहित्य अकादमी' ने राष्ट्रीय युवा पुरस्कार दिया है। अब पहले उपन्यास पर भारतीय ज्ञानपीठ का नवलेखन पुरस्कार उसे मिला है। अब लोग उसे ढूँढ-ढूँढकर पुरस्कार थमा रहे हैं। अब अन्तरराष्ट्रीय स्तर के पुरस्कार-सम्मान उसे मिलने लगे हैं। विश्वविद्यालय उसे डॉक्ट्रेट की मानद उपाधियाँ देकर आप गौरवान्वित हो रहे हैं। जयपुर लिट्रेचर फ़ेस्टिवल और न जाने कहाँ-कहाँ से निवेदन आ रहे हैं कि विराट साहब अपने बहुमूल्य समय में से थोड़ा समय निकालकर कार्यक्रम को संबोधित कर दें। देशी अवार्डों की तो उसने गिनती ही छोड़ दी है। उसे 'विश्व हिन्दी सम्मेलन'

में सम्मानित किया जा रहा है। 'नोबेल पुरस्कार' के लिए उसका नाम सशक्त दावेदार है—और ये सब तब है जबकि वो चालीस का भी नहीं हुआ है!

सोच कहाँ से कहाँ तक जा पहुँचती है; वो अपने आप में खुश होता हुआ हँसता है। फिलहाल का सच यह है कि वो अच्छी कहानी लिखना सीखना चाहता है और इसके लिए एक अच्छी कहानीकार की सोहबत पाना चाहता है ताकि उसकी काबिलियत, बौद्धिकता, प्रतिभा को ठीक वैसे ही अपने में उतार सके जैसे पाखी ने लक्ष्मीप्रसाद से लेकर शेखर तक की प्रतिभा सोख ली है, चुरा ली है, लूट ली है!

विराट पाखी को फ़ोन लगाता है,

"क्या कर रही हैं महान लेखिका?"

"कुछ भी खास नहीं। बतायें, कैसे याद किया?"

"कहीं मैंने चर्चित लेखिका को डिस्टर्ब तो नहीं कर दिया?"—विराट ने आवाज़ को अपनी सर्वश्रेष्ठ विनम्रता के स्तर पर लाते हुए पूछा।

"नहीं विराट जी। बतायें क्या काम है?"

इस कदर औपचारिक था उसका स्वर कि विराट को एक-एक संवाद और बात बढ़ाना मुश्किल लगने लगा।

"देखिये, अव्वल तो यह कि आप मुझे विराट जी न कहा करें, विराट कहा करें।"

"कुछ काम था?"

"नहीं तो। सोचा, हाल-चाल जान लूँ । क्या कर रही हैं अभी?"

"विराट जी, मैं कहीं व्यस्त हूँ। बाद में बात करते हैं ।"

यों कॉल उसने काट दी। विराट ने अपने से कहा,

"सेलिब्रिटी राइटर है भई! सरलता से थोड़े ही मित्र मान लेगी। कुछ तो करना ही पड़ेगा।"

—क्या???

और आगे दो मुलाकातें छोड़ तीसरी मुलाकात में उसने पाखी को अपनी परेशानी बताई कि उसके पास आधा कमरा भर किताबें हैं और जिन्हें वह खूब-खूब पढ़ भी चुका है; अब कमरे से हटाना चाहता है। किसी सुपात्र को उपहार में देना चाहता है और दिल्ली में सिवाय पाखी कुमकुम के उसे कोई नहीं दिखता जो किताबों की इज़्ज़त करता हो। उसके इस प्रस्ताव को पाखी ने बड़ी सावधानी भरी विनम्रता से टाल दिया; लेकिन अगली मुलाकात में विराट पीछे ही पड़ गया,

"आप न लेंगी तो रद्दी में दे दूँगा; ऐसी क्लासिक कृतियों का जो अपमान होगा,

सो आपके माथे जायेगा!''

अन्ततः वह सहमति में मुस्कुराई।

और अगले इतवार के सवेरे के ये नौ बजे हैं जबकि पाखी कुमकुम के फ़्लैट की डोरबैल बजती है

टिंग टोंग, टिंग टोंग ...टिंग टोंग!

''आप इतने सवेरे-सवेरे??''—आवाज़ में नींद का बाकी सोंधापन था। अभी-अभी धुले चेहरे पर पानी की नम तरावट दिख रही थी, और चेहरे के आस-पास कलर्ड बालों की लटें बिखरी थीं। काले नेट वाले नाइटसूट में वह आधुनिक अप्सरा जान पड़ती थी।

''कैसी हैं आप 'चमचम'?''

''तो ये नाम भी जान गये आप? लगता है आजकल होमवर्क का विषय मैं ही हूँ।''—दरवाज़े से एक ओर हटते हुए उसने अलसाई, मंद आवाज़ में स्वागत किया,

''आइये, बैठिये।''

''बैठूँगा भी और चाय-नाश्ता भी करूँगा। गर्मागर्म नाश्ता पैक कराकर मैं अपने साथ लेता आया हूँ; आप केवल चाय बना लीजियेगा; लेकिन पहले यह बताइये कि किताबें कहाँ रखवानी हैं?''

''किताबें??''

''जी। आपकी बिल्डिंग के बाहर एक लोडिंग ऑटो लदा खड़ा है। जल्दी बतायें, फिर ऑटोवाले को वापस भी करना है।''

एक लेखक के लिए किताबें ज़ेवरों की तरह कीमती होती हैं; सच्ची प्रसन्नता में पाखी के पास कहने को शब्द न रहे। इशारे से एक कमरे का रास्ता बताया और खुद बाथरूम की तरफ़ चल दी।

''आप इतवार नौ बजे तक उठ जाती हैं ना? या मैंने आकर जल्दी जगा दिया? आधा इतवार सोने में बिताती हैं क्या?''

''कल रात ओवरनाइट की थी एक कहानी पर। अभी सुबह छह बजे पहला ड्राफ़्ट पूरा हुआ फिर सोई हूँ।''

''कितने ड्राफ़्ट लिखती हैं एक कहानी के?''

''ऐसा कुछ तय नहीं है; जब तक कहानी मुझसे और मैं कहानी से नहीं ऊब जाती, लिखती रहती हूँ।''

वो सुकून भरी थकावट से मुस्कुराई और नहाने चली गई। विराट स्तब्ध खड़ा

रह गया—इतना परिश्रम!! उसे लगा, अब तक जिनसे मिलता रहा था उनमें लेखकपन का दिखावा बहुत था—असली लेखक से तो अब मिला है!

पाखी ने किताबें रखने के लिए जो कमरा इंगित किया था वो उसका स्टडी-रूम था। छोटा-सा अध्ययनकक्ष जिसकी दीवारों पर फ़र्निश्ड काँच की अलमारियों में किताबें करीने से सजी हैं। पढ़ने की मेज़ पर एक रजिस्टर रखा था और कई एक पेन खुले पड़े थे; 'तो ओवरनाइट इस पर की गई है,' उसने सोचा। सामने पीतल की नक्काशीदार लैम्प तले सजावटी लकड़ी की तख्ती पर पाखी की राइटिंग में मार्कर पेन से लिखा था—

अभी मुझे और धीमे कदम रखना है, अभी तो चलने की आवाज़ आती है।

—मुनि क्षमा सागर

ओह! कितना पारदर्शी व्यक्तित्व! खुद की कितनी समझ! अपने पर क्या गज़ब नियंत्रण!! विराट मुग्ध हो उठा; कुछ भी करके पाखी का पक्का दोस्त बनना है; इतना पक्का कि उसके भीतर की रचना प्रक्रिया को समझा-सीखा जा सके।

और वह नीचे खड़े लोडिंग ऑटो से किताबें ढो-ढोकर लाने लगा। बीच-बीच में फ़्लैट पर नज़र डालता जाता है। दो बेडरूम का ये एमआईजी फ़्लैट अपनी साज-सज्जा से किसी को भी जीत सकता है। हर एक सामान एकदम चुना हुआ-सा, बेशकीमती और अपनी मालकिन के साहित्यबोध का परिचय देता हुआ लगता है। हॉल में एक ओर पीतल का सोफ़ा सेट है जिसके बीच में पारदर्शी काँच और नक्काशीदार लकड़ी की नन्ही सेंटर टेबल है। दीवार पर एक बड़ा एल.ई.डी. टी.वी. है। फ़र्श पर कालीन है। सामने कोने में एक ऊँचा शोकेस है जो ऊपर से नीचे तक कई पुरस्कारों-प्रमाण-पत्रों और उनके पाने के क्षणों वाली तस्वीरों से भरा हुआ है जिनमें पाखी साहित्यिक दुनिया के प्रमुख से प्रमुखतम तक के साथ है—सम्पन्नता से मुस्कुराती हुई। इन सबके बीच में एक बड़ी तस्वीर में पाखी एक वृद्ध स्त्री के साथ है जो चेहरे-मोहरे से हूबहू उसी-सी है। ज़रूर ये पाखी की माँ होंगी। तस्वीर में पाखी की माँ की वेशभूशा से विराट अन्दाज़ लगा रहा है कि वे विधवा हैं। संभवत् कहीं कामकाजी भी हों। कोई और आत्मीय या निकट संबंधी नहीं है पाखी के जीवन में अन्यथा यहाँ तस्वीर ज़रूर होती। सिर्फ़ एक विधवा माँ ही जीवित रिश्तेदार है और कोई नहीं। न जाने क्यों विराट को यह सोचकर खूब अच्छा लगा। उसने किताबों का पुलिंदा फिर उठाया और स्टडी-रूम की ओर चल दिया। हॉल में दूसरी तरफ़ ज़मीन पर मोटे स्पंज के गद्दे पर झक्क सफ़ेद चादर-कुशन लगाकर बैठने की व्यवस्था थी—शायद वो कभी यहाँ भी बैठकर लिखती

होगी; उसने सोचा और फिर आगे बढ़ गया। छोटी-मॉड्यूलर रसोई अपनी आधुनिकतम सुविधाओं के साथ बड़ी महँगी दिखाई पड़ती है। बेडरूम में ए.सी. है। ब्लैक आयरन मैटल वाला पलंग है जिस पर विदेशी स्टाइल वाला बहुत नर्म और ऊँचा बिस्तर है। पूरे घर की सज्जा महँगे सामान से की गई है—ये लड़की ज़रूर किसी अमीर आदमी से शादी करेगी; पल भर को विराट को सुनंदा याद हो आई फिर उसने सिर झटका अपना—नहीं पाखी के लिए ऐसा नहीं सोचना चाहिए। पाखी एक सच्ची साहित्यकार है। अब उसने ध्यान दिया कि पूरे घर की सज्जा में सफ़ेद रंग का बहुत प्रयोग किया गया है। दूसरे रंग हैं भी तो सफ़ेद से कंट्रास मैचिंग वाली सज-धज में यानी मुख्य रंग श्वेत ही है—सो भी इतना धवल हर कोने में कि छूते डर लगे, कहीं मैला न हो जाये। विराट इस रंग से इसे पसन्द करनेवाली के व्यक्तित्व का अन्दाज़ा लगा रहा है—एलीट नफ़ासत बहुत गहरे रंग की है इस सब सफ़ेद-सफ़ेद में। दूसरी बात, घर में पर्दे बहुत हैं। लम्बे-लम्बे सेमीनेट के पर्दे। सब दरवाज़ों, खिड़कियों यहाँ तक कि बेडरूम में बिस्तर के चारों तरफ़ और स्टडी-रूम में पढ़ने-लिखने की टेबल को एक गुफ़ानुमा आड़ देते बारीक जालीदार, ऊँचे, लम्बे सेमीनेट के पर्दे—विराट को 'चेखेव' की एक नायिका याद आती है जिसके घर में इसी तरह पर्दे बहुत थे—हर ओर! वे पर्दे अपनी आत्मा को अनेक आवरणों में पार छिपा लेने को थे। ...ये पर्दे क्यों हैं? यकीनन पाखी के व्यक्तित्व की भी कई परतें हैं। उसे निदा फ़ाजली याद आये,

हर आदमी में होते हैं दस-बीस आदमी
जिसको भी देखना कई बार देखना॥

फ़्लैट की इस अति सुव्यवस्था और महँगेपन को देख विराट पाखी के भीतरी व्यक्तित्व को जानने की कोशिश कर रहा है। जैसी नौकरी है उसकी, इस फ़्लैट खरीदने के लिए उसने लोन लिया होगा और सजाने के लिए एक और लोन लिया होगा। घर की बेदाग, बेहतरीन व्यवस्था देख एक मालूमात और हासिल होती है कि इस फ़्लैट की मालकिन सिक-सफ़ाईपसन्द है। इस लड़की के साथ जो भी लड़का लिव-इन में रहता होगा, वो इस अत्यधिक आत्मकेंद्रित लड़की को सहन कैसे करता होगा? ...तभी ब्रेकअप हुआ! इतनी अधिक सुव्यवस्था को देख विराट को मॉल-बाज़ारों के शोरूम याद आते हैं और पाखी को देख, उनमें रखी सजावटी पुतलियाँ। शोरूम की किसी पुतली के साथ रहने जैसा अनुभव होगा पाखी के साथ रहना। ...लेकिन वह क्यों ये सब सोच रहा है, क्या पाखी कभी उसे अपना लिव-इन पार्टनर चुन सकती है। अरे छोड़ यार, कहाँ ये शोरूम की पुतली कहाँ अपुन फ़कीर राइटर! उसने दिल को ऊपरी

तौर पर समझाया लेकिन गहरे में कहीं कामना भी की इसके लिए।

जब तक पाखी नहा-धोकर, सज-सँवरकर आई; विराट सब किताबें अध्ययन कक्ष में ला चुका था और अब खाली कोने में गड्डी दर गड्डी जमा रहा था। वो दरवाज़े से झाँकी,

"मैं अपने लिए कॉफ़ी बनाकर लाती हूँ और आपके लिए चाय।"

"न! मेरे लिए भी कॉफ़ी ही बना लें। मैं यहाँ लोकतंत्र निभाने नहीं बल्कि आप-सा हो जाने आया हूँ।"

वो मुस्कुराकर रसोई में चली गई।

थोड़ी देर बाद, वे हॉल में एक ओर चार कुर्सियोंदार, काँच की छोटी डायनिंग टेबल पर नाश्ता और कॉफ़ी ले रहे थे।

"फ़्लैट की सजावट बिलकुल आपके व्यक्तित्व का प्रतिबिम्ब जान पड़ती है—बहुत भव्य और बहुत आकर्षक। अन्दाज़ा लगा रहा हूँ कि किराये का नहीं है, आप मालकिन हैं इस महल की?"

वो उसी नपे-तुलेपन में मुस्कुराई जिसमें विराट के दफ़्तर की सहकर्मी लड़कियाँ मुस्कुराती हैं। दरवाज़ा खोलते समय का अनौपचारिक, अलसाया सुन्दर चेहरा, किताबें पाने पर बच्चों-सा खिला मुख और अपनी कहानी की ओवरनाइट ड्राफ़्टिंग पर बात करती एक असली कहानीकार—पाखी का चेहरा इन पिछले सब चेहरों से अलग लग रहा था गोकि वो उसके पास बैठकर नाश्ता कर रही थी पर कॉफ़ी के हल्के सिप लेती वो आधुनिक लड़की अपने बात-बर्ताव में ऐसी थी जैसे किसी पत्रकार को साक्षात्कार दे रही हो।

"कुछ मदद मम्मा ने कर दी; फिर मैंने सोचा कि किराया देने से किश्त देना कहीं बेहतर है। इसी बहाने एक प्रॉपर्टी बन जायेगी वर्ना अपने जैसे मिडिल क्लास लोगों के लिए रुपये जोड़कर कुछ खरीदना कितना कठिन है सो तो आप जानते ही हैं।"

विराट अवाक् है। कितना व्यावहारिक ज्ञान है दुनियादारी का इस लड़की को!! कितनी स्मार्ट, मेहनती और कॅरियरिस्ट है ये। लेखक होने के नाम पर अपनी ज़िम्मेदारियों से बच भागने वालों से, ऊलजलूलपन, अंडबंडता, सनकीपन-झक्कीपन को लेखकपन की आड़ दे देनेवालों से कितनी-कितनी अलग है ये, हिन्दी की इस पीढ़ी की सबसे ज़्यादा यशस्वी लेखिका!!

दिल में वो मुग्ध हो उठा; ऊपर से सहज, शिष्टता से नाश्ता करता हुआ बोला,

"आप यहाँ अकेली रहती हैं? परिवार में कौन-कौन है?"

"बस मम्मा हैं। गवर्नमेंट जॉब में हैं। लखनऊ में हैं। रिटायर होने वाली हैं। अगले बरस मेरे पास आकर रहने लगेंगी।"

पाखी ने बात खत्म कर देने वाले ढंग से कहा। विराट ने फिर इस निजता पर बात नहीं की। उसके लिव-इन रिश्ते के बनने-टूटने के बारे में विराट ज़रूर जानता होगा, ये पाखी के माथे पर उतर आयीं अदृश्य सिलवटें बता रही थीं। विराट ने माहौल सँभालते हुए एकदम अलग बात कही,

"आपके इस अपार्टमेंट में कोई और फ़्लैट खाली नहीं है?"

"आप खरीदना चाहते हैं?"

"न। फिलहाल तो किराये पर लेना चाहता हूँ। अभी जहाँ रहता हूँ, जगह बड़ी तंग है। दरवाज़ा भी उसका दक्षिणमुखी है। फिर यहाँ रहूँगा तो ये नहीं सोचना पड़ेगा कि घर पूर्वमुखी है या पश्चिममुखी या दक्षिणमुखी; क्योंकि तब घर चंद्रमुखी होगा! वो जो बिहारी का दोहा है ना,

पत्रा ही तिथि पाईये, वा घर के चहुँ पास
नित प्रति पून्यौ ही रहे, आनन-ओप उजास '

"फ़्लर्ट मत कीजिये।"

वो हँस दी; और विराट को लगा, अब ज़िन्दगी बेहतरी की ओर बढ़ चली है।

इत्तेफाक ऐसा रहा कि पाखी के फ़्लैट के ठीक सामने वाला फ़्लैट ही किराये के लिए उपलब्ध था। किराया लेकिन बहुत था उसका—बारह हज़ार रुपये महीना; बिजली, पानी, सोसायटी का भुगतान अलग से। तीस हज़ार रुपये वेतन पाने वाले विराट के लिए ये हर लिहाज़ से महँगा था। अव्वल तो उसके मस्तिष्क ने न कह दी—जहाँ रह रहा है, वहाँ भी तो जी ही रहा है ना; फिर अपनी चादर से बाहर पैर क्यों फैलाना? अभी दो पैसे की बचत भी हो जाती है। इस पराये शहर में अकेला रह रहा है तो पैसा ही सबसे सच्चा मित्र है। प्राइवेट नौकरी का हमेशा भरोसा नहीं रहता। कुछ बचत हाथ में होगी तो आड़े वक्त काम आयेगी। फिर विद्या और अपने होने वाले बच्चे के लिए भी कोई ज़िम्मेदारी बनती है कि नहीं? कुछ और न करूँ उनके लिए तो इतना ही कर दूँ कि उन पर कभी निर्भर न रहूँ। कुछ सालों तक अगर ऐसे ही पाई-पाई बचाता रहा तो वो भी दिल्ली में एक छोटा-सा फ़्लैट खरीद लेगा। भविष्य कुछ तो सुरक्षित होगा ही इससे।

दिमाग के पास सौ प्रतिवाद थे; दिल के पास सौ मनुहारें।

पाखी के घर के इतने पास रहने से उससे घनिष्ठता बन-बढ़ ही जायेगी। अगर वो एक बार किसी के साथ लिव-इन में रह चुकी है तो यकीनन अब उसके जीवन में

एक रिक्त स्थान है—उम्मीदवार विराट क्यों नहीं हो सकता? ...उसका दिल सुनहली कल्पनाओं के समुद्र में डूबने-उतराने लगता है।—पाखी जैसी पत्नी!! जिसके पास दिल्ली में खुद का फ़्लैट और पूरी गृहस्थी है। विधवा-सरकारी नौकरीपेशा एकाकी माँ की जीवन भर की कमाई-बनाई सम्पत्ति भी उसे मिलेगी; फिर वो खुद भी तो नौकरी करेगी ही उम्र भर। विद्या को भी वो छोड़ेगा नहीं; कभी-कभी मिलने जाता रहेगा। हाँ, अगर वो चाहेगी तो तलाक दे देगा लेकिन तब भी वही घाटे में रहेगी। बच्चे की ज़िम्मेदारी तो यकीनन वो लेगी ही; और जो पाँच एकड़ ज़मीन उसने दद्दा-बाई को खरीदकर दी है उसका लोन भी उसी को चुकाना है। अपने बच्चे के दादा-दादी से वो ज़मीन नहीं छीनेगी, इतना भरोसा विराट को अपनी बहुत पुरानी प्रेयसी विद्या पर हमेशा है। बहुत संभावना इसकी है कि वो विराट के दूसरे विवाह की बात जानकर भी उससे तलाक नहीं लेगी। विराट का दिल सोच रहा है और खुश हो रहा है—दो आत्मनिर्भर स्त्रियों का पति हो जाने के बाद उसके जीवन का आर्थिक संघर्ष खत्म हो जायेगा। फिर वो अपना पूरा समय साहित्य को देगा।

—चौबीस घंटे साहित्यकार! फिर वो राहुल सांकृत्यायन की तरह यायावर-घुमक्कड़ हो जायेगा; और जीवन में इतना घूमेगा, अनुभव बटोरेगा, लिखेगा, छपेगा कि शायद कभी वो भी साहित्य का महापंडित कहा जाये!

और मान लो पाखी को उससे प्रेम न भी हुआ तो—दिल पहलू बदलकर सोचता है—तो एक बहुत अच्छी साहित्यकारा की सोहबत तो मिलेगी ही। अच्छी कहानी लिखने के सब गुर वो उससे सीख लेगा। फिर पाखी कुमकुम के फ़्लैट पर कई साहित्यकार भी आते होंगे। उन सबसे भी मुफ़्त में रब्त-ज़ब्त बढ़ जायेगी तो आगे अवार्ड्स-रिवार्ड्स पाने में मदद मिलेगी। वो फ़ोन से किन-किन से बतियाती है? उसके मित्र कौन-कौन हैं? किन-किन के सम्पर्क में क्या-क्या सीखा करती है? उसकी सफलता की पूरी केमिस्ट्री समझने-सीखने को मिलेगी।

सफलता की केमिस्ट्री!!—दिल अड़ गया इस ज़िद पर। यों जब भीतरी तल की इच्छा-महत्वाकांक्षा आ मिली दिल से, तो दिमाग हार गया। अगले हफ़्ते विराट पाखी के फ़्लैट के ऐन सामनेवाले फ़्लैट में शिफ़्ट हो गया।

गँवई-कस्बाई हार्दिकता-अपनत्व, अनौपचारिकता के आदी लोग जब महानगर में आ बसते हैं तो उनका घोर सामाजिक हृदय रेत पर आ पड़ी मछली की तरह तड़प उठता है। वे फिर-फिर स्नेह धाराओं की तलाश में दौड़ते-छटपटाते हैं और फिर-फिर रेगिस्तान में पानी के भरम में जा पड़ते हैं जिसका अन्त हर बार रेत ही होता है। रेत,

जिसमें फ़सलें नहीं उगाई जा सकतीं; लेकिन महलों-इमारतों के निर्माण में काम आकर ही वह अपना कीमतीपन कायम रखती है। रेत को उसके इस कीमतीपन के परे अपनाया भी नहीं जा सकता। मुट्ठियों में लाख समेटने की कोशिश की जाये, अन्ततः अपने मूल की ओर लौट जाना रेत के कण-कण का स्वभाव है। यही रेत होने की वीभत्सता है! यही रेत होने का सौन्दर्य!!

अगला ही दिन है यहाँ रहने का। ऑफ़िस जाने को तैयार हो ही रहा होता है कि दरवाज़े पर शिष्ट खटखटाहट है। जानता है कि सिवाय पाखी के कोई होगा नहीं—कोई हो ही नहीं सकता!

चेहरे के भाव बेहतर बनाता वो दरवाज़ा खोलता है।

''विराट, वह तुमसे एक...।''

''काम था? हुक्म कीजिए मदाम।'' उसने मुस्कुराकर झुकते हुए सलाम बजाया।

उसके चेहरे पर मुस्कान खिल उठी,

''वो एक्चुअली, आज ऑफ़िस में बड़ी इम्पोर्टेंट मीटिंग है तो मुझे देर हो जायेगी शायद लौटने में; और मेरी मम्मा आ रही हैं शाम साढ़े पाँच बजे। तो क्या तुम अपने ऑफ़िस के बाद...''

''ठीक है, मैं उन्हें ले आऊँगा।''

''ये मेरे फ़्लैट की चाभी है।''—वो इस अदा से मुस्कुराई कि विराट को अपने दिल को सँभालना पड़ा भीतर-ही-भीतर।

विराट स्टेशन से पाखी की मम्मी को ले आया। वे बहुत ही सौम्य और गरिमामयी लगीं। कामकाजी महिलाओं वाला संयम और शिष्टता उनके बर्ताव को जितना आकर्षक बना रहा थी, उतनी ही वे खूबसूरत भी थीं। विराट सोच रहा है कि उनकी युवावस्था में उनके अनेक प्रेमी रहे होंगे। पाखी उनकी युवा छाया लगती है। आंटी को स्टेशन से लाता विराट अपने दिल में सोच रहा था कि अब उसे पाखी के फ़्लैट में घर जैसा बर्ताव मिलेगा जैसा कि हृदय राजस्थानी को आदिनाथ सर के घर में मिलते देखा था ...पर ऐसा हुआ नहीं! अगले एक हफ़्ते जब तक आंटी जी रहीं, माँ-बेटी अपने में सीमित रहीं। वे घूमने-शॉपिंग करने अकेले जाती रहीं। उसके बाद लेकिन एक शाम उन्होंने विराट को खाने पर बुलाया; और हफ़्ते भर प्रतीक्षारत विराट के लिए यह एक अवसर था जिससे वो चूकना नहीं चाहता था।

वो आंटी जी के लिए कीमती शॉल और पाखी के लिए एक कीमती बार्बी डॉल (हूबहू वैसी जैसी कभी आराध्या के कमरे में उसने देखी थी) उपहार में ले गया। डिनर

पर माहौल इतना आत्मीय था कि विराट को अपनी बाई की याद आ गई। आंटीजी ने गर्मागर्म खाना परोसा और उसने और पाखी ने हँसी-मज़ाक, चुहल-छेड़छाड़ के बीच साथ-साथ खाया।

अगले दिन आंटी जी लखनऊ लौट गयीं। स्टेशन छोड़ आने की ज़िम्मेदारी विराट ने खुद ही आगे बढ़कर अपने सिर ले ली थी।

'कोशिश करनेवालों की कभी हार नहीं होती!'

दिल उसका फिर-फिर 'बच्चन' की यही कविता दोहराता है। अपनी सब कोशिशों से वो पाखी का मित्र बन जाना चाहता था और कोशिशें धीरे-धीरे रंग लाने लगीं। कभी बिजली का बिल भर दिया, कभी प्लम्बर को लाकर उसकी रसोई का टपकता नल ठीक करवा दिया तो कभी उसके लैपटॉप का चार्जर खराब होने पर अपना चार्जर दे नहीं दिया बल्कि नया लाकर गिफ़्ट कर दिया। यों धीरे-धीरे आत्मीयता बढ़ी और अब कहीं जाकर विराट को लगने लगा कि औपचारिकताओं के परे, अब सचमुच में पाखी उसकी मित्र बन गई है।

अब से सब साहित्यिक कार्यक्रमों में वे साथ ही जायेंगे; विराट का ये प्रस्ताव भी 'चमचम' ने बिना सोचे-समझे स्वीकार कर लिया। ...विराट के दिल में ग्वालियर के साहित्यिक कार्यक्रमों की स्मृति है जब सुनंदा उसके साथ हर कार्यक्रम में दिखती थी और यही देखकर वहाँ के साहित्य-जगत ने उसे उसकी गर्लफ्रेंड माना था!

और ये पहली बार वे किसी साहित्यिक कार्यक्रम में साथ जाने वाले हैं। साहित्य का एक प्रसिद्ध सालाना जलसा है जिसमें साहित्य-जगत के अत्यंत लोकप्रिय 'युवा साहित्यकार' और 'वरिष्ठ साहित्यकार' पुरस्कार दिए जाने हैं। विराट ने अपने दिमाग में सब तय कर रखा है, उसका बर्ताव ऐसा होगा जैसे अब पाखी उसकी हो चुकी है। आज दिल्ली के पूरे साहित्य-जगत को यह सन्देश मिल ही जाना चाहिए; वह तैयार है और बड़ी देर से बाहर कॉरीडोर में टहलते हुए प्रतीक्षा कर रहा है। अब पाखी बाहर आई है और अपनी सजधज को सँभालती, मुआयना करती अब तक स्वयं में उलझी हुई है।

"इतना तैयार होने की क्या ज़रूरत थी 'चमचम' मैडम? अवार्ड आपको नहीं दूसरे कहानीकार को मिल रहा है।"

"अगले साल मुझे मिलेगा।" फ़्लैट का दरवाज़ा लॉक करती वह बहुत धीमी आवाज़ में बुदबुदाई और आगे बढ़ गई। पता नहीं उसने विराट से ये बात कही थी, पता नहीं स्वयं से।

विराट पल भर के लिए स्तब्ध खड़ा रह गया। 'यत्न-रत्न' से लेकर 'युवा

साहित्यकार' तक हर अवार्ड व्यापार-सा लगता है।

अवार्ड फ़ंक्शन बहुत शानदार था। माहौल कुछ-कुछ ऐसा जान पड़ रहा था जैसे किसी रईस के बेटे की शादी की रिसेप्शन पार्टी है। विराट कुछ चौंका है। इतने महीने हो गये उसे दिल्ली आये हुए, इतनी काव्यगोष्ठियों में कविता भी पढ़ चुका है यहाँ, कितने ही साहित्यिक कार्यक्रमों और पुरस्कार समारोहों में जा चुका है; लेकिन इस तरह के भव्य कार्यक्रम का न्यौता उसे कभी नहीं मिला और उस तरह के कार्यक्रमों में पाखी उसे कभी नहीं मिली जिनमें वो जाता रहा था। आज भी वो पाखी के साथ चला आया है—अनामंत्रित!

कार्यक्रम फ़ाइव स्टार होटल में है। विशाल खुले प्रांगण में एक ओर मंच बना है जिसके सामने मैदान में छोटी गोल टेबलों के इर्द-गिर्द कुर्सियाँ रखी गई हैं जिन पर देश के चुने हुए साहित्यकार बैठे हैं; वे सब जिनमें से अनेक को विराट ने सिर्फ़ टी.वी. और पत्र-पत्रिकाओं में ही देखा है। लोग टेबलों पर सजे लजीज़ खाने का लुत्फ़ उठा रहे हैं और साथ-ही-साथ अवार्ड फ़ंक्शन भी देखते जाते हैं। सजे-सावधान वेटर इस-उस टेबल के सामने बामुलाहिज़ा खड़े नज़र आते हैं। विराट चौंधियाई आँखों से देख रहा है—ये भी साहित्य ही की दुनिया है या फ़िल्मी दुनिया का कोई ग्लैमरस पुरस्कार समारोह?? अच्छा! तभी पाखी ने इस कार्यक्रम के लिए खासतौर पर नई ड्रेस खरीदी, इतना सजी-सँवरी! और अभी भी वो अपने सम्पूर्ण प्रस्तुतीकरण में है। विराट उसके साथ आया है, ये बात तो वो इस परिसर में प्रवेश करते ही भूल गई लगती है। इस-उस टेबल पर जाकर सीनियर साहित्यकारों से मिल रही है। कइयों के पैर छू रही है तो कइयों को झुक-झुककर नमस्कार कर रही है; और जब उपन्यासकार शेखर अपने परिवार के साथ एक टेबल पर दिखे, उसने उन्हें ज्वाइन कर लिया। यहाँ दूर बैठे विराट को अपनी टेबल से उसकी सब मुद्राएँ आज्ञाकारिणी छात्रा-सी दिख रही थीं। अधिकांश अवार्डों की ज्यूरी में रहने वाले, बहुत ही ताकतवर हस्ती उपन्यासकार शेखर का चेहरा इस समय द्रोण की तरह सर्वश्रेष्ठ अर्जुन के गुरु होने के दर्प से दिपदिपा रहा है, ये यहाँ से साफ़ देखा जा सकता है। विराट को लक्ष्मीप्रसाद बड़ी शिद्दत से याद आये हैं इस समय। वो देख रहा है; अब शेखर अपनी टेबल पर परिवार को बैठा छोड़, टहलने लगे हैं। दो-एक सेलिब्रिटी साहित्यकार भी इधर-उधर टहल रहे हैं। वे उनके पास गये हैं और पाखी ने अपने एलीट उस्ताद के प्रभावसम्पन्न मित्र-उस्तादों के भी पैर छुए हैं। विराट सोच रहा है गुरु-शिष्य के रिश्ते भी साहित्य की दुनिया में कितने केल्कुलेटिव हो चले हैं ...एक सफल उस्ताद को एक होनहार शिष्या : एक होनहार

शिष्या को एक सफल उस्ताद!

बहरहाल, विराट का ध्यान खाने-पीने की चीज़ों पर भी है। खाने की हर चीज़ यहाँ इतनी लजीज़ है, ड्रिंक्स इतने शानदार कि विराट ने इतने सारे स्वाद जीवन में पहली बार चखे हैं। खाने का लुत्फ़ उठाता उसका दिल अफ़सोस से भर उठा है। ज़िला दतिया के गाँवों में कितने आदमी अभावों में मरते-खपते रहते हैं और अपनी पूरी उम्र मेहनत के बावजूद उन्हें एक गिलास-एक सिप तक नसीब नहीं होता कभी ऐसे पौष्टिक-स्वास्थ्यवर्धक, महँगे रसों का।

कुछ देर बाद पाखी अपने लिए तय इस टेबल पर लौट आई। जूस का एक गहरा सिप लेकर वह मंच की ओर देखने लगी है। विराट पाखी के साथ आया है, एक ही टेबल साझा कर रहे हैं; पर पाखी की सब मुद्राएँ-कुल बर्ताव ऐसा है जैसे यहाँ विराट नाम का कोई व्यक्ति उपस्थित है ही नहीं और अगर है तो भी मदाम ऐसे खादिमों पर ध्यान नहीं देतीं! उन्हें साथ बैठा देखकर कोई दूर से भी ये अन्दाज़ा नहीं लगा सकता कि वे मित्र हो सकते हैं—जोड़ा होना तो बहुत दूर की बात है! विराट को पाखी का ये बर्ताव बुरा तो बहुत लग रहा है लेकिन वह सोच रहा है कि यहाँ खाना कितना लजीज़ है!

उधर मंच पर तमाम बूढ़े साहित्यकारों के लम्बे वक्तव्यों के बाद पुरस्कार प्रदान करने का दौर शुरू हुआ; इधर पाखी का चेहरा बदल गया है जैसे।

''उसकी किसी एक कहानी का नाम भी यहाँ किसी को याद न होगा। मेरे पास तो दो उपन्यास भी थे! उसके पास एक भी नहीं था। उसने सब 'मैनेज' किया है! इसीलिए सब उसे 'मैनेजर' कहते हैं। वर्ना मुझसे उसका दूर-दूर तक कोई मुकाबला न था। मेरे पिछले दो कहानी संग्रह जितने चर्चित रहे हैं... ज्यूरी में मेरे वाले जज कितना लड़े पर वो बेईमानी से जीत गया, मैं ईमानदारी के बावजूद हार गई।''

विराट ने कुछ नहीं कहा। चुपचाप खाता रहा। वो जानता है पाखी को इस समय सिर्फ़ एक श्रोता की ज़रूरत है; ऐसे श्रोता की जो सब सुनकर भी दरअसल कुछ न सुने।

''उधर देखो, कौन चला आ रहा है?''— तिरछी मुस्कान और भृकुटी भंग अदा के साथ पाखी इशारा करती है।

''कवयित्री आनंदी!''

''मैं इन्हें कहती हूँ आनंद दी। हा-हा-हा'' वो मासूम दुष्टता से खिलखिला पड़ी।

''क्यों भला?''

''देखते जाओ।''

और वे दोनों चुपचाप देखने लगे।

चुस्त जींस और कसे टॉप में ग्लैमरस कवयित्री अपने बॉबकट बाल सँवारती, मुस्कुराती अदा से बातें करती जाती है सबसे। सामने से एक प्रकाशक को आता देखा। कवयित्री के चेहरे पर आत्मीयता, सौम्यता और कुछ-कुछ अपनत्व उभर आया। विराट और पाखी जानते हैं कि इन प्रकाशक साहब के मशहूर प्रकाशन हाउस ने अब तक इस कवयित्री की एक भी किताब नहीं छापी है ...अब शायद छप जायेगी।

बगल की टेबल पर एक लेखक-जोड़े को देख पाखी इंगित करती है,

"उन्हें देखो; जानते हो?"

"उन्हें भला कौन नहीं जानता? कहानीकार प्रगति और उनके हसबैंड महेन्द्र सिंह। वे भी शायद कहानी जैसा ही कुछ लिखते हैं ना?"

"बिलकुल। यही सही परिचय है उनका—कहानीकार प्रगति के हसबैंड! पर उनके सामने कभी न कह देना वर्ना बेचारे हार्टअटैक से मर जायेंगे।"

दोनों समवेत हँसे। विराट देख रहा है कि पाखी अपने असली रंग, असली खुशबू में है ...तो क्या वे मित्र बनने की प्रक्रिया में आ गये हैं??

"प्रगति तो काफ़ी सीनियर राइटर हैं। पिछले पन्द्रह-अठारह सालों से लिख रही हैं। मेन स्ट्रीम में गम्भीरता से लिया जाता है उनका काम।"

"तुम महेन्द्र सिंह को पसन्द नहीं करतीं क्या?"

"बात पसन्द-नापसन्द की नहीं है; प्रतिभा और प्रतिभाहीनता की है। प्रगति मैम को मेन स्ट्रीम में जितनी गम्भीरता से लिया जाता है, महेन्द्र सिंह को उतने ही हल्केपन से। इन्होंने अपनी कहानियों में सफलता के लिए सब शॉर्टकट्स अपनाकर देख लिये—इल्यूजन, जादुई यथार्थ से लेकर पोर्न तक; लेकिन इस भले आदमी को इतनी मामूली-सी बात भी समझ नहीं आती कि पोर्न जैसा लिट्रेचर लिखनेवालों या लिखनेवालियों में कुछ तो काबिलियत होती ही है; और कुछ नहीं तो भाषा ही हो कविताओं टाइप कुछ, यहाँ-वहाँ से उड़ाई हुई।"

"इशारा किसकी तरफ़ है?"

"उन्हीं की तरफ़ जिनकी कहानी—जो अभी हाल ही में एक बड़ी प्रमुख पत्रिका में छपी है—में परवीन शाकिर की मशहूर नज़्म को तोड़-मरोड़कर इस्तेमाल किया गया है। और हद देखिये कि उनके दोस्त समीक्षक ने अपने समीक्षा लेख में ऐन इन्हीं लाइनों की बड़ी वाह-वाह की है जो दरअसल चोरी का माल हैं।"

"किसकी बात कर रही हो?"

"अब ये न पूछिये साहब, आप तो सिर्फ़ नज़्म सुनिये,

दुआ कौन सी थी अब याद नहीं
बस इतना याद है
एक हथेली तुम्हारी थी, एक हथेली मेरी।

उन्होंने 'दुआ' की जगह 'देह' लिख दिया बस! मुझे हँसी चोर पर नहीं उसके दोस्त-समीक्षक पर आई ...बे-पढ़ेलिखे लोग समीक्षक बन जायेंगे तो यही होना है; यही हो रहा है।''

''समझ गया मैं, तुम किसकी बात कर रही हो; पर बात डायवर्ट हो गई। तुम महेन्द्र सिंह के बारे में क्या बता रही थीं?''

''महेन्द्र सिंह के बारे में बताने को नया होता ही क्या है; हाँ, प्रगति मैम के बारे में बताने को ज़रूर होता है। अभी पता है, सोशल नेटवर्किंग साइट्स पर उनके जितने भी एकाउन्ट्स हैं, उन सब पर उन्होंने अपना नया नाम लिखा है—प्रगति महेन्द्र सिंह!

''चलिये, किसी तरह तो महेन्द्र सिंह को हम न भूलें!''

''इनके उस दोस्त-लेखक का लेख पढ़ा इंटरनेट पर?''

''कौन-सा लेख?''

''अरे वही जो उन्होंने उस बहुचर्चित समीक्षा लेख के प्रतिरोध में लिखा था जिसमें उन पर साहित्य की समकालीन अश्लीलता को घोर अश्लीलता की राह पर ले जाने का आरोप लगा था।''

''तुम कितनी अपडेटेड रहती हो इन सब जानकारियों से?? वो लेख तो मैंने पढ़ा था जिसमें आरोप थे, लेकिन उसके उत्तर में क्या लिखा गया है सो अब तक न पढ़ पाया हूँ।'' विराट को आधे पल को सपना अवस्थी की इंटरनेटी दीवानगी याद आ गई।

''लिखा है कि—मेरा मानना है कि संसार की सब स्त्रियों का दुख एक ही है!''

''तो इसमें क्या गलत है?''

''गलत है ये वाक्यांश हाईलाइट करना कि 'मेरा मानना है'। दरअसल ये तो यूनिवर्सल सिस्टरहुड सिद्धान्त है। इसे अपना मौलिक विचार बताना तो वही बात हो गई कि परवीन शाकिर की नज़्म में से 'दुआ' हटाकर 'देह' चस्पा दी जाये और उसे कहानी का संवाद बना दिया जाये।''

''तुम्हें इतनी नॉलेज कैसे है यार? लगता है बहुत ही ज़्यादा पढ़ती हो—क्लासिक से लेकर समकालीनों तक, सब घोंटती रहती हो?''

''पढ़ना तो पढ़ता ही है। अपने यहाँ एक कहावत है—दस तोला पढ़िये, एक तोला लिखिए। मैं इसे इस तरह कहना चाहूँगी कि सौ तोला पढ़िये, एक तोला लिखिए।

यों ये बातें मेरी सिर्फ़ ज्ञान बघारने को हैं। ऑफ़िस-घर और अपने लेखन की मारी मैं, तसल्ली से अखबार तक तो पढ़ नहीं पाती हूँ और बातें ऐसी कर रही हूँ कि तुम मानो कि मैं बड़ी ज्ञानी लेखिका हूँ। हा-हा-हा!"

विराट उसकी खनकती हँसी को देख-सुन रहा है और सोच रहा है, 'अब तक सिर्फ़ झलकियों में इस रूप को देखा था, पूरी तरह तो आज पहली मर्तबा असली पाखी से रूबरू हुआ है। ...लेकिन ये असली पाखी क्या उसके भाग्य में है??'

"अरे!!!" अपने पूरे सच्चेपन में बतिया रही पाखी, दूर से किसी को आता देख उछलकर खड़ी हो गई। दूर से जो युवक इसी ओर चला आ रहा था, उसे देखती पाखी किसी भी तरह अपनी हैरत पर काबू नहीं पा सकती थी। विराट देख रहा है कि जैसे-जैसे वो युवक पास आ रहा है, पाखी की तन्वी देह में थरथराहट बढ़ती जा रही थी। और जब वो सजीला नौजवान पास आ गया, विराट ने देखा कि पाखी वो पाखी कुमकुम नहीं रही है जो लेखिका होने का एटीट्यूड रखती है; वो एक आम लड़की की तरह बर्ताव कर रही है, उस लड़के के सामने जिसे शायद वो बेहद पसन्द करती है!

"आप?? आप कब लौटे पीहू?"

विराट पहचानता है इस सजीले नौजवान को—इस पीढ़ी के चर्चित समीक्षक प्रद्युम्न। नया-नया आई.ए.एस. अफ़सर है। और पिछले तीन महीनों से कैम्ब्रिज गया था कोई कोर्सवर्क करने। पाखी ने अपने एक इंटरव्यू में इसका नाम लिया तो था; विराट को अब याद आ रहा है। समकालीन समीक्षकों में सबसे ज़्यादा काबिल बताया था प्रद्युम्न सिंह को।"

पाखी प्रद्युम्न से मिलकर इस कदर खुश हुई कि अपने आस-पास के माहौल को भी भूल गई।

"बताया क्यों नहीं? मैं एयरपोर्ट आती लेने।"

"मैंने सोचा, तुम्हें सरप्राइज़ दिया जाये वर्ना ये खुशी कैसे देखता तुम्हारे चेहरे पर?"

"आप भी ना, बिलकुल नहीं बदले हैं!"

"बदली तो तुम भी नहीं हो। अच्छा, ये बताओ किसके साथ आई हो?"

"आप तो थे नहीं फिर भला किसके साथ आना था मुझे; अकेली आई हूँ सरकार!"

"आओ, तब उधर बैठते हैं। लौटते में, मैं तुम्हें छोड़ दूँगा। कुछ खाया तुमने?"

वे दोनों जब चले गये, विराट को अपनी स्तब्धता का ध्यान आया। पेट भर चुका था; और दिल भी! वो उठा और चला आया।

अपने फ़्लैट के अंधकार में नंगे मार्बल फ़र्श पर तकिया लगाये लेटा है,

—पाखी को लेकर क्या-क्या न सोच डाला था!! ...पर उसने तो कोई वादा नहीं किया कभी फिर उसका बर्ताव हमेशा इतना केल्कुलेटिव रहा।

—मेरे जैसे उल्लू के पट्ठे बीसियों मिलते होंगे उसे जिनसे एक मुस्कुराहट के बदले सौ काम करवाये जा सकते हैं!

—मैं ही मूर्ख था! नहीं समझ पाया कि हर लड़की मेरी विद्या की तरह भोली और सच्ची नहीं होती।

न जाने कब तक सोचता रहा। अब न जाने सो रहा है न जाने जागता है; उसे लगा विद्या सिरहाने आ बैठी है। उसके बालों में अँगुलियाँ फिराती कह रही है, "यहाँ फ़र्श पर क्यों लेटे हो? उठो। गद्दा बिछा लो।"

"विद्या!!"— वो चौंककर उठ बैठा।

ओह! ख्वाब था। बाहर से आहटें सुनाई दे रही हैं। गैलरी में पाखी और प्रद्युम्न हैं। फ़्लैट का दरवाज़ा खोलती पाखी ने प्रद्युम्न से कॉफ़ी पीने का आग्रह किया है और प्रद्युम्न ने उसके गाल पर प्यार से चपत लगाते हुए, मुस्कुराते चेहरे और धीमी आवाज़ में कहा है, "बहुत रात हो गई है। अब तुम जाकर सो जाओ लेखिका।"

इससे आगे और देखते रहने से भी हासिल क्या होना है! वो लौटा और गद्दा बिछाकर सोने चला।

—ओ विद्या! तुम कितनी याद आती हो!

अगले दिन ऑफ़िस को निकला तो गैलरी में ही पाखी मिल गई। उसके बर्ताव में वही हमेशा वाला सधा हुआ अपनत्व था ...लेकिन अब विराट इस जादू से मुक्त हो चुका है!

ऑफ़िस में काम करते आज मन नहीं लग रहा है। दिल बार-बार पछता रहा है। किस भावुकता के फेर में इतना महँगा फ़्लैट किराये पर ले लिया!!

प्रसिद्धि पाने का गुरुमंत्र

मन उलझ गया है, क्या करे क्या न करे। दिल्ली आया था बड़ा साहित्यकार बनने लेकिन किसी तरह वो राह पकड़ में नहीं आ रही जो राजपथ पर पहुँचा दे। यों इधर-उधर की पत्रिकाओं में छपते रहने, काव्य गोष्ठियों में कविताएँ सुनाते रहने, सस्ते अवार्डी शॉल-सम्मान पाते रहने में वो अपना जीवन बिता सकता है और बिता ही रहा है लेकिन उसकी

अन्तरात्मा जानती है कि दतियावी दिनों से आगे नहीं बढ़ी है उसकी कविता और अगर अपने पुराने सृजन से आगे नहीं बढ़ेगा तो शनैः शनैः उसका क्राफ़्ट मर जायेगा—मर ही रहा है! साहित्य में प्रतिभा और बेईमानी का रेशियो आटे में नमक बराबर तो चल जाता है लेकिन सिर्फ़ बेईमानी ही बेईमानी हो, प्रतिभा न हो तो यहाँ एक क्षण नहीं टिका जा सकता; हाँ, दूसरे रास्ते तब बहुत हैं जो राजपथ तो नहीं पर उसका भ्रम देती भटकन हैं जैसे कोई मृगतृष्णा। मुख्य मार्ग तक पहुँचने में फिर-फिर असफल रहने वाले साहित्यिक नशे के मारे, अपनी विवशता या बेवकूफ़ी में बड़ी सरलता से इन्हीं दूसरे रास्तों पर गर्क हो जाते हैं। ...और आज ये रास्ते जैसे विराट को पुकार रहे हैं।

'क्या करूँ???' वो सोच रहा है। पूरा फ़्लैट खाली है। सोचता था, 'एक उभरती लेखिका का पड़ोसी बन जायेगा तो शायद अपनी भटकन में रोशनी की कोई नई खिड़की या गली पा लेगा।' इसी फेर में इतने ऊँचे दामों पर यह फ़्लैट किराये पर ले लिया; और खूब प्रचार भी कर चुका इस बात का अपने सब पहचानवालों के बीच। अब इस फ़्लैट को यों अचानक खाली करेगा तो क्या वे सब हँसेंगे नहीं उस पर जो कल तक उसकी किस्मत पर रश्क कर रहे थे कि वो पाखी कुमकुम का पड़ोसी हो गया है, इतने महँगे किराये वाला फ़्लैट लेकर। क्या वो साहित्यिक गोष्ठियों के लिए नया चुटकुला नहीं बन जायेगा कि इतना महँगा फ़्लैट ले तो लिया शिड्डू ने लेकिन न पाखी कुमकुम को ही पटा पाया, न ही फ़्लैट का किराया चुका पाया। किराये वाली बात पर ज़्यादा हँसेंगे सब। कहेंगे—दिल्ली में बड़ेपन-बड़प्पन से रहना कोई हँसी-खेल नहीं!

कुछ तो करना ही होगा विराट!

वो ऑफ़िस जाता। दिन भर काम करता। शाम को लौट आता। मन में चौबीसों घंटे यही सब चल रहा था कि क्या करूँ ऐसा कि इस फ़्लैट का कुछ फ़ायदेमंद इस्तेमाल हो सके।

दो-पाँच रोज़ सोचते रहकर वह इस नतीजे पर पहुँचा कि क्यों न एक साहित्यिक पत्रिका डाल ली जाये।

सरकार के साहित्य-माइंडेड अधिकारियों की दया से हिन्दी में इधर बहुतेरी लघु पत्रिकाएँ फल-फूल रही हैं। अभी तो अपनी नौकरी के साथ-ही-साथ यह काम करता रहेगा। जब काम अच्छी तरह जम जायेगा और वेतन जितना मुनाफ़ा होने लगेगा तो नौकरी छोड़ देगा और होलटाइमर सम्पादक ही बन जायेगा। फिर एक संस्था भी रजिस्टर्ड करा लेगा। शुरू में छोटे-छोटे साहित्यिक कार्यक्रम आयोजित करेगा, काव्य-गोष्ठियाँ, कहानीपाठ वगैरह। जब संस्था मुनाफ़े में आ जायेगी तो अवार्ड देने लगेगा।

अवार्ड देने वालों को कितनी तवज्जह मिलती है! अवार्ड की रकम बस ज़रा ऊँची रखनी होती है और शुरुआती सालों में सेलिब्रिटी साहित्यकारों को राज़ी करना पड़ेगा अवार्ड लेने के लिए। इस तरह 'ऊँची रकम-बड़ा नाम' फ़ार्मूले से जल्द ही उसका अवार्ड साहित्य-जगत में प्रतिष्ठा पा जायेगा। फिर वो उन सब साहित्यकारों को छाँट-छाँटकर अवार्ड देगा जो खुद इसी तरह के अवाड्र्स देते हैं। यों अगले पाँच साल में ही उसके पास कम-से-कम पन्द्रह बी ग्रेड अवार्ड तो जुट ही जायेंगे—फिर ए ग्रेड अवाड्र्स मिलने लगेंगे। अवाड्र्स ही सब कुछ होते हैं! वे ही पहचान दिलाते हैं! ...नोबेल भी तो एक अवार्ड ही है! अमर कर देने वाला अवार्ड!! जब कभी वो नोबेल अवार्ड के बारे में सोचता है तो अपने आप को कुछ ऊँचा महसूस करने लगता है। दिल बेहतरी की भावना से भर उठता है। वो सोच रहा है कि एक अवार्ड एनआरआई लेखकों के लिए भी ज़रूर रखेगा ताकि उसके हिस्से में भी दो-एक ऐसे अवाड्र्स आ सकें जिनमें यूरोप आने-जाने का टिकट, होटल किराया और सैर-सपाटा ईनाम होता है। इस तरह पत्रिका-संस्था-अवाड्र्स के रास्ते जब वह साहित्य में मठाधीश साहित्यकार की हैसियत पा जायेगा तो ऐसी बहुतेरी प्रतिभाएँ मिल जायेंगी जो 'यत्न-रत्न' जैसे अवार्डों के दाम सरस्वती की वरद कला को बेच देती हैं। अच्छी रचना हाथ आ जाये तो बड़े प्रकाशक मिलना तय रहा। फिर समीक्षा-उमीक्षा मैनेज करना क्या बड़ी बात है। फिर और अवाड्र्स ...और और अवाड्र्स ...और एक दिन वो इस देश का इतना यशस्वी लेखक कहलाने लगेगा कि 'पद्मश्री' उसे दिया जायेगा। 'पद्मश्री' के लिए नॉमिनेशन गृहमंत्रालय से होता है, वहाँ के साहित्यिक अभिरुचि वाले अधिकारियों की फ़ील्डिंग अभी से शुरू कर देगा।

अपनी सोच-भविष्य योजना को एक पुख्ता काल्पनिक आधार पाता देख विराट का दिल तसल्ली से भर उठा। खाली फ़्लैट को अब उसके मन की आँखें सजा-सँवरा देख रही हैं—पाखी कुंमकुम के फ़्लैट से कहीं ऊँची सजावट! जब अच्छी कमाई होने लगेगी पत्रिका और संस्था से तो वह ये फ़्लैट खरीद लेगा। विद्या को भी यहीं बुला लेगा। उससे कहेगा कि वहाँ की नौकरी छोड़ आये; एक प्रसिद्ध साहित्यकार के लिए कौन-सी बड़ी बात है किसी को हिन्दी की सरकारी प्रोफ़ेसरी दिलवाना! वर्धा वाली अन्तरराष्ट्रीय यूनिवर्सिटी से लेकर जेएनयू तक—आखिर दुनिया तो ये साहित्य की ही है ना! ...अब बस देर अपनी योजना को अमली जामा पहनाने की है; अगले दस सालों तक योजनानुसार खूब मेहनत करनी है!

इतवार का दिन चुना उसने श्रीगणेश के लिए। जानता है रात पाखी ओवरनाइट

लिखती रही होगी इसलिए सुबह नौ बजे के बाद ही उसके फ़्लैट की डोरबेल बजाई।

उम्मीद के सौ प्रतिशत विपरीत, वो सजी-धजी कहीं जाने को एकदम ही तैयार दिखी, दरवाज़ा खोलते ही।

"कहीं जा रही हैं?"

"हाँ।"

"तो फिर, मैं बाद में आता हूँ।"

"नहीं! नहीं! आप बैठें। अभी मैं किसी का इन्तज़ार कर रही हूँ। दस-पन्द्रह मिनट हैं मेरे पास।"

विराट जानता है, पाखी किसका इन्तज़ार कर रही है। अपने आप को सहज बनाये रखने में उसे एक-दो पल लगे।

"मैं एक पत्रिका शुरू करने जा रहा हूँ।"

"अच्छी बात है।"—वो ऐसी मुस्कुराहट में मुस्कुराई जैसे बहुत पहले से जानती हो कि विराट का यही हश्र होना है।

विराट भावों को ज़ब्त करते हुए बोला,

"सिर्फ़ अच्छी बात कह देने से काम नहीं चलेगा, साथ देना पड़ेगा।"

"मैं समझी नहीं; आप कहना क्या चाहते हैं?"

"तुम्हें सम्पादक मंडल में लेना चाहता हूँ।"

प्रतिक्रिया में, वो हमेशा की तरह मुस्कुराई नहीं; गम्भीर हो गई।

"बताओ कौन-सा पद लोगी—सह सम्पादक?—उप सम्पादक? या सलाहकार सम्पादक?"

"इनमें से किसी भी पद के योग्य मैं खुद को नहीं पाती हूँ।"

"मतलब तुम्हें सम्पादक का पद चाहिए। ठीक है, मैं अपना नाम प्रधान सम्पादक के तौर पर दे दूँगा।" उसने हँसकर कहा लेकिन खुद वह महसूस कर रहा था अपनी हँसी का खोखलापन और रिरियाहट।

"नहीं विराट। मैं आपकी पत्रिका में कोई भी पद नहीं ले सकती; बिलकुल कोई भी पद नहीं!"

"क्यों?"

"अभी तो मैं लिखना सीख ही रही हूँ। और कई सालों तक सीखती रहूँगी, तब कहीं जाकर कुछ ठीकठाक छात्रा कह पाऊँगी खुद को साहित्य की। अभी मुझे मेरा काम करने दीजिये गम्भीरता से। इन पत्रिकाओं-संस्थाओं वाली साहित्यिक राजनीति

में नहीं पड़ना चाहती अभी से।''

मुस्कुराकर उसने अपनी बात पूरी की और अन्दर जाकर विराट के लिए फ़िल्टर्ड पानी ले आई।

''ये साहित्यिक बहाने मत बनाओ 'चमचम'। जो सच है, वो मैं जानता हूँ।''

''और वो क्या है?''

''यही कि मैं तुम सबों की नज़र में छोटी जाति का हूँ। मुझसे जुड़ोगी और मैं तुम्हें अपनी पत्रिका में प्रमोट करूँगा तो ये बात तुम्हारे चाहनेवाले मठाधीशों-शंकराचार्यों को सहन नहीं होगी कि एक नीची जाति का सम्पादक ऊँची जाति की लेखिका को आगे बढ़ाये लेकिन वे ही साले जाति-पाँति सब भूल जाते हैं अगर नीची जाति से कोई सुन्दर जवान लड़की लेखन में आ जाये...''

''विराट प्लीज़! यहाँ बैठकर इस तरह की बात करने से बेहतर है कि आप जायें यहाँ से। मुझे भी कहीं जाना है।''—उसके माथे पर शिकन थी। साफ़ था कि वो बहस से बचना चाहती है—विराट से भी!

''मैं तुम्हारा ज़्यादा वक्त न लूँगा। तुमने तो सम्पादक मंडल में आने से मना कर ही दिया है, बस ये और जानना चाहता हूँ कि क्या शेखर सर का नाम संरक्षकगणों में लिख सकता हूँ? क्या कभी तुम मेरे साथ उनके यहाँ चल सकती हो?''

एकाएक उसे हँसी आ गई और अपने शिष्टाचारी स्वभाव के विपरीत वह खिलखिलाकर हँस पड़ी। विराट को इस पल ऐसा महसूस हुआ जैसे ये उसकी बात का, उसके विचारों का, उसके समूचे अस्तित्व का उपहास है। ...जैसे महारानी द्रोपदी मूर्ख दुर्योधन की निरीहता पर हँस रही हों!

''आप ऐसा कीजिए, पहले उन्हें फ़ोन कर लीजिए। और बेहतर होगा कि फ़ोन पर ही आप उनसे पूछ लें।''

''फ़ोन पर पूछूँगा तो पता नहीं वे हाँ कहेंगे भी या नहीं। तुम जानती हो, तुम अगर मेरे साथ चली चलो तो वे कभी न नहीं कह पायेंगे।''

''मैं तो न जा सकूँगी आपके साथ।''

''हाँऽह, ठीक है; तब उनका फ़ोन नंबर ही दे दो।''

''मेरे पास था तो, पर कहीं मिस हो गया। आप ले लीजियेगा किसी से या किसी पत्र-पत्रिका में छपा होगा, देख लीजियेगा।''

साफ़ था कि अब वो विराट से 'हाय-हैलो' वाला औपचारिक परिचय भी नहीं निभाना चाहती। पल को, विराट को अपनी स्थिति उस अर्द्धविक्षिप्त प्रेमी-सी लगी जो

अपनी प्रेमिका से अपार घृणा भी करता है, अपार प्रेम भी! वो कोई चुभती बात कहने ही जा रहा था उससे कि तभी पाखी के फ़ोन की रिंगटोन बज उठी।

"हाँ, मैं बस नीचे आ ही रही हूँ, दो मिनट में।"

विराट के सामने वो सोफ़े से उठकर खड़ी हो गई। विराट अपने हाथ की फ़ाइल थामे बाहर गैलरी में चला आया।

हैंडबैग में सेलफ़ोन रख, पाखी फ़्लैट का दरवाज़ा लॉक कर रही है। उसके बर्ताव में जल्दबाज़ी, उतावलापन और खुशी झलक रही है।

"प्रद्युम्न के साथ जा रही हो ना?" उसकी आवाज़ में आह थी।

बड़ी देर से शिष्टता निभाती युवती के चेहरे पर अन्ततः एक साफ़-साफ़ गुस्सा उतर आया,

"विराट! दिल्ली की लड़कियाँ इतनी कमज़ोर नहीं हैं कि उन्हें आप जैसे शोहदे तंग कर सकें! और हाँ, एक बात मैं ज़रूर आपकी जानकारी में लाना चाहूँगी कि आप अपने आप की नज़र में भले फन्नेखाँ हों, साहित्य में आप शून्य हैं; और जिन रास्तों पर जा रहे हैं; मुझे नहीं लगता कि अब आगे बतौर लेखक आपके पास कोई भविष्य है!"

वो पलटकर तेज़ी से चली गई। विराट कई पलों तक ठिठका रह गया; फिर अपने फ़्लैट में आया और हाथ की फ़ाइल ज़ोर से दीवार पर दे मारी,

"साली! हरामज़ादी! कुत्ती ..."

वो सिर थामकर बैठ गया खाली कमरे के धूल भरे फ़र्श पर ।

उसकी आँखों से टप-टप आँसू गिरने लगे। फिर वो दहाड़े मार-मारकर रोने लगा। खूब देर तक वो फ़र्श पर पड़ा रोता रहा। ...फिर उसके भीतर के सन्नाटे में आहिस्ता-आहिस्ता बोलती एक आवाज़ गूँजने लगी। "नहीं विराट! हिम्मत नहीं हारते! और फिर तुम किसकी बात को दिल से लगा बैठे?? ये लेखिका अभी लिखना छोड़ दे तो छह महीनों में हिन्दी साहित्य वाले इसे भूल जायें! अपना मकसद बहुत ऊँचा है। ऐसी कई पाखियाँ, अभी आनी-जानी हैं ज़िन्दगी में।"

खुद को समझाता-सँभालता वो उठ खड़ा हुआ। अपने कपड़ों से धूल झाड़ी। फ़ाइल उठाकर फिर सीने से लगा ली। अब लक्ष्मीप्रसाद सर के घर जाना है। उनसे ज़्यादा सम्मानित साहित्यकार दिल्ली में कोई दूसरा नहीं। उनका वरदहस्त मिल जाये तो इस रिफ्रेंस पर मेन स्ट्रीम के बड़े-बड़े लेखकों से अप्रकाशित रचनाएँ पाई जा सकती हैं। एक सनसनीखेज लेख हर अंक में वह खुद लिखेगा ही। जैसे एक लेख तो वह यही लिखेगा 'समीक्षक प्रद्युम्न और कहानीकार पाखी के नये रिश्ते के लाभ-हानि!' ऐसे

करके थोड़े ही दिनों में वह अपनी पत्रिका को इतनी चर्चित बना लेगा कि जनसम्पर्क वाले लेखक अधिकारी उसे खुद फ़ोन करें रचनाएँ और (संग में) विज्ञापन देने।

तो लक्ष्मीप्रसाद सर के घर चला जाये।

बोधिसत्व

लक्ष्मीप्रसाद सर उसकी पूरी बात-पत्रिका स्थापना प्रस्ताव सुनकर मौन हो गये। वह धड़कते दिल से उनके चेहरे की ओर देखता रहा। मिनट-दो मिनट की खामोशी के बाद उन्होंने न्यायाधीश के जैसी आवाज़ में पूछा,

''यही पाने के लिए अपनी गर्भवती पत्नी को छोड़कर भागे थे दिल्ली की ओर? रुपया कमाना चाहते हो साहित्य से?''

''सर, किसी भी सच्चे साहित्यकार के लिए ऐसे प्रश्न तो एक तरह से गाली ही हैं! ''—आहत स्वर में वह बोला।

''ये प्रश्न तुम्हें गाली लगे?? इसका मतलब है तुम्हारा क्राफ़्ट अभी तक मरा नहीं है। चलो उठो, इसी खुशी में दो प्याली चाय बनाकर लाओ रसोई से।''

'पता नहीं सर क्या कहना चाहते हैं,' विराट सोचता रहा जबकि वह रसोई में चाय बना रहा था।

ट्रे में दो कप चाय लेकर वो आया और सर के सामने सेंटर टेबल पर रख दी। सर अब भी मौन बैठे थे; आँखें मूँदे और छड़ी की मूठ पर मुट्ठी कसे।

''सर!''—उसने आहिस्ता से टोका उन्हें।

''दिल्ली क्यों आये तुम?''

''बड़ा साहित्यकार बनने?''

''और बड़ा साहित्यकार तुम्हारी नज़र में कौन है?''

''अगर अपने पसन्दीदा साहित्यकारों का नाम लूँ तो प्रेमचंद, 'रेणु', महादेवी वर्मा, 'निराला', 'मुक्तिबोध'...''

''हूंअ! अब ये बताओ तुम्हारे प्रेमचंद को कितने पुरस्कार मिले थे?''

''एक भी नहीं सर।''

''अच्छा तो ये तो बताओ कि मुक्तिबोध को कौन-कौन बड़े प्रकाशक छापना चाहते थे?''

''नहीं सर, ऐसा नहीं था; उन्होंने तो बहुत ही उपेक्षित जीवन...''

"तो भई, क्या तुम यह बता सकते हो कि क्या 'रेणु' अपना घर-बार छोड़ दिल्ली भाग आये थे और एक पत्रिका चलाने लगे थे?"

"नहीं सर।"

"और तुम्हारी महादेवी वर्मा के पास कितने प्लॉट और फ़्लैट थे, कितनी ज़मीन, कितने ज़ेवर क्या इसका हिसाब है तुम्हारे पास?"

"नहीं सर; लेकिन उनकी रचनाओं के बारे में ज़रूर मैं..."

"अब एक आखिरी सवाल का जवाब और दो। दिल्ली आने के बाद तुमने ऐसा क्या महान लिख लिया जो तुम दतिया में रहते तो न लिख पाते?"

"कुछ नहीं सर, बिलकुल कुछ भी नहीं।"

"लगे हाथ तुमसे एक और बात पूछ ही लूँ। अभी थोड़ी देर पहले पाखी की जो तुम जी भरकर बुराई कर रहे थे; मुझे बस इतना बता दो कि अपनी किसी भी रचना को क्या तुमने पूरी-पूरी रात लिखा है—कई-कई दिनों और फिर कई-कई महीनों तक?"

"नहीं।"

"मैं अपनी बात कह चुका। उम्मीद करता हूँ मेरे प्रश्नों में तुम्हें मेरा उत्तर मिल गया होगा।"

विराट स्तब्ध बैठा रह गया। लक्ष्मीप्रसाद चुपचाप अपनी चाय पीते रहे। फिर छड़ी के सहारे खड़े होकर उसके निकट तक आये,

"बेटे, एक यात्रा होती है बाहर; एक यात्रा होती है भीतर। पहली में बहुत भटक लिये; अब दूसरी पर भी निकलो।"

उसके सिर पर हाथ फेरकर उस्ताद छड़ी टेकते अपने अध्ययन कक्ष की सीढ़ियाँ चढ़ने लगे।

अगली शाम दतिया की तरफ़ जाने वाली ट्रेन में विराट बैठा था। उसके हाथ में कलम है और सामने के कोरे पन्ने पर उसने अपने पहले उपन्यास *रपटीले राजपथ* का पहला वाक्य लिखा है,

...कुछ बातें सिर्फ़ अनुभव सिखाता है!

❑❑❑